HEYNE <

PIERRE GRIMBERT
im Wilhelm Heyne Verlag:

Einst reisten Vertreter aller Nationen auf die geheimnisvolle Insel Ji. In den Tiefen der Insel, so erzählt man sich, gerieten sie in ein Felslabyrinth – und verschwanden spurlos. Jahr für Jahr treffen sich nun ihre Nachkommen am Eingang des Labyrinths, um dem Rätsel auf die Spur zu kommen. Denn was hat es mit der Insel Ji wirklich auf sich? Als schließlich ein Nachkomme nach dem anderen grausamen Mördern zum Opfer fällt, machen sich die letzten Erben auf, um das Geheimnis von Ji zu lüften.

DIE MAGIER
Erster Roman: Gefährten des Lichts
Zweiter Roman: Krieger der Dämmerung
Dritter Roman: Götter der Nacht
Vierter Roman: Kinder der Ewigkeit

DIE KRIEGER
Erster Roman: Das Erbe der Magier
Zweiter Roman: Der Verrat der Königin
Dritter Roman: Die Stimme der Ahnen
Vierter Roman: Das Geheimnis der Pforte
Fünfter Roman: Das Labyrinth der Götter

PIERRE GRIMBERT

DIE KRIEGER

DIE STIMME DER AHNEN

ROMAN

Aus dem Französischen
von Sonja Finck
und Nadine Püschel

WILHELM HEYNE VERLAG
MÜNCHEN

Titel der französischen Originalausgabe
Les enfants de Ji: La voix des aînés

Deutsche Übersetzung von Sonja Finck und Nadine Püschel

FSC
Mix
Produktgruppe aus vorbildlich
bewirtschafteten Wäldern und
anderen kontrollierten Herkünften

Zert.-Nr. SGS-COC-1940
www.fsc.org
© 1996 Forest Stewardship Council

Verlagsgruppe Random House FSC-DEU-0100
Das für dieses Buch verwendete FSC-zertifizierte Papier
Holmen Book Cream
liefert Holmen Paper, Hallstavik, Schweden.

2. Auflage
Deutsche Erstausgabe 12/2009
Redaktion: Catherine Beck

Printed in Germany 2010
Umschlaggestaltung: Nele Schütz Design, München
Umschlagillustration: Lee Gibbons/Paolo Barbieri
Karte: Andreas Hancock
Satz: Buch-Werkstatt GmbH, Bad Aibling
Druck und Bindung: GGP Media GmbH, Pößneck

ISBN: 978-3-453-52547-4

www.heyne-magische-bestseller.de
www.heyne.de

Meinen beiden kleinen Kriegern

Mein Name ist in allen Ländern der Oberen Königreiche und selbst über ihre Grenzen hinaus bekannt. Ich bin Erzherzogin Agénor von Lorelia, die jüngere Schwester seiner Hoheit Bondrian V., genannt der Umsichtige, vierzehnter Herrscher aus dem Hause der Jarodier – und vermutlich der letzte männliche Abkomme unseres Geschlechts, der die lorelische Krone trägt.

Seit nunmehr siebzig Jahren arbeite ich im Verborgenen daran, die Macht unseres Reichs zu mehren. Mein ganzes, viel zu rasch vergangenes Leben habe ich in den Dienst meines geliebten Landes gestellt, doch die königlichen Annalen, die Hofmaler und selbst unsere Goldterzen kennen nur ein Gesicht: das meines Bruders.

Dabei hatte dieser Einfaltspinsel einfach nur das Glück, einige Jahre vor mir zur Welt zu kommen. Ohne eine wahre Heerschar von Ministern, Beratern und Beamten könnte er überhaupt nicht regieren. Seine Vertrauten sind auch nicht besser als die Hofschranzen, die um uns herumscharwenzeln, um sich Vorrechte zu erschleichen oder ihre Rivalen zu schmähen. Das einzige Talent dieser Klugschwätzer ist die Heuchelei, mit der sie sich als weise Ratgeber ausgeben, obwohl sie dem Königreich durch ihre Untätigkeit großen Schaden zufügen. Sie sind nichts als Faulenzer und Feiglinge, die sich in Friedenszeiten bereichern.

Ich hingegen treffe meine Entscheidungen, ohne mich um die Zustimmung dieser Schmarotzer zu scheren. So habe ich es seit jeher gehalten, jedenfalls seit jener Nacht im Jahre 865, als ich im Wochenbett mit dem Tode rang. Die Hebammen ersparten mir die grausame Wahrheit nicht. Trotz der entsetzlichen Schmerzen, die ich damals litt, erinnere ich mich noch an jedes Wort, das sie in den qualvoll langen Dekanten an mich richteten: Sie konnten entweder das Kind oder die Mutter retten. Ich musste eine tragische, endgültige Entscheidung treffen, doch ich durfte mich meinen Verpflichtungen nicht entziehen.

Nach diesem Schicksalsschlag konnte ich keine weiteren Kinder gebären. Meine Unfruchtbarkeit bekümmerte meinen Gatten so sehr, dass er vor Gram starb, noch bevor er das vierzigste Lebensjahr erreichte. Er war der Letzte seines Geschlechts, das mit den alten Königen von Lermian verwandt war, und so fiel mir ein Erbe zu, das den Wert der wenigen Ländereien, die mir mein Bruder gnädigerweise überlassen hatte, um ein Vielfaches überstieg. Nun war ich, die ich all die Jahre im Schatten des Königs und meines Gatten gestanden hatte, mit einem Mal die reichste Frau Loreliens – reicher noch als die Königin.

Meine Schwägerin und ich hatten uns nie leiden können, das war allseits bekannt, und als reiche Witwe war ich ihr erst recht ein Dorn im Auge. Dass es mir gelang, meinen Wohlstand zu mehren, erregte ihre Missgunst. Nachdem ich jahrelang die Rolle der stillen Schwester und Ehefrau gespielt hatte, erwies ich mich nun als geschickte Geschäftsfrau: Innerhalb kurzer Zeit verdoppelte ich den Inhalt meiner Goldtruhen, und bald konnten sich meine Reichtümer mit denen des Kaisers von Goran, des Sultans von Jezeba oder des arkischen Falkenklans messen.

Mein Bruder war zu dumm oder zu vertrauensselig, um da-

rin eine Bedrohung seiner Herrschaft zu sehen, doch meine Schwägerin zeigte schon bald ihr wahres Gesicht. Sie war eine kaltblütige Intrigantin, die auf dem Weg zum Thron mehrere Rivalinnen aus dem Weg geräumt hatte. Meinem Gold, mehr noch als meinem Rang als Erzherzogin, verdankte ich letztlich mein Leben, denn die Spitzel, die ich bei Hofe eingeschleust hatte, warnten mich vor einem Mordversuch der Königin. Ich brauchte den Lohn des Schergen, den sie auf mich angesetzt hatte, nur um lächerliche fünf Terzen zu erhöhen, um den Spieß umzudrehen und ihr den Mann auf den Hals zu hetzen.

Kaum hatte er am vereinbarten Tag sein blutiges Werk vollbracht, ließ ich den Mörder fassen. Er stand noch über die Leiche meiner Schwägerin gebeugt, als meine Armbrustschützen ihn vor den Augen des herbeieilenden Königs niederstreckten. An jenem Abend weinte sich mein Bruder an meiner Schulter aus. Nun waren wir beide allein auf der Welt, zwei Geschwister in trauter Einigkeit, wie früher als Kinder.

Doch diese Einigkeit trog, denn gleichgestellt waren wir noch immer nicht. Der König hatte zwei Erben, die ihm auf den Thron folgen würden. Ich hingegen war dazu verdammt, kinderlos zu bleiben, und darunter litt ich mehr, als ich mir eingestehen wollte.

Die Jahre vergingen, und ich wurde es leid, mich immer nur um Geschäfte zu kümmern. Mein immenses Vermögen zu verwalten war eine banale, eintönige Aufgabe, die mich bald langweilte, und ich sehnte mich nach einer neuen Herausforderung, um der Einsamkeit zu entfliehen – doch nichts war meinem wachen Verstand Herausforderung genug.

Erst die Ereignisse des Jahres 889 boten mir etwas Abwechs-

lung. Als wir erfuhren, dass die Goroner zu den Waffen gerufen wurden, ließ auch mein Bruder auf meinen Rat hin unsere Truppen aufmarschieren, bevor wir uns vergewisserten, dass unsere Nachbarn nur einen weiteren Angriff thalittischer Barbaren abzuwehren gedachten. Doch es kam anders als erwartet.

Die Nachricht und die Schilderungen von der Schlacht am Blumenberg überraschten mich ebenso wie alle anderen. Unser Stolz war empfindlich getroffen. Wie hatte eine Armee aus den Ländern des Ostens unter der Führung der barbarischen Wallatten es nur zuwege gebracht, einen Tunnel unter dem Rideau-Gebirge zu graben? Und wie hatte ein derart kühner Plan so lange unentdeckt bleiben können?

Ohne das Eingreifen der Arkarier, die in höchster Eile aus dem Weißen Land anmarschiert kamen, hätten die Barbaren die Stadt Ith, eine der bedeutendsten Städte der Oberen Königreiche, einfach überrannt. Und sie hätten sich wohl nicht damit begnügt, diesen strategisch wichtigen Ort zu besetzen: Selbst Lorelien hätte den Ansturm der blutrünstigen Krieger mit ihren todbringenden Lowas fürchten müssen.

Während an den Königshöfen Erleichterung vorherrschte, konnte ich vor Empörung kaum an mich halten. Wie hatten unsere Spione derart versagen können? Wie war es möglich, dass ein so unzivilisiertes Volk wie die Wallatten uns alle zum Narren gehalten hatte?

Ich musste meinen Bruder nicht lange überreden, den Hauptmann der Grauen Legion hinrichten zu lassen. Der Nichtsnutz wurde auf dem Platz von Uliterra gehenkt wie ein gemeiner Strolch. Um sein Amt musste ich jedoch erbittert kämpfen: Die Berater des Königs wollten mich nicht an der Spitze des Geheimdiensts sehen und versuchten, meinen Griff nach der Macht zu verhindern, indem sie behaupteten, eine Frau sei für eine solche Aufgabe ungeeignet.

Dieser Vorwand blieb ihnen im Halse stecken, als ich preisgab, welche Auskünfte ich über sie gesammelt hatte. Heimliche Liebesabenteuer, Geldbetrügereien oder abfällige Bemerkungen über meinen Bruder: Ich hatte sie alle in der Hand. Die meisten hatten sich sogar mehrere Vergehen zuschulden kommen lassen. Zu meinem Glück hatte ich seit vielen Jahren über sämtliche Angehörige des Hofs Buch geführt, und so waren meine Erpressungsversuche noch erfolgreicher, als ich zu hoffen gewagt hatte. Mir wurde nicht nur die Führung der Grauen Legion anvertraut; mein Bruder räumte dem Geheimdienst sogar eine noch größere Unabhängigkeit ein, nachdem ihm einige seiner Vertrauten, die ich gefügig gemacht hatte, zu diesem Schritt geraten hatten.

So wurde ich durch einige geschickte Schachzüge und mit dem Segen des Königs Anführerin der Grauen Legion. Als Erstes veränderte ich die Rangordnung von Grund auf und besetzte alle Schlüsselpositionen mit Männern, die mir seit Jahren treu ergeben waren. Dann ließ ich alle Feiglinge, Zauderer und Schwächlinge aus den niederen Rängen entfernen und beförderte sie in den vorzeitigen Ruhestand. Wer meinem Vorgänger ewige Treue geschworen hatte, wurde ebenfalls entlassen oder dem Henker übergeben.

Als Nächstes rekrutierte ich aus dem übelsten Gesindel unserer Armee neue Spitzel. Es kümmerte mich nicht, dass sie gewalttätig waren oder ihren Heerführern den Gehorsam verweigert hatten. Ich suchte Männer, die zu allem entschlossen waren und es mit dem Gesetz nicht allzu genau nahmen.

Aus einer trägen, von Diplomatie verweichlichten Organisation schuf ich einen effizienten Machtapparat – eine wahre Schattenarmee, die jeden Feind vernichten würde, der sich mir in den Weg zu stellen wagte.

An diesen ersten Tagen der Jahreszeit des Windes war es im einzigen Hafen der Insel Zuïa brütend heiß. Die Eskadrille, die unter lorelischer Flagge segelte, ächzte und stöhnte unter der Hitze: Ihre Planken knarrten, und die Masten ragten wie totes Gerippe in den Himmel. Eine Schar neugieriger Inselbewohner drängte sich vor dem fremden, mit einem eisernen Sporn bewehrten Kriegsschiff. Fischer ließen ihre Dornhaie, Nieslinge und Langustane liegen, Gemüsehändler, Kutscher und Marktbesucher liefen herbei, und auch allerlei zwielichtige Gestalten aus dem Hafenviertel, Piraten, Schmuggler und Yussa-Söldner, mischten sich unter die Schaulustigen auf dem Kai.

Wären die zwölf Priester in roten Gewändern nicht gewesen, wären einige besonders Vorwitzige wohl längst an Deck geklettert, doch ihre vergifteten Dolche waren so gefürchtet, dass sich niemand näher heranwagte. Die bloße Anwesenheit der Boten Zuïas genügte, um Angst und Schrecken zu verbreiten. Seit Jahrhunderten wagten es nur Verrückte oder Lebensmüde, die Herrschaft der mörderischen Priester in Frage zu stellen, und keiner von ihnen hatte diesen Frevel lange genug überlebt, um sich damit zu brüsten.

Die zwölf Boten waren schon lange vor der Ankunft des Schiffs im Hafen erschienen. Kaum hatten sich die jungen Männer mit den kahlgeschorenen Schädeln am Anleger postiert, leerte sich der Kai schlagartig. Niemand wagte es, eine Frage an sie zu richten, so abschreckend wirkten ihr bedrohliches Schweigen und die stechenden Blicke. Erst als das Kriegsschiff am Horizont aufgetaucht war und die Priester im roten Gewand Haltung angenommen hatten, war den Leuten im Hafen klar geworden, dass etwas Außergewöhnliches vor sich ging.

Als die Eskadrille einen Dekant später anlegte, wurde bereits eifrig gemunkelt und getuschelt. Was hatte ein Schiff des mächtigen lorelischen Königreichs auf der Insel Zuïa zu suchen? Woher wussten die Priester von diesem Besuch? Die Schaulustigen ahnten zwar, dass sie darauf keine Antwort erhalten würden, aber sie gaben die Hoffnung nicht auf, ihre Neugier vielleicht doch noch stillen zu können.

So starrten Hunderte Augenpaare gebannt auf die hohe Reling des Schiffs. Die lorelische Besatzung hatte sich in ihren Kabinen verschanzt, nachdem sie die Leinen festgezurrt und die Segel eingeholt hatte. Die Einheimischen konnten sich denken, dass es weniger die schwüle Hitze als die Anwesenheit der unheimlichen Priester war, die sie vom Deck fernhielt.

Ein halber Dekant verging, ohne dass die gaffende Menge kleiner wurde, denn obwohl sich einige Ungeduldige wieder ihrer Arbeit zuwandten, stießen immer wieder neue Passanten hinzu. Hier und da wisperte man sich zu, dass wohl nichts mehr geschehen würde, zumindest nicht an diesem Tag. Doch wer schon resignieren wollte, wurde eines Besseren belehrt, als plötzlich eine

Sänfte herbeigetragen wurde. Innerhalb weniger Dezillen strömten noch mehr Menschen herbei und bildeten ein Spalier für den geheimnisvollen Zug.

Obwohl die wenigsten jemals eine solche Prozession gesehen hatten, wussten alle, wen sie vor sich hatten. Eine Delegation aus dem sagenumwobenen Lus'an hieß das Schiff willkommen. Sage und schreibe zwanzig Züu eskortierten die Sänfte, die von acht schweißüberströmten Kolossen getragen wurde. Ihre purpurrote Tunika wies sie als Diener der Judikatoren aus, als Zuïas beste Kämpfer. Bei der Vorstellung, in der Sänfte könnte sich einer der mächtigsten Männer des Lus'an befinden, womöglich gar der Höchste Judikator selbst, hätten sich die meisten Schaulustigen am liebsten Hals über Kopf davongemacht, aber ihre Neugier war auch diesmal stärker. Wenn es gefährlich wurde, würde ihnen schon noch genügend Zeit zur Flucht bleiben, dachten sie. Auf ihrem armseligen Fleckchen Erde waren Abwechslungen so selten, dass sie sich eine solche Gelegenheit nicht entgehen lassen wollten.

Umso größer war die Ernüchterung, die sich kurz darauf einstellte. Als die Träger die Sänfte über einen schweren Steg zum Deck des Kriegsschiffs hinauftrugen, ging ein enttäuschtes Raunen durch die Menge. Der geheimnisvolle Ehrengast würde sich den Schaulustigen also nicht zeigen. Nach nur einer Dezime trat die Delegation den Rückweg an, und die Sänfte verschwand so schnell, wie sie gekommen war.

Verblüfft und ratlos standen die Inselbewohner noch eine Weile vor dem Schiff herum. Als die lorelischen

Matrosen nach und nach auf ihre Posten zurückkehrten, ging einigen Zuschauern auf, dass sie nun nichts mehr daran hinderte, an Bord zu gehen und die Besatzung auszufragen. Doch auf dem Steg versperrten ihnen die Fremden den Weg: Sie schienen es plötzlich sehr eilig zu haben, die unheimliche Insel zu verlassen. Drei Dezimen später segelte das Schiff in Richtung der Unteren Königreiche davon, nahm Kurs auf Mythr und überließ das von der Herrschaft der mörderischen Priester unterdrückte Volk seinem Schicksal. Auf Befehl der Grauen Legion hatte die Besatzung einem seltsamen Passagier Geleitschutz gewährt, und nur eine Handvoll ranghohe Inselbewohner wusste, wer sich an Bord befunden hatte.

In der abgedunkelten Sänfte, die sich schaukelnd entfernte, musterte Zuïa die Strafende ihren Höchsten Judikator. Der Sterbliche beteuerte ihr zum hundertsten Mal seine Ergebenheit und Treue, doch die Dämonin las in ihm wie in einem offenen Buch. Der Verräter hatte zu hoffen gewagt, dass seine Gebieterin für immer fortbleiben würde! Als sie einige Tage zuvor in seine Gedanken eingedrungen war, um ihm ihre Rückkehr anzukündigen, hatte er bereits davon geträumt, die Herrschaft im Lus'an an sich zu reißen. Doch das war ihr vorerst gleichgültig, denn noch brauchte sie erfahrene Männer wie ihn. Sie würde ihn später bestrafen.

»Eure Göttlichkeit, wie kommt es, dass Euch die Lorelier zu Diensten waren?«, fragte der Judikator mit unterwürfiger Stimme. »War dieses Volk Euch nicht immer feindlich gesinnt?«

»Die Zeiten ändern sich«, gab die Unsterbliche mit einem bitteren Lachen zurück. »Wir haben nun einen gemeinsamen Verbündeten, dem sie nichts verwehren können.«

Der Mann nickte eilfertig, auch wenn er aus der Antwort nicht schlau wurde. Hunderte Fragen brannten ihm auf der Zunge, und eine beschäftigte ihn ganz besonders. Zuïa wollte nicht warten, bis er sich einen Ruck gab.

»Die Kahati wird nicht zurückkehren. Sie hat uns verraten.«

Der Priester riss entgeistert die Augen auf, bevor er sich besann und eine würdigere Haltung annahm. So etwas war in der Geschichte der Zuïa-Verehrung noch nicht vorgekommen. Neben einem solchen Frevel erschienen seine eigenen ketzerischen Gedanken geradezu harmlos.

»Wie … wie …« Als er Zuïas harten Blick sah, sprach er seine Frage nicht aus.

»Sie wird die Strafe erhalten, die ihr gebührt«, sagte er und ballte die Faust. »Ihr braucht mir nur zu sagen, wo sie sich versteckt, dann werde ich …«

»Ich kann sie nicht ausfindig machen«, unterbrach ihn Zuïa schneidend. »Sie steht unter dem Schutz einer fremden Magie. Ihr werdet sie ohne meine Hilfe aufspüren müssen.«

Diesmal konnte der Judikator seine Überraschung nicht verhehlen. Die Unsterbliche ließ ihn im Ungewissen. Ihr war nicht danach, ihm die Umstände des Verrats zu schildern. Sombre, der Bastard aus dem Karu, hatte sie ihre Schwäche schon schmerzlich genug spüren lassen.

Offenbar waren die Flüchtlinge immer noch am Leben. Seit Zejabels Treubruch betrachtete die Strafende die Jagd auf die Erben als persönlichen Rachefeldzug. Als göttliche Mission.

Zu den ersten Aufgaben meiner Spitzel gehörte es, genauere Nachforschungen über die Schlacht am Blumenberg anzustellen. So widersprüchlich ihre Berichte auch waren, in einer Hinsicht waren sich alle einig: Einer kleinen Schar Männer und Frauen aus verschiedenen Ländern der bekannten Welt war es zu verdanken, dass die arkischen Klans in den Kampf gezogen waren und den Sieg errungen hatten. Und unter diesen Abenteurern, die das Schicksal zusammengeführt hatte, befand sich auch ein Lorelier.

Ich zog Erkundigungen über ihn ein und deutete es als Wink der Götter, dass es sich um den letzten Nachfahren der Herzöge von Kercyan handelte, dessen Großvater rund hundert Jahre zuvor in Ungnade gefallen war. Mein Bruder ließ sich überreden, dem jungen Mann Ländereien und Titel seiner Ahnen zurückzugeben. So konnte sich das Königreich mit seinen Heldentaten schmücken, während ich vor allem hoffte, den Vagabunden in meinen Palast zu holen, um mehr über die Hintergründe der Schlacht zu erfahren.

Doch leider hatte ich mich zu früh gefreut. Der neue Herzog, Reyan mit Namen, entzog sich geschickt unseren Fragen und nahm alle Geschenke an, ohne mehr als nötig preiszugeben. Da ich den Abenteurer in den Adelsstand erhoben hatte, konnte ich bei unseren Verhören keine Gewalt anwenden, ohne für Aufsehen zu sorgen. Notgedrungen überließ ich ihn und sein Priesterweib ihrem neuen Leben am Hof und begnügte mich damit, sie heimlich zu bespitzeln.

Ein Jahr verging, dann das nächste, bis ich schließlich einsehen musste, dass ich auf diesem Wege nicht hinter die Geheimnisse der Kercyans kommen würde. Sie schienen ein entsetzlich langweiliges Leben zu führen, vor allem nachdem ihre Tochter zur Welt gekommen war. Entweder hatten sie tatsächlich nichts zu verbergen, oder sie waren wahre Meister der Schauspielkunst!

So hatte ich fünf Jahre nach der Schlacht am Blumenberg und meiner Übernahme der Grauen Legion immer noch nicht herausgefunden, welche Umstände uns an den Rand des Untergangs geführt hatten. Dieses Versagen verletzte nicht nur meinen Stolz und beleidigte meinen Verstand, es wurde mir auch von den scharfsinnigeren Beratern meines Bruders, gegen die ich nur wenig in der Hand hatte, offen zum Vorwurf gemacht. Schließlich konnte ich an nichts anderes mehr denken als an das Rätsel dieser Schlacht.

Mondelang brütete ich über den Berichten meiner Männer und suchte in den Hunderten von Zeugenaussagen nach Hinweisen, die mir beim ersten Lesen entgangen sein mochten. Doch so sehr ich die Angelegenheit auch drehte und wendete, letztlich gab es nur eine denkbare Erklärung. Eine Erklärung, die mein nüchterner Verstand kategorisch ablehnte: Was sich damals ereignet hatte, ließ sich nur nachvollziehen, wenn man alle Behauptungen für bare Münze nahm – und das hieß, an die magischen Kräfte des Hohen Dyarchen und die Existenz seines Dämons zu glauben.

Da dies meinen tiefsten Überzeugungen widersprach, verstrichen mehrere Dekaden, bis ich diesen Gedanken überhaupt zuließ. Ich hatte jede Form von Religion, Götterverehrung und dergleichen Augenwischerei stets verachtet und als

Beweis menschlicher Dummheit abgetan. Nun musste ich sie ernst nehmen und ihnen gar einen Einfluss auf den Lauf der Welt zugestehen.

Als mir das klar wurde, stellte ich geradezu fieberhaft Nachforschungen an. Ich hatte alles, was mit Hexerei und Dämonenverehrung zu tun hatte, bisher weit von mir gewiesen, doch nun konnte ich meine Wissbegier gar nicht schnell genug stillen. Die bislang gesammelten Berichte befriedigten mich nicht, und so beschloss ich, eine geheime Zelle aufzubauen, die weitere Ermittlungen führen sollte. Nur meine treusten Gefolgsmänner gehörten ihr an, und ihren Namen gaben sie sich selbst: die Schwarze Legion.

Zu ihrem Anführer ernannte ich meinen Cousin, Prinz Alcide von Benelia. Ich wusste seit langem, dass er meinem Bruder den Thron neidete und von maßlosem Ehrgeiz angetrieben wurde. Alcide war zu allem bereit, um Benelia zur reichsten und mächtigsten Stadt des Königreichs zu machen. Mir war nicht entgangen, dass er meinen wachsenden Wohlstand und Einfluss beobachtete und auf einen hohen Posten in meiner Spitzelarmee schielte. Als ich ihm die Gelegenheit bot, sich zu beweisen, zögerte er keine Dezille.

Ich sollte es nicht bereuen, zumindest nicht bis zu seiner jüngsten Mission, an der er erbärmlich gescheitert ist. Doch als ich Alcide damals mit der schwierigen Aufgabe betraute, die Wahrheit über Saat und seinen Dämon herauszufinden, übertraf er sich selbst. Nachdem er einige Monde lang nachgeforscht und Berichte verglichen hatte, lieferte er mir wertvollere Auskünfte, als ich zu hoffen gewagt hatte. Er schleuste seine Schwarzen Legionäre in wallattische und thalittische Stämme ein, wo sie dekadenlang verdeckt ermittelten. Man-

che wagten sich sogar auf die Insel Zuïa vor, um dem Rätsel um das Bündnis zwischen dem Hohen Dyarchen und den Züu-Priestern auf den Grund zu gehen. Sie alle kehrten mit beunruhigenden Erkenntnissen zurück.

Mehrere hundert Überlebende der Schlacht und der wallattischen Sklavenlager schworen Stein und Bein, die Macht des Hexers am eigenen Leib erlebt zu haben. Sie behaupteten, Saat habe Gedanken lesen und fremde Körper in Besitz nehmen können. Angeblich tötete er seine Gegner sogar durch bloße Willenskraft. Und was noch viel unglaublicher war: Alle Augenzeugen sprachen von Menschenopfern, die dem Dämon Sombre dargebracht worden waren. Alter, Herkunft und Bildung der Befragten waren so unterschiedlich, dass sie unmöglich alle dieselbe Lügengeschichte hatten erfinden können, also mussten ihre Berichte einen wahren Kern haben. Sombre existierte tatsächlich.

Eine unfassbar mächtige Kreatur, vielleicht gar eine echte Gottheit, lebte unter den Menschen.

Diese unerhörte Erkenntnis brachte mein ganzes Weltbild ins Wanken. Wozu der Ehrgeiz, ein ohnehin gewaltiges Vermögen noch zu vermehren, wenn bewiesen war, dass es die Götter wirklich gab? Musste man den Dünkel der Höflinge nicht mitleidig belächeln, wenn man von Mächten wusste, von denen sie nichts ahnten? Und wie sollte man nicht davon träumen, der schäbigen Welt der Sterblichen den Rücken zu kehren und nach der Macht der Götter zu greifen?

Nachdem ich den Schleier der Vergangenheit gelüftet hatte, wollte ich alles über die Gegenwart wissen. War Saat tatsächlich tot, wie immer behauptet wurde? Wem war es gelungen, ihn zu bezwingen? Und wie?

Vor allem aber: Was war aus dem Dämon geworden, nachdem er von seinen einstigen Anhängern verlassen worden war?

Als die Kreatur einen Klagelaut ausstößt, steigen Tausende kleiner Bläschen aus dem Mittenmeer auf. Wäre zufällig ein Schiff in der Nähe, würden es die Matrosen wohl mit der Angst zu tun bekommen, so heftig brodelt es an der Wasseroberfläche. Doch außer einem Schwarm Rotmakrelen und zwei Möwen, die sich zu weit vom Ufer entfernt haben, sieht niemand das Schauspiel.

Die Kreatur weiß, dass sie sterben wird, einsam und verlassen. Kein Sterblicher wird Zeuge ihres Todes sein, kein Gott wird ihr Beachtung schenken. Doch sie empfindet keine Traurigkeit. Sie spürt nichts als dumpfen Zorn und den Schmerz, der in ihren ausgestochenen Augen brennt. Blind schiebt sie sich voran, lässt sich mit der Strömung treiben und nimmt ihre letzte Kraft zusammen, um in die Höhle zu kriechen, die sie nie mehr verlassen wird. Ihr Nest in der Tiefe, der Abgrund, in dem die Leviathane hausen.

Endlich findet Reexyyl den Eingang zu der riesigen Höhle. Mit größter Mühe zwängt er sich hindurch, stemmt sich mit den Hinterbeinen ab, sucht verzweifelt mit seinen Scheren nach Halt. In dem unterirdischen Labyrinth findet er sich blind zurecht. Seit Anbeginn der Zeit herrscht in dieser Welt, in die nie eine sterbliche Seele hinabgestiegen ist, undurchdringliche Dunkelheit. Es ist das Reich der schwarzen, eiskalten Fluten. Sein Reich.

Halb kriechend, halb schwimmend gelangt der Leviathan in seine Höhle. Seine klagenden Rufe verhallen ungehört. Sein Bruder ist nicht da. Es ist schon lange, sehr lange her, seit er ihn zum letzten Mal gesehen hat. Jahre, selbst Jahrhunderte sagen ihm nichts, aber Reexyyl hatte Zeit genug, sich an die Einsamkeit zu gewöhnen. Inzwischen weiß er sogar, dass er der letzte der Leviathane ist. Schon bald wird seine Art für immer von der Erde verschwunden sein.

Die Kreatur kümmert der Untergang der Leviathane nicht. So weit reicht ihr Verstand nicht. All ihre Gedanken sind auf ihre schmerzenden Wunden in den Augenhöhlen, am Hals, am ganzen Körper gerichtet. Sie hat gekämpft wie nie zuvor, doch ihre Gegner haben ihr die Stachel tief in den Leib gebohrt. Diesmal wird sich der Leviathan nicht wieder erholen. Der Tod schleicht näher, in Gestalt Tausender blutsaugender, ebenfalls blinder Fische, die ihm den Lebenssaft aus den Adern saugen. Die Parasiten, die sich seit Urzeiten von den Leviathanen ernähren, beschleunigen nun sein Sterben.

Mit einem Klageruf, der selbst den größten Talantenhai in die Flucht geschlagen hätte, zieht sich Reexyyl in den Spalt zurück, in dem er sich am liebsten aufhält, und rollt sich zusammen. Hier hat er einen Großteil seiner Existenz verbracht. Nur hin und wieder ist er durch die Höhlen geschwommen, um zu jagen. Die riesigen Kraken, die in dem schwarzen Labyrinth lauern, werden nun keinen natürlichen Feind mehr haben. Nichts wird sie mehr daran hindern, sich in den Tiefen des Mittenmeers auszubreiten.

Der Welt steht eine neue Veränderung bevor, auch wenn der Leviathan das nur dunkel ahnt. All das ist ihm zu kompliziert, oder es kümmert ihn nicht mehr. Er will einfach nur schlafen, um seinen Schmerz und seine Wut für eine Weile zu vergessen, tief und fest schlafen, obwohl er spürt, dass er nicht wieder aufwachen wird. Ihm steht ein langer Todeskampf bevor, und er ist machtlos.

Während er ins Reich der Träume hinübergleitet, sieht Reexyyl noch einmal den Ort vor sich, den er bewacht hat, weil ihn ein seltsamer Instinkt dazu treibt, jeden Eindringling zu verjagen. Er denkt an die Götter, die seine Gebieter sind, und an die Besucher, die manchmal zu ihm sprechen …

Der letzte Gedanke des Leviathan gilt der Pforte. Die Pforte, die nie wieder in ihrem geheimnisvollen Licht erstrahlen wird und deren magische Geheimnisse zusammen mit ihrem Wächter untergehen.

Die Pforte der Insel Ji wird sich mit seinem Tod für immer schließen.

Auf meinen Befehl hin durchsuchte ein Spähtrupp der Schwarzen Legion die Ruine von Saats Palast, den der Hohe Dyarch auf ehemals wallattischem Gebiet hatte errichten lassen. Heute ist dieser Landstrich öde und verlassen, und selbst die Völker des Ostens meiden ihn, seit man sich erzählt, dass in dem einstigen Heerlager des Hexers ein Ungeheuer umgeht und im sagenumwobenen Tunnel nach Ith gefährliche Wesen lauern. Ich musste meinen Spitzeln viel Gold zahlen und ihnen eine noch höhere Belohnung bei ihrer Rückkehr in Aussicht stellen, um sie zu dieser Mission zu bewegen.

Ganze zwei Monde lang hörte ich nichts von ihnen. Ich fand mich gerade mit dem Gedanken ab, dass sie verschwunden oder desertiert waren, als mir Alcide die Rückkehr der Expedition ankündigte – genauer gesagt, die Rückkehr des einzigen Überlebenden. Zwei seiner Begleiter waren den Streitkolben thalittischer Krieger zum Opfer gefallen, ein weiterer war von einer Ratte gebissen worden und an der Farikskrankheit gestorben. Die drei übrigen waren verschollen. Sie hatten sich in den Tunnel gewagt, um dort nach Spuren zu suchen, während ihr Kamerad die Pferde gehütet hatte. Nachdem er zwei Tage und zwei Nächte lang allein in den Weiten des einstigen Schlachtfelds ausgeharrt und auf ihre Rückkehr gewartet hatte, gab er alle Hoffnung auf und kehrte nach Lorelia zurück, so schnell ihn sein Pferd trug.

Was sie auf ihrer Expedition entdeckt hatten, bestätigte viele meiner Vermutungen und machte mir Hoffnung. Die wichtigste Erkenntnis: Saat der Hexer war tatsächlich und ohne jeden Zweifel tot. Meine Männer hatten die Ruinen durchsucht und dort ein schwarzes Skelett auf einem Thron vorgefunden. Natürlich hatten Plünderer in dem verwüsteten Palast alles zertrümmert oder gestohlen, was nicht niet- und nagelfest war, doch die sterblichen Überreste des Mannes, um den sich so viele grausame Legenden rankten, hatte niemand anzurühren gewagt.

Zweitens: Eine Bestie, eine Kreatur, ein Ungeheuer – wie auch immer man es nennen will – hatte einst in der Nähe des Palasts in einem Labyrinth gehaust, das zu seinen Ehren errichtet worden war. Die Wallatten nannten es das »Mausoleum«: eine gewaltige Steinpyramide am Fuß des Gebirges, der die Zeit und gierige Räuberbanden nichts hatten anha-

ben können. Vermutlich waren meine Spitzel seit langem die Ersten, die sich über die Schwelle wagten, vielleicht sogar die Ersten seit jener Nacht, in der die arkischen Krieger die Barbaren durch ihren eigenen Tunnel nach Wallatt zurückgedrängt hatten.

Der Schwarze Legionär schilderte mir die Expedition in allen schaurigen Einzelheiten: die unheimliche Atmosphäre in den dunklen Gängen, die tiefen Spuren riesiger Krallen auf den steinernen Wänden und die Knochensplitter, die von den grausamen Morden zeugten, die dort stattgefunden haben mussten. Der Mann berichtete auch von einer Gruft im Herzen des Labyrinths, in der Tausende zertrümmerter Totenschädel lagen. Offenbar hatte der Dämon die Häupter seiner Opfer jahrelang aufbewahrt und sie dann in einem jähen Wutanfall zermalmt.

Bei diesem Anblick hatte sich mein Spähtrupp in panischer Angst davongemacht, auch wenn der überlebende Legionär überzeugt war, dass die Bestie das Mausoleum schon lange verlassen hatte. Er war der Meinung, sie habe sich tief im Gebirge verkrochen, weswegen seine drei Kameraden auch nicht von ihrer Durchsuchung zurückgekehrt seien.

Ich war anderer Ansicht. In den Gängen, die von ungelernten Sklaven gegraben worden und jahrelang unbenutzt geblieben waren, gab es gewiss viele Gefahren, denen meine Männer zum Opfer gefallen sein konnten. Nachdem ich mich der Einsicht gefügt hatte, dass Saats Kreatur tatsächlich unsterblich war, konnte ich mir nur schwer vorstellen, dass sie sich im Gebirge verkroch wie ein verwundetes Tier. Wo mochte Sombre nur sein?

Im folgenden Jahr entsandte ich drei weitere Expeditionen

ins Reich der Wallatten. Die erste hatte den Auftrag, das Labyrinth der Pyramide erneut gründlich zu durchsuchen, doch sie fand nicht mehr heraus als die Schwarzen Legionäre vor ihr. Die zweite Expedition schickte ich mit Waffen und schwerer Ausrüstung in den Gebirgstunnel, wo sie spurlos verschwand. Schließlich trug ich dem letzten Trupp auf, in dem Mausoleum des schwarzen Gottes einen Brief zu hinterlassen. Ich verschloss die Botschaft, deren Inhalt nur ich allein kannte, mit meinem Siegel. Wenn selbst eine so mächtige Organisation wie die Graue Legion es nicht mit Sombre aufnehmen konnte und es einer ganzen Heerschar von Spitzeln nicht gelang, den Unsterblichen zu finden, dann blieb mir nur eine Hoffnung: dass Sombre eines Tages an den Ort zurückkehrte, der einmal seine einzige Zuflucht, sein einziger Schlupfwinkel gewesen war.

Die Jahre vergingen wie im Flug. Ich wurde älter, wie alle Menschen. Manchmal vergaß ich sogar, dass ich jenseits der Berge eine Nachricht versteckt hatte, und ertappte mich dabei, mich ebenfalls nur mit den alltäglichen Sorgen zu beschäftigen, mit denen die Gockel und Hühner bei Hofe ihr belangloses Leben verbringen.

Da es nichts mehr für sie zu tun gab, stellte die Schwarze Legion ihre Arbeit ein. Alcide verlor dadurch an Einfluss und wurde immer verbitterter. Währenddessen wuchsen die Sprösslinge meines Bruders heran und wurden in den Hofstaat eingeführt. Bald waren mein Neffe und meine Nichte alt genug, um selbst Kinder zu bekommen. Machtlos musste ich mit ansehen, wie mir die Ehre und der gerechte Lohn für den unermesslichen Dienst, den ich Lorelien erwiesen hatte, versagt wurden. Mit der Zeit fügte ich mich in die traurige Ein-

sicht, dass ich nicht mehr darauf hoffen konnte, den Thron zu besteigen. Ich würde eines einsamen Todes sterben, und bald danach würden mein Name und mein Andenken der Vergessenheit anheimfallen.

Doch dann kam der Tag, an dem ich einen Sohn fand.

Jener glückliche Tag, an dem Sombre in meinem Palast erschien.

Wir haben so vieles gemeinsam. Er ist mein Erbe, er wird es für alle Zeit sein. Und ich weiß, wie viel ihm dieses Wort bedeutet.

ERSTES BUCH

DER WISSENDE

Nach dem neunten Dekant war abermals ein Gewitter aufgezogen, und der Regen hatte kurz vor dem Morgengrauen nachgelassen, als hätten die Schrecken der Nacht auch ihn erschöpft. Verstohlen beobachtete Nolan die wenigen Goroner, die so früh schon auf den Beinen waren: fleißige Handwerker, müßige Greise oder zerlumpte Bettler. Viele Passanten trugen schlichte Masken, die ihn unweigerlich an die Angreifer erinnerten, die sie bis auf die Dächer der kaiserlichen Stadt verfolgt hatten, zusammen mit ihrer rätselhaften Kreatur. Der bloße Gedanke an den Kampf jagte ihm einen Schauer über den Rücken, und er betrachtete die Menschen auf den Straßen, als stammten sie aus einer anderen Welt.

Neben ihm stapfte Amanón über das regennasse Pflaster. Wie Nolan selbst hatte er zahllose Schnitte und Prellungen im Gesicht und an den Händen, und an der Stelle, wo Keb ihn mit der Lowa erwischt hatte, verfärbte sich seine Schläfe zu einem ungesunden Gelb. Manó erwähnte den Vorfall mit keinem Wort und beklagte sich nicht, doch die Grimassen, die er bei jeder abrupten Kopfbewegung zog, sprachen Bände. Nolan selbst hatte eine tiefe Schnittwunde am Oberkörper, die sie notdürftig verbunden hatten. Am schlimmsten jedoch hatte es Bowbaq und vor allem Zejabel erwischt.

Obwohl es Nolan schwergefallen war, die bewusstlose Zü mit den anderen allein zu lassen, wäre es ihm nie und nimmer in den Sinn gekommen, Amanón die Hilfe zu verweigern. Nach dem Kampf hatten sich die Erben zwar in Sicherheit bringen können, aber ihre Feinde hatten die Verfolgung vermutlich nicht aufgegeben. So lief er nun mit Amanón zum Hafen, wo die *Rubikant* vor Anker lag, und sah sich in den schmuddeligen Gassen immer wieder wachsam um. Auch wenn sie davon ausgingen, dass die Gabiere noch an ihrem Platz war, wollten sie sich vergewissern, dass der Hafen nicht bewacht wurde und sich keine Mörder an Deck verbargen.

Im Hafenviertel, in dem vor allem Fischer und einfache Kaufleute wohnten, herrschte um diese Tageszeit bereits reges Treiben. Als sie die Kais erreichten, begriff Nolan, warum alle so früh auf den Beinen waren: Gut ein Drittel der Schiffe war schon zum Auslaufen bereit, und auch auf den übrigen wuselte die Besatzung herum. Ihm fiel ein, dass im Großen Kaiserreich niemand bei Nacht die Flüsse befuhr. Die Kapitäne verließen den Hafen erst bei Tagesanbruch und versuchten dann, bis Sonnenuntergang möglichst viele Meilen hinter sich zu bringen.

Diesen sonderbaren Brauch, der auf einen alten Aberglauben zurückging, hatten die Erben in der vergangenen Nacht immer wieder verflucht. Nachdem sie die Unbekannten und ihre schauderhafte Kreatur bezwungen hatten, wären sie am liebsten sofort zum Hafen gerannt und aus der Stadt geflohen. Doch da die *Rubikant* um diese Zeit nicht auslaufen konnte, ohne Aufsehen zu erregen, und sie Bowbaq und Zejabel auch nicht den weiten Weg bis zum Hafen hätten tragen können, hatten sie in der Stadt nach einem Unterschlupf gesucht. Zum Glück kannte sich Keb in Goran gut genug aus, um den Weg zu einer alten

Kapelle zu finden, die der Göttin Mishra geweiht war und offenbar nicht mehr benutzt wurde. Dort verschanzten sich die Freunde und verarzteten die Verwundeten, während ein Gewitter nach dem anderen über Goran niederging und alle jeden Augenblick damit rechneten, dass eine affenähnliche Bestie die Kapellentür einschlug.

Selbst jetzt, in den ersten Sonnenstrahlen des neuen Tages, konnte Nolan nicht aufatmen. Sie waren zwar erneut knapp dem Tod entronnen, aber diesmal hatte es wirklich böse für sie ausgesehen, und um Zejabel mussten sie weiter bangen. Die Zü hatte mehr Verletzungen davongetragen als alle anderen zusammen; nicht einmal um Bowbaq stand es so schlimm, obwohl er aus großer Höhe vom Dach gestürzt war. Allen stand noch lebhaft vor Augen, wie Zejabel mit einem gewaltigen Satz über den Abgrund gesprungen war, um Niss und Eryne zu Hilfe zu kommen. Damit war ein für alle Mal bewiesen, dass Zejabel zu ihnen gehörte. Die Vorstellung, sie zu verlieren, war unerträglich.

»Hier ist es gut«, sagte Amanón unvermittelt.

Er hatte einen Beobachtungsposten gefunden, der so weit von den Anlegern entfernt war, dass sie unentdeckt blieben und trotzdem gute Sicht auf das Deck der *Rubikant* hatten. Erleichtert sahen sie, dass die Gabiere nach wie vor am Anleger dümpelte.

»Was hast du vor?«, fragte Nolan, während er dem Treiben im Hafen zusah.

»Zuerst warten wir eine Weile. Wenn sich einer von Phrias' Anhängern auf unserem Schiff blicken lässt, können wir es abschreiben.«

Phrias der Verfolger, auch »der Verderbliche« genannt. Amanón hatte die Sekte, die diesem Dämon huldigte, schon in seine Überlegungen einbezogen, obwohl sie gerade erst von ihrer Beteiligung an der Verschwörung gegen die Erben erfahren hatten – und zwar von Eryne! Mitten in der Nacht, als sie mit gesenkter Stimme darüber diskutiert hatten, welche Feinde sich unter den goronischen Masken und Mänteln verborgen haben mochten, hatte seine Schwester ihnen die Antwort geliefert. Obwohl sie verschwiegen hatte, woher sie es wusste, ahnte Nolan, dass wieder einmal ihre wundersamen Kräfte im Spiel gewesen waren. Trotz allem konnte er einfach nicht glauben, dass Eryne tatsächlich eine Göttin aus dem Jal'dara war! Er musste zugeben, dass sie einige unerklärliche Fähigkeiten besaß, aber sie auf eine Stufe mit Eurydis, Zuïa und den anderen Unsterblichen zu stellen, widersprach seinen religiösen Überzeugungen.

Eine ganze Dezime lang blieben Amanón und Nolan auf ihrem Posten. Glücklicherweise waren auf den Anlegestegen und in den angrenzenden Straßen so viele Menschen unterwegs, dass die beiden jungen Männer nicht weiter auffielen. Wenn ein Passant vorbeikam, plauderten sie bemüht unbefangen über das Wetter oder andere unverfängliche Themen, doch sobald sie wieder allein waren, sprachen sie kaum ein Wort. Die Erben mussten die Ereignisse der vergangenen Nacht erst verarbeiten, bevor sie sich darüber austauschen konnten. Unwillkürlich dachte Nolan an Cael, der vor Scham und Verzweiflung am Boden zerstört war, weil er seinen eigenen Cousin mit dem Rapier bedroht hatte. Sie würden ihn nur mit sehr viel Geduld und Feingefühl wieder aus seinem Schneckenhaus hervorlocken können, und dafür hatten sie in der gegenwärtigen Lage keine Zeit.

»Der Dara-Stein hängt immer noch am Mast«, stellte Nolan fest. »Damit ist das Schiff für Götter und Dämonen ebenso unsichtbar wie wir selbst. Ich glaube nicht, dass wir uns in Gefahr begeben, wenn wir es uns aus der Nähe ansehen.«

»Aber wenn wir einem Dämon direkt in die Arme laufen, wirkt der Schutz nicht«, erinnerte ihn Amanón. »Die Kreatur von heute Nacht konnte uns ja auch sehen. Außerdem könnten wir einem der maskierten Verrückten begegnen. Sie wissen bestimmt, dass wir mit dem Schiff gekommen sind, und ich bin fast sicher, dass sie den Hafen überwachen – jedenfalls würde ich das an ihrer Stelle tun.«

Nolan nickte gereizt. Er wusste, dass Amanón recht hatte, aber er hätte am liebsten alle Vorsicht in den Wind geschlagen, um rasch wieder zu Zejabel und den anderen zurückzukehren. Wenn die Zü in seiner Abwesenheit ihren Verletzungen erlag, würde er sich das nie verzeihen.

»Ich glaube eher, dass sie an der Hafenausfahrt auf der Lauer liegen«, mutmaßte er. »Es wäre doch unsinnig, alle Anleger bewachen zu lassen, wenn es ohnehin nur eine einzige Ausfahrt gibt.«

Amanón rieb sich seufzend die unrasierten Wangen. Bisher hatte er seinen Bart stets sorgfältig gestutzt, aber nach den grauenvollen Erlebnissen der letzten Nacht sah er zerzaust und mitgenommen aus. Zwar hatten die Gefährten Erfahrungen gesammelt und ihre Freundschaft vertieft, doch die Prophezeiung der Undinen lastete schwer auf ihnen, und die Erschöpfung stand allen ins Gesicht geschrieben.

»Ich gehe hin«, beschloss Nolan unvermittelt. »Dann haben wir wenigstens Gewissheit.«

»Nein, *ich* gehe«, protestierte Amanón erschrocken. »Ich habe dich nicht gebeten mitzukommen, damit du dich an meiner Stelle in Gefahr begibst.«

»Mir passiert schon nichts. Und falls doch, kommst du mir eben mit Keb zu Hilfe.«

Nolan kehrte Amanón den Rücken, ohne eine Antwort abzuwarten, und schlenderte zum Hafen hinunter. Er mahnte sich zur Ruhe, obwohl er immer nervöser wurde, je weiter er sich von dem einzigen vertrauten Menschen weit und breit entfernte. Der Stockdegen, den er umklammert hielt, kam ihm auf einmal viel zu dünn und leicht vor, um sich gegen ihre Feinde zur Wehr zu setzen, und seine schmerzenden Glieder würden sicher schnell ermüden, wenn es zum Kampf kam.

Doch trotz aller Angst und Erschöpfung spürte Nolan auch neue Zuversicht. Bei dem Kampf gegen das Ungeheuer hatte er ungeahnte Kräfte in sich entdeckt. Als er sich eher aus Verzweiflung denn aus Heldenmut in die Schlacht gestürzt hatte, war er über sich hinausgewachsen. Es war nicht nur die Todesangst gewesen, die ihn so entfesselt hatte kämpfen lassen, sondern auch die Kraft des Glaubens, das Gefühl, einen heiligen Feldzug für das Gute in der Welt zu führen. Im Eifer des Gefechts hatte er sogar zum ersten Mal ernsthaft in Erwägung gezogen, er selbst könnte der Erzfeind sein.

Dieser Gedanke hatte ihn seither nicht mehr losgelassen, aber er behielt ihn für sich. Im Grunde kam es ihm unwahrscheinlich vor, dass einer seiner Gefährten oder er selbst einen so mächtigen Dämon wie Sombre bezwingen konnte. Nur wenn er sich von der Erinnerung an seinen Kampf gegen das Affenungeheuer überwältigen ließ, schien ihm ein Sieg möglich. Im entscheidenden Moment war der Glaube seine wirkungsvollste Waffe gewesen, und darum war er fest entschlossen, sie gut zu pflegen.

So fühlte sich Nolan, der nur noch einen Steinwurf von der *Rubikant* entfernt war, auf einmal so stark, dass er sich ungeachtet seiner Müdigkeit, der Schmerzen und der erbärmlichen Ausrüstung auf jeden Feind gestürzt hätte, der sich ihm in den Weg zu stellen wagte. Eurydis würde seinen Arm auch diesmal führen, auf diese Gewissheit konzentrierte er sich mit aller Macht. Hätte er nur den kleinsten Zweifel zugelassen, hätte er sich wohl auf dem Boden zusammengekauert oder aus vollem Halse losgeschrien, um der Angst um seine Eltern, Eryne und Zejabel endlich Luft zu machen.

Als er bei der Gabiere angelangt war, drehte er sich kurz zu Amanón um. Vor Schreck stockte ihm der Atem: Sein Freund war verschwunden! Doch noch bevor er in Panik geraten konnte, entdeckte er ihn vor den Festungsanlagen, die den Hafen umgaben. Manó hatte sich an eine Mauer gelehnt, wohl um schneller bei ihm sein zu können, falls Gefahr drohte. Beruhigt schwang sich Nolan über die Reling der *Rubikant*. Obwohl sie das Schiff erst seit sieben Tagen besaßen, hatte er das Gefühl, nach Hause zurückzukehren.

Er gab sich unbekümmert, aber selbst der flüchtigste Blick eines Passanten machte ihn nervös. Versteckte sich vielleicht doch eine Mörderbande unter Deck? Schließlich hatten sie an Bord schon einige böse Überraschungen erlebt: den Überfall der K'lurier in Lorelia, die verzweifelte Flucht vor den lorelischen Eskadrillen, den Angriff des Leviathan und Niss' Sturz ins Meer, bei dem sie fast ertrunken wäre … Wenn man bedachte, wie oft sie an Bord zusammengesessen und über Sombre, das Geheimnis des Jal und das Schicksal des Erzfeinds gesprochen hatten, konnte man sich gut vorstellen, dass die *Rubikant* bis in alle Ewigkeiten von Alpträumen verfolgt werden würde. Zum Glück hatten Schiffe kein Gedächtnis.

Nachdem Nolan vom Bug zum Heck und wieder zurück geschlendert war, ohne etwas Verdächtiges zu entdecken, entriegelte er vorsichtig die Luke. Erst als er in die Kombüse hinabgestiegen war, wagte er durchzuatmen. Alles war so, wie sie es zurückgelassen hatten, als sie zu Chebrees Palast aufgebrochen waren. Selbst die Luft roch noch genauso abgestanden.

Die Erben hatten also eine Sorge weniger. Erleichtert wandte sich Nolan den praktischen Dingen zu, um die er sich nun kümmern musste. Er griff sich einen großen Sack und packte ein paar Lebensmittel und einen Wasserschlauch ein. Während er ein Stück Krümelbrot kaute, kramte er Verbandszeug und Wundsalben hervor und beglückwünschte Amanón im Stillen zu seiner Voraussicht: Es war eine gute Idee gewesen, noch vor ihrem Besuch bei der wallattischen Königin die Vorräte aufzufüllen. Das hatte zwar ihren Aufbruch verzögert und Keb zur

Weißglut gebracht, aber jetzt konnten sie sich glücklich schätzen, dass Amanón darauf bestanden hatte. Als hätte er geahnt, was ihnen bevorstehen würde!

Bei diesem Gedanken fiel Nolan plötzlich ein, dass sich sein Freund bestimmt Sorgen machte, wenn er so lange unter Deck blieb. Er eilte die Treppe hinauf, um ihm von der Reling aus ein Zeichen zu geben, und stieß fast mit Amanón zusammen, der gerade mit der Hand am Griff seines Krummschwerts auf die Luke zustürmte. Als er Nolan erkannte, entspannte er sich.

»Es ist alles in Ordnung«, beruhigte ihn Nolan. »Ich habe nur ein paar Sachen zusammengepackt.«

»Wir sollten uns trotzdem beeilen«, meinte Amanón. »Hier sind zu viele Leute unterwegs. Wir würden die Mörder nicht kommen sehen, wenn sie plötzlich auftauchen.«

Nolan nickte und ging den Sack holen, den er in der Kombüse zurückgelassen hatte. Rasch packte er noch eine Decke, frische Sachen für Zejabel und eine Jacke für Eryne ein, die in der Nacht gefroren hatte. Dann sah er sich ein letztes Mal prüfend um, bevor er zu Amanón hinaufging und ihm auf den Kai folgte.

»Und was jetzt? Gehen wir zurück zu den anderen?«

»Noch nicht«, erwiderte Amanón. »Das Schiff scheint sicher zu sein, aber wie du schon gesagt hast, müssen wir auch irgendwie aus dem Hafen herauskommen. Wir sollten uns an der Ausfahrt umsehen.«

Obwohl Nolan es kaum erwarten konnte, in die Kapelle zurückzukehren, nickte er pflichtschuldig. Während sie an den Festungsmauern entlang auf das Tor zugingen, mit dem der Kanal verschlossen werden konnte, musterten sie die Katapulte und anderen Kriegsgeräte, die den Hafen sicherten. Soldaten in eisernen Rüstungen hielten Schaulustige auf Abstand und versperrten den Weg zu den Schießscharten, durch die man auf den Fluss blicken konnte.

Die beiden drängten sich noch eine Weile an den Mauern entlang durch das Menschengewühl. Die Goroner schienen diesen Weg zu benutzen wie jede andere Straße der Stadt, und Nolan begann zu hoffen, dass sie inmitten der bunten Menge aus Frauen, Männern und Kindern womöglich sogar zu Fuß oder zu Pferd fliehen konnten, wenn es sonst keine Möglichkeit gab. Aber diese Illusion zerschlug sich, als sie in Sichtweite der gewaltigen Festungsbrücke kamen, die den Fluss überspannte.

Von dort aus hatte man jeden im Blick, der in den Hafen kam oder ihn verlassen wollte. Und genau hier hatten eine Handvoll Männer in langen Mänteln und furchterregenden Masken Stellung bezogen. Phrias' Anhänger erwarteten sie.

Während er im gleichen Moment wie Amanón einen Satz rückwärts machte, fragte sich Nolan, ob die Mörder sie nicht schon längst entdeckt hatten.

Eryne zuckte jedes Mal zusammen, wenn vor der Tür schwere Schritte erklangen. Es war fast, als machten sich die Goroner einen Spaß daraus, auf Zehenspitzen die Straße hinaufzuschleichen, unmittelbar vor dem Eingang zur Kapelle heftig auf das Pflaster aufzutreten und dann gleichgültig ihrer Wege zu gehen. Irgendwann, da war sie ganz sicher, würde einer von ihnen hereinschauen und sie entdecken. Was würde ein zufälliger Passant wohl tun, wenn er in dieser heiligen Stätte ein Häuflein Flüchtlinge fand?

Kebree hielt zwar Wache, aber er würde nicht viel tun können, falls plötzlich ein Einheimischer hereingeschneit kam. Sie konnten den armen Kerl schließlich nicht fesseln oder ihn gar niederschlagen, um ihn zum Schweigen zu bringen – zumindest hoffte Eryne, dass sich Keb zügeln würde. Andererseits war sie insgeheim ganz froh, von einem Krieger beschützt zu werden, der sich auch auf etwas rüdere Methoden verstand. Seit sie aus Lorelia geflohen war, kannte sie dieses Dilemma nur zu gut.

Als sie den Blick gedankenverloren auf dem wallattischen Prinzen ruhen ließ, schenkte er ihr plötzlich sein strahlendes Lächeln, das sie jedes Mal so verwirrte. Zaghaft lächelte sie zurück und sah dann hastig weg. Seit der vergangenen Nacht hatten sie kaum ein Wort gewechselt. Gleich nachdem Keb den letzten Gegner niedergeschlagen hatte, hatte er die reglose Zejabel hochgehoben und war allen voran zu Bowbaq hinuntergestürmt. Dann waren sie mit letzter Kraft durch die Straßen der Stadt geflohen, bis sie in der kalten, zugigen Kapelle Zuflucht gefunden hatten. Die restliche Zeit bis zum Morgen hatten sie damit zugebracht, die Verwundeten zu versorgen und auf verdächtige Geräusche zu lauschen. Mehr als ein paar kurze Sätze war keinem über die Lippen gekommen.

Eryne hatte Amanón und Nolan nur ungern zu ihrem Erkundungsgang aufbrechen sehen, denn ohne die beiden fühlte sie sich noch schutzloser als zuvor. Aber bei dem Gedanken, Kebree könnte ihr in ihrer Abwesenheit seine Liebe gestehen, war ihr genauso unwohl. Dabei brauchte er gar nicht auszusprechen, was er für sie empfand. Seit er sich seiner eigenen Mutter widersetzt und Eryne seine Loyalität beteuert hatte, bestand kein Zweifel mehr daran, dass er nicht nur aus reiner Freundschaft an ihrer Seite geblieben war. Die Leidenschaft, mit der er sich für sie einsetzte, sagte mehr als tausend Worte.

Und Eryne musste zugeben, dass auch er sie nicht ganz unberührt ließ. Er war ein großer, schöner Mann, und wenn er sie ansah, fühlte sie sich begehrenswerter als je zuvor. Bei der Vorstellung sich an seine Brust zu schmiegen und den Duft seiner Haut einzuatmen, spürte sie eine Hitzewelle durch ihren Körper strömen … Doch dieser Sehnsucht wollte sie sich nicht hingeben, und zwar aus zwei guten Gründen.

Zum einen fühlte sie sich auch zu Amanón hingezogen.

Allerdings waren ihre Gefühle für ihn ganz anderer Natur. Während Keb sie mit seinem Charisma und seiner Kraft beeindruckte, nahm Amanón sie mit seiner Intelligenz, seiner Umsicht und vor allem mit seinem Großmut für sich ein. Sie hatte die edle Geste, mit der er dem Wallatten sein Vertrauen bewiesen und damit Keb die Würde zurückgegeben hatte, nicht vergessen. Und auch wenn er im Kampf weniger geschickt war als der Prinz, hatte er ebenso viel Mut bewiesen. Von Anfang an hatte sich Amanón immer wieder in Gefahr begeben, um die anderen Erben zu schützen und sie vor dem Schlimmsten zu bewahren, ganz so, wie es ein Vater für seine Kinder tun würde. Auch er war auf seine Art ein starker Mann, an dessen Schulter sie sich nur zu gern angelehnt hätte.

Aber sie konnte und wollte sich nicht für einen von beiden entscheiden. Denn noch etwas anderes bereitete ihr Kopfzerbrechen, und das war der zweite Grund für ihre Zurückhaltung: die rätselhaften Fähigkeiten, die sie in letzter Zeit an sich bemerkte.

Auf dem Platz der Reiter in Lorelia hatte sie die Gedanken fremder Leute in ihrem Kopf gehört, auf Ji hatte sie die Erben durch ein Labyrinth geführt, in das sie noch nie zuvor einen Fuß gesetzt hatte, und vorige Nacht hatte sie zwei Angreifer im Schwertkampf besiegt, obwohl sie zum ersten Mal in ihrem Leben eine Waffe in der Hand gehalten hatte. Dabei war sie sogar unverletzt geblieben, abgesehen von einer kleinen Schnittwunde am Handgelenk, die sie allein ihrer eigenen Ungeschicklichkeit zuzuschreiben hatte.

So empfindsam und ängstlich sie sonst auch sein mochte – sie hatte tatsächlich den Mut aufgebracht, ihren beiden Gegnern die Stirn zu bieten und ihre Gedanken zu lesen. Dadurch hatte sie ihre Bewegungen vorausahnen können und war ihnen stets einen Wimpernschlag voraus gewesen. Sie hatte nur im richtigen Moment ihr Schwert ausstrecken oder zur Seite springen müssen, und schon waren die Männer ihr ganz von allein in die Klinge gerannt oder bei dem Versuch, sie zu erstechen, über die Dachkante in die Tiefe gestürzt.

Seither waren einige Dekanten vergangen. Eryne kam

das Ganze allmählich vor wie ein böser Traum, ganz so, als hätte der Kampf nur in ihrer Einbildung stattgefunden. Andererseits war ihr jeder Moment dieser Szene, die sie wie im Rausch erlebt hatte, unauslöschlich ins Gedächtnis gebrannt. Mit verblüffender Genauigkeit erinnerte sie sich an die Gedanken der beiden Männer, ihre Namen, ihre Empfindungen während des Kampfes und an ihre bisherigen Verbrechen, die ihr in allen Einzelheiten vor Augen standen und die sie am liebsten gleich wieder vergessen hätte.

Immerhin hatte sie auf diese Weise erfahren, mit welchen Feinden sie es diesmal zu tun hatten. Die Angreifer waren Anhänger Phrias' – eine weitere Sekte, die sich der Dunklen Bruderschaft angeschlossen und die Verfolgung der Erben aufgenommen hatte, nicht anders als die Valiponden und K'lurier. Dieses Wissen half ihnen zwar nicht viel weiter, doch als Eryne plötzlich damit herausgerückt war, hatten die Erben nicht schlecht gestaunt. Auf Fragen wie »Woher wisst Ihr das?« und »Bist du sicher?« hatte sie nur leise geantwortet: »Ich habe ihre Gedanken gelesen. Aber darüber sollten wir erst sprechen, wenn Zejabel wieder bei Kräften ist.«

Leider verfügte die Zü nicht über Kebs erstaunliche Fähigkeit, sich innerhalb kürzester Zeit von schweren Verletzungen zu erholen. Nach dem Angriff der K'lurier im Hafen von Lorelia hatte er in Lebensgefahr geschwebt, und auch diesmal war er von einem Gegner am Oberschenkel verwundet worden, aber er stand schon wieder lässig an die Wand neben dem Eingang gelehnt und schien auf den nächsten Kampf zu warten. Gewiss würde er mühelos seine Lowa schwingen, sobald einer ihrer Feinde über die Schwelle trat.

Zejabel hingegen lag reglos auf einem geborstenen Altar, der Verband um ihren Oberkörper hatte sich in der Magengegend rot verfärbt, und ihr sonst so dunkles Gesicht war totenbleich.

Obwohl Eryne nicht wusste, wie sie ihr helfen konnte, wich sie nicht von ihrer Seite und streichelte ihr immer wieder sanft die Hand. Unfassbar, dass sie die Zü bei ihrer ersten Begegnung nicht hatte ausstehen können und ihr so lange mit Misstrauen begegnet war. Nun bangte sie um das Leben einer Freundin, die bereit gewesen war, für sie in den Tod zu gehen! Die Kriegerin war unerschrocken über einen tiefen Abgrund hinweg von einem Dach zum anderen gesprungen und hatte sich einer feindlichen Übermacht gestellt, um sie zu schützen. Zudem war es ihr gelungen, Erynes inneren Widerstand zu überwinden und sie dazu zu bringen, Gebrauch von den Kräften zu machen, die sie bislang nicht hatte wahrhaben wollen.

Ja, Eryne hatte Zejabel und allen anderen viel zu verdanken. Seit Beginn dieser Tragödie, seit der entsetzlichen Nacht, in der ihre Eltern verschwunden waren, war sie als Einzige unverletzt geblieben. Selbst die kleine Niss hatte in den eisigen Fluten des Mittenmeers dem Tod ins Auge geblickt, und Bowbaq hätte sich bei dem Sturz vom Dach das Genick brechen können! Und erst der arme Cael – ein halbes Kind noch, dem die K'lurier ihre Zackendolche in den Oberkörper gebohrt hatten … Und Nolan … Amanón … Keb … Sie alle hatten tiefe Wunden davongetragen, um ihr das Leben zu retten. Sie alle waren fest entschlossen, sich nicht kampflos zu ergeben und den Erzfeind zu beschützen, wer von ihnen es auch sein mochte.

Auch darüber hatte Eryne in den vergangenen Dekanten viel nachgedacht. Sie hatte die beiden Anhänger Phrias' so spielend leicht bezwungen, dass sie sich den Tatsachen nicht länger verschließen konnte. Sie unterschied sich von anderen – von anderen Sterblichen. Und das flößte ihr eher Angst als Stolz ein.

So umklammerte Eryne Zejabels Hand und betete um das Leben des einzigen Menschen, der ihr erklären konnte, wer sie wirklich war.

Da die wenigen Holzmöbel der Kapelle entweder zerbrochen oder von Würmern zerfressen waren, hatten die Erben Bowbaq auf den Steinboden betten müssen. In einer Kammer, die einmal als eine Art Gebetsraum gedient haben mochte und in der er einigermaßen vor Kälte und Feuchtigkeit geschützt war, hatten sie ihm ein Lager hergerichtet. Niss hatte sich an ihren Großvater geschmiegt und wachte über den Verletzten.

Trotz der Sorge um Bowbaq und der Angst vor ihren Feinden war sie immer wieder eingenickt, denn ihr Großvater atmete so tief und friedlich, dass sie sich davon einlullen ließ. Nach dem Kampf war sie völlig erschöpft, schließlich hatte sie zum ersten Mal seit Jahren ihre Erjak-Kräfte angewendet. Sie hatte ganz vergessen, wie ermattet man sich danach fühlte, vor allem nach einer so langen Zeit in einem fremden Körper. Und diesmal war sie wirklich sehr weit gegangen!

Gerade deswegen war es erstaunlich, wie glimpflich sie davongekommen war. Eigentlich hätte sie nach einer solchen Anstrengung in sich zusammensacken müssen wie eine Marionette, der man die Fäden durchgeschnitten hatte. Stattdessen hatte sie sich sofort wieder aufgerappelt, war über mehrere Treppen zu dem ohnmächtigen Bowbaq hinuntergerannt und hatte dann auch noch die Kraft aufgebracht, ihren Großvater zusammen mit Keb und Manó zu der Kapelle zu tragen, während sich die anderen um Zejabel kümmerten.

Als sie sich dehnte und streckte, stellte sie verblüfft fest, wie ausgeruht sie sich fühlte. Wie war das möglich? War sie ganz einfach stärker, weil sie drei Jahre älter war als beim letzten Mal? Oder war sie in der Hitze des Gefechts über sich hinausgewachsen? Es konnte natürlich auch sein, dass sich ihre Erjak-Kräfte weiterentwickelt hatten …

Diese letzte Möglichkeit kam Niss gar nicht so unwahrscheinlich vor. Sie war selbst überrascht gewesen, wie mühelos es ihr gelungen war, in den Tiefen Geist des Mörders einzutauchen und die Kontrolle über seinen Körper zu übernehmen. Sie hatte ihn viele Dezillen lang wie eine Puppe gelenkt und eine gefährliche Attacke nach der anderen ausführen lassen, und das mit einer Leichtigkeit, die sie noch nie erlebt hatte. Dabei hätte sie nach der dreijährigen Pause doch ziemlich aus der Übung sein müssen! Dass es trotzdem so gut geklappt hatte, musste also entweder an den bedrohlichen Umständen gelegen haben, oder irgendetwas in ihr hatte sich tatsächlich verändert. Und das hatte mit dem Tiefen Traum zu tun, da war sie ganz sicher. Schließlich hatte sie drei Jahre lang in einer anderen Welt vor sich hingedämmert.

Jedes Mal, wenn sie an diesen Abschnitt ihres Lebens dachte, wurde ihr unbehaglich zumute. Um sich auf andere Gedanken zu bringen, stützte sie sich auf den Ellbogen und betrachtete das Gesicht ihres Großvaters. Seine Züge waren entspannt, aber jedes Mal, wenn er kurz zu sich kam, verzogen sie sich vor Schmerz. Nolan und Keb hatten ihn gründlich untersucht, ohne Brüche oder schwere Prellungen zu entdecken, aber nur Bowbaq selbst konnte ihnen sagen, wie schlimm es wirklich um ihn stand. Sie würden sich gedulden müssen, bis er richtig wach wurde. Bei dem Gedanken, dass er sich vielleicht nie mehr von dem Sturz erholte, wurde Niss ganz schlecht. Hatte ihr Großvater vielleicht schwere innere Verletzungen davongetragen? Er durfte nicht im Tiefen Traum versinken, alles, nur das nicht!

Seufzend legte sie sich wieder auf ihren ausgebreiteten Mantel. Zwei kleine Spitzbogenfenster hoch oben im Gemäuer ließen das Licht des frühen Morgens herein, und nach einer Weile fiel ihr Blick auf ein Deckengemälde, das so verwittert war, dass sie es in der Dunkelheit nicht hatten sehen können. Der Anblick brachte Niss ins Grübeln. Das Kunstwerk zeigte Mishra mit dem Bärenkopf, die Göttin der Gerechtigkeit. *Gerechtigkeit.*

Vielleicht war es kein Zufall, dass sie ausgerechnet in dieser Kapelle untergekommen waren? Inzwischen war ja bewiesen, dass die Götter tatsächlich existierten. Es war also denkbar, dass sich Mishra, Eurydis und die anderen Kinder des Dara für das Schicksal der Gefährten interessierten … Aber so recht konnte Niss nicht daran glauben. Die Unsterblichen waren gar nicht imstande, sie zu beschützen, da die Gwelome, die die Erben trugen, sie für die Götter unsichtbar machten. Nein, sie und ihre Freunde waren ganz allein, und nicht ein höheres Wesen hatte sie hergeführt, sondern Kebree, der sich schwach erinnerte, hier einmal einen Rausch ausgeschlafen zu haben. Von göttlicher Vorsehung oder Hilfe keine Spur!

Seit sie aus dem Tiefen Traum erwacht war, vergaß sie manchmal, dass sie erst dreizehn Jahre alt war, so viel gab es zu bewältigen. Sie betrachtete sich eigentlich schon als Erwachsene – aber hatte sie ihre Kindheit nicht auch schlagartig hinter sich lassen müssen? Letzte Nacht war sie in den Körper eines Feindes geschlüpft und hatte ihn dazu benutzt, *sieben* Menschen zu töten. Sie hatte sieben denkende, fühlende Lebewesen umgebracht, während ihr es früher schon schwergefallen war, beim Angeln eine Lachsforelle aus dem Wasser zu ziehen!

Schlimmer noch, sie hatte jedes Mal aus dem Hinterhalt angegriffen, um die Männer zu töten, die ihren Freunden gefährlich werden konnten. Keinen Augenblick lang hatte sie Mitleid mit diesen Menschen gehabt, die sich vor Schmerz schreiend am Boden wanden, oder Ekel vor dem aus ihren Wunden strömenden Blut empfunden.

Selbst jetzt, einige Dekanten nach dem Blutbad, verspürte sie weder Scham noch Reue. Sie hatte das Ihre zu dem Kampf beigetragen, zumal sie keine andere Wahl gehabt hatte, als die Männer von hinten anzugreifen. Nur weil sie im Körper eines Kriegers steckte, war sie noch lange keine geübte Fechterin. In einem fairen Duell hätte sie keine Chance gehabt. Kurzum, sie hatte einfach versucht, ihren Freunden aus der Klemme zu helfen, so gut sie eben konnte. Aber warum zögerte sie dann, den anderen ihr Geheimnis anzuvertrauen? Offenbar gingen alle davon aus, dass Keb ihre Gegner im Alleingang die Treppe hinuntergetrieben hatte. Was hielt sie davon ab, ihnen die Wahrheit zu sagen?

Vielleicht machten ihre erstarkte Erjak-Kraft und die Kaltblütigkeit, mit der sie gemordet hatte, ihr insgeheim doch zu große Angst. Irgendetwas daran erschien ihr bedrohlich. Sie konnte sich gut zureden, so viel sie wollte – die böse Vorahnung blieb.

Dabei kam ihr Cael in den Sinn. Obwohl niemand ein Wort darüber verlor, hatte Niss mitbekommen, dass sich der Junge im Kampf fast auf seinen eigenen Cousin gestürzt hätte. Die sonderbare Stimme, die ihn manchmal in ihre Gewalt bekam, hatte ihn offenbar wieder um den Verstand gebracht. Einige wenige Augenblicke lang war er nicht mehr in der Lage gewesen, Freund und Feind zu unterscheiden.

Auf einmal hatte Niss das Bedürfnis, mit Cael zu sprechen. Behutsam löste sie sich von Bowbaq, warf ihm einen letzten Blick zu und ging dann zu den anderen, nachdem sie einsehen musste, dass er wohl nicht so bald aufwachen würde.

Keb stand immer noch am Eingang und kaute auf einem Stück Leder herum, um sich wach zu halten. Eryne hielt Zejabel die Hand, und Niss spürte einen Stich im Herzen, als sie zu den beiden trat und den blutgetränkten Verband sah. Sie lächelte Eryne aufmunternd zu und schlüpfte dann in die gegenüberliegende Kammer.

Hier hatte sich Cael gleich nach ihrer Ankunft verkrochen. Die anderen teilten ihm hin und wieder mit, wie es um die Verletzten stand, doch er brummte jedes Mal nur einen kurzen Dank. Niss hatte ihn bisher in Ruhe gelassen. Als sie die angelehnte Tür aufschob, verkrampfte sie sich, aber Cael bot ein solches Bild des Jammers, dass ihre Unsicherheit sofort verflog. Der Junge kauerte mit angezogenen Knien in einer Ecke und hatte das Gesicht in den Armen vergraben. Er musste todunglücklich sein!

Niss wollte gerade auf ihn zugehen, da fiel ihr Blick auf das Rapier, das am anderen Ende der Kammer lag. Die Klinge war schwarz vor Blut. Hatte er es absichtlich weit von sich weggeschleudert? Es sah ganz danach aus.

»Wie geht's?«, fragte sie so sanft wie möglich.

Cael hob langsam den Kopf. Er hatte tiefe Ringe unter den Augen und schien geweint zu haben. Falls er überhaupt geschlafen hatte, musste er von Alpträumen geplagt worden sein. Eine Weile starrte er Niss ausdruckslos an, dann beugte er sich zur Seite und spähte durch die Tür hinaus.

»Nicht so toll«, gestand er nach einer Weile. »Und deinem Großvater?«

»Nichts Neues. Bei Zejabel auch nicht.«

Cael nickte bekümmert und legte den Kopf wieder auf die Knie. Nach kurzem Zögern setzte sich Niss neben ihn, schlang ebenfalls die Arme um die Beine und lehnte sich ganz leicht an Caels Schulter. Der Junge hielt kurz den Atem an, rührte sich aber nicht. Sie hätte nicht sagen können, wie lange sie so dasaßen. Niss wäre schon beinahe eingenickt, als sie ein Flüstern aufschreckte. Cael hatte etwas gesagt, leise und unendlich traurig.

»Meine Mutter fehlt mir«, murmelte er. Es klang fast verlegen.

Bei seinen Worten wurde Niss ebenfalls von Erinnerungen überwältigt. Sie dachte an Arkarien, an ihre Eltern, ihre Großmutter Ispen – und plötzlich drängten sich wieder die schrecklichen Bilder von der seltsamen Lichtkugel auf, die ihre Familie verschluckt hatte, während sie alle nichtsahnend im Fluss badeten.

»Meine Mutter fehlt mir auch«, sagte sie mit zittriger Stimme. »Und mein Vater, und alle anderen … Außerdem war ich ja drei Jahre lang … sozusagen weg. Sie wissen noch gar nicht, dass ich aus dem Tiefen Traum erwacht bin.«

Cael schwieg, während Niss gegen die Angst ankämpfte, die in ihr aufwallte, als sie an Bowbaq dachte. Er war der einzige Verwandte, der ihr geblieben war. Sie brauchte ihn mehr denn je.

»Und was ist mit deinem Vater? Denkst du oft an ihn?«, fragte sie und hob den Kopf. »Die anderen haben viel von ihm erzählt. Alle scheinen ihn sehr gern zu haben.«

Cael blieb so lange stumm, dass sie schon befürchtete, die Frage sei ihm zu persönlich.

»Ich weiß nicht, was ich von all dem halten soll«, gestand Cael nach einer Weile. »Er hat mir so vieles verheimlicht: dass er Magier ist und Erjak noch dazu, und was weiß ich noch was. Auch Tante Corenn hat mir nichts von ihren magischen Kräften erzählt.«

»Keiner unserer Verwandten hat uns davon erzählt«, erinnerte ihn Niss sanft. »Sie wollten uns beschützen.«

»Ja, aber selbst du wusstest Sachen über ihn, von denen ich nie erfahren habe, obwohl du so weit weg wohnst!«

In seiner Stimme schwangen Empörung und eine Spur Eifersucht mit. Er richtete sich abrupt auf, und Niss suchte fieberhaft nach den richtigen Worten, um ihn zu trösten.

»Bestimmt hätte er dich irgendwann eingeweiht. Du hast ja selbst gesagt, dass ... dass es besser ist, wenn du dich von Magie und solchen Dingen fernhältst, um die Stimme in deinem Kopf nicht zu wecken.«

»Das ist ja wohl gründlich danebengegangen«, sagte er heftig und hielt ihr die Handflächen hin.

Niss zuckte unwillkürlich zurück. An seinen Händen klebte eingetrocknetes schwarzes Blut. Das Blut einer übernatürlichen Kreatur, vielleicht gar eines Dämons, den Cael zusammen mit Amanón und Nolan in einem erbitterten Kampf besiegt hatte.

»Sie hätten mir das alles viel früher sagen müssen. Anstatt nach einer Lösung zu suchen, haben sie so getan, als wäre nichts! Dabei hätten sie vielleicht verhindern können, dass ich ... dass ich ein ...«

»Du bist nicht verrückt, Cael! Du kannst doch nichts dafür, das wissen wir alle.«

Er sah sie so durchdringend an, dass es Niss unheimlich wurde.

»Ja, aber irgendwann wird es zu spät sein! Irgendwann werde ich einen von euch verletzen oder ihm noch Schlimmeres antun. Aber dann nützt alles Jammern nichts, denn dann ist es zu spät, um euch mit dem Ungeheuer zu beschäftigen, das in mir steckt!«

Er wandte sich ab, seufzte schwer und lugte durch den Türspalt nach draußen. Dann sprach er so leise weiter, dass Niss die Ohren spitzen musste, um ihn zu verstehen.

»Du bist die Einzige, die sehen konnte, wie die Stimme in mir Gestalt angenommen hat. Du musst mir helfen, sie zu bekämpfen. Oder sie zumindest zu verstehen.«

»Ja, aber wie soll ich das …«

»Bitte«, flehte Cael. »Das ist vielleicht meine letzte Chance. Bei meinem nächsten Anfall wird etwas Schreckliches geschehen, das spüre ich. Versprich mir, dass du versuchen wirst, mir zu helfen.«

Niss blickte in das verzweifelte, erschöpfte Gesicht des Jungen, auf dem die Krallen der Bestie blutige Spuren hinterlassen hatten, und plötzlich blitzte für den Bruchteil einer Dezille eine Erinnerung in ihr auf: Cael hatte seine Waffe gegen sie erhoben, an einem anderen Tag, in einer anderen Stadt. Wieder hatte sie das seltsame Gefühl, dass ihre Schicksale miteinander verbunden waren, auf unheilvolle Weise.

In diesem Moment ließ sie ein Poltern an der Tür zusammenfahren. Niss sprang sofort auf, um zu ihrem bewusstlosen Großvater zu eilen und ihn nötigenfalls mit allen Mitteln zu verteidigen, doch Cael packte sie am Arm und hielt sie sanft, aber entschlossen fest.

»Versprich es mir«, drängte er.

»Ich verspreche es. Du kannst dich auf mich verlassen.«

Niss rannte aus der Kammer, während sich Cael aufrappelte, um ihr zu folgen. Es wäre ihr nie in den Sinn gekommen, ihm ihre Hilfe zu verweigern.

Sie würde ihm helfen, gegen die rätselhafte Stimme in seinem Kopf zu kämpfen, ganz gleich, wie gefährlich das werden mochte.

Bei seiner Rückkehr in die Kapelle war Amanón auf das Schlimmste gefasst gewesen: den Tod eines der Verletzten oder einen Hinterhalt von Phrias' Anhängern. Doch zum Glück war alles in Ordnung. Die neugierigen und erleichterten Blicke, mit denen ihn Eryne, Niss und sogar Keb begrüßten, beruhigten ihn sofort.

»Wo habt ihr euch denn so lange rumgetrieben?«, polterte der Wallatte. »Man braucht ja wohl keinen ganzen Dekant, um einmal zum Hafen und wieder zurück zu gehen! Habt ihr euch verlaufen?«

Nolan vergewisserte sich noch einmal, dass ihnen niemand gefolgt war. Erst als er die Tür zugezogen hatte, schilderte Amanón den anderen die Lage. Sie hatten sich an diesem Morgen schon genug Gefahren ausgesetzt, da konnte er auf ein Wortgefecht mit Keb gut verzichten.

»Auf dem Schiff ist alles in Ordnung, aber die Hafenausfahrt wird bewacht. Wahrscheinlich stehen auch sämtliche Tore unter Beobachtung. In Goran gibt es so viele Festungsmauern und Wachtürme, dass man nur genügend Männer braucht, um alle Wege aus der Stadt abzuriegeln.«

Die Neuigkeit wurde mit großer Enttäuschung aufgenommen. In diesem Moment stieß auch Cael zu den Gefährten und nickte seinem Cousin verlegen zu. Amanón erwiderte den stummen Gruß. Ihm fiel ein Stein vom Herzen. Er hatte mit wachsender Sorge gesehen, wie der Junge die ganze Nacht dumpf vor sich hingebrütet hatte, aber nun schien es ihm besser zu gehen.

»Und was sollen wir jetzt tun?«, fragte Eryne. »Wir können schließlich nicht warten, bis die Wachen irgendwann abziehen!«

»Ich kenne ein paar Stellen an der Stadtmauer, wo wir uns mit Gewalt Durchgang verschaffen können«, meinte Keb. »Wir müssten nur zwei oder drei Wachen außer Gefecht setzen und mit einer Eisenkralle und einem Seil auf die andere Seite klettern. Allerdings ...«

Er deutete mit dem Kopf auf Zejabel, über die sich Nolan besorgt gebeugt hatte. Mehr brauchte er nicht zu sagen: Da sie zwei Verletzte tragen mussten, erübrigte sich dieser Plan.

»Wir könnten uns auf einem anderen Schiff verstecken«, schlug Cael vor. »Bei unserer Ankunft wurde die *Rubikant* ja auch nicht durchsucht.«

Alle wandten sich zu dem Jungen um. Es war lange her, seit er sich das letzte Mal zu Wort gemeldet hatte.

»Darüber haben wir auch schon nachgedacht, aber ich befürchte, dass es noch mehrere Tage dauert, bis Zejabel und Bowbaq wieder auf den Beinen sind. Und wenn wir mit zwei Krankentragen an Bord gehen, fallen wir zu sehr auf. Ich halte es für klüger, so bald wie möglich auf die *Rubikant* zurückzukehren.«

»Aber die Hafenausfahrt wird doch bewacht!«, rief Eryne. »Sobald wir auslaufen, werden sie die Verfolgung aufnehmen! Wenn sie uns nicht schon im Hafen angreifen, wie in Lorelia!«

»Dieses Risiko müssen wir eingehen. Nolan und ich haben uns verschiedene Möglichkeiten überlegt. Eine davon erscheint uns machbar.«

Daraufhin schilderte ihnen Amanón in allen Einzelheiten den Plan, den er und Nolan auf dem Rückweg vom Hafen ausgetüftelt hatten. Wie erwartet reagierten die anderen eher zögerlich.

»Das verlangt uns große Entbehrungen ab«, bemerkte Eryne nachdenklich.

»Auch mir fällt die Entscheidung nicht leicht, glaubt mir. Aber wir haben keine Wahl.«

»Mich würde vor allem interessieren, wohin du willst, sobald wir aus der Stadt raus sind«, mischte sich Keb ein. »Das ist doch das Erste, was wir klären müssen, oder nicht?«

Amanón wandte sich zu Keb um. Er sah ihn plötzlich in einem ganz neuen Licht. Bisher hatten die Erben den wallattischen Prinzen nie in ihre Pläne einbezogen, schließlich hatte er selbst immer wieder betont, dass er es kaum noch erwarten könne, sie in Goran endlich zu verlassen. Doch die Ereignisse der vergangenen Nacht hatten auch sein Leben auf den Kopf gestellt. Nun war er ein Gejagter, wie sie alle.

»Nichts verpflichtet dich, bei uns zu bleiben«, sagte Amanón ernst. »Was mich betrifft, so hast du Chebrees Verrat mehr als wettgemacht. Es steht dir frei, nach Hause zurückzukehren und dein Leben weiterzuleben.«

»Um von dort aus seelenruhig zuzusehen, wie meine Mutter euch weitere Mörder auf den Hals hetzt?«, fragte Keb sarkastisch. »Unsinn. Das würde ich nicht ertragen. Die wallattische Königin hat sich Sombre unterworfen. Ich kann erst in mein Land zurück, wenn wir diesen Dämon wieder in das finstere Loch geworfen haben, aus dem er gekommen ist!«

Wie immer versteckte Keb seine Gefühle hinter spöttischen Bemerkungen, aber Amanón las in seinen Augen, dass es ihm ernst war. Er zweifelte nun nicht mehr, dass der abtrünnige Prinz auf ihrer Seite stand.

»Gut. Dann sollst auch du es wissen. Wir haben vor, Usul einen Besuch abzustatten.«

»Was?«, rief Cael.

»Schön, dass wir auch davon erfahren! Mich hat jedenfalls niemand gefragt«, empörte sich Eryne.

Die kleine Niss wiederum starrte ihn mit offenem Mund an: Ihr schien es vor Verblüffung die Sprache verschlagen zu haben. Besonders gespannt war Amanón auf Kebs Reaktion, aber der zeigte sich ungerührt.

»Ist das nicht dieser Gott, den eure Eltern vor zwanzig Jahren aufgesucht haben? Weil er angeblich die Antwort auf alles kennt?«

»Richtig«, bestätigte Nolan. »Er wird uns vielleicht sagen, wer der Erzfeind ist und wie wir Sombre bezwingen können. Seine Antworten werden in jedem Fall hilfreich sein. Das ist der beste Weg – um nicht zu sagen, der einzige.«

»Mir soll's recht sein«, brummte Keb. »Ich war ohnehin sicher, dass ihr beiden etwas aushecken würdet«, fügte er mit einem schiefen Grinsen hinzu.

»Aber Usuls Insel befindet sich am anderen Ende der Welt«, sagte Cael nachdenklich. »Wie sollen wir denn …«

»Und vor allem lauern dort schreckliche Gefahren«, fiel ihm Eryne ins Wort. »Habt Ihr vergessen, was Corenn in ihrem Tagebuch schreibt? Auf dieser Insel wimmelt es nur so von blutrünstigen Ratten! Amanón, Euer eigener Vater wäre fast an ihren Bissen gestorben!«

»Darüber machen wir uns Gedanken, wenn wir dort sind«, wiegelte Amanón ab. »Im Ernst, was bleibt uns anderes übrig? Sollen wir immer weiter fliehen? Uns Sombre und der Dunklen Bruderschaft ergeben? Auf einen Wink der Götter warten? Ihr wisst genauso gut wie ich, dass das hoffnungslos ist. Und unseren Eltern hilft es auch nicht.«

Alle schwiegen bedrückt, doch dann hellte sich Erynes Gesicht auf. Er hatte sie auf eine Idee gebracht. »Usul könnte uns sagen, was ihnen zugestoßen ist! Vielleicht weiß er sogar, wo sie gefangen gehalten werden!«

Amanón nickte und zwang sich zu einem Lächeln, obwohl er Erynes Zuversicht nicht teilte. Der allwissende Gott konnte ihnen vermutlich tatsächlich sagen, was ihren Eltern zugestoßen war, aber was, wenn er ihnen von ihrem Tod berichtete? Was, wenn niemand von ihnen der Erzfeind war und sie ihre Hoffnung, Sombre zu bezwingen, begraben mussten?

»Usul könnte uns auch helfen, die anderen Götter zu warnen«, sagte Nolan. »Er ist der Einzige, dessen irdischen Aufenthaltsort wir kennen, der Einzige, bei dem wir sicher wissen, wo wir ihn finden. Über ihn können wir vielleicht sogar mit Eurydis und anderen Unsterblichen in Verbindung treten – am besten mit allen, denen daran gelegen sein müsste, den Erzfeind zu beschützen. Wir dürfen uns diese Chance, mächtige Verbündete zu gewinnen, nicht entgehen lassen.«

»Wenn ich das richtig sehe, hängt unsere Zukunft also von dem Besuch bei einem sprechenden Fisch ab«, sagte Keb lakonisch. »Dann sollten wir uns schleunigst auf den Weg machen.«

»Es gibt noch etwas, das wir bedenken müssen«, sagte Amanón.

Sein ernster Ton sicherte ihm sofort die Aufmerksamkeit aller.

»Wir wissen nicht, ob Usul ein Kind des Dara oder des Karu ist. Mit dieser Reise könnten wir ebenso gut einem von Sombres Verbündeten in die Fänge gehen. Usul der Wissende steht nicht unbedingt in dem Ruf, besonders wohlwollend oder gnädig zu sein, im Gegenteil.«

Da alle schwiegen, stieß er einen schweren Seufzer aus und ergriff wieder das Wort. »Aber wenn wir Glück haben, wissen wir danach, wer der Erzfeind ist, wo sich unsere Eltern befinden und vielleicht sogar, wie wir den Dämon besiegen können. Ich finde, das ist das Risiko wert.«

Die anderen nickten zögernd. Ihre Begeisterung war jedoch wie weggeblasen.

Die Dinge, die Amanón und Nolan von der *Rubikant* mitgebracht hatten, versetzten ihre Gefährten in helle Freude. Eryne zog sich die Jacke über, als wäre sie ein aus Gold gesponnener Mantel. Niss griff zum Wasserschlauch, um ihren Durst zu stillen, und deckte Bowbaq mit der warmen Decke zu, Keb brach ein großes Stück Krümelbrot ab und schob es sich gierig in den Mund. Nach der langen Nacht in der feuchten, zugigen Kapelle kamen ihnen diese einfachen Dinge vor wie wahre Schätze.

Als Nächstes kümmerten sie sich um die Verletzten, vor allem um Zejabel, die sie nun endlich besser verarzten konnten. Geduldig säuberte Nolan ihre Wunden, trug Salbe auf und wechselte den Verband, so wie er es von den heilkundigen Maz gelernt hatte. Als er begann, ihre Bauchwunde zu nähen, brach ihm der kalte Schweiß aus. Zum Glück konnte ihm Keb mit Ratschlägen beistehen: Bei Kämpfen gegen Thalitten oder Prügeleien im Suff war er schon so oft verwundet worden, dass er aus eigener Erfahrung wusste, wie man verletzte Körper wieder zusammenflickte. Trotzdem bestand Nolan darauf, sich eigenhändig um Zejabel zu kümmern.

Was Bowbaq anging, waren die Freunde immer noch ratlos. Da er keine äußeren Verletzungen feststellen konnte, hielt ihm Nolan ein Fläschchen Riechsalz unter die Nase, um ihn aus der Ohnmacht zu wecken. Schon beim ersten Versuch hatte er Erfolg.

Bowbaq verzog das Gesicht, schob das Fläschchen unwirsch weg und griff sich an die linke Schulter, bevor er wieder wegdämmerte. Das gab Nolan einen wertvollen Anhaltspunkt. Mit Niss' Hilfe entblößte er den Oberkörper des Verletzten, tastete die Schulter ab und kam rasch zu dem Schluss, dass sich Bowbaq das Gelenk ausgekugelt hatte.

Den Gefährten war klar, dass sie die Schulter so schnell

wie möglich wieder einrenken mussten: Solange Bowbaq bewusstlos war, würde er den Schmerz weniger spüren. Während sich die Männer auf diese heikle Aufgabe vorbereiteten, vergrub Niss das Gesicht an Erynes Schulter, um das Ganze nicht mit ansehen zu müssen. Doch die anderen diskutierten erst noch ausführlich darüber, in welche Lage sie den Verletzten bringen sollten, in welchem Winkel der Arm gehalten werden musste und wie sie sich am besten aufstellten. Schließlich verließen sich die Freunde abermals auf Kebrees Erfahrung. Er behauptete nämlich, sich schon einmal selbst die Schulter eingerenkt zu haben, und zwar mit einem Seil, das er sich ums Handgelenk gebunden hatte!

Es klappte viel besser als erwartet. Als die anderen ihm das vereinbarte Zeichen gaben, zog Keb einmal kräftig an Bowbaqs Arm. Obwohl Bowbaq knurrte wie ein Bär, hörten alle das Knirschen, mit dem sich der Knochen an die richtige Stelle zurückbewegte. Einen Augenblick später verlor der Arkarier erneut das Bewusstsein.

Nolan rieb die Schulter mit einer schmerzlindernden Salbe ein und trug Niss auf, ihren Großvater in regelmäßigen Abständen das Riechsalz einatmen zu lassen, damit er so bald wie möglich aufwachte.

Nachdem die Verletzten versorgt waren und die Erben etwas gegessen hatten, begannen sie ihre Flucht aus Goran vorzubereiten. Keb und Cael versuchten, eine Bahre zu zimmern, aber das Holz in der Kapelle war viel zu morsch oder vermodert. Daraufhin erbot sich Keb, in den Läden des Viertels Material zu besorgen, und nach einigem Zögern willigte Amanón in den Vorschlag ein. Zum Glück brachte Keb den Ausflug ohne Zwischenfälle hinter sich – zumindest behauptete er das, als er mit zwei Paar Rudern, aus denen er den Rahmen basteln wollte, dickem Seil und zwei Säcken aus robustem Jutestoff zurückkehrte. Amanón konnte sich die Frage nicht verkneifen, wie viel Keb für die Ruder bezahlt habe, schließlich wirkten sie nicht gerade nagelneu. Anders gesagt, hatte er überhaupt dafür bezahlt? Anstelle einer Antwort setzte Keb nur ein selbstzufriedenes Grinsen auf.

Gegen Ende des zweiten Dekants, als die Sonne schon hoch am Himmel stand, waren die Tragen für Bowbaq und Zejabel fertig. Nun mussten die Erben nur noch entscheiden, wann sie aufbrechen sollten. Es galt abzuwägen, wie gefährlich der Transport der Verletzten sein würde, wie lange sie noch unentdeckt in der Kapelle bleiben konnten und wann sie am unauffälligsten zum Hafen kämen. Nach langer Diskussion einigten sie sich darauf, kurz nach Mit-Tag aufzubrechen, denn um diese Zeit würden die meisten Goroner wohl zum Essen zu Hause sein. Außerdem hofften sie, dass der eine oder andere Regenschauer die Menschen in ihre Häuser treiben würde, doch zu ihrem Pech hatten sich die Wolken des Vortags verzogen, und der Himmel war tiefblau.

So verging ein weiterer langer Dekant mit bangem Warten. Die Anspannung der Erben wuchs, als ein Trupp Soldaten der kaiserlichen Armee mit ihren eisenbeschlagenen Stiefeln über das Pflaster vor der Kapelle marschierte. Womöglich hatte die Dunkle Bruderschaft auch das goronische Heer unterwandert, nicht anders als die Graue Legion in Lorelia und das Große Haus von Kaul!

Außerdem wussten sie nicht, was aus den Leichen ihrer Feinde geworden war. Vielleicht waren die Überlebenden an den Schauplatz des Kampfes zurückgekehrt, um ihre toten Kameraden und womöglich sogar den Kadaver der Bestie zu beseitigen. Und wenn nicht? Suchten die Schutzmänner der Stadt schon nach den Mördern? Würde man sie auf dem Weg zum Hafen verhaften?

Vermutlich war es klüger, erst im Schutz der Dunkelheit zur *Rubikant* zu flüchten, aber Amanóns Plan funktionierte nur, wenn sie noch vor Einbruch der Dämmerung an Bord gingen. Mit wachsender Nervosität sahen die Erben dem entscheidenden Augenblick entgegen.

Doch es gab auch Grund zur Freude, denn Bowbaq erwachte endlich aus seiner Ohnmacht. Als Niss ihm zum sechsten Mal das Riechsalz unter die Nase hielt, begann er plötzlich wie wild mit den Armen zu fuchteln. Während er innerlich offensichtlich noch einmal den Sturz vom Dach durchlebte, traf er mit einer seiner weit ausholenden Bewegungen die arme Niss, die vor Überraschung und Schmerz aufschrie. Die Stimme seiner Enkelin holte Bowbaq in die Wirklichkeit zurück: Er schlug die Augen auf und starrte seine Freunde, die eilig herbeigelaufen kamen, verständnislos an. Als die erste Benommenheit verflogen war, versuchte er sich aufzurichten und griff sich mit schmerzverzerrter Miene an Schulter und Nacken. Niss drückte ihn sanft zurück auf die Decke und schmiegte sich an ihn.

Alle warteten geduldig, bis er vollends zu sich kam

und seine Stimme wiederfand, die zunächst noch ganz piepsig klang. Doch kaum hatten sie die ersten freudigen Worte gewechselt, bat Bowbaq seine Freunde im gewohnten Brummton, ihm beim Aufstehen zu helfen.

»Das ist keine gute Idee«, meinte Nolan. »Du solltest dich lieber noch schonen. Wir haben eine Trage gebaut.«

»Mit meinen Beinen ist alles in Ordnung«, brummte Bowbaq. »Mir tut nur … der *arjak* weh …«

Offenbar hatte er nicht einmal bemerkt, dass er seine Muttersprache benutzt hatte, aber die anderen verstanden, was er meinte, als er sich den Schädel rieb. Mit langsamen, unbeholfenen Bewegungen stützte er sich auf einen Ellbogen, wälzte sich auf die Seite und kam, noch bevor ihn die anderen daran hindern konnten, auf die Füße. Amanón, Nolan und Cael blieb nichts anderes übrig, als ihn zu stützen, während er sich vorsichtig aufrichtete.

Nach einigen Dezillen hatte Bowbaq das Gleichgewicht wiedergefunden und konnte sich ohne Hilfe einigermaßen gerade halten. Er streckte sich stöhnend und ächzend, so weit es ihm die Schmerzen im Schlüsselbein und im Nacken erlaubten. Bevor er protestieren konnte, wickelte ihm Nolan einen festen Schal um den Hals.

»Was ist passiert?«, fragte Bowbaq verstört, während Nolan die behelfsmäßige Halskrause festband. »Und wo ist Zejabel?«, fügte er mit einem Anflug von Panik in der Stimme hinzu.

Als hätte sie ihren Namen gehört, ließ die Zü im Nebenraum ein schwaches Wimmern vernehmen. Beinahe im gleichen Augenblick erklangen draußen drei Glockenschläge. Es war Mit-Tag.

Ein Feuer schien sie von innen zu verzehren, so wie auf Ji, als Zuïa im Zorn über ihren Verrat versucht hatte, ihren Geist zu verbrennen. Zejabel fühlte sich wieder in jenen entsetzlichen Augenblick zurückversetzt, als die angebliche Göttin sie beinahe zu Tode gefoltert hätte, während sie sich wehrlos auf dem Höhlenboden wand. Doch dann spürte sie, dass die Hitze von einer bestimmten Stelle ausging, dass sich die Flammen von ihrem Bauch aus durch den gesamten Körper fraßen. Einige Wimpernschläge später nahm sie den harten Stein unter sich wahr, den kalten Luftzug und den Verband um ihren Oberkörper. Sie wollte rufen, aber ihr kam nur ein schwaches Röcheln über die Lippen. Wie ein letzter Seufzer …

Doch es war laut genug gewesen. Gleich darauf erschienen mehrere Gesichter in ihrem Blickfeld, jemand strich ihr über die Stirn, ein anderer nahm ihre Hand. Die Zü lächelte eigentlich nie, aber jetzt versuchte sie es, auch wenn sie nicht wusste, ob auf ihrem Gesicht tatsächlich eine Regung erkennbar war. Als sie Erynes Blick begegnete, wurde ihr plötzlich so warm ums Herz, dass sie ihre Schmerzen vergaß. Stolz wallte in ihr auf. Sie hatte es geschafft. Sie hatte einer *echten* Göttin das Leben gerettet.

Mehrere Stimmen schienen sie etwas zu fragen, doch Zejabel vermochte sie kaum zu unterscheiden, geschweige denn den Sinn ihrer Worte zu verstehen. Ihre Muttersprache war Ramzü, Itharisch hatte sie erst mit fünfzehn

Jahren gelernt. Es zu sprechen, verlangte ihr eine Konzentration ab, die sie jetzt nicht aufbringen konnte. Zu viele Empfindungen, Gefühle und Gedanken stürmten auf sie ein, und die Schmerzen waren einfach zu groß.

Irgendwo unterhalb der Brust musste sich eine klaffende Wunde befinden. Zejabel wusste nun wieder, was sie zu tun hatte. Sie wollte sich aufrichten, aber mehrere Hände hielten sie davon ab. Also schloss sie kurz die Augen, nahm all ihre Kräfte zusammen und stieß mühsam hervor: »Mein Bündel.«

Danach geschah eine Weile nichts. Die Zü glaubte schon, wieder eingeschlafen zu sein. Ihr war jedes Zeitgefühl abhanden gekommen.

Die Gesichter schwebten immer noch über ihr, und irgendwann kam eines näher. Nolan. Der gutaussehende Priester hatte ihre Mittel gefunden. Als er ihr das erste Fläschchen zeigte, schüttelte sie den Kopf. Diesen Trank durfte sie jetzt auf keinen Fall einnehmen. Nolan hielt noch zwei weitere Phiolen in verschiedenen Farben hoch, bevor er die richtige erwischte. Zejabel nickte so heftig, wie sie konnte, ohne die Tränen der Erleichterung zu spüren, die ihr über die Wangen liefen.

Jemand hob ihren Kopf leicht an, und sie trank von der kostbaren Flüssigkeit, bis ihr die Glieder angenehm schwer wurden. Dann verschwammen die Gesichter, verschwanden aber nicht ganz. Die wohlvertraute Wirkung setzte ein. Sanfte Hitze strömte in ihren Magen und stieg hoch zum Herz. Von dort verteilte sich die wundersame Kraft über ihre Adern bis in die Zehen und Fingerspitzen. Nach wenigen Augenblicken klangen die Schmerzen ab, ihre Lebensgeister kehrten zurück, selbst ihre Haut fühlte sich weniger kalt an.

Nach einer Weile konnte sie durchatmen und die Decke über sich betrachten. Auch ihre Gedanken waren nun klarer. Wo mochten sie sein? Immer noch in Goran?

Nach einer weiteren Dezille stützte sich die Zü auf die Ellbogen. Vor lauter Überraschung ließen die anderen sie gewähren. Der Schmerz war mittlerweile einem leicht störenden Gefühl gewichen, dem Druck von etwas Feuchtem, Schwerem auf ihrem Magen. Zejabel musterte den dicken Verband um ihren Körper. Sie wusste um die Gefahr, die von dem Elixier ausging. Dass sie den Schmerz nicht mehr spürte, bedeutete nicht, dass ihre Verletzungen geheilt waren. Sie musste vorsichtig sein und durfte sich nur äußerst behutsam bewegen.

»Was soll das werden?«, fragte Nolan verblüfft.

»Ich stehe auf«, flüsterte sie heiser.

Sie musste nur einen Arm zu Hilfe nehmen, um sich aufzusetzen, und stellte erstaunt fest, dass sie sich in einer Art Tempel befand. Genauer gesagt, auf einem Altar.

»Habt ihr mich etwa für tot gehalten?«, fragte sie in der ersten Verwirrung.

»Wenn du nicht aufpasst, haben wir bald allen Grund dazu«, erwiderte Amanón.

»Legt Euch wieder hin!«, drängte Eryne und fasste sie sanft an der Schulter.

Die Zü schob sie ebenso sanft, aber entschlossen beiseite. Die Erben standen im Kreis um den Altar herum und machten große Augen. Zu ihrer Freude sah Zejabel, dass auch der alte Arkarier unter ihnen war. Als sie in der vergangenen Nacht ohnmächtig geworden war, hatte es schlecht um Bowbaq gestanden.

»Was war das für ein Zeug in dieser Flasche?«, fragte Cael. »Das muss ein Zaubertrank gewesen sein!«

Zejabel nickte und glitt behutsam vom Altar. Kaum hatte sie festen Boden unter den Füßen, fühlte sie sich schon viel besser. Aber sie wusste, dass der Eindruck täuschte. Sie erinnerte sie sich noch genau, wie sie bei dem Sprung von Dach zu Dach mit dem Fuß umgeknickt war.

»Es ist ein Extrakt aus dem Saft der *Jarala*«, erklärte sie. »Diese Pflanze wächst nur im Lus'an. Als Kahati darf … durfte ich keinen Schmerz zeigen, unter keinen Umständen. Das hätte Zuïas Ansehen geschmälert.«

»Aber der Trank hat dich nicht geheilt, oder?«, fragte Nolan.

»Nein. Er betäubt nur den Schmerz.«

»Dann beweg dich bitte nicht unnötig!«, bat er. »Ich helfe dir, dich auf die Trage zu legen.«

Zejabel wandte den Kopf zu der Bahre, auf die er deutete. Zu ihrem Erstaunen waren es zwei, obwohl alle Erben auf den Beinen waren.

»Ihr wolltet gerade aufbrechen?«

»Wir gehen zurück zum Hafen«, bestätigte Nolan.

Zejabel machte einen Schritt vorwärts, dann einen zweiten und dritten, bevor sie sich bei Nolan unterhakte und sich auf ihn gestützt zu dem kleinen Fenster schleppte, an dem Keb Wache gehalten hatte. Sie spähte kurz auf die Straße hinaus und drehte sich dann zu den anderen um. Die Erben konnten immer noch nicht fassen, wie schnell sie sich erholt hatte.

»Ihr könnt mich unmöglich auf diesem Ding durch die Stadt tragen«, stellte sie fest. »Wir würden alle Blicke auf uns ziehen.«

»Aber es gibt keine bessere Lösung«, meinte Eryne.

»Doch. Ich schaffe das schon, wenn einer von euch meinen Bogen und mein Bündel trägt«, erklärte Zejabel und öffnete die Tür.

Ohne eine Antwort abzuwarten, trat sie auf die Straße hinaus und wandte sich dem Fluss zu, der in der Ferne glitzerte. *Ich muss nur langsam gehen und die Zähne zusammenbeißen,* sagte sie sich. *Ein Schritt nach dem anderen.*

In den vielen Jahren, in denen sie Zuïa gedient hatte, hatte sie viel Schlimmeres überstanden und dabei ihr Leben für nichts und wieder nichts riskiert.

Wie alle anderen kam Cael nicht umhin, Zejabels Willenskraft zu bewundern. Unterwegs wurde sie mehrmals kreidebleich und musste sich bei Nolan unterhaken, um gegen den Schwindel anzukämpfen, aber sie hielt bis zum Hafen und sogar bis an Bord der *Rubikant* durch. Nicht ein einziges Mal wurden sie von Passanten schief angesehen oder angesprochen. Und falls die goronischen Mörder ihnen auf den Fersen waren, ließen sie sich zumindest nicht blicken.

Trotzdem war der Weg lang und beschwerlich gewesen, und so protestierte Zejabel nicht, als Eryne ihr befahl, sich sofort hinzulegen. Außer Keb und Amanón, die an Deck blieben, um den Hafen zu überwachen, begleiteten alle die Verletzte in ihre Kajüte.

Angesichts von Zejabels Tapferkeit fühlte sich Cael

noch unwürdiger als ohnehin schon. Es verging keine Dezime, in der er nicht an jenen grauenvollen Moment dachte, als er das Rapier auf seinen Cousin gerichtet hatte und nahe daran gewesen war, zum tödlichen Schlag auszuholen. *Fast hätte ich das einzige Familienmitglied, das mir geblieben ist, mit eigenen Händen umgebracht!* Und das nur, weil Amanón ihm zuvorgekommen war und das grässliche Ungeheuer niedergestreckt hatte.

Auch diesmal hatte die Stimme, die manchmal in seinem Kopf ertönte, seinen Arm geführt. Dabei hatte er einen Augenblick lang geglaubt, sie kontrollieren zu können: Als die Stimme mächtiger wurde, hatte er keinen Widerstand geleistet, und das hatte ihm zunächst geholfen, ruhig Blut zu bewahren. Doch dann war er wieder zu einer mordenden Bestie geworden und hatte mit kaltblütiger Grausamkeit gekämpft, ohne zwischen Freund und Feind zu unterscheiden.

In eine solche Lage durfte er sich nie wieder bringen, denn beim nächsten Mal würde es vielleicht nicht so glimpflich ausgehen. Verstört und traurig wie er war, fühlte er sich zu allem bereit, um das Chaos in seinem Kopf in den Griff zu bekommen. Einen ersten Schritt hatte er getan: Er hatte den Mut aufgebracht, Niss um Hilfe zu bitten, und erstaunlicherweise war sie sofort einverstanden gewesen. Da er bei ihrem letzten Gespräch nicht gerade einfühlsam gewesen war, hatte er eigentlich mit einer Abfuhr gerechnet, aber zum Glück hatte er sie falsch eingeschätzt. Jetzt konnte er es kaum noch erwarten, sich wieder unter vier Augen mit ihr zu unterhalten. Zusammen würden sie den Kampf gegen den Dämon in seinem Innern aufnehmen, wie auch immer er ausgehen mochte.

Leider musste er sich noch eine Weile gedulden, denn die anderen versammelten sich in stillschweigendem Einverständnis zu einer weiteren Besprechung – das Ganze hatte etwas von einem Kriegsrat. Eryne und Nolan setzten sich zu Zejabel auf das Bett, während sich Niss kurzerhand neben die Zü legte. Bowbaq zwängte sich in eine Ecke und saß mit seiner Halskrause so steif und gerade da, dass er noch größer wirkte als sonst, und Cael nahm wohl oder übel auf einem kleinen Hocker Platz. Wenig später stießen Amanón und Keb zu ihnen und lehnten sich an die Wand.

Alle Blicke waren auf die Verletzte gerichtet, und Cael spürte in diesem kurzen Moment des Schweigens vor allem die Erleichterung, die jeder einzelne von ihnen empfand. Sie hatten alle Gefahren überstanden und waren vollzählig auf die *Rubikant* zurückgekehrt, nicht ganz unversehrt zwar, aber immerhin lebend. Goran war nur eine Etappe auf ihrer Reise ins Ungewisse gewesen.Vor ihnen lagen vielleicht noch schwerere Prüfungen.

»Schade, dass wir dieses Schiff aufgeben müssen«, sagte Cael, ohne nachzudenken. »Ich fühle mich wohl hier.«

»Wie meinst du das?«, fragte Bowbaq verblüfft.

Zejabel schwieg, aber trotz ihrer Erschöpfung musterte sie die anderen ebenso neugierig wie Bowbaq. Nachdem Amanón ihnen seinen Plan erklärt hatte, begnügten sich die beiden mit einem zustimmenden Nicken. Ihre Gefährten hatten alles schon besprochen und die nötigen Vorbereitungen getroffen, also gab es nichts mehr zu sagen.

»Und wohin willst du uns führen, Freund Manó?«, fragte Bowbaq. »Ich weiß jedenfalls keinen Rat.«

Amanón sah die anderen hilfesuchend an, aber da sich niemand dazu durchringen konnte, Bowbaq einzuweihen, musste er die Frage selbst beantworten.

»Wir haben vor, Usul aufzusuchen«, sagte er zögernd.

Es war, als wäre plötzlich ein Gespenst in der Kajüte erschienen. Bowbaq schien vor ihren Augen um Jahre zu altern, und Cael hatte sogar den Eindruck, dass seine grauen Haare einen Hauch weißer wurden – aber das bildete er sich sicher nur ein. Jedenfalls war offenkundig, dass dem Arkarier bei dem Gedanken angst und bange wurde.

»Auf keinen Fall«, sagte Bowbaq mit zitternder Stimme. »Dort erwartet uns der sichere Tod! Ich habe es selbst erlebt!«

Geduldig zählte Amanón noch einmal alle Gründe auf, die dafür sprachen, das Wagnis einzugehen. Er war ehrlich genug, auch die Gefahren nicht zu verschweigen, und schließlich ließ sich Bowbaq dazu bewegen, dem Plan zuzustimmen. Auch Bowbaq versetzte die Aussicht, mehr über das Schicksal seiner Familie zu erfahren, in helle Aufregung. Ganz überzeugt war er zwar immer noch nicht, aber die Hoffnung wog stärker als seine Angst.

»Vielleicht schaffen wir es nicht einmal bis zur Insel«, gab er noch zu bedenken. »Beim letzten Mal half uns ein Freund von Grigán aus dem Schönen Land, aber wer weiß, ob er noch lebt?«

»Ich«, meldete sich Cael zu Wort. »Oder zumindest vermute ich es. Vor vier oder fünf Dekaden hat mein Vater einen Brief von Zarbone bekommen.«

»Meiner auch«, bestätigte Amanón. »Sie schreiben sich regelmäßig. Und vor einigen Jahren habe ich den alten Mann sogar auf seiner Insel besucht. Er würde uns sicher ohne zu zögern empfangen. Aber ich halte es für klüger, ihn nicht in die Sache hineinzuziehen. Wie alle unsere Freunde und Bekannten wird er womöglich von der Dunklen Bruderschaft oder sogar von Sombre beschattet.«

»Wir können nur hoffen, dass Phrias' Anhänger uns nicht bis ins Schöne Land verfolgen«, seufzte Nolan. »Wer weiß, ob wir unbemerkt aus der Stadt kommen.«

Wäre ihre Lage nicht so ernst gewesen, hätte Cael über Bowbaqs verständnisloses Gesicht schmunzeln müssen.

»Äh … wer?«, fragte Bowbaq verwirrt.

»Die Männer, die uns angegriffen haben«, erklärte Amanón. »Stimmt, du hast den Kampf gar nicht mehr miterlebt.«

In erstaunlich nüchternem Ton schilderte er, was sich nach Bowbaqs Sturz auf den Dächern abgespielt hatte. Bowbaq erbleichte, als er hörte, dass sich die maskierten Mörder wie Geier auf seine Freunde und seine Enkelin gestürzt hatten, aber noch erschrockener reagierte er auf die Beschreibung der Bestie.

»Ein Gesicht wie ein Menschenaffe, sagst du? Mit einer Art Wolfsfell? Und langen Armen?«

»Ja«, bestätigte Amanón verwundert.

»Das war ein Lemur!«, rief Bowbaq. »Eines dieser Biester aus dem Jal'karu! Grigán hat damals eins von ihnen getötet, und ein anderes hat Corenn verletzt.«

»Ich weiß, dass mein Vater ein begnadeter Kämpfer ist, aber das kann nicht sein«, widersprach Amanón. »Selbst zu dritt hatten wir die größte Mühe, diese Kreatur in Schach zu halten. Es hätte nicht viel gefehlt, und sie hätte uns in Stücke gerissen.«

Er warf einen kurzen Blick in Caels Richtung, doch der Ausdruck in seinen Augen ließ nicht erkennen, was er dachte. Seit sie auf den Kampf zu sprechen gekommen waren, war Cael äußerst unwohl zumute.

»Vielleicht war es ein besonders großes Exemplar seiner Art?«, überlegte Eryne.

»Art? Welche Art?«, mischte sich Keb ein. »Von so einem Ding habe ich noch nie gehört. Sie müssen es aus der Unterwelt geholt haben!«

»Wahrscheinlich war es tatsächlich ein Dämon«, sagte Nolan. »Eine Bestie, die das Jal nach ihrer Vollendung verlassen hat, so wie es den Gesetzen entspricht, die dort herrschen. Deshalb war die Kreatur auf dem Dach natürlich auch stärker und zäher als ihre Artgenossen im Karu, die noch nicht ausgewachsen sind.«

Bedrücktes Schweigen trat ein, während Amanón nachdenklich nickte.

»Soll das heißen, dass ihr einen *Dämon* getötet habt?«, fragte Niss.

»Das sind alles nur Vermutungen«, wiegelte Nolan ab. »Vielleicht war es auch nur ein wilder Affe.«

»Aber wenn du recht hast und die Kreatur tatsächlich aus dem Jal stammte, beweist das ja, dass einer von uns der Erzfeind ist! Schließlich kann nur er das Leben eines Unsterblichen auslöschen!«

Niss hatte den anderen eigentlich Mut machen wollen, aber stattdessen löste ihre Schlussfolgerung Bestürzung aus. Cael starrte angestrengt auf seine Füße. Er erinnerte sich noch genau daran, wie er auf den Lemuren eingestochen hatte, bis …

»*Amanón* hat ihm den Todesstoß versetzt«, sagte Nolan langsam.

»Jeder von uns dreien hätte es tun können«, protestierte Amanón. »Die Bestie lag schon halb tot am Boden, als ich zuschlug. Und selbst wenn sie aus dem Jal stammte, kann ich mir nur schwer vorstellen, dass sie unsterblich war.«

»Aber was, wenn Nolan doch recht hat?«, beharrte Niss. »Dann bist du der Erzfeind!«

Cael blickte gerade noch rechtzeitig auf, um die Angst in den Augen seines Cousins aufflackern zu sehen. In diesem Moment hätte er um nichts in der Welt mit ihm tauschen mögen.

»Ich … Ihr … Das beweist gar nichts«, wehrte Amanón ab, als er sich wieder etwas gefasst hatte. »Diese Kreatur war keine richtige Gottheit. Meine Mutter deutet in ihrem Tagebuch an, dass es im Karu auch Wesen gibt, die auf einer niedrigeren Stufe stehen. Wie dieser Zwerg, Lloïol«, sagte er an Bowbaq gewandt. »Der Zwerg, der euch zu den Undinen geführt hat.«

»Stimmt«, sagte Bowbaq. »Außerdem hat Grigán auch einen Lemuren getötet, und von ihm wissen wir, dass er nicht der Erzfeind ist.«

»Aber wie ist es den Goronern gelungen, ein solches Ungeheuer zu zähmen?«, fragte Eryne. »Und wo haben sie es überhaupt her?«

»Vielleicht hat Sombre es ihnen ja geschenkt«, sagte Keb. Wie immer grinste er spöttisch, obwohl er seine Worte durchaus ernst zu meinen schien. »Wir wissen mittlerweile, dass die Dunkle Bruderschaft und Sombre unter einer Decke stecken«, fuhr er fort. »Er macht sich diese Mantel- und Kuttenmänner ganz sicher nicht nur mit Drohungen gefügig. Ein paar Versprechungen hier, etwas Gold dort, und schon befiehlt er über das größte Heer von Verrückten, das die Welt je gesehen hat.«

»Wenn man Euch so reden hört, klingt es beinahe wie ein Kinderspiel, ein solches Komplott zu schmieden«, seufzte Eryne.

»Das ist es ja auch. Die Idee ist nicht neu. Saat hat es vor zwanzig Jahren ganz genauso gemacht«, gab Keb zurück, diesmal mit ernster Miene.

»Das gefällt mir nicht«, sagte Bowbaq plötzlich. »Wenn Sombre den Goronern einen Lemuren geschenkt hat, dann gehorchen ihm vielleicht noch mehr dieser Ungeheuer!«

»Auch das ist nur eine Vermutung«, meinte Amanón. »Wie Nolan schon sagte – es kann ebenso gut sein, dass die Männer nur einen ungewöhnlich großen und bösartigen Affen bei sich hatten.«

»Und Ihr, Amanón, was glaubt Ihr?«, fragte Eryne. »Natürlich wissen wir nicht genug, um sicher zu sein, aber was sagt Euch Euer Gefühl?«

Gespannt wartete Cael auf die Antwort seines Cousins.

Er vertraute Amanóns Urteilen, in denen er die Weisheit seiner Großtante Corenn erkannte, und den anderen ging es offenbar genauso, denn alle Blicke richteten sich nun auf den jungen Mann mit den pechschwarzen Haaren und dem gelb verfärbten Bluterguss an der Schläfe.

»Ich glaube auch, dass diese Kreatur kein gewöhnliches Tier war«, sagte er nach einigem Nachdenken. »Wir können wohl davon ausgehen, dass sie unter Sombres Einfluss stand, schließlich hat er sich auch Zuïa und andere Dämonen untertan gemacht. Und wahrscheinlich ist die Bestie nicht die Einzige ihrer Art«, fügte er zu Bowbaq gewandt hinzu. »Vielleicht gibt es sogar sehr viele davon.« Noch bevor die anderen etwas sagen konnten, sprach Amanón weiter. »Außerdem bin ich sicher, dass ich *nicht* der Erzfeind bin. Ich bin bei weitem kein so guter Kämpfer wie Kebree, Zejabel oder sogar unser sanftmütiger Bowbaq. Mir fehlt Nolans Glaube, der ihn zu wahren Wundertaten antreibt. Und ich habe keine besonderen Gaben wie Niss, Eryne oder … Jedenfalls bin ich am wenigsten dazu geeignet, Sombre die Stirn zu bieten.«

»Du bist Corenns und Grigáns Sohn!«, warf Bowbaq ein.

»Ich weiß«, sagte Amanón und lächelte schwach. »Aber das allein zeichnet mich noch nicht aus. All unsere Familien haben Ehrenvolles geleistet, zumindest sehe ich das so. Ich hoffe nur, dass der Retter, auf dem die Hoffnung der Welt ruht, einer von euch ist, und ich werde alles daran setzen, sie oder ihn zu beschützen.«

Als die Erben verlegene Blicke wechselten, wies Nolan mit einer leichten Kopfbewegung auf Zejabel, die sich nicht an dem Gespräch beteiligt hatte. Die Zü war eingeschlafen, vielleicht schon seit einer ganzen Weile. Auf Zehenspitzen verließen die Gefährten die Kajüte, um sie nicht zu wecken. Amanóns Bekenntnis hatte sie alle traurig gemacht, doch Cael sah sich dadurch in seinem Entschluss bestärkt.

Sein Cousin hatte angedeutet, dass die Stimme in seinem Kopf ihnen beim Kampf gegen Sombre nützlich sein könnte, ebenso wie Erynes Fähigkeit, fremde Stimmen zu hören, und Niss' Gabe, mit Tieren zu sprechen.

Mehr denn je wollte Cael herausfinden, was es mit seinem anderen Ich auf sich hatte.

Kaum waren sie in die Kombüse zurückgekehrt, wurde den Erben bewusst, dass ihnen die Mägen knurrten. Das Festmahl, das ihnen Chebree aufgetischt hatte, lag schon geraume Zeit zurück, und das trockene Brot, das sie in der Kapelle hinuntergeschlungen hatten, hatte Bowbaqs und Kebs gewaltigen Appetit nicht stillen können. Zur allgemeinen Überraschung übernahm Keb das Regiment in der Küche und scherzte dabei so fröhlich, als hätte er schon vergessen, dass er gerade seine eigene Mutter verraten und sich auf ein mehr als ungewisses Abenteuer eingelassen hatte. Schließlich steckte seine fröhliche Stimmung auch die anderen an, und selbst Eryne und Niss mussten lachen, als er mit einigen Eierschalen jonglierte. Wie immer wandte Keb seinen ganzen Charme auf, um Eryne zu beeindrucken, wenn sie nicht gerade bei Zejabel in der Kajüte saß, um über die Verletzte zu wachen.

Dabei konnte sie eigentlich nicht mehr tun, als Nolan, der Zejabel nicht von der Seite wich, Gesellschaft zu leisten. Ihr Bruder aß sogar am Krankenbett und bat sie nur einmal um Hilfe, als er um den vierten Dekant herum den Verband wechselte. Während sich einige seiner Freunde bald zur Ruhe legten, um den versäumten Schlaf der vergangenen Nacht nachzuholen, blieb Nolan bei seiner Patientin und las in Eurydis' *Buch der Weisen,* das er schon lange nicht mehr aufgeschlagen hatte. In der Hoffnung, irgendwo auf einen wertvollen Hinweis zu stoßen, verglich er Corenns Tagebuch mit der heiligen Schrift – vergeblich. Nur die letzten dreißig Seiten des Tagebuchs mit den rätselhaften ethekischen Schriftzeichen konnten ihnen nun noch weiterhelfen – und auch nur, wenn es ihnen gelang, sie zu übersetzen! Der Schlüssel zum Alphabet dieses untergegangenen Volkes lag offenbar in Zuïas Palast, und das war für die Erben ein noch gefährlicherer Ort als Usuls Insel. Sie konnten nur hoffen, dass der Besuch bei dem allwissenden Gott reichen würde, um ihre Suche voranzubringen.

Während Nolan über seinen Büchern brütete, langweilte sich Cael zu Tode. Der Tag wollte einfach nicht zu Ende gehen, und Niss hatte sich in Erynes Kajüte zurückgezogen und war dort neben ihrem Großvater eingeschlummert: Zum Erstaunen der anderen hatte Eryne von sich aus angeboten, den Arkariern ihr Bett zur Verfügung zu stellen. Sie hätte wohl nicht mit ansehen können, wie sich der arme Bowbaq mit seiner Halskrause in eine viel zu kleine Koje zwängte, um etwas Schlaf zu finden. Cael fragte sich, ob Eryne mit ihrer Nächstenliebe so weit gehen würde, bei den Männern in der Kombüse zu übernachten. Da ihm nicht einfiel, womit er sich hätte beschäftigen können, legte auch er sich hin und schloss die Augen, aber der Schlaf wollte einfach nicht kommen.

Amanón, Keb und Eryne gingen hoch an Deck, um den Hafen und die umliegenden Gassen im Blick zu behalten, und plauderten dabei über dies und das. Schließlich kam Amanón auf die Frage zu sprechen, wie es Eryne gelungen war, ihre beiden Gegner so leicht zu besiegen. Dass sie sich beharrlich weigerte, in Zejabels Abwesenheit davon zu erzählen, machte ihn noch neugieriger und bestärkte ihn in dem Verdacht, sie verheimliche ihnen etwas von großer Bedeutung. Mit seinen hartnäckigen Fragen biss er jedoch auf Granit, und irgendwann bat ihn Eryne verärgert, sie in Frieden zu lassen. Nach diesem Dämpfer flüchtete Amanón in die Kombüse, um sich hinzulegen, aber Kebs Geschäker und Erynes helles Lachen klangen ihm noch so laut in den Ohren, dass er verzweifelt den Kopf in den Kissen vergrub. Warum konnte er nicht auch einmal so unbeschwert sein?

Als Zejabel erwachte, war der sechste Dekant schon zur Hälfte verstrichen. Draußen liefen die ersten Schiffe, die über Nacht in Goran ankern wollten, in den Hafen ein. Die Zü fühlte sich wesentlich besser, bat Nolan aber trotzdem, ihre schmerzstillenden Mittel zu holen. Nachdem sie zwei Fläschchen ausgetrunken hatte, ließ sie auch Bowbaq ein Elixier bringen, das den Schmerz in seinen Gelenken lindern sollte. Die Wirkung zeigte sich prompt: Kaum zwei Dezimen später war der Riese auf den Beinen und legte sogar seine Halskrause ab, weil es ihm schrecklich am Bart juckte, wie er dem empörten Nolan erklärte. Angesichts dieser Sturheit verdrehte der Novize die Augen und entlockte Zejabel damit ein schwaches Lächeln.

Bowbaq ging hoch an Deck, um sich an der frischen Luft die Beine zu vertreten, und verwickelte Keb in ein Gespräch. Eryne war erleichtert, sich der Gesellschaft des Wallatten entziehen zu können. Keb hatte nichts unversucht gelassen, um sie zum Lachen zu bringen, auch wenn einige seiner zum Teil wohl erfundenen Geschichten ihr etwas zu schlüpfrig gewesen waren. Jedenfalls hatte er sein Ziel erreicht: Ihr war plötzlich ganz leicht zumute. Übermütig, wie sie sich fühlte, hätte sie gegen einen Kuss des Prinzen nichts einzuwenden gehabt, und genau deswegen stahl sie sich nun lieber davon.

Glücklicherweise hatte Keb keine Anstalten gemacht, sich ihr zu nähern, aber sie hatte trotzdem den Eindruck, einen gewissen Vorwurf in Amanóns Blick zu lesen, als sie in die Kombüse hinunterkam. Vor lauter Verwirrung ignorierte sie ihn, dabei wusste sie genau, dass sie ihn damit nur noch mehr verletzte. Aber was blieb ihr schon anderes übrig?

Obwohl kein Wort fiel, wirkte der kurze Blickwechsel zwischen den beiden wie ein Signal. Amanón sprang aus der Koje und gab das Zeichen zum Aufbruch, woraufhin sie die Segel setzten und die Leinen lösten. Die Matrosen auf den anderen Schiffen und ein paar Schaulustige sahen ihnen verblüfft zu. Niemand segelte einfach so in die Nacht hinaus. Da musste man schon verrückt sein oder auf Gespensterjagd gehen wollen!

Als die Gabiere durch den Kanal auf die Ausfahrt zuglitt, hing die Sonne bereits tief am Horizont. Bald würde sich die Nacht über die Oberen Königreiche senken und mit ihr eine Finsternis, in der Mörder, Ungeheuer und Dämonen lauerten.

Chebree riss den Arm in die Höhe, um ihrer Reiterschar Halt zu gebieten. Die Männer trieben ihre Pferde in Formation und stellten sich vor der Königin auf. Sie wirkten so eins mit ihren Tieren, als wären sie im Sattel geboren worden. Auf diese Disziplin war Chebree sehr stolz. Die Schlacht am Blumenberg hatte so viel Leid über das wallattische Volk gebracht, dass es für die Überlebenden und ihre Kinder eine Frage der Ehre war, zusammenzuhalten und Großes zu leisten. Jeder Einzelne wollte auf seinem Gebiet Heldentaten vollbringen, um seinem Volk zu dienen. So galten die rund zwanzig Krieger ihrer Eskorte als die besten Reiter östlich des Rideau, und auch ihre restliche Leibgarde und die kleine Armee bestanden aus den fähigsten Kämpfern, selbst wenn sie den Thaliten und Solenen zahlenmäßig immer noch weit unterlegen waren.

»Hier schlagen wir unser Nachtlager auf«, verkündete sie und saß ab.

Mehr musste sie nicht sagen. Die Männer waren an weite Ritte und Übernachtungen im Freien gewöhnt, und so war das Lager schnell aufgebaut. Jeder hatte seine Aufgabe oder befolgte die Anweisungen eines anderen, so dass der Anführer nur selten mahnend einschreiten musste. Die Königin selbst hatte schon lange keinen

Anlass zu Tadel mehr gefunden: Wer ihre Befehle missachtete, wurde zur Strafe auf das Dornenrad gebunden, und diese Abschreckung genügte, um selbst die Faulsten und Dümmsten ihrer Untertanen kuschen zu lassen.

Kaum hatte sie festen Boden unter den Füßen, spürte Chebree die Erschöpfung der langen Reise durch das Große Kaiserreich. Zwar war sie immer noch eine gefürchtete Kriegerin, aber mittlerweile gingen solche Anstrengungen nicht mehr spurlos an ihr vorüber, auch wenn sie sich nichts anmerken ließ. Sie gestattete sich ein leises Seufzen, als sie ihren Helm abnahm, rieb sich über das Gesicht und blickte lange Richtung Osten.

»Meine Königin, möchtet Ihr wählen, wo Euer Zelt stehen soll?«

Sie war so in ihre Gedanken versunken gewesen, dass sie den Anführer ihrer Reiterschar nicht hatte kommen hören. Er war der Älteste ihrer Leibgardisten, einer der letzten Veteranen der Schlacht am Blumenberg. Das Krummschwert eines ramgrithischen Gegners hatte ihm ein Auge ausgestochen, sein Haar war schlohweiß, auf einem Ohr hörte er nichts mehr, und wenn er von seinem Pferd absaß, wirkte er schwerfällig und müde. Doch obwohl Chebree höchste Anforderungen an ihre Männer stellte, hatte sie es nie über sich gebracht, ihn fortzuschicken. Er hatte zu den ersten Landsleuten gehört, die ihr nach der vernichtenden Niederlage von Saats Armee begegnet waren. Halb erblindet und völlig entkräftet hatte er sich seiner Königin zu Füßen geworfen, um ihr Treue zu schwören, und hätte sich mit seiner Lowa auf jeden Feind gestürzt, der ihr zu nahe kam. Seither betraute ihn

Chebree nach Möglichkeit mit ehrenvollen Aufgaben. Zuletzt hatte sie ihre Pferde in seine Obhut gegeben und ihn weit vor den Mauern Gorans postiert, während sie mit dem Großteil ihrer Krieger in der kaiserlichen Hauptstadt auf Lana wartete.

»Das ist mir gleich«, antwortete sie. »Such du die Stelle aus, Dei'n'an.«

Sie hatte sich nur kurz umgedreht. Weit hinter ihnen lag die Stadt, die sie im Morgengrauen verlassen hatten, gleich nach Öffnung der Tore. Zum hundertsten Mal an diesem Tag war sie versucht, ihren Talisman abzulegen und sich damit Sombre auszuliefern, um ihm wertvolle Auskünfte zu entreißen. Doch wenn der Dämon in ihren Gedanken las, würde das alles nur noch schlimmer machen. Sie durfte auf keinen Fall zulassen, dass er in ihren Erinnerungen wühlte. Es war besser, wenn er nichts von dem Geheimnis erfuhr, das sie preisgegeben hatte. Aber vielleicht war es ohnehin zu spät.

»Glaubt Ihr, dass er bald wieder zu uns stoßen wird?«

Die Frage traf sie wie ein Peitschenschlag. Erst als sie dem Anführer ins Gesicht sah, begriff sie, dass er nicht von dem grausamen Dämon sprach, der ihre Albträume heimsuchte.

»Keb. Der Prinz«, fügte Dei'n'an hinzu. »Die anderen haben mir berichtet, was geschehen ist«, gestand er verlegen. »Zumindest soweit sie verstanden haben, was vor sich ging. Vielleicht möchtet Ihr hier ein paar Tage auf Euren Sohn warten? Was auch immer er mit diesen Fremden zu schaffen hat, es wird sicher nicht lange dauern. Auf dem Heimweg kommt er gewiss hier vorbei …«

»Ich glaube, er wird sehr viel länger fort sein als nur ein paar Tage«, seufzte Chebree. Gleichwohl schweifte ihr Blick unwillkürlich über den Horizont. Bei den Worten des alten Kämpfers war wieder Hoffnung in ihr aufgekeimt. Vielleicht bereute Keb seine Entscheidung, kehrte den Erben den Rücken und ritt doch noch heim nach Wallatt? Würde sie ihn als winzigen Punkt in der Ferne auftauchen sehen? Nein, sicher nicht. Das passte nicht zu ihm. Er würde nur mit Sombres Haupt unter dem Arm zu ihr zurückkehren – oder nie mehr.

»Wenn er noch lebt, wird er irgendwann zurück nach Wallos kommen«, erwiderte sie. »Früher oder später wird ihm nichts anderes übrig bleiben. Und so sehr ihm die Lorelierin auch den Kopf verdreht, er wird seine Heimat nicht vergessen können.«

Damit war alles gesagt. Und wenn es zu einem Wiedersehen kam, würde die Königin eine weitere wichtige Entscheidung treffen müssen.

Natürlich zog die *Rubikant* alle Blicke auf sich. Ungläubig starrten Spaziergänger, Seeleute und Wachsoldaten der kleinen Gabiere hinterher, deren Besatzung offenbar allen Ernstes vorhatte, die Stadt in der Abenddämmerung zu verlassen. Das war zwar nicht ausdrücklich verboten, aber wer eine solche Fahrt wagte, konnte nicht damit rechnen, irgendwo anlegen zu können. Die Goroner glaubten fest an die Legende, dass eines Nachts ein Totenheer den Fluss hinabgesegelt kommen würde, weshalb alle Häfen nach Einbruch der Dunkelheit geschlossen wurden. Wer sich darüber hinwegsetzte und trotzdem versuchte, vor Anker zu gehen, lief Gefahr, von einer Horde wütender und verängstigter Anwohner gelyncht zu werden. Solche Morde hatten sich schon mehrmals ereignet, und da kein einziger Schiffer mit dem Leben davongekommen war, um davon zu erzählen, hieß es bald, die Männer seien von einem Heer verlorener Seelen getötet worden.

Nolan kannte diese Geschichten, denn sie kursierten auch in der Heiligen Stadt Ith, in deren Umland der Alt entsprang. In einer Fassung der Legende kamen die Geister auf Schiffen, in einer anderen entstiegen sie den Fluten, um über die Menschen am Ufer herzufallen. Bislang hatte er über diese Schauermärchen nur gelacht. Doch seit er in diesen Alptraum hineingeraten war, der mit dem Verschwinden seiner Eltern begonnen hatte und kein Ende zu nehmen schien, war er ins Grübeln gekommen … Dabei hatten sie erst einmal ganz andere Sorgen: die Brücke, unter der die Gabiere hindurchfahren musste. Die Brücke, auf der Phrias' Anhänger warteten.

Cael und Amanón hatten das Steuer übernommen. Da um diese Zeit alle anderen Schiffe vor Anker lagen, war es ein Kinderspiel, aus dem Hafen hinauszumanövrieren. Mit klopfendem Herzen sah Nolan zu, wie sie das Tor zur Fahrrinne passierten. Auch wenn der Besuch in Goran den Erben fast zum Verhängnis geworden war, wurde es ihm doch bang bei dem Gedanken, dass sie die Stadt mit ihren vielen Menschen nun hinter sich ließen und wieder ins Unbekannte aufbrachen.

Während die Gabiere auf die Festungsbrücke zuglitt, versammelten sich die Gefährten am Bug und versuchten, hinter den Schießscharten die Masken ihrer Feinde auszumachen. Es war sinnlos, sich in der Kombüse zu verschanzen und zu hoffen, dass man sie nicht beachtete: Die Dunkle Bruderschaft wusste sicher ganz genau, wer sich auf dem Schiff befand, und es erregte ohnehin schon genug Aufsehen, dass jemand bei Einbruch der Dunkelheit auf den Fluss hinauswollte. Deshalb hatten sie beschlossen, sich den Blicken ihrer Verfolger auszusetzen und zu beobachten, wie sie reagierten. Nun war der entscheidende Augenblick gekommen. Sie hatten verschiedene Möglichkeiten in ihren Plan einbezogen, aber im Grunde waren Phrias' Anhänger unberechenbar, und genau das machte sie so gefährlich.

In einem hatten sich die Erben jedenfalls nicht getäuscht: Ihre Feinde lauerten immer noch auf der Brücke. Im gleichen Moment, in dem Nolan eine Gestalt in einem langen Mantel entdeckte, schrie Eryne vor Schreck auf. Prompt gerieten die Späher auf der Brücke in helle Aufregung. Mindestens fünf oder sechs Männer rannten hektisch hin und her und flüsterten miteinander. Zu gern hätten die Erben gehört, was sie besprachen. Nolan hielt die Anspannung kaum noch aus.

»Geh unter Deck«, sagte er zu Zejabel. »Gleich könnte es gefährlich werden.«

Zejabel warf ihm einen müden Blick zu und spannte einen Pfeil in ihren Bogen. Gleich nach dem Ablegen hatte sie sich zu den anderen gesellt, ohne ein Wort darüber zu verlieren. Natürlich bewunderte Nolan ihre Tapferkeit, aber irgendwann würde sie ihr Wagemut das Leben kosten! Doch da es aussichtslos war, sie zur Vernunft bringen zu wollen, zog er seinerseits den Stockdegen, um sie im Ernstfall beschützen und verteidigen zu können.

Allerdings war es unwahrscheinlich, dass die Mörder aus fünfzehn Schritt Höhe auf die Gabiere hinuntersprangen oder sich abseilten. Schließlich würden ihnen die Erben einen recht feindseligen Empfang bereiten, wenn sie nicht schon vorher von Zejabels Pfeilen durchbohrt wurden. Die Freunde fürchteten eher einen hinterhältigen Angriff aus der Entfernung, etwa mit brennenden Geschossen. Immerhin war die Brücke eigens dafür konstruiert worden, feindliche Schiffe mit flüssigem Feuer zu übergießen, und es war nicht abwegig, dass die maskierten Männer von dieser Tradition Gebrauch machten.

Als die *Rubikant* unter dem Steinbogen hindurchfuhr und die Erben ihre Gegner vorübergehend aus dem Blick verloren, sahen sie ängstlich zu den Schlitzen im Stein hoch und machten sich auf einen Feuerhagel gefasst. Doch sie passierten die erste Öffnung, ohne dass etwas geschah, dann die zweite – und kamen unversehrt auf der anderen Seite der Brücke heraus. Entweder waren die Mörder schlecht vorbereitet gewesen, was sie sich kaum vorstellen konnten, oder sie wollten es vermeiden, Aufmerksamkeit auf sich zu lenken, indem sie direkt vor den Toren der Stadt ein scheinbar harmloses Schiff in Brand setzten. Genau darauf hatten die Erben gehofft.

Doch aufatmen konnten sie deswegen noch lange nicht. Als sie sich zur Brücke umdrehten, stellten sie zu ihrer Verblüffung fest, dass ihre Feinde verschwunden waren! Einen Augenblick später entdeckte Nolan sie am linken Ufer, wo sie sich gerade auf ein paar Pferde schwangen, die ein Komplize herbeigeschafft hatte. Zu fünft galoppierten sie bis auf Höhe der Gabiere, ließen ihre Pferde dann in Trab fallen und eskortierten die *Rubikant* vom Ufer aus durch die Fahrrinne. Nach einer Weile löste sich einer von ihnen aus der Gruppe und preschte voran. Alle konnten sich denken, mit welchem Auftrag er betraut worden war.

»Noch ist er in Schussweite«, sagte Zejabel und folgte ihm mit der Pfeilspitze.

»Nicht hier«, wehrte Amanón ab. »Entlang der Mauern stehen überall goronische Soldaten. Ich würde mich nicht darauf verlassen, dass sie erst Erkundigungen einziehen, bevor sie ihre Katapulte abfeuern.«

»Bestimmt haben uns Phrias' Anhänger aus demselben Grund verschont«, meinte Nolan.

Mit einem unguten Gefühl im Magen sah er dem Boten nach, der im schwächer werdenden Abendlicht entschwand. Die übrigen vier Goroner trabten weiter den Uferweg entlang, der sich mal näher, mal weiter vom Wasser entfernt an den Festungsanlagen entlangschlängelte, wobei sie unverwandt zu ihnen herüberstarrten, wie zur Bekräftigung, dass die Erben dem Untergang geweiht waren. Ihre gruseligen Masken ließen weder Zweifel noch Angst oder Ungeduld erkennen, als wäre das Schicksal der Freunde bereits besiegelt.

So glitt die *Rubikant* zwischen den moosbewachsenen Mauern des Kanals dahin, während die Dunkelheit rings um die Laternen der Gabiere immer dichter zu werden schien. Nachdem sie die Festungsanlagen hinter sich gelassen hatten, wurde es stockfinster. Zejabel konnte die Reiter nun nicht mehr sehen.

»Ich kann trotzdem versuchen zu schießen«, schlug sie vor. »Dem Hufschlag nach zu urteilen, sind sie ungefähr da drüben …«

»Das bringt jetzt auch nichts mehr«, sagte Keb bitter. »Es sei denn, du willst dich an ihnen rächen, was ich gut verstehen könnte. Eigentlich hast du recht. Schieß ruhig!«

»Sobald du den ersten Pfeil abgeschossen hast, werden sie sich vom Ufer fernhalten«, protestierte Amanón. »Oder sie schießen zurück, und dann müssen wir alle Laternen löschen und uns unter Deck verstecken. Und wer steuert dann das Schiff? Am besten, wir lassen sie vorerst in Ruhe.«

»Aber irgendwann müssen wir sie uns doch vom Hals schaffen«, beharrte Keb. »Sonst fällt dein ach so perfekter Plan ins Wasser.«

»Ich habe nie behauptet, dass er perfekt ist«, schnappte Amanón. »Uns war von Anfang an klar, dass die Sache riskant ist. Denk doch zur Abwechslung mal nach: Eigentlich war davon auszugehen, dass die Mörder die Verfolgung aufnehmen.«

»Sie sind nur zu viert«, knurrte Keb. »Wenn wir an Land springen und sie überfallen, sind wir sie im Handumdrehen los.«

»Sie sind zu Pferd, tragen womöglich Rüstungen, und einige von uns sind noch zu geschwächt, um zu kämpfen«, erinnerte ihn Amanón gereizt. »*Sakkar,* wenn wir jedes Mal blindwütig losgestürmt wären wie ein brünstiger Stier, wären wir längst tot!«

Nolan ahnte, dass es bei diesem Streit nicht nur um die richtige Vorgehensweise gegen die Goroner ging. Hastig griff er ein, bevor der Ton noch schärfer wurde. »Wir werden Lodacre erst in zwei Dekanten erreichen«, sagte er. »Vielleicht sogar noch später, weil wir nicht besonders schnell fahren können. Wir müssen uns also nicht sofort einigen – in der Zwischenzeit kann viel passieren.«

»Ihre Pferde werden sicher irgendwann müde oder wollen in der Dunkelheit nicht mehr weiter«, mischte sich Eryne ein. »Bitte streitet Euch nicht.«

Ihre Bitte zeigte deutlich mehr Wirkung als Nolans Argument. Die beiden Streithähne beherrschten sich jedoch nur mit Mühe: Keb stapfte wutschnaubend zum Heck, und Amanón half Cael beim Aufziehen eines zusätzlichen Segels, um sich abzureagieren. Währenddessen flüsterte Niss ihrem Großvater etwas ins Ohr, und die beiden verzogen sich unter Deck. Plötzlich stand Nolan mit seiner Schwester und Zejabel allein am Bug.

Eine ganze Weile hingen sie stumm ihren Gedanken nach. Nolan kam ihre Lage beinahe unwirklich vor. Ringsum herrschte tiefste Nacht, als gäbe es auf der Welt nichts als ihr kleines Boot und seine Passagiere. Dabei tauchten immer wieder kleine Lebewesen im Wasser auf, Frösche, Fische und hin und wieder sogar Schlangen, angezogen von den unzähligen Insekten, die die Laterne umschwirrten. Am Ufer blinkten dann und wann Lichter aus nahe gelegenen Häusern auf, deren Bewohner vor Angst erzittern mussten, wenn sie zufällig aus dem Fenster sahen. In der Finsternis klang das Hufgeklapper ihrer Verfolger noch lauter, wie ein Fluch, dem sie nicht entrinnen konnten.

»Hoffentlich geben sie irgendwann auf!«, sagte Eryne verzagt. »Einen weiteren Kampf werden wir sicher nicht überstehen.«

»Keine Sorge. Sie können Euch nichts anhaben«, versicherte Zejabel ernst. »Falls sie angreifen, müsst Ihr einfach nur wieder tun, was Ihr gestern Nacht getan habt.«

Nolan sah seine Schwester neugierig an, konnte aber nicht erraten, was in ihr vorging. Dafür wurde ihm plötzlich klar, was Zejabels Verhalten zu bedeuten hatte. Warum hatte er das nicht schon früher erkannt? Seit sie wieder auf den Beinen war, wich die einstige Mörderin Eryne nicht von der Seite. An Deck blieb sie stets dicht hinter ihr, und wenn Eryne an die Reling trat, stellte sie sich neben sie. Genau wie sie es vermutlich als Kahati getan hatte, um Zuïa zu beschützen und zu dienen.

Für Zejabel stand offenbar fest, dass Eryne göttlicher Herkunft war. Nolan hingegen fiel es schwer, diese Möglichkeit auch nur in Erwägung zu ziehen. Wenn er sie anblickte, sah er lediglich seine Schwester, die als kleines Mädchen ihren Rock gerafft hatte, um ihm einen Fußtritt zu versetzen, woraufhin er sie an den Haaren gezogen oder ihr Spielzeug versteckt hatte. Seine Schwester, die sich als junge Dame geweigert hatte, an einem Tag zweimal im selben Kleid aus dem Haus zu gehen. Eryne, eine Göttin? Das war schlicht unvorstellbar, vor allem für ihn als zukünftigen Priester.

Andererseits hatte sie tatsächlich einen Schwertkampf

nicht nur heil überstanden, sondern ihre beiden Gegner sogar mit Leichtigkeit bezwungen. Und niemand wusste besser als Nolan, wie ungeschickt sich seine Schwester mit jeglicher Art von Werkzeug anstellte, und sei es nur ein Schürhaken. Dieser Sieg war ebenso unerklärlich wie die rätselhaften Fähigkeiten, die sie zuvor gezeigt hatte.

Während er die beiden Frauen betrachtete, die Seite an Seite schweigend in die Nacht hinaussahen, begann sich Nolan auf einmal davor zu fürchten, was sie ihm über kurz oder lang offenbaren könnten.

Bowbaq wäre lieber bei den anderen an Deck geblieben, zumal ihm jedes Mal, wenn er auf der engen Treppe den Kopf einziehen musste, der Schmerz in den Nacken fuhr. Aber er konnte Niss eben keine Bitte abschlagen. Außerdem war er so neugierig auf das, was sie ihm unbedingt erzählen wollte, dass er beim Betreten der Kombüse vergaß, sich zu ducken, und sich die Stirn am Türrahmen stieß. Das tat zwar nicht weh, aber als er zurückzuckte, spürte er den Schmerz in Schulter und Rücken. Mühsam unterdrückte er einen Fluch und setzte sich auf eine der beiden Bänke. Während er sich den Nacken massierte und prüfend die Stirn abtastete, dachte er sehnsüchtig an die betäubende Wirkung von Zejabels Elixieren zurück. Schade, dass die Zü nicht noch mehr von diesen Wundermitteln besaß!

Niss setzte sich neben ihn und wartete brav, bis ihr Großvater ihr wieder die volle Aufmerksamkeit widmen konnte. Dabei wirkte sie so still und teilnahmslos wie während der drei Jahre im Tiefen Traum. Manchmal, wenn sie gerade nicht in Blickweite war, vergaß Bowbaq sogar, dass sie aus ihrer Starre erwacht war, so sehr hatte er sich daran gewöhnt, sie stumm und ohne jede Gefühlsregung vor sich hindämmern zu sehen. Doch sobald sie ihm ihr hübsches, leuchtendes Gesicht zuwandte, löste sich die Erinnerung an diese Zeit auf wie Nebelschwaden in der Sonne.

Obwohl Niss keine Anzeichen von Ungeduld zeigte, spürte Bowbaq plötzlich ganz deutlich, wie aufgeregt sie war. Genauso hatte sie ihn angesehen, als sie vor einigen Jahren um die Erlaubnis gebeten hatte, zwei Wolfswelpen in ihre Hütte aufzunehmen. Seine Neugier verwandelte sich in Besorgnis, und er fragte sie vorsichtig, was sie auf dem Herzen habe.

»Es geht um die Männer, die uns verfolgen«, begann sie verschämt.

»Du brauchst keine Angst zu haben«, versicherte er ihr rasch. »Amanón ist so klug wie sein Vater und seine Mutter zusammen. Ihm fällt bestimmt etwas ein.«

»Ja, aber … Was, wenn niemand eine Idee hat und uns die Anhänger Phrias' einfach nicht in Ruhe lassen?«

Da er sie nicht anlügen wollte, zuckte Bowbaq mit den Schultern. Zu seiner Verwirrung stellte er fest, dass seine Enkelin überhaupt nicht verängstigt wirkte, sondern eifrig über die Sache nachzudenken schien.

»Dann werden wir wahrscheinlich kämpfen müssen«, sagte er schließlich. »Aber mach dir keine Sorgen, dazu wird es nur im äußersten Notfall kommen. Außerdem haben wir ja Kebree, der uns verteidigt, und Zejabel mit ihrem Bogen.«

Wie er befürchtet hatte, wirkte das Mädchen wenig

überzeugt. Er kannte sie gut genug, um zu ahnen, dass sie auf etwas anderes hinauswollte. Worauf nur?

Mit gesenkter Stimme lieferte Niss ihm die Antwort. »Die Männer sind doch auf Pferden unterwegs, oder?«

Sie hatte Arkisch gesprochen, als wollte sie ein Geständnis ablegen, das ihr in der Muttersprache leichter fiel. Das verblüffte Bowbaq zunächst so sehr, dass es einen Augenblick dauerte, bis er die Bedeutung ihrer Worte begriff.

»Was hast du mit diesen Pferden vor?«, fragte er und bekam eine Gänsehaut.

»Gar nichts, oder zumindest nichts Schlimmes!«, beteuerte Niss und rutschte aufgeregt hin und her. »Aber wäre es nicht … Wir könnten doch unsere Gabe nutzen, um sie ein bisschen aufzuscheuchen, so dass sie davonlaufen oder die Männer abwerfen! Dazu müssten wir nur ganz kurz ihren Tiefen Geist berühren!«

Bowbaq wusste nicht, was er sagen sollte. Einerseits bewunderte er seine Enkelin für ihre Idee, andererseits wurde ihm ganz schlecht bei dem Gedanken, dass sie so kurz nach ihrer Heilung ein solches Risiko eingehen wollte. Schlimmer noch, sie schien sich der Gefahr gar nicht bewusst zu sein.

»*Nein*«, hörte er sich halblaut sagen.

»Was? Wieso denn nicht?«, fragte Niss empört.

»Es ist zu gefährlich, *naïok*, das musst du doch verstehen! Wir wissen nicht mal, ob du noch über deine Erjak-Kräfte verfügst.«

»Klar tue ich das«, gab sie selbstbewusst zurück. »Sie sind mindestens so stark wie früher, das spüre ich.«

Bowbaq schwieg bekümmert. Irgendetwas sagte ihm, dass sein Schützling ihm etwas verheimlichte, aber da es nur eine vage Ahnung war, vergaß er den Gedanken gleich wieder, zumal ihn die Entschlossenheit verletzte, mit der Niss ihm widersprach. Ihr Verhältnis war immer so eng gewesen, und es machte ihn jedes Mal traurig, wenn sie sich stritten. Doch er musste der Wahrheit ins Auge sehen: Niss war zwar noch keine Erwachsene, aber auch kein Kind mehr.

»Außerdem sind die Reiter viel zu weit weg«, murrte er vor sich hin. »Und es ist zu dunkel, um sie zu sehen.«

»Nicht, wenn sie an einem Haus vorbeikommen«, rief Niss. »Du weißt genau, dass uns das reichen würde. Oder wir konzentrieren uns einfach auf das Geräusch der Hufe.«

»Nein«, wiederholte Bowbaq. »Kommt nicht in Frage.«

Niss' Gesicht versteinerte sich. Diese trotzige Miene kannte er gar nicht von ihr, aber sie erinnerte ihn an seinen Sohn Prad, ihren Vater. Es war ein Blick, der besagte: »Mir doch egal, ich mache es trotzdem!« Plötzlich befürchtete er, sie in ihrem Entschluss auch noch bestärkt zu haben, und suchte fieberhaft nach weiteren Argumenten. Es blieb ihm nur eins.

»Es kommt nicht in Frage, dass du dich noch einmal in den Tiefen Geist eines Tiers versenkst«, sagte er streng. »Du solltest nie wieder die Kontrolle über einen anderen Körper übernehmen. Aber wir könnten natürlich versuchen, die Pferde zu erschrecken, indem wir ihnen ein paar einfache Worte übermitteln …«

Als er seine Enkelin über das ganze Gesicht strahlen sah, wurde Bowbaq wieder warm ums Herz.

»Aber das klappt sicher nicht ganz so gut«, wandte sie ein. »Wenn es überhaupt funktioniert.«

»Dafür ist es viel vernünftiger. Du wirst sehen – wenn wir unvermittelt in den Geist der Tiere eindringen, ohne die Behutsamkeit, mit der wir sonst vorgehen, zeigt das ganz bestimmt die gewünschte Wirkung.«

In Niss' Lächeln lag zwar leises Bedauern, aber sie drückte ihren Großvater trotzdem glücklich an sich. Bowbaq war so gerührt über die stürmische Umarmung, dass er den Schmerz im Nacken kaum spürte.

»Ich sage gleich den anderen Bescheid!«, rief sie und rannte die Treppe hinauf.

Noch bevor er ihr folgen konnte, hörte er sie schon nach ihren Freunden rufen. Bowbaq blieb noch einen Augenblick in der Kombüse sitzen; er fühlte sich plötzlich sehr alt. Niss' Idee hatte ihn an ein weit zurückliegendes Ereignis erinnert: das Abenteuer im Kleinen Palast von Lorelia, wo er die Doggen der Jelenis zur Raserei gebracht hatte, damit seine Freunde in der allgemeinen Verwirrung fliehen konnten. Damals war er der Einzige gewesen, der Kinder gehabt hatte! Und damals hatten er und seine Gefährten noch nicht von Sombre gewusst … Es war ein anderes Leben gewesen.

Seufzend rappelte er sich hoch und stapfte zu den anderen hinaus in die kühle Nacht. Mit etwas Glück würde er ihnen helfen können. Schließlich ruhte auf diesen Kindern das Schicksal der gesamten bekannten Welt.

Alle Gefährten nahmen den Vorschlag der beiden Erjaks mit Erleichterung auf, und Cael hatte sogar doppelten Grund zur Freude. Seit sie Goran verlassen hatten, ließ ihn die Angst vor einem weiteren Kampf nicht los – nicht weil er ihre Gegner fürchtete, sondern weil er sich gar nicht auszumalen wagte, wie er selbst reagieren würde. Solange er nicht mehr über die Stimme in seinem Kopf herausgefunden hatte, wollte er lieber nicht zur Waffe greifen. Aber darauf würden ihre Feinde sicher keine Rücksicht nehmen ... Voller Hoffnung hörte er Niss zu. Sie erzählte so begeistert von ihrem Plan, dass er keinen Augenblick am Erfolg ihres Vorhabens zweifelte.

»Einen Versuch ist es auf jeden Fall wert«, meinte Amanón. »Selbst wenn wir nur einen der Männer loswerden, ist schon viel gewonnen.«

»Ich dachte, wir sollten sie vorerst in Ruhe lassen?«, fragte Keb höhnisch.

»Sie wissen ja nicht, dass wir dahinterstecken«, sagte Bowbaq. »Ihre Pferde werden ohne ersichtlichen Grund scheuen und Reißaus nehmen. Schlimmstenfalls können sie die Tiere beruhigen und sich uns wieder an die Fersen heften. Ich glaube nicht, dass sie deshalb anfangen, auf uns zu schießen.«

»Ich bin einverstanden«, erklärte Nolan. »Ich glaube, sie wollen uns bis Lodacre folgen. Dort erwartet uns vermutlich ein viel größerer Trupp.«

Zu diesem Schluss war auch Cael gekommen, nachdem die Männer weder versucht hatten, sie anzugreifen, noch ihre Flucht zu behindern.

»Nun gut, wie lange dauert die Vorbereitung?«, fragte Amanón die beiden Erjaks. »Wann könnt ihr anfangen?«

»Jetzt gleich!«, rief Niss.

»Absprechen sollten wir uns schon«, bremste Bowbaq sie. »Wir müssen den richtigen Moment abpassen und gleichzeitig handeln.«

»Wir stellen uns einfach schon mal an die Reling«, gab sie zurück. »Hier wäre es doch gut, oder? Von hier aus hat man die beste Sicht auf das Ufer und muss keine Angst haben, ins Wasser zu fallen, falls einem schwindlig wird.«

»Warum, fühlst du dich nicht gut?«, fragte Bowbaq besorgt.

Zur Antwort zwinkerte ihm seine Enkelin nur schelmisch zu. Cael beobachtete sie neidisch. Niss ließ sich von nichts und niemandem einschüchtern. Nicht einmal vor ihrer Erjak-Kraft schien sie Angst zu haben, die sie immerhin drei Jahre ihres Lebens gekostet hatte.

»Wir sollten warten, bis wir sie klar erkennen«, sagte Bowbaq. »Dann können wir uns verständigen, wer welches Pferd nimmt.«

»Könnt Ihr denn jeweils zwei Tiere beeinflussen?«, fragte Eryne.

»Leider nicht«, sagte Bowbaq bedauernd. »Es wird alles sehr schnell gehen. Ich hoffe eher, dass die beiden scheuenden Pferde die anderen mit ihrer Panik anstecken.«

»Wir könnten Cael bitten, es ebenfalls zu versuchen!«, rief Niss plötzlich aus.

Die Blicke der anderen wanderten verblüfft von Niss zu Cael. Dabei konnte er selbst kaum glauben, was er gerade gehört hatte.

»Das stimmt, sein Vater ist ja auch Erjak«, murmelte Bowbaq nachdenklich. »Er könnte die Gabe geerbt haben … Aber ich bin nicht sicher, ob das eine gute Idee ist.«

»Nein, das ist es nicht«, sagte Amanón. »Zumindest nicht jetzt.«

Diese beiden Bemerkungen genügten, um Scham und Empörung in Cael aufwallen zu lassen. Er wusste selbst, dass etwas Gefährliches in ihm schlummerte, aber wenn er die anderen so reden hörte, wollte er ihnen unbedingt das Gegenteil beweisen. Außerdem hatte er ja ohnehin beschlossen, mehr über sein zweites Ich herauszufinden. Er würde alles ausprobieren, was ihm Aufschluss über seinen inneren Dämon geben konnte, so gefährlich es auch sein mochte!

»Sag mir, was ich tun soll«, sagte er zu Niss.

Er hatte mit solchem Nachdruck gesprochen, dass niemand Einspruch zu erheben wagte, doch er spürte genau, wie die Anspannung seiner Freunde wuchs.

»Eigentlich probiert man es zuerst bei einem kleinen Tier aus«, erklärte Niss. »Bei einem Hund, der einem vertraut ist, oder einem Kaninchen. Am besten, du fragst Großvater um Rat.«

Cael sah zu Bowbaq, der sich sichtlich verlegen am Bart kratzte und den Blicken der anderen auswich, bevor er sich schließlich einen Ruck gab.

»Ich weiß nicht so recht, was ich dir sagen soll«, sagte er seufzend. »Üblicherweise dauert es ungefähr zwei Jahre, bis ein Erjak lernt, mit seiner Kraft umzugehen. Andererseits hat dein Vater es innerhalb von wenigen Tagen gelernt, warum solltest du es dann nicht auch schaffen? Beim ersten Mal wird es sicher nicht gleich klappen, aber es ist einen Versuch wert.«

»Also, was soll ich machen?«, wiederholte Cael.

Jetzt, da die Entscheidung getroffen war, wollte er keine Zeit mehr verlieren. Die ständigen Hinweise auf die Begabung seines Vaters begannen ihn allmählich zu nerven. Ein so bedeutender Magier wie Yan aus Eza würde er wohl niemals werden, aber er wollte es wenigstens versuchen.

»Also … Zu Anfang solltest du dich vor allem auf dich selbst konzentrieren. Auch wenn es schwerfällt, musst du versuchen zu vergessen, was einen Menschen und was ein Tier ausmacht. Als gäbe es keinen Unterschied zwischen uns.«

Keb stieß einen halb bewundernden, halb spöttischen Pfiff aus. Cael ging es ähnlich: Wie konnte man etwas so Wesentliches einfach ausblenden?

»Und dann?«, fragte er trotzdem weiter.

»Wenn du das schaffst, hast du schon viel erreicht«, meinte Bowbaq. »Als Nächstes musst du dich darauf konzentrieren, mit diesem Pferd zu sprechen, als würdest du mit einem Menschen plaudern, nur dass du es rein in Gedanken tust.«

»Und weiter?«

»Genauer kann ich es auch nicht beschreiben«, sagte Bowbaq entschuldigend. »Wer die Gabe hat, dem gelingt auch der letzte Schritt: das Eindringen in den Geist des Tieres. Es lässt sich nicht erklären. Ich sehe dabei so eine Art Nebel, aber dein Vater sprach von einem viel komplizierteren Gebilde, einer Skulptur in einer Kugel … Richtig verstanden habe ich es nicht.«

Cael dankte ihm mit einem Nicken, obwohl er nicht das Gefühl hatte, schlauer zu sein als vorher. Hätte Niss ihn nicht mit einem Lächeln ermutigt, hätte er sich wohl kaum neben sie an die Reling gestellt, als wäre er bereits ein Erjak.

»Du nimmst am besten das dritte Pferd«, raunte ihm Niss zu. »Großvater und ich konzentrieren uns auf die vorderen beiden. Schick ihm einfach eine kurze Botschaft wie ›Gefahr‹ oder ›Hunger‹.«

»›Hunger‹?«, wiederholte Cael verdutzt.

»Für ein Tier ist das die schlimmste Bedrohung überhaupt. Das müsste reichen, um es scheu zu machen.«

Daraufhin starrten alle drei zum Ufer hinüber und begannen zu warten. Auf der Gabiere trat Totenstille ein, während die Pferde ihrer Verfolger plötzlich doppelt so laut durch die Nacht zu traben schienen. Obwohl er es für zwecklos hielt, ging Cael innerlich noch einmal Bowbaqs Anweisungen durch. *Menschen und Tiere sind einander ebenbürtig. Alle können miteinander sprechen.* Doch sooft er sich diese Sätze auch vorsagte, er betrachtete die Pferde immer noch als niedere Wesen.

»Da vorne ist es ziemlich hell«, sagte Zejabel, die flussabwärts spähte.

»Bereit?«, fragte Bowbaq. »Gebt Acht, dass ihr euren Geist nicht überanstrengt!«

Die Ermahnung war natürlich vor allem an Niss gerichtet, aber Cael wurde trotzdem von Erregung gepackt. Je näher sie dem hellen Schein kamen, der aus den Fenstern eines Häuschens fiel, desto nervöser wurde er. Bald konnten sie die Umrisse der Reiter erkennen, und im nächsten Moment hoben sie sich klar gegen das Licht ab. Nun gab es kein Zurück mehr.

»Jetzt!«, sagte Bowbaq mit seiner tiefen Stimme.

Kaum hatte er den Befehl ausgesprochen, bäumte sich Niss' Pferd abrupt auf, warf seinen Reiter ab und galoppierte davon. Auch das Pferd an der Spitze wieherte und bockte, bevor es mitsamt seinem Herrn querfeldein preschte. Das Ganze hatte höchstens einen Wimpernschlag lang gedauert. Cael fühlte sich unter Zugzwang gesetzt. Er wollte seine Freunde auf keinen Fall enttäuschen und konzentrierte sich mit aller Kraft auf das dritte Pferd.

Es war eine entsetzliche, abstoßende Erfahrung. Er hatte das Gefühl, bis in die Seele des Pferdes vorzudringen und sie auszulöschen, grausam zu vernichten, zu Tode zu foltern. Panisch zog er sich wieder zurück, doch das Unheil war geschehen. Wahnsinnig vor Angst, vielleicht für immer wild geworden, bäumte sich das Pferd in widernatürlicher Haltung auf, brach dann zusammen und wälzte sich auf seinen Reiter. Mit einem markerschütternden Wiehern richtete es sich wieder auf. Schaum troff ihm aus dem Maul und seine Beine zitterten, aber es trampelte dennoch wie im Wahn auf den beiden am Boden liegenden Männern herum, die um ihr Leben schrien.

Die Bewohner des nahe gelegenen Hauses hatten bei den ersten Hilferufen die Tür geöffnet und sie gleich wieder zugeworfen. Der letzte der vier Reiter, der noch im Sattel saß, konnte sein Tier mit Mühe und Not bändigen und stob mit ihm davon. Wahrscheinlich würde er behaupten, die Flussgeister seien über sie hergefallen, wenn er nicht in der Dunkelheit vom Pferd stürzte und sich das Genick brach.

Mit Amanón am Steuer entfernte sich die *Rubikant* lautlos vom Schauplatz der Tragödie, wo das Pferd noch immer wie entfesselt wütete. Ohne sich umzudrehen, wusste Cael, dass wieder einmal alle Blicke auf ihn gerichtet waren. Es graute ihm vor sich selbst.

Im Wahn des wild gewordenen Tiers erkannte er sich selbst. Sich selbst, wenn ihn die Stimme in einen Dämon verwandelte.

Niss ertrug es nicht, Cael so niedergeschmettert zu sehen. Außerdem fühlte sie sich schuldig. Wenn sie nicht vorgeschlagen hätte … Aber was geschehen war, war geschehen, da half kein Jammern. Sie konnte nur versuchen, den Schaden zu begrenzen.

Trotzdem grübelte sie schon seit über zwei Dekanten über die Sache nach, ohne auch nur ein Wort mit Cael gewechselt zu haben. Ihr Großvater hatte bereits versucht, ihn anzusprechen, nicht anders als Amanón und Nolan, doch niemand hatte den Jungen aus seiner Erstarrung reißen können. Sie wussten nicht einmal mit Sicherheit, ob er sie überhaupt gehört hatte. Cael saß reglos am Heck und sah mit stumpfem Blick in die Nacht hinaus, als hielte er immer noch nach dem Pferd Ausschau, das er wahnsinnig gemacht hatte. Die Erwachsenen passten sogar abwechselnd aus einiger Entfernung auf, dass er nicht plötzlich eine Verzweiflungstat beging und sich ins

Wasser stürzte! Allein deswegen hatte Niss fürchterliche Gewissensbisse, aber jedes Mal, wenn sie einen Schritt auf ihn zugehen wollte, bekam sie Angst, dass sie alles nur noch schlimmer machen würde. Schließlich hatte die Idee, mit der sie Cael hatte helfen wollen, überhaupt erst zu diesem Drama geführt. Anstatt Gutes zu tun, hatte sie womöglich den letzten Funken Hoffnung zerstört, der ihm noch geblieben war.

Als Nolan ihr aufmunternd zunickte, bevor er durch die Luke nach unten verschwand, gab sie sich einen Ruck. Jetzt oder nie!

Die anderen Erwachsenen waren bereits in der Kombüse, nur Amanón befand sich als einziger noch an Deck. Jeden Moment konnte er zu Cael gehen, um ihn ins Bett zu schicken. Dann würden sie alle bis zum Morgen schlafen, wie es ihr Plan vorsah, und Cael würde mit seinem Kummer allein bleiben. Das durfte sie nicht zulassen! Entschlossen machte sie einen Bogen um Amanón, der gerade die Segel einholte, und marschierte auf Cael zu.

Ein Gutes hatte das Eingreifen der Erjaks trotz allem gehabt: Die *Rubikant* hatte ihre Fahrt fortsetzen können, ohne von der Dunklen Bruderschaft verfolgt zu werden. Wie vereinbart hatten sie den Anker einige Meilen vor Lodacre mitten im Fluss ausgeworfen, in der Nähe einer kleinen Insel mit einer mächtigen Eiche, die ihnen auf dem Hinweg aufgefallen war. Jetzt mussten sie nur noch bis zum Sonnenaufgang warten und hoffen, dass alles glattging.

Niss' Herz klopfte schneller, als sie sich neben Cael

setzte, aber er zeigte nicht die geringste Reaktion. Da sie nicht wusste, wie sie mit seinem Schweigen umgehen sollte, lehnte sie einfach den Kopf an seine Schulter, so wie sie es in der Kapelle in Goran getan hatte. Kurz darauf ließ er endlich das Schluchzen vernehmen, das er die ganze Zeit zurückgehalten hatte.

»Das arme Tier … Das arme Tier«, wimmerte er.

Niss wartete, bis er sich ausgeweint hatte, bevor sie ihn zu trösten versuchte. »Du hast nichts Böses getan«, versicherte sie. »Es konnte niemand ahnen, dass deine Gabe derart stark sein würde. Wir werden dir beibringen, wie du sie kontrollieren und maßvoll nutzen kannst.«

»Wenn ich an die Fohlen meiner Mutter denke …«, fuhr Cael fort, als hätte er sie nicht gehört. »Ich habe so viele von ihnen zur Welt kommen sehen … Und ich … ich …«

»Du hast ihm nur Angst gemacht«, beschwichtigte sie ihn. »Ziemlich große Angst, das stimmt, aber es hat sich bestimmt längst wieder beruhigt.«

»Nein, nein!«, rief er heftig. »Ich habe seinen Geist *zerstört.* Ich habe eine Bestie aus ihm gemacht, so wie ich selbst eine bin!«

Niss hätte ihn am liebsten mit einer Lüge getröstet, aber das brachte sie nicht über sich. Sie war genauso sicher wie er, dass sich das Pferd nicht mehr von dem Erlebnis erholen würde. Es hatte ganz anders reagiert, als die Erjaks es aus ihrer Erfahrung kannten. Nicht einmal Bowbaq, der schon vieles erlebt hatte, konnte sich erklären, was passiert war. Die anderen vermuteten, dass das Tier schon vorher gestört oder bösartig gewesen war, eine Anlage, die durch den Kontakt mit Caels Geist zum Ausbruch gekommen war. Niss teilte diese Ansicht nicht, hatte bislang aber dazu geschwiegen.

»Was auch passiert ist, es ist nicht deine Schuld«, sagte sie beschwörend. »Es sind nicht *deine* Gedanken gewesen, die das Pferd wild gemacht haben. Du weißt doch, was ich damit meine, oder?«

Cael antwortete nicht sofort, sondern wischte sich mit dem Handrücken über das Gesicht. Als er einige Tränen, die Niss in die Haare gekullert waren, mit einer unbeholfenen Bewegung wegzutupfen versuchte, überlief es sie heiß und kalt.

»Ich glaube schon«, sagte er dann in gefassterem Ton. »Es war meine Stimme, die … Und das, obwohl ich keinen Anfall hatte. *Er* hätte gar nicht zum Vorschein kommen dürfen.«

»Ja, aber dein und sein Geist stehen in Verbindung miteinander«, erwiderte Niss nachdenklich. »Wenn du deine Fähigkeit als Erjak nutzt, trägt er seinen Teil dazu bei, könnte ich mir vorstellen. Er hat dem Tier diese Panik eingeflößt, nicht du.«

»Vielleicht«, stimmte Cael zu. »Aber ich habe nichts gespürt. Es ging alles so schnell. Es war gruselig.«

»Womöglich wird das Pferd ab und zu wieder normal. Wenn die Stimme in seinem Kopf verstummt, so wie bei dir … Ähm, ich will damit natürlich nicht sagen, dass du unnormal bist!«, verbesserte sich Niss hastig und setzte sich aufrecht hin.

Eigentlich hatte sie damit gerechnet, dass er sie beleidigt ansehen würde, aber er wirkte eher geistesabwesend.

Offenbar dachte er intensiv über irgendetwas nach, denn er blieb eine ganze Weile reglos sitzen und starrte durch Niss hindurch, als wäre sie gar nicht da. Dann kam wieder Leben in ihn.

»So muss es auch bei mir gewesen sein«, sagte er. »Jemand ist gleich nach meiner Geburt in meinen Geist eingedrungen und hat mich damit genauso hysterisch gemacht wie ich dieses arme Pferd. Und dieser Jemand, das war Sombre.«

»Aber warum hat er das getan? Warum hat er dich nicht getötet, wenn er dich schon gefunden hatte?«

»Keine Ahnung«, gestand Cael. »Aber ich bin sicher, dass er es war. In Tante Corenns Tagebuch steht, dass ich aufgehört habe zu schreien, als meine Mutter mir den Anhänger umgebunden hat. Von da an konnte Sombre mir nichts mehr anhaben.«

Niss verschlug es die Sprache. Diese Vorstellung war noch schrecklicher als alles, was sie sich ausgemalt hatte. Cael hingegen schien es zu helfen, das Übel endlich beim Namen nennen zu können.

»Es könnte auch ein anderer Dämon gewesen sein«, sagte sie, da ihr nichts Besseres einfiel.

»Nein. Es war Sombre«, wiederholte Cael. »Irgendwie ist mir, als hätte ich es schon immer gewusst. Und meine Eltern haben es auch geahnt, da bin ich ganz sicher.«

»Aber warum hat er dir das angetan? Zum Glück konnte er seinen Plan nicht vollenden!«

Caels Blick wurde hart. Obwohl es fast dunkel war, konnte Niss sein wutverzerrtes Gesicht gut erkennen.

»Und woher wissen wir, dass er seinen Plan nicht vollendet hat? Vielleicht erwartet er etwas von mir. Vielleicht hofft er, dass ich den Erzfeind für ihn töte.«

»Auf diesen Gedanken wäre ich nie gekommen«, sagte Niss bestürzt.

»Eins ist jedenfalls sicher: Mein Geist wurde verändert. Ich bin nicht ganz der Mensch, der ich hätte werden sollen«, zischte Cael und ballte die Fäuste.

Als er Amanón auf sie zugehen sah, beugte er sich zu Niss, um ihr etwas ins Ohr zu flüstern.

»Ich muss diese gespenstische Stimme in meinem Kopf zum Schweigen bringen. Und am besten bekomme ich sie zu fassen, wenn ich mehr über die Gabe der Erjaks lerne! Du musst mir alles beibringen, was du weißt!«

Noch bevor Niss antworten konnte, trat Amanón zu ihnen und bat sie, schlafen zu gehen: Die nächsten Tage würden anstrengend werden, und bis zum Morgengrauen blieb nicht mehr viel Zeit.

Cael und Niss begaben sich folgsam unter Deck, während Amanón die erste Nachtwache übernahm. Keb und Nolan schliefen schon. Zejabel hatte Eryne angeboten, mit ihr in der Kajüte zu übernachten, damit sie sich nicht das Geschnarche der Männer anhören musste.

Niss kuschelte sich neben ihren Großvater. Sie bemühte sich zu lächeln, als sie Cael eine gute Nacht wünschte, aber er hatte so viele schreckliche Bilder in ihr heraufbeschworen, dass sie lange keinen Schlaf fand.

»Sie kommen zu spät«, sagte Keb finster.

Amanón schenkte ihm keine Beachtung. Seit dem frühen Morgen hatte Keb diesen Satz schon mindestens dreißig Mal von sich gegeben. Fast wäre es Amanón lieber gewesen, wenn er wieder unter Deck gegangen wäre, um Eryne den Hof zu machen, anstatt an der Reling herumzuhängen und ihm mit seinen Kommentaren auf die Nerven zu gehen. Zu allem Überfluss steckte er ihn mit seinem Misstrauen an: Allmählich wurde Amanón ebenfalls unruhig. Sie hatten ein Treffen im Morgengrauen vereinbart, und die Sonne war schon vor gut einem halben Dekant aufgegangen.

Die *Rubikant* lag immer noch in der Nähe der kleinen Insel mit der Eiche vor Anker und zog neugierige Blicke auf sich, als die ersten Schiffe den Fluss hinabfuhren. Amanón verkrampfte sich jedes Mal, wenn ein Boot etwas zu nah an ihnen vorbeisegelte. Die vier Goroner hatten sich nicht wieder blicken lassen, aber der Bote, der vorausgeritten war, hatte sicher seinen Auftrag erfüllt und seine Komplizen in Lodacre verständigt. Womöglich lauerte eine ganze Horde Mörder samt einigen bösartigen Lemuren in der nahegelegenen Stadt auf die Ankunft der Erben, und Amanón konnte nur hoffen, dass sie nicht auf die Idee verfielen, ihnen am Flussufer entgegenzukommen.

Immerhin konnten die Gefährten die Verzögerung nutzen, um ihre Habseligkeiten zusammenzupacken: Kleidung, Proviant, Waffen und andere Ausrüstung, kurzum alles, was sie für die Reise ins Schöne Land brauchten. An Deck türmte sich bereits ein gewaltiger Haufen Säcke und Bündel, und Amanón sah fassungslos zu, wie Eryne immer noch mehr Gepäck anschleppte. Am liebsten hätte er sie gebeten, die Sachen noch einmal durchzugehen und nur das Nötigste mitzunehmen, aber er hatte nicht den Mut, sie darauf anzusprechen. In manchen Augenblicken war er es einfach satt, immerzu an das Wohl der Gemeinschaft zu denken und so vernünftig wie möglich zu handeln. Es ärgerte ihn, dass er ständig der Spielverderber war, während andere, der draufgängerische Wallatte zum Beispiel, mit ihren oberflächlichen Scherzen ein Lächeln nach dem anderen ernteten. Deshalb ließ er Eryne gewähren, betrachtete sorgenvoll die vielen Decken und Töpfe, die sie aus der Kombüse holte, und schickte ein Stoßgebet an die Götter, dass die Wagen, die sie hierher bestellt hatten, auch tatsächlich kamen.

Zu seiner Erleichterung wurde seine Bitte schon eine knappe Dezime später erhört. Die Erben versammelten sich an Deck und sahen dem Konvoi staunend entgegen: Ein halber Stall hatte sich da in Bewegung gesetzt. Auf dem Uferpfad kamen zwei große Wagen auf sie zu, die von je vier Pferden gezogen und von einem Kutscher gelenkt wurden. Auf der Höhe der Gabiere hielten die Männer ihre Gespanne an und winkten den Erben mit weit ausholenden Bewegungen zu.

»Uff«, sagte Amanón nur.

»Ganz meine Meinung«, pflichtete ihm Nolan bei. »Ich habe mir schon Sorgen gemacht.«

Amanón winkte zurück und half Cael dann, die Gabiere ans Ufer zu steuern. Schlagartig ging es ihm besser. Bis jetzt war unklar gewesen, ob ihr Plan wirklich aufgehen würde, schließlich hatten sie alles in höchster Eile einfädeln müssen. Als Nolan und er bei ihrem

Erkundungsgang in Goran festgestellt hatten, dass alle Ausgänge der Stadt bewacht wurden, waren sie sich in einem sofort einig gewesen: Sie würden nie und nimmer klammheimlich aus Goran fliehen können, schon gar nicht, wenn sie zwei Verletzte tragen mussten. Und die *Rubikant* war kein geeignetes Transportmittel mehr, denn ihre Verfolger konnten ihnen einfach weiter unten am Fluss auflauern.

Also hatten sie sich kurzentschlossen auf die Suche gemacht und einen Händler aufgetrieben, der ihnen zwei Gespanne zu einem vereinbarten Treffpunkt bringen würde. Da die Hauptstadt des Kaiserreichs unter anderem für ihre Pferdezüchter berühmt war, hatte ihnen das keine große Mühe bereitet. Allerdings garantierte ihnen nichts, dass der Mann, mit dem sie ins Geschäft gekommen waren, sich auch an die Abmachung halten würde oder, schlimmer noch, nicht etwa mit der Dunklen Bruderschaft im Bunde stand. Vielleicht tappten sie geradewegs in eine Falle.

Dieser Gedanke ging Amanón durch den Kopf, während sie das Schiff dicht ans Ufer brachten. Aber aus den hölzernen Karren sprangen keine heimtückischen Mörder, und die beiden Kutscher schienen nicht einmal Waffen zu tragen. Darüber konnte Amanón nur den Kopf schütteln – bis ihm einfiel, dass er früher ebenfalls nur ein kleines Messer dabeigehabt hatte, wenn er auf Reisen war. Erst seit kurzer Zeit sah er die Welt und die Gefahren, die in ihr lauerten, mit anderen Augen.

Während sich die anderen über die Wagen unterhielten, sprang er ans Ufer und ging auf die Männer zu, mit denen er tags zuvor verhandelt hatte. Sie wirkten noch verblüffter als in dem Augenblick, als er ihnen seinen Vorschlag unterbreitet hatte.

»Wir waren nicht sicher, ob Ihr tatsächlich kommen würdet«, gab einer der Männer zu, als er ihm die Hand schüttelte. »Vor allem haben wir nicht damit gerechnet, dass Ihr mit dem Schiff unterwegs seid!«

»Nun, um genau dieses Schiff geht es«, erwiderte Amanón. »Wärt Ihr einverstanden, wenn wir es Euch im Tausch für die Wagen überlassen?«

»Ihr beliebt zu scherzen«, brachte der Händler hervor.

Als den Goronern klar wurde, dass Amanón sein Angebot ernst meinte, leuchteten ihre Augen gierig auf: Die *Rubikant* war gut und gern doppelt so viel wert wie der ursprünglich vereinbarte Preis. Dennoch bestanden sie darauf, das Schiff bis in die hintersten Winkel zu inspizieren, während die Erben ihr Gepäck auf die beiden Wagen luden. Nach einer knappen Dezime hatten die Fahrzeuge den Besitzer gewechselt. Zuletzt kletterte Cael den Hauptmast hinauf, um das Gwelom abzunehmen, das sie dort befestigt hatten.

»Ich rate Euch dringend, sofort nach Goran zurückzukehren«, warnte Amanón. »In jedem Fall solltet Ihr Lodacre in den nächsten Tagen meiden. Wir haben dort nicht nur Freunde.«

»Das haben wir uns schon gedacht«, sagte der Händler und zwinkerte ihnen fröhlich zu. »Macht Euch um uns keine Sorgen.«

Kurz darauf ging Amanón als Letzter von Bord des Schiffs, das ihnen nahezu eine Dekade lang Zuflucht geboten hatte. Auch die anderen schienen Wehmut zu empfinden, denn alle sahen der Gabiere mit düsterer Miene und sorgenvoll gerunzelter Stirn nach, während sie Richtung Goran davonsegelte. Als sich die Wagen ruckelnd in Bewegung setzten und die weite Fahrt ins Schöne Land begann, vergoss Eryne sogar ein paar stumme Tränen. Sie vergrub das Gesicht in den Händen und kauerte sich auf einer rohen Bank in einem der Wagen zusammen, als würde sie in einem schaukelnden Kerker aus ihrem Palast entführt.

Amanón hätte sie gern getröstet und die richtigen Worte gefunden, um ihr Mut zu machen, doch alles, was ihm in den Sinn kam, ließ sich in einem niederschmetternden Satz zusammenfassen: *Vor uns liegen noch viel härtere Prüfungen.*

Der erste Tag ihrer Reise war furchtbar anstrengend, vor allem für Zejabel. Obwohl die Zü die Hälfte der Zeit über schlief, um sich von ihren Verletzungen und den Ereignissen der letzten Tage zu erholen, kam ihr die Fahrt endlos lang vor. Ihr war klar, dass sie möglichst viele Meilen hinter sich bringen mussten und erst weit von Goran und Lodacre entfernt Halt machen konnten, aber Amanón übertrieb vielleicht doch etwas, als er darauf bestand, auch noch nach Einbruch der Dunkelheit weiterzufahren. Natürlich konnten die Erben froh sein, dass sie so gut vorankamen, aber Zejabel war mehr als erleichtert, als sie endlich eine Herberge ansteuerten, zumal die Holzbänke in den Wagen noch um einiges unbequemer waren als die Kojen auf der *Rubikant.*

Die Gefährten wussten nichts über die früheren Besitzer der Gespanne, aber offensichtlich hatten sie nicht viel Wert auf Komfort gelegt. Die Einrichtung beschränkte sich auf das Nötigste: Vier ausklappbare Bretter an den Wänden dienten als Schlafstätte, und statt auf richtigen Bänken saßen die Passagiere auf den Deckeln großer Truhen, die die Längsseiten des Innenraums säumten. Dazwischen war ein Tisch in den Boden geschraubt, an dem man bei schlechtem Wetter essen konnte. Alle anderen alltäglichen Tätigkeiten, insbesondere die Notdurft, mussten im Freien verrichtet werden. Die spärliche Ausstattung verringerte zwar die Last, die die Pferde zu ziehen hatten, aber Zejabel litt solche Schmerzen, dass sie bisweilen voller Sehnsucht an ihre luxuriösen Gemächer in Zuïas Palast zurückdachte.

Sie teilte sich einen Wagen mit Nolan, Niss und Bowbaq, der auf dem Kutschbock Platz genommen hatte. Als sie endlich aussteigen konnte, musterte sie die Mienen der Passagiere des anderen Wagens und kam zu dem Schluss, dass die Fahrt für sie noch viel qualvoller gewesen war. Amanón hatte eine verdrossene Miene aufgesetzt, Eryne sah todmüde aus und schien kaum zu hören, was man ihr sagte, Cael brütete genauso dumpf vor sich hin wie zu Beginn der Reise, und Keb machte keinen Hehl daraus, wie froh er war, nicht mehr im Wagen eingepfercht zu sein. Zejabel konnte sich gut vorstellen, dass die beiden Männer den ganzen Weg über aufeinander herumgehackt hatten.

Wahrscheinlich hatte Amanón auch deswegen entschieden, dass sie in einer Herberge statt in den Wagen übernachten würden. Mit verspanntem Rücken und müden Gliedern, aber einem erleichterten Lächeln vertrauten sie die Pferde den Stallburschen an und traten in die wohlig warme Gaststube.

Da die Herberge recht groß war, fiel die Ankunft einer so bunt zusammengewürfelten Schar nicht weiter auf. In dem kleinen Weiler an der Straße nach Cyr-la-Haute, der nördlichsten Stadt des Königreichs Lorelien, schienen Reisende unterschiedlichster Herkunft Halt zu machen, Goroner ebenso wie Arkarier und Händler aus dem Süden. Trotzdem war Zejabel froh, die religiösen Symbole auf ihrem roten Zü-Gewand entfernt zu haben. Jedes Mal, wenn sie sich in fremde Gesellschaft begaben, befürchtete sie, dass jemand mit dem Finger auf sie zeigen oder sie gar hinterrücks angreifen könnte. Sie fürchtete zwar den Kampf nicht, wollte aber den Menschen, die sie inzwischen als ihre Freunde betrachtete, nicht noch mehr Ärger bereiten.

Die Wirtin, eine füllige Goronerin, teilte ihnen die Zimmer zu. Bowbaq erklärte, dass er seine Enkelin bei sich haben wolle, während Nolan, Cael und Keb gegen Amanóns Vorschlag, sich ein Zimmer zu teilen, nichts einzuwenden hatten, schließlich hatten sie es auf der *Rubikant* genauso gehalten. Ohnehin waren sie so müde, dass sie selbst im Stehen eingeschlafen wären. Eryne hingegen wurde das Vorrecht zugestanden, ein Zimmer für sich allein zu beziehen, und so kam auch Zejabel in den Genuss eines eigenen Zimmers, ohne dass sie darum gebeten hätte.

Nachdem die Erben ihr Gepäck abgestellt hatten, versammelten sie sich wieder in der Gaststube, um das lang ersehnte Abendessen zu bestellen. Amanón hatte einen etwas abseits stehenden Tisch reserviert, den er schon bei ihrer Ankunft ins Auge gefasst hatte und an dem sie nun mit knurrenden Mägen Platz nahmen. Wie wohl jeder von ihnen musste Zejabel an den Abend in dem goronischen Gasthaus denken, der mit einem Streit zwischen Keb, Amanón und Eryne geendet hatte. Sie konnte nur hoffen, dass Eryne nicht wieder wutentbrannt aus dem Saal rennen würde, wenn das leidige Thema zur Sprache kam: Zejabel wartete ungeduldig darauf, endlich über Erynes göttliche Herkunft sprechen zu können.

Die Erben hatten kaum Zeit, ein Gespräch zu beginnen, da wurde bereits das Essen serviert: riesige Teller mit in Fleischbrühe gekochtem und mit Käse überbackenem Gemüse sowie drei große Krüge des berühmten Biers aus Cyr. Zejabel fand das fremde Getränk köstlich, verzichtete aber lieber auf ein zweites Glas, als sie spürte, wie schnell es ihr zu Kopf stieg. Die anderen hingegen sprachen den Spezialitäten des Hauses reichlich zu und entspannten sich merklich. Schließlich waren sie nicht nur den goronischen Mördern entronnen, sondern hatten auch den Kampf gegen einen Dämon überlebt. Etwas Ablenkung war da nur willkommen.

Nach dem Essen, stimmten sie Kebs Vorschlag zu, einen juneischen Likörwein zu bestellen und aufeinander anzustoßen. Zejabel nippte nur kurz an ihrem Glas, aber das reichte, um sie noch benommener zu machen. Während die Erben immer unbeschwerter wurden, machte sich Traurigkeit in ihr breit. Ihre Bauchwunde, ihr Heimweh nach der Insel Zuïa und die Gefahr, die von Sombre ausging, bedrückten sie mehr denn je. Kämpferisch, wie sie war, beschloss sie, den Moment der Wahrheit nicht länger herauszuzögern.

»Wir müssen darüber sprechen, was in Goran passiert ist«, sagte sie ernst.

Eryne senkte kurz den Kopf, bevor sie Zejabel mit einem gezwungenen Lächeln anblickte. Sie wusste ganz genau, worauf die Zü hinauswollte. Die Gefährten blickten gespannt zwischen den beiden Frauen hin und her.

»Ihr wisst, dass Ihr anders seid«, fuhr Zejabel fort. »Ohne Eure Gabe hättet Ihr die Mörder nicht besiegen können. Ohne Euch wüssten wir nicht einmal, dass es Anhänger Phrias' waren. Ihr müsst lernen, diese Fähigkeit gezielt einzusetzen. Und ich kann Euch dabei helfen.«

»So außergewöhnlich war das, was ich getan habe, nun auch wieder nicht«, protestierte Eryne halbherzig. »Ich kann selbst nicht genau sagen, was eigentlich passiert ist. Auf einmal habe ich die Gedanken der Männer gelesen, als wollten sie mich vor den Angriffen warnen, die sie als Nächstes ausführen würden.«

»Wie ein Erjak?«, fragte Nolan.

»Nein«, widersprach Zejabel. »Was Eryne da beschreibt, ist der Zustand der Entsinnung. Das ist die Fähigkeit, den Gedanken der Sterblichen zu lauschen, ohne dass diese es bemerken.«

»Die Tiere, mit denen ich spreche, spüren mein Eindringen in ihren Geist sofort«, bestätigte Bowbaq. »Also ist es nicht das Gleiche.«

»Nein. Die Entsinnung ist eine *göttliche* Gabe. Sie ermöglicht es den Unsterblichen zum Beispiel, die Gebete zu hören, die an sie gerichtet sind. Der Mensch kann diesem Zustand mit viel Übung nahekommen, so wie ich, aber ganz erreichen wird er ihn nie. Das ist allein den Göttern vorbehalten.«

Zejabel kam der Gedanke, dass sie ihnen das alles viel schonender hätte beibringen müssen, aber der Alkohol und die Müdigkeit hatten sie jede Zurückhaltung vergessen lassen. Die anderen schienen es ihr nicht übel zu nehmen, nicht einmal Eryne, die zur Abwechslung ernst und konzentriert zuhörte, statt sich wie ein verwöhntes Edelfräulein aufzuführen.

»Diese Fähigkeit gezielt einsetzen, was bedeutet das?«, fragte Amanón schließlich. »Wie weit kann das gehen?«

»Der Entsinnung sind keine Grenzen gesetzt«, sagte Zejabel. »Theoretisch kann man in diesem Zustand den Gedanken aller Menschen der bekannten Welt lauschen.«

»Willst du damit sagen, dass diese schöne Frau meine Gedanken lesen kann?«, witzelte Keb. »Das müsste ihr eigentlich die Schamesröte ins Gesicht treiben!«

»Unsere Gedanken bleiben ihr verschlossen. Die Dara-Steine schützen uns. Aber mit etwas Übung könnte Eryne zum Beispiel hören, was die Leute in dieser Herberge gerade denken.«

Gebannt lauschten die Erben Zejabel und zogen je nach Charakter nachdenkliche, ungläubige oder skeptische Gesichter. Eryne selbst hielt den Blick starr auf ihr Weinglas geheftet, als ginge sie das alles nichts an. Dabei hatte sie seit dem Beginn des Gesprächs keinen einzigen Schluck mehr getrunken.

»Aber eins passt nicht so recht zu dem, was du sagst«, warf Nolan ein. »Als Niss fast ertrunken wäre, hörte Eryne sie in ihrem Kopf um Hilfe rufen. Das ist schon unglaublich genug, aber wie war es möglich, wo Niss doch ihren Stein trug?«

»Dafür habe ich auch keine Erklärung«, gab Zejabel zu. »Ich kann mir höchstens vorstellen, dass Erynes Entwicklung zur Göttin erst vor kurzem begonnen hat. Ihre Gabe beginnt sich zu offenbaren und wird mit der Zeit immer stärker.«

»Aber warum geschieht das ausgerechnet jetzt?«, fragte Amanón.

»Ich weiß es nicht. Vielleicht aus der Not heraus. Als es um Leben und Tod ging, gelang es ihr, die Entsinnung anzuwenden, ohne das Geringste darüber zu wissen. Die Gefahr könnte ihre wahre Natur zum Vorschein gebracht haben.«

»Und du, kannst du auch Gedanken lesen?«, fragte Niss.

»Nein. Zumindest nicht ohne Zuïa. Sie hat mir beigebracht, ihren Geist als eine Art Vermittler zu nutzen, wenn man so will. Aber jetzt bin ich nicht mehr ihre Kahati. Wenn ich mich dem Zustand der Entsinnung annähern wollte, müsste sich eine andere Göttin meiner annehmen.«

Alle Blicke wanderten zu Eryne, die langsam ihr Glas hob und es dann in einem Zug leerte. Als sie es wieder abstellte, lag ein seltsames Funkeln in ihren Augen.

»Was wird mit mir geschehen?«, fragte sie leise.

Zejabel überlegte, wie sie es ihr am besten beibringen sollte, aber die Wahrheit konnte sie ihr nicht ersparen.

»Keine Ahnung«, sagte sie ernst. »Niemand kann wissen, was für eine Göttin Ihr einmal sein werdet.«

Eryne stieß ein gepresstes Lachen aus, bevor ihr Gesicht unvermittelt todernst wurde. »Und wie lange wird diese Entwicklung dauern?«

Auch diesmal konnte die Zü nur bedauernd mit den Schultern zucken. Doch dann kam ihr eine Idee. »Ihr werdet von Tag zu Tag stärker werden. Ihr werdet Dinge sehen und hören, von denen niemand von uns je Kenntnis erlangen wird. Außerdem haben wir nicht die geringste Ahnung, welche Fähigkeiten Ihr sonst noch entwickeln werdet. Ihr werdet vielen Menschen helfen können, unabhängig davon, ob Ihr Sombre Einhalt zu gebieten vermögt. Was Euch widerfährt, ist ein Segen.«

Wieder ließ Eryne ein sonderbares Lachen vernehmen. Sie blickte nacheinander alle Gefährten an, dann schob sie langsam ihren Stuhl zurück. »Im Hinblick auf meine künftigen Heldentaten sollte ich mir wohl besser etwas Ruhe gönnen«, sagte sie mit einem kühlen Lächeln. »Gute Nacht.«

Sie trat zu Zejabel und legte ihr sanft die Hand auf die Schulter. Die Zü versuchte, die Gefühle, die sie bestürmten, vor den anderen zu verbergen.

»Verzeiht meine Zurückhaltung«, bat Eryne leise. »Ich weiß, dass ich tief in Eurer Schuld stehe. Meine Dankbarkeit ist Euch ebenso sicher wie meine Freundschaft.«

Mit diesen Worten verließ sie die Gaststube, während die Erben verlegene Blicke wechselten. Zejabel wusste nun, dass sie sich nicht geirrt hatte. Eryne würde eine wunderbare, eine strahlende Göttin sein.

Als Eryne die Tür zu ihrem Zimmer öffnete, hatte sie das Gefühl, eine Grabkammer zu betreten. Hastig zündete sie die Kerzen eines Kandelabers an, doch gegen die Düsternis in ihrem Innern konnte der fahle Lichtschein nichts ausrichten. Sie stieß einen verzweifelten Schluchzer aus und ließ ihren Tränen freien Lauf. Ein Segen, hatte Zejabel gesagt. Dabei konnte sich Eryne kein entsetzlicheres Schicksal vorstellen. Begriff sie denn als Einzige, welche Qualen ihr bevorstanden?

Das Schrecklichste war nicht einmal, dass sie möglicherweise der Erzfeind war, auch wenn sie der bloße Gedanke an einen Kampf gegen Sombre und die Bürde, die damit auf ihr lastete, geradezu in Panik versetzte. Nein, viel mehr noch graute es ihr vor den Veränderungen, die sich an ihr vollzogen. Wie konnten ihr eigener Körper und ihr eigener Geist ihr plötzlich so fremd sein? *Wer bin ich in Wahrheit?* Eine Missgeburt des Jal, die halb der Menschenwelt und halb dem Reich der Götter angehörte? Ein Irrtum der Schöpfung?

Angenommen, sie überlebte die Angriffe der Dunklen Bruderschaft, der Lemuren und der Dämonen – was würde danach aus ihr werden? Würden die Götter sie in ihre Reihen aufnehmen? Ein furchtbarer Gedanke! Die junge Frau, die sie bis vor kurzem gewesen war, hätte sich vielleicht sogar gewünscht, ihre Jugend und Schönheit für alle Ewigkeit behalten zu dürfen, aber diese Aussicht hatte überhaupt nichts Verlockendes mehr, wenn sie plötzlich Wirklichkeit wurde. Wenn man niemals alterte, musste man unerträgliche Opfer auf sich nehmen. Womöglich würde sie die Gesellschaft von Menschen meiden müssen, um keine Aufmerksamkeit zu erregen. Sie würde von Land zu Land ziehen, ständig den Namen wechseln, immer wieder eine neue Identität annehmen – und all ihre Lieben nach und nach sterben sehen!

Unweigerlich kamen ihr ihre verschwundenen Eltern in den Sinn, was sie nur noch trauriger stimmte, und plötzlich fühlte sie sich vollkommen allein auf der Welt. Ihr war fast, als gehörte sie schon nicht mehr ganz zu den Menschen, als wäre sie verbannt, ausgeschlossen selbst aus dem Kreis der Erben, der doch seit einem halben Mond ihr einziger Halt war! Sah so das Leben aus, das sie erwartete? Würde sie für alle Ewigkeit heimatlos, einsam und von Traurigkeit erfüllt sein, verfolgt von den Gedanken Tausender Unbekannter, die in ihrem Kopf erklangen?

Das konnte, das *wollte* sie einfach nicht glauben, auch wenn sie insgeheim wusste, dass sich dieses Schicksal nicht mehr abwenden ließ. Zejabel hatte recht: Ihre wahre Natur begann sich immer stärker zu offenbaren. Nichts würde verhindern, dass sie von Dekant zu Dekant mehr von ihrem Menschsein verlor und zur Einsamkeit verdammt wurde. Keine der vermeintlichen Gaben, die sie entwickeln würde, konnte sie über diese Erkenntnis hinwegtrösten. Es sei denn, sie würde irgendwann in der Lage sein, die Zeit zurückzudrehen und all diese Tragödien ungeschehen zu machen, doch diese Vorstellung war so absurd, dass sie ein bitteres Lachen ausstieß.

Sie war so in ihre Gedanken versunken, dass sie zusammenfuhr, als es plötzlich an der Tür pochte. Es klopfte ein zweites und drittes Mal, und ihr Herz begann schneller zu schlagen. Im ersten Augenblick war sie versucht, es einfach zu ignorieren, doch dann gewann ihr Wunsch, nicht länger allein zu sein, die Oberhand. Nachdem sie sich die Tränen abgewischt hatte, stand sie auf und öffnete bemüht gelassen die Tür. Es war Kebree. Er hielt eine Flasche und zwei Kelche in den Händen und hatte sein verführerischstes Lächeln aufgesetzt.

»Ich glaube, ich komme gerade recht«, sagte er und trat unaufgefordert ein.

Einen Augenblick lang bereute Eryne ihre Entscheidung, denn eigentlich stand ihr wirklich nicht der Sinn nach Kebs Annäherungsversuchen. Sie überlegte, ob sie ihn fortschicken sollte, griff dann aber doch nach dem Glas, das er ihr eingeschenkt hatte, und erkannte beim ersten Schluck, dass es sich um einen edlen lorelischen Wein handelte. Der Geschmack rief die Erinnerung an Abende im Kreis ihrer Familie wach, an den Weinkeller, den sie in ihrem Haus gehabt hatten, und plötzlich überfiel sie so heftiges Heimweh, dass sie den Kelch abstellte und das Gesicht in den Händen vergrub.

»Ist er wirklich so ungenießbar?«, fragte Keb heiter. »Dabei habe ich den besten Wein bestellt, den sie haben … Offenbar hat hier niemand mehr Angst vor wallattischen Barbaren. Die Wirte betrügen uns nach Strich und Faden.«

Seine Scherze zeigten keine Wirkung, so tief saß Erynes Kummer. Wie viele Tränen hatte sie schon vergossen, seit Reyan und Lana verschwunden waren! Als Keb ihr seine großen, warmen Hände auf die Schultern legte, durchlief sie ein wohliger Schauer. Die Geste war unerwartet zärtlich und liebevoll, als wollte er sie tatsächlich einfach nur trösten. Dafür war sie ihm so dankbar, dass sie sich unvermittelt an seine Brust schmiegte, wie eine gewöhnliche Sterbliche, die die Arme eines Mannes um sich spüren will. Wie eine Frau aus Fleisch und Blut, mit menschlichen Bedürfnissen, die nichts mit göttlichem Schicksal und großen Taten zu tun haben …

Nach der ersten Überraschung zog Keb sie fest an sich. Eryne wurde heiß, und sie drückte sich noch enger an ihn, vergrub den Kopf an seiner Schulter und wollte ihn am liebsten nie mehr loslassen. Er begann, ihr sanft über die Haare zu streichen und tröstende Worte ins Ohr zu flüstern. Seine tiefe, warme Stimme fachte ihr Begehren an, aber sie wollte sich ihm noch nicht hingeben. Doch dann wurde Kebree kühner: Er küsste sie auf die Stirn, auf die Schläfen, die Lider und schließlich auf die Lippen, und sie erwiderte seinen Kuss voller Leidenschaft, so sehr sehnte sie sich danach, sich als Mensch zu fühlen, zu spüren, wie das Blut durch ihre Adern pulsierte und Wellen der Lust ihren Körper durchströmten.

Sie hatte bereits einige Liebhaber gehabt, doch die wenigsten waren so einfühlsam gewesen wie Keb. Und so ritterlich. Als sie ihn mitten in der Nacht bat, alles zu vergessen, was sich in dem Herbergszimmer zugetragen hatte, protestierte er mit keinem Wort, sondern legte ihr nur sanft die Hand auf den Rücken und ging dann mit einem Lächeln zur Tür hinaus. Es war kein Grinsen, wie sie es sonst von ihm kannte, eher eine liebevolle kleine Geste, mit der er ihr zu verstehen gab: »Ich kann warten.«

Als sie wieder allein war, fiel Eryne in einen schweren, wohligen Schlaf, ohne sich weiter über ihr göttliches Schicksal Gedanken zu machen. Zumindest für den Moment war diese Sorge vergessen.

Doch im Traum sah sie vor sich, wie Kebree und Amanón gegeneinander kämpften, und hörte sich selbst schreien, wieder und wieder, als Amanón mit blutverschmierter Schläfe zusammenbrach.

Nolan war nicht gerade glücklich über den Vorfall. Wie die anderen hatte er Keb am Vorabend im Zimmer seiner Schwester verschwinden sehen und war mitten in der Nacht wach geworden, als der Wallatte in sein Bett schlüpfte. Er hatte gehört, wie sich Amanón noch eine ganze Weile schlaflos hin- und herwälzte, obwohl er vermutlich auch schon vorher kein Auge zugetan hatte. Irgendwann war Amanón aufgestanden und hatte sich in der Gaststube mit einem Krug Wein an den Kamin gesetzt. Dort hatten sie ihn jedenfalls vorgefunden, als sie am nächsten Morgen zum Frühstück herunterkamen.

Die Stimmung bei Tisch war mehr als frostig. Keb versuchte, Erynes Aufmerksamkeit auf sich zu lenken, während sie seinem Blick beharrlich auswich und verstohlen Amanón beobachtete, der den Kopf über den Teller gesenkt hielt. Nur Bowbaq schien davon nichts mitzubekommen. Er wirkte ausgeruht und zufrieden und schob sich ein Marmeladenbrot nach dem anderen in den Mund, als knabberte er Nüsse. Ihre Unterhaltung beschränkte sich auf die Entscheidung, nicht herumzutrödeln, um an diesem Tag ein gutes Stück Weg zurücklegen zu können, und so machte sich die kleine Schar kaum drei Dezimen später wieder auf die Reise.

Diesmal hatten sie mehr Platz in den Wagen. Keb kaufte dem Wirt von seinem eigenen Geld ein Pferd ab, da er, wie er behauptete, nicht noch einmal den ganzen Tag stillsitzen konnte. Amanón folgte seinem Beispiel: Er schien sich ebenfalls vor der Eintönigkeit der langen Fahrt zu fürchten oder wollte lieber für sich bleiben. So kletterten Bowbaq, Cael und Niss auf einen Wagen, während Eryne, Nolan und Zejabel den zweiten bestiegen.

Ritterlich erbot sich Nolan, das Gespann zu lenken. Anfangs genoss er es, einfach nur mit den Zügeln in der Hand dazusitzen und die Landschaft zu betrachten. Sie fuhren so flott dahin, dass ihm nicht langweilig wurde, zumal das Grenzgebiet zwischen Arkarien und Lorelien mit seinen Blautannenwäldern und sanften Hügelketten einen reizvollen Anblick bot. Doch als die beiden Frauen hinter ihm ein ernstes Gespräch begannen, hatte er keine Augen mehr für die Schönheit der Landschaft.

Zejabel sprach erneut davon, dass Eryne lernen solle, mit ihren Fähigkeiten umzugehen. Zu Nolans Überraschung schien seine Schwester diesmal gewillt, sich darauf einzulassen. Was auch immer zwischen ihr und Keb vorgefallen war, offenbar hatte er ihr etwas von ihrer Angst nehmen können. Sie war zwar immer noch recht zurückhaltend, hörte aber aufmerksam zu, als Zejabel zu einer längeren Erklärung ansetzte, und fragte sogar ab und zu nach, wenn sie nicht ganz folgen konnte. Dennoch musste Zejabel viel Geduld und Einfühlungsvermögen aufbringen, wenn Eryne mit ihren Gedanken abzuschweifen schien, was immer dann geschah, wenn einer der beiden Reiter sein Pferd ein kurzes Stück neben dem Wagen traben ließ.

Ohnehin war das, was sich die Zü vorgenommen hatte, alles andere als leicht. Wie sollte sie ein so unergründliches Phänomen wie die Entsinnung erklären, wo sie selbst sich diesem Zustand nur in Zuïas Gegenwart hatte annähern können? Obwohl Nolan angestrengt lauschte, schnappte er nur ein paar Bruchstücke auf. Offenbar war die Gabe der Entsinnung neben der Unsterblichkeit die einzige Eigenschaft, die allen Göttern und Dämonen gemein war. Sie funktionierte wie eine Art sechster Sinn, wie Hören oder Sehen. Für die Unsterblichen war diese Fähigkeit eine solche Selbstverständlichkeit, dass sie sich nur kurz zu konzentrieren brauchten, so wie ein Mensch vielleicht auf einem belebten Platz die Ohren spitzen würde, um in dem Durcheinander die Stimmen seiner Kinder zu hören, die er aus den Augen verloren hat.

Daraufhin fragte Eryne, ob es möglich sei, diese Wahrnehmung abzustellen, wie man ja auch die Augen schließen könne, um nichts mehr sehen zu müssen. Zejabel war sich nicht sicher, hielt aber dagegen, dass sich niemand auf Dauer Augen und Ohren zuhalten könnte. Sie empfahl Eryne, sich lieber gleich daran zu gewöhnen, vom Klang fremder Gedanken begleitet zu werden, und sie lesen zu lernen, statt sich dagegen zu wehren.

Dann begann Zejabel mit den ersten praktischen Unterweisungen. Sie befahl Eryne, tiefer zu atmen, sich auf all ihre Sinneseindrücke zu konzentrieren und jeden Körperteil schwer werden zu lassen.

Die Übungen erinnerten Nolan an die Meditationstechniken, die er als eurydischer Novize gelernt hatte. Als er das zur Sprache brachte, erzählte Zejabel, dass die Götter mit der Entsinnung eine höhere Bewusstseinsebene erreichten als die Menschen und sie jedesmal in eine Art Rausch versetzt worden war, wenn Zuïa sie auf eine Reise durch die Gedanken der Menschen mitgenommen hatte.

Leider blieben Erynes erste Versuche ergebnislos. Das Rattern der Räder auf der holprigen Straße und der Hufschlag von Kebs oder Amanóns Pferd lenkten sie zu sehr ab, und da sie ohnehin nicht sehr geduldig war, klagte sie schon bald über Kopfschmerzen und gab die Übungen auf.

So blieb Zejabel nichts anderes übrig, als ihr zu beschreiben, was sie im Idealfall wahrgenommen hätte: ein Wirrwarr aus Bildern, Gefühlen und Erinnerungen, die dem Geist anderer Reisender auf der Straße ebenso wie den Köpfen der Bewohner weit entfernter Städte entstammen konnten.

»Im Schlaf habe ich so etwas schon erlebt«, gab Eryne zu. »Als ich klein war, kam das sogar recht häufig vor. Und vor ein paar Tagen hat es wieder angefangen. Ich dachte, ich hätte einfach nur wirres Zeug geträumt.«

»Das waren keine Träume«, entgegnete Zejabel. »Ihr seid in den Zustand der Entsinnung hinübergeglitten, ohne Euch dessen bewusst zu sein.«

»Aber wie soll ich das jemals gegen Sombre verwenden? Ich meine, wenn … wenn … Inwiefern würde das dem Erzfeind helfen?«

»Mit der Zeit werdet Ihr lernen, die Bilder und Stimmen, die Ihr wahrnehmt, zu ordnen, wichtige Auskünfte herauszugreifen und dadurch Antworten auf viele Fragen zu finden. Es wird nicht mehr lange dauern, bis Ihr sogar in der Lage sein werdet, Eure Eltern aufzuspüren, wo auch immer sie sich befinden. Ihr müsst nur aus allen anderen Stimmen ihre Gedanken heraushören.«

Ein besseres Argument hätte sie nicht finden können, um Eryne zu einem weiteren Versuch zu bewegen, doch auch diesmal kam nichts dabei heraus.

Nolan verfolgte die Unterhaltung mit einer Mischung aus Hoffnung und Zweifel: Gewiss hatte seine Schwester einige unerklärliche Eingebungen gehabt, aber dass ihr so etwas nun häufiger passieren sollte, konnte er sich beim besten Willen nicht vorstellen.

Nachdem Zejabel ihnen alles erzählt hatte, was sie über die Entsinnung wusste, beschrieb sie ihnen weitere Fähigkeiten Zuïas. Beispielsweise konnte die Dämonin ihre Opfer mittels Gedankenkraft töten – eine grausame magische Gabe, die Zejabel am eigenen Leib zu spüren bekommen hatte. Außerdem sprach sie über große Entfernungen zu ihren Hohepriestern, den Judikatoren. Dies schien nur wenigen Unsterblichen vergönnt zu sein, denn es gab kaum verlässliche Berichte über Menschen, denen ein Gott Worte eingegeben hatte.

Zejabel zählte noch weitere übernatürliche Kräfte auf, was sich allerdings meist auf eine Schilderung der körperlichen und seelischen Qualen beschränkte, die die Strafende ihren Opfern zufügte. Am bemerkenswertesten fand Nolan den Umstand, dass Zuïa den Körper wechselte, sobald ein Menschenleben verstrichen war. Eine

Weile unterhielten sie sich angeregt über die verschiedenen Erscheinungsformen der Götter, denn jeder Unsterbliche schien anderen Gesetzen unterworfen zu sein. Usul beispielsweise hatte keine bestimmte körperliche Gestalt, sondern erschien mal als dieses, mal als jenes Meerestier. Eurydis trat den Überlieferungen nach für gewöhnlich als zwölf- oder dreizehnjähriges Mädchen auf. Und Sombre weilte offenbar als gutaussehender junger Mann unter den Menschen, konnte sich aber auch in ein furchterregendes Ungeheuer verwandeln oder gar einen mörderischen Avatar ans andere Ende der Welt schicken.

Zejabel brannte darauf, herauszufinden, wozu Eryne als Göttin künftig imstande sein würde. Doch dazu fehlte ihnen jeder Hinweis. Alles Mögliche schien denkbar, und Zuïas Arsenal an Todesstrafen war keine besonders gute Vergleichsgrundlage. Bislang hatte Eryne nichts vollbracht, was nicht auch alle anderen Götter konnten: Sie hatte fremde Gedanken vernommen und den Weg zu einer der magischen Pforten gefunden. Aber Zejabel zweifelte nicht daran, dass ihre anderen Gaben bald zum Vorschein kommen würden. Sie musste nur Geduld haben und Eryne aufmerksam beobachten.

Denn in einem Punkt war sie sicher: Eryne stand erst ganz am Anfang ihrer Entwicklung. Sie war den Kindern des Jal noch nicht ebenbürtig, und deswegen schwebte sie auf dieser Reise nicht weniger in Gefahr als sie alle. Zejabel war so klug, diesen Gedanken für sich zu behalten, doch die Sorge um ihren Schützling stand ihr ins Gesicht geschrieben.

Als das Gespräch schließlich verstummte, kam Nolan eine andere Göttin in den Sinn: Eurydis. Wenn seine Schwester tatsächlich den Rang einer Unsterblichen erreichte oder es ihr zumindest gelang, den Zustand der Entsinnung gezielt anzuwenden, dann wäre sie auch in der Lage, mit einer der mächtigsten Gottheiten in Verbindung zu treten und sie um Hilfe zu bitten.

Doch dafür würde sie ihren Anhänger ablegen müssen, den letzten Schutz, der ihr noch blieb, und daran wollte Nolan lieber gar nicht denken.

Cael genoss den zweiten Tag ihrer Fahrt sehr viel mehr als den ersten. In Niss' und Bowbaqs Gesellschaft fühlte er sich so wohl, dass er sogar die Angst vor Sombres Hinterlassenschaft für eine Weile vergessen konnte. Die beiden Arkarier erzählten ihm Geschichten von früher, sprachen über Sagen, Bräuche und traditionelle Gerichte ihrer Heimat und zeichneten so ein eher verklärtes als wirklichkeitsgetreues Bild des Weißen Landes. Dabei bekam Cael richtig Lust, Arkisch zu lernen. In der Schule im Großen Haus hatte er immer großen Spaß am Lernen gehabt, und obendrein hätte er dann einen Grund mehr, Zeit mit Niss zu verbringen und sich von ihrer Fröhlichkeit und unersättlichen Neugier anstecken zu lassen.

Natürlich kamen Bowbaq und die beiden Jugendlichen schließlich auch auf die Gabe der Erjaks zu sprechen, aber sie plauderten so unbeschwert darüber, dass Cael die Erinnerung an das wild gewordene Pferd nicht allzu sehr zusetzte. Bowbaq beschränkte sich darauf, ihm die wesentlichen Regeln dieser Kunst zu erklären. Beispielsweise ließ sich die Erjak-Kraft nur auf Tiere anwenden, die ihre Jungen säugten. Folglich funktionierte sie auch bei Menschen, aber Gedanken lesen wie Eryne und die Götter konnten die Erjaks nicht. Sie waren allerdings in der Lage, kurz in einen anderen menschlichen Geist einzudringen, und das genügte schon, um das Opfer völlig außer sich geraten zu lassen. Daher war eine solche Verwendung der Erjak-Kraft tabu, und Bowbaq bezeichnete sie sogar mit Nachdruck als *unhöflich*. Selbst Niss schien dieses Verbot ernst zu nehmen.

Bowbaq wollte Cael seine Kräfte nicht noch einmal anwenden lassen, schien aber nicht abgeneigt, ein paar Übungen mit ihm zu machen.

Diese Aussicht genügte Cael vollauf, denn er hatte kaum zu hoffen gewagt, dass Bowbaq ihm helfen würde. Wohlweislich verschwieg er, dass er die Magie vor allem lernen wollte, um gegen seinen inneren Dämon zu kämpfen. Manchmal bereute er sogar, Niss eingeweiht zu haben, aber zum Glück hatte sie das Geheimnis für sich behalten. Andererseits konnte er froh sein, jemanden ins Vertrauen gezogen zu haben, denn so war die Bürde des Fluchs, der auf ihm lastete, leichter zu tragen. Hätte er niemandem davon erzählt, wäre er wohl an der Angst zerbrochen, nur ein Werkzeug in den Händen des Dämons zu sein. Immerhin konnte Cael den Erben jederzeit zum Verhängnis werden!

Noch vor kurzem hätte er sich wohl Amanón anvertraut, der immer wie ein Bruder für ihn gewesen war, doch in letzter Zeit fühlte er sich von ihm abgewiesen. Unter dem Vorwand, ihn schützen zu wollen, beteiligte ihn sein Cousin immer seltener an seinen Entscheidungen. Wie heute Morgen zum Beispiel, als er kurz vor ihrem Aufbruch ein Pferd gekauft hatte, um allein neben den Wagen herzureiten! Hatte er etwa vergessen, dass Cael auf einem Gestüt aufgewachsen war? Dass er zehnmal lieber im Sattel gesessen hätte, als hier im Wagen durchgerüttelt zu werden? Vor lauter Enttäuschung hatte er mit keinem Wort protestiert, und zum Glück erwies sich die Fahrt als recht erträglich. Trotzdem empfand er die Sache als Vertrauensbruch.

Dabei war Cael durchaus bereit, Amanón einiges nachzusehen. Die Spannungen zwischen ihm, Keb und Eryne waren deutlich zu spüren: Gestern, als er mit den dreien in einem Wagen gefahren war, hatte dicke Luft geherrscht, und seit der vergangenen Nacht sah sein Cousin verständlicherweise noch trauriger aus. Amanón bemühte sich zwar, sich nichts anmerken zu lassen, und gab freundlich Antwort, wenn man ihn etwas fragte, aber ansonsten kam kein Wort über seine Lippen. Als sie gegen Mit-Tag kurz Rast gemacht hatten, damit sich die Pferde satt fressen konnten, hatte Amanón die ganze Zeit abseits im Gras gesessen und angestrengt in das Tagebuch seiner Mutter gestarrt, ohne auch nur einmal umzublättern.

Gegen Abend hatte sich seine Stimmung immer noch nicht gebessert. Da sie auch diesmal eine möglichst lange Strecke zurücklegen wollten, hatten die Erben ihren Pferden kaum Ruhe gegönnt und sie bisweilen sogar querfeldein geführt, wenn sie dadurch den Weg abkürzen konnten. So waren sie bei Einbruch der Dunkelheit meilenweit von der nächsten Herberge entfernt und mussten am Straßenrand übernachten. Nachdem sie die Pferde abgeschirrt hatten, kündigte Amanón an, auf Erkundung gehen zu wollen, und ritt in weiten Kreisen um die Wagen herum, bis er einen halben Dekant später mit finsterem, müdem Gesicht zurückkehrte.

Das Mahl war noch schneller verzehrt als zu Mit-Tag. Eryne und Niss froren trotz des Lagerfeuers, um das sie sich versammelt hatten, und Bowbaq fielen schon beinahe die Augen zu. Nur Keb wäre offenbar gern noch länger sitzen geblieben, doch als sich Eryne in den Wagen zurückzog, in dem Bowbaq und die Frauen schliefen, ging er ebenfalls zu Bett. Nach einigen Dezillen saßen nur noch die beiden Cousins am Feuer und starrten schweigend in die tanzenden Flammen.

»Willst du darüber reden?«, fragte Cael in einer plötzlichen Anwandlung von Zuneigung.

Nach der ersten Überraschung rang sich Amanón ein müdes Lächeln ab, das erste an diesem Tag.

»Wir sollten schlafen gehen«, sagte er nur. »Bis zu Usuls Insel ist es noch weit. Unsere Suche ist das Einzige, was wirklich zählt.«

Der Junge nickte und verzog sich in den Wagen, nachdem er ihm eine gute Nacht gewünscht hatte. Amanón würde wahrscheinlich noch lange aufbleiben, um Wache zu halten, und Cael ahnte, dass er sich bestimmt nicht an Kebree wenden würde, wenn er abgelöst werden wollte.

Im Grunde war Amanón froh, dass die Reise eintönig verlief. So konnten die Erben Kräfte sammeln und vielleicht sogar neuen Mut schöpfen, bevor sie im Schönen Land neue Abenteuer bestehen mussten. Auch in manch anderer Hinsicht erwies sich die Atempause als nützlich: Eryne und Zejabel beschäftigten sich näher mit dem Zustand der Entsinnung, und Cael lernte mehr über die Gabe der Erjaks. Letzteres sah Amanón zwar mit gemischten Gefühlen, aber er vertraute darauf, dass Bowbaq ein Auge auf den Jungen haben und ihm keinen Leichtsinn durchgehen lassen würde. Außerdem hörte er Cael viel lieber mit Niss lachen, als hilflos mit anzusehen, wie er sich vor lauter Verzweiflung über die Stimme in seinem Kopf in sein Schneckenhaus verkroch.

Auch Amanón bemühte sich, die Zeit sinnvoll zu nutzen. Mit seinem üblichen Weitblick überlegte er bereits, wo sie nach Hinweisen suchen könnten, falls der Besuch bei Usul sie nicht weiterbrachte. Dabei kamen ihm unweigerlich die ethekischen Schriftzeichen im Tagebuch seiner Mutter in den Sinn. Corenn war überzeugt, dass in diesen Textfragmenten, die aus allen Winkeln der bekannten Welt stammten, der Schlüssel zum Geheimnis des Jal verborgen lag. Und alles, was die Erben über die Götter und ihr Reich in Erfahrung bringen konnten, würde ihnen im Kampf gegen Sombre helfen! Leider war Corenns Abschrift unübersetzbar, denn die Farben der Schriftzeichen, die ihre Bedeutung wesentlich beeinflussten, wie ihre Eltern bei ihrem Besuch im Jal'dara herausgefunden hatten, waren nicht überliefert. Keine der bekannten Inschriften wies noch die ursprünglichen Farben auf, weshalb offenbar nur die Werke in Zuïas Bibliothek Hinweise auf das geheimnisvolle

Alphabet liefern könnten. Je länger er über das Problem nachgrübelte, desto mehr war er davon überzeugt, dass sie doch einen Abstecher auf die Insel der Züu-Priester machen mussten.

Er wusste ganz genau, wie gefährlich diese Expedition werden würde, aber er sah schlichtweg keinen anderen Ausweg. Allerdings hatte er seit zwei Tagen Schwierigkeiten, einen kühlen Kopf zu bewahren und ernsthaft nachzudenken – seit jenem Morgen, an dem Kebree mit einem sonderbaren Leuchten in den Augen aufgestanden war, nachdem er die halbe Nacht bei Eryne verbracht hatte. Amanón gab sich alle Mühe, sich zusammenzureißen, um den Zusammenhalt der Erben nicht zu gefährden, doch in ihm loderte ein Feuer, das sein Herz verzehrte und ihm den Schlaf raubte. Jedes Mal, wenn er Erynes Blick begegnete, spürte er einen Stich. Doch obwohl er sich danach sehnte, allein zu sein, wollte er auf keinen Fall den Eindruck erwecken, er schmolle wie ein Kind oder gefalle sich in der Rolle des schwermütig Leidenden. Er brauchte einfach nur ein wenig Abstand, um seinen Schmerz zu vergessen. Die Zeit würde seine Qualen schon lindern.

Am dritten Tag ihrer Reise ins Schöne Land fand Amanón endlich einen Vorwand, sich von den anderen zurückzuziehen. Bei Einbruch der Dämmerung stiegen die Erben in einem Gasthof zwischen den lorelischen Städten Cyr-la-Haute und Le Pont ab. Die Unterkunft war sehr viel bescheidener als die vorherige Herberge, so dass sie zunächst zögerten, sich dort einzuquartieren. Schließlich nahmen ihnen die schwarzen Wolken, die sich am Horizont zusammenballten, die Entscheidung ab, doch die Gefährten hielten vorsorglich Abstand zu den anderen Gästen, die samt und sonders wirkten, als wären sie soeben aus den Kerkern des Königreichs entlassen worden. Die Herberge schien ein beliebter Treffpunkt für alles mögliche Gesindel zu sein, und nur Keb störte es nicht, in derartiger Gesellschaft ein paar Becher zu leeren. Amanón hingegen behauptete, angesichts der Umstände lieber auf ihre Pferde und Wagen aufpassen zu wollen, und schlug sein Nachtlager im Stall auf.

Als er sich auf dem Heuboden umsah, bereute er seine Entscheidung nicht. Im Vergleich zu dem Speisesaal, wo sie zu Abend gegessen hatten, herrschte im Stall eine wohltuende Stille. Dass der Regen auf das Schieferdach trommelte, störte Amanón wenig, im Gegenteil, er fand das Geräusch geradezu beruhigend. Dieser kurze Moment des Alleinseins erinnerte ihn an seine Reisen durch die Unteren Königreiche, als er noch als Übersetzer unterwegs gewesen war, anstatt verzweifelt zu versuchen, seine Haut zu retten. Wenn er daran zurückdachte, kam ihm sein damaliges Leben beinahe unwirklich vor.

Der Wirt hatte nicht gelogen, als er ihm den Stall angepriesen hatte. Viele Reisende zogen es vor, in der Nähe ihrer Pferde zu schlafen, wahrscheinlich aus Misstrauen gegenüber den Saufbolden in der Schankstube. Deshalb war der Wirt auf die findige Idee verfallen, ein richtiges kleines Zimmer im Heuboden drei Schritte über den Boxen der Pferde einzurichten. Natürlich ließ er sich diese Unterkunft genauso bezahlen wie die anderen Betten, aber wenigstens standen Amanón dafür ein paar Annehmlichkeiten zur Verfügung: eine Matratze, Decken, eine Laterne und sogar ein kleiner Holzofen. Hier würde er eine ruhige, erholsame Nacht verbringen können, sobald er sich an den Stallgeruch gewöhnt hatte.

Er legte gerade einige Scheite in den Ofen, als plötzlich die Tür aufging und ein Schwall kalter, feuchter Luft hereinkam. Als er sich über den Rand des Heubodens beugte, erkannte er Eryne, die gerade die Tür hinter sich zuzog. Trotz des Mantels, den sie sich über die Schultern geworfen hatte, war sie völlig durchnässt. Amanóns Magen zog sich schmerzlich zusammen.

»Ist alles in Ordnung?«, fragte er beunruhigt. »Wo sind die anderen?«

Eryne sah sich einen Augenblick suchend um, bevor sie ihn oben auf dem Heuboden entdeckte. Sie ging zur Leiter und blickte mit ernster Miene zu ihm hoch.

»Allen geht es gut«, versicherte sie. »Ich würde gern mit Euch sprechen.«

Amanón wollte sie schon zu sich hochwinken, da kam ihm der Gedanke, dass Eryne womöglich nicht gern auf Leitern herumkletterte, und so stieg er stattdessen zu ihr hinunter. Er hoffte inständig, dass sie über das Schicksal ihrer Eltern, die Entsinnung oder die Pläne der Erben reden wollte, doch als er ihr in die Augen sah, wusste er, worum es ging.

»Und wo ist Keb?«, fragte er, ohne nachzudenken.

Verlegen biss er sich auf die Lippe. Zum Glück hatte er weder angriffslustig noch vorwurfsvoll geklungen! Eryne sah ihm dennoch forschend in die Augen, bevor sie antwortete. »Zu viel billiger Wein«, sagte sie achselzuckend. »Er schläft schon halb auf seiner Bank. Die anderen sind zu Bett gegangen.«

»Das solltet Ihr auch tun«, erwiderte Amanón. »An einem solchen Ort könnte Euch jemand belästigen.«

Sie zog ein säuerliches Gesicht und stürzte Amanón damit nur noch mehr in Verwirrung. Noch nie hatte er sich so sehr zu jemandem hingezogen gefühlt – schon bei ihrer ersten Begegnung war er ihr auf Gedeih und Verderb verfallen. Trotz ihrer Launen, ihres manchmal etwas oberflächlichen Wesens und ihrer Starrköpfigkeit erschien sie ihm als eine Art Lichtgestalt, und dieser Eindruck war noch verstörender, seit er wusste, dass sie mit den Göttern des Jal'dara verwandt war …

»Ich hätte Euch für mutiger gehalten«, sagte sie unumwunden. »Ich bin gerade erst gekommen, und schon schickt Ihr mich wieder fort!«

»Was Ihr mir sagen wollt, hat sicher Zeit bis morgen«, entgegnete Amanón. »Außerdem nützt es nichts, viele Worte zu verlieren. Ihr seid mir keine Rechenschaft schuldig, und ich habe nicht vor, Euch mit Fragen zu behelligen. Mehr muss dazu nicht gesagt werden.«

»Wie ich die Sache sehe, interessiert Euch also überhaupt nicht?«, fuhr Eryne wütend auf. »Glaubt Ihr etwa, ich hätte mich durch Wind und Wetter gekämpft, nur um von Euch ins Bett geschickt zu werden? Ich wollte Euch sagen, wie sehr mich Euer Schweigen schmerzt. So, nun wisst Ihr es«, sagte sie in ruhigerem Ton. »Beim geringsten Anlass zieht Ihr Euch zurück! Ich habe den Eindruck, dass Ihr mir Eure Freundschaft verweigert.«

Amanón schwieg überrascht, konnte sich jedoch nicht über dieses Eingeständnis ihrer Zuneigung freuen. Es änderte nichts an ihrer Situation.

»Das tut mir leid. Meine Gunst ist Euch sicher, glaubt mir. Und was meine Stimmung angeht … Ich brauche einfach nur etwas Zeit. Zeit, Eure Entscheidung zu akzeptieren.«

»Welche Entscheidung?«, fauchte Eryne. »Wovon redet Ihr eigentlich die ganze Zeit? Sprecht es endlich aus!«

Amanón betrachtete ihr ebenmäßiges Gesicht, das vom Regen feucht glänzende Haar, ihre vor Empörung bebende Brust … Er sehnte sich danach, sie an sich zu ziehen, sie zu küssen, als wären sie zwei Liebende, die nach langer Zeit endlich wieder vereint sind. Doch das war undenkbar.

»Nur weil man seinem Leiden einen Namen gibt, ist es noch lange nicht geheilt«, sagte er traurig. »Es auszusprechen, verstärkt den Schmerz eher noch, und damit ist niemandem gedient.«

Eryne funkelte ihn noch einen Augenblick lang an, senkte schließlich den Blick und trat einen Schritt zurück.

»Dann habe ich mich wohl getäuscht«, sagte sie bitter. »Ich wünsche Euch eine gute Nacht.«

Sie kehrte ihm den Rücken und eilte hinaus in den Regen, der noch stärker geworden war. Amanón blieb eine Weile am offenen Tor stehen, bis er seine Fassung wiedergewonnen hatte. Dann zog er es langsam zu.

Erynes letzte Bemerkung hallte in ihm nach wie ein endloses Echo. *Getäuscht?* Worin wollte sie sich getäuscht haben? Was hatte sie sich denn von diesem Besuch bei ihm erhofft?

Schon begannen die Dämonen der Reue ihn zu quälen. Vielleicht hätte er diesmal gut daran getan, auf sein Herz zu hören statt auf die Vernunft.

Eryne bemerkte kaum, dass ihr die nassen Kleider am Leib klebten, Schlamm auf ihre Stiefel und den Rocksaum spritzte und der Regen aus ihren Haaren troff. Sie hatte das Gefühl, unbedingt noch etwas frische Luft schnappen zu müssen, bevor sie durch die Schankstube, die sie an die Kaschemme in Lorelia erinnerte, zurück in ihr schäbiges Zimmer ging. Vielleicht würde der Regen ja auch ihren Kummer und die Kränkung fortspülen, die sie soeben erlitten hatte!

Hin- und hergerissen zwischen Wut und Traurigkeit dachte sie an die Begegnung mit Amanón zurück. Sie bereute bitterlich, zu ihm gegangen zu sein. Wie dumm von ihr, allen Ernstes gehofft zu haben, dass eine kurze Unterhaltung unter vier Augen reichen würde, um wieder Harmonie einkehren zu lassen. Das Gespräch war ganz anders verlaufen als erwartet. Offenbar hegte Amanón doch keine tieferen Gefühle für sie! Wie hatte sie nur so dumm sein können? So sehr hatte sie sich noch nie vor einem Mann erniedrigt.

Bei diesem Gedanken wurde ihr noch etwas anderes klar. Diese Erkenntnis hätte sie nie und nimmer so schmerzlich getroffen, wenn sie lediglich Freundschaft für Amanón empfunden hätte. Zu ihm fühlte sie sich mindestens ebenso stark hingezogen wie zu Kebree, auch wenn die beiden nicht unterschiedlicher hätten sein können. Warum musste alles nur so kompliziert sein?

Eryne erkannte sich selbst nicht wieder. Sie bereute mittlerweile, sich Kebree hingegeben zu haben – vor allem, weil Amanón deshalb von ihr abrückte. Sie verachtete sich für das selbstsüchtige Doppelspiel, das sie mit den beiden trieb, und verwünschte sogar ihre eigene Empfindsamkeit. Ihre beiden ungleichen Verehrer hatten schon so viele Opfer und Kämpfe auf sich genommen, dass sie den Gedanken, einem von ihnen wehzutun, einfach nicht ertrug. Ebenso wenig konnte sie sich für einen von beiden entscheiden, und das, obwohl sie bereits das Bett mit Keb geteilt hatte.

Doch jetzt hatte Amanón ihr die Entscheidung wohl abgenommen. Ob sie sich nun in seinen Absichten geirrt hatte oder er zu dem Entschluss gekommen war, sie aufzugeben, das Ergebnis war das Gleiche: Sie hatte ihn verloren. Das war eine völlig neue Erfahrung für sie, denn sie hatte noch nie um das Herz eines Mannes kämpfen müssen, und der Schmerz darüber ging tief. Sie schwankte zwischen Groll und Verzweiflung, Scham und Erstaunen, bis sie kaum noch wusste, was sie selbst eigentlich wollte und wie sie mit alldem umgehen sollte.

Als sie vor Kälte zu frösteln begann, gab sie sich einen Ruck, drehte sich um und stellte fest, dass sie sich ein gutes Stück von der Herberge entfernt hatte. Der erste Schreck schlug in nackte Angst um, als sie sah, dass sie verfolgt wurde.

Die schemenhaften Gestalten dreier Männer bewegten sich auf sie zu, so verstohlen und lauernd, dass kein

Zweifel an ihren Absichten bestand. Beinahe hätten ihre Knie nachgegeben, aber sie durfte jetzt auf keinen Fall Schwäche zeigen!

Während ihr das Herz bis zum Hals schlug, überlegte sie, ob sie laut schreien und weglaufen sollte. Aber vielleicht würde sie damit alles nur noch schlimmer machen? Fieberhaft eilte sie auf den Stall zu, der etwas näher lag als die Herberge, doch zu ihrem Entsetzen änderten die drei Männer ebenfalls die Richtung, um ihr den Weg abzuschneiden. Ihr blieb keine Zeit mehr, sich in Sicherheit zu bringen. Nur wenn sie so schnell wie möglich in die Dunkelheit davonrannte, hatte sie vielleicht noch eine Chance, aber instinktiv lief sie weiter auf die Lichter der Häuser zu. Wenige Augenblicke später geschah das Unvermeidliche: Brutal wurde sie an Schultern, Handgelenken und sogar an den Knöcheln gepackt. Sie konnte nur noch einen schwachen Hilferuf ausstoßen, dann hielt ihr eine stinkende Hand den Mund zu.

Sie wehrte sich nach Kräften, doch die Männer lockerten ihren Griff nicht. Beinahe ohnmächtig vor Angst spürte sie, wie die Kerle sie hochhoben und wie einen leeren Sack davonschleppten. Erst als sie die Finger spürte, die sich gierig um ihre Brust schlossen, bäumte sie sich wieder auf, kreischte trotz der Hand, die einer der Männer ihr aufs Gesicht presste, und versuchte sich freizustrampeln, woraufhin die Rohlinge sie nur noch fester packten.

Vor Hilflosigkeit und Zorn schossen ihr Tränen in die Augen, und als die Männer sie in eine Scheune schleiften, in der es nach fauligem Stroh stank, rechnete sie damit, sterben zu müssen. Im Dunkeln tasteten die Angreifer sich zu einem der Balken vor, die das Dach stützten, setzten ihr Opfer davor auf die Erde und zogen ihr die Arme nach hinten. Eryne hoffte inständig, dass sie um Gnade flehen könnte, sobald sie ihren Mund freigaben, doch womöglich sprach dieses Gesindel weder Lorelisch noch Itharisch. Untereinander wechselten sie jedenfalls nur ein paar kurze, atemlose Sätze in einem Dialekt, den sie nicht kannte, aber ihr lüsterner Tonfall verriet nur zu gut, was sie vorhatten.

Nachdem sie Eryne mit einem Gürtel an den Balken gefesselt hatten, ließen die widerlichen Kerle erst einmal von ihr ab. Nur der Mann, der immer noch hinter ihr kniete, um ihr den Mund zuzuhalten, begrabschte sie weiter. Als einer ihrer Peiniger eine Laterne anzündete, begriff sie, warum sie sich so viel Zeit nahmen: Sie weideten sich an ihrer Angst. Die drei höhnischen Fratzen, die sich in dem schwachen Lichtschein über sie beugten, hatte sie noch nie gesehen. Wahrscheinlich gehörten die Männer zu dem abscheulichen Pack, das die Schankstube bevölkerte – und sie hatten Eryne völlig in ihrer Gewalt. Hilflos saß sie in ihren nassen Kleidern vor ihnen im Dreck.

Ihre Panik wuchs, als einer der Männer einen Fetzen Stoff holte und sich neben sie kniete. Wenn sie sie knebelten, war sie verloren – vielleicht würde sie den nächsten Tag nicht mehr erleben. Während sie wie wild mit dem Kopf hin- und herschlug und die Kiefer fest zusammenpresste, vernahm sie plötzlich, ganz ohne ihr Zutun, die Gedanken des Mannes. Doch diesmal war ihre

Gabe nichts als ein grausamer Fluch: In einer albtraumhaften Vision sah sie die Misshandlungen, die er ihr antun wollte, und verlor darüber fast den Verstand. Schlimmer noch – sie wusste, dass er nicht zögern würde, bis zum Äußersten zu gehen, daran ließen seine Erinnerungen an frühere Verbrechen keinen Zweifel.

In ihrer Verzweiflung betete sie um ein Wunder, darum, dass ihre göttlichen Fähigkeiten ihr die Flucht ermöglichten oder irgendjemand die Hilferufe hörte, die sie mit der ganzen Kraft ihres Geistes aussandte ... Sie betete um irgendetwas, das die Männer davon abhalten würde, über sie herzufallen ... Ein ganz kleines Wunder nur ... Die Kraft, um wenigstens dem Knebel zu widerstehen, den sie ihr zwischen die Zähne schieben wollten ...

Und als das Wunder geschah, wagte sie ihren Augen kaum zu trauen.

Amanón stand in dem offenen Tor. An seiner schwarzen Kluft rann der Regen herab, und sein sonst so gefasstes, nachdenkliches Gesicht war wie verwandelt: In seinen Zügen lag der blanke Zorn der ramgrithischen Krieger, die jede Schmähung mit einer Bluttat rächten. Als er auf die Männer zulief und drohend sein Krummschwert in die Höhe riss, verschwamm sein Anblick mit der Erinnerung, die Eryne an Grigán hatte.

Sie war so fassungslos, dass sie keinen Ton von sich gab, als die Angreifer von ihr abließen und sich ihm in den Weg stellten. Erst als Amanón seine Klinge durch die Luft sirren ließ und ihr das Blut eines der Männer ins Gesicht spritzte, erwachte sie aus ihrer Starre. Der Getroffene war kaum zu Boden gesunken, da stieß Amanón schon dem nächsten sein Schwert in die Brust, ohne sich um das armselige Küchenmesser zu scheren, mit dem sich die Männer zu verteidigen suchten. Von hysterischem Lachen und Weinen geschüttelt, konnte Eryne die Augen gerade noch lang genug offen halten, um auch den letzten Übeltäter sterben zu sehen, den Amanón von hinten aufspießte. Dann schwanden ihr die Sinne, und in ihrem letzten klaren Moment wusste sie nicht mehr, ob sie das alles wirklich erlebt hatte oder ob es nur die Halluzinationen einer Todgeweihten gewesen waren, die soeben ihren letzten Atemzug tat.

Amanón durchlebte einen der unvergesslichsten Dekanten seines Lebens, schmerzvoll und zugleich unendlich kostbar. So sehr er sich auch für den Gedanken schämte, er genoss jeden einzelnen Augenblick, in dem er Eryne ganz für sich allein hatte: in dieser finsteren, stillen Nacht, auf dem Heuboden eines Pferdestalls. Als wären Eryne und er die einzigen Menschen auf der Welt.

Dennoch machte er sich große Sorgen um sie, bis sie endlich zu blinzeln begann und die Augen aufschlug. Im ersten Moment verzerrte sie angstvoll das Gesicht, doch als sie sah, dass sie in Sicherheit war, entspannte sie sich. Sie ließ den Blick über den knisternden Ofen, die Kerzen und das Bett wandern und erwiderte schwach das Lächeln ihres Retters, der neben ihr auf einem Stuhl saß. Dann fielen ihr die Kleider ins Auge, die er zum Trocknen aufgehängt hatte, und sie erstarrte. Ungläubig lugte sie unter die Decke, um sich zu vergewissern, dass sie richtig gesehen hatte.

»Ihr habt mich ausgezogen?«, fragte sie mit einem Anflug von Entsetzen in der Stimme.

»Nur so weit wie nötig«, beteuerte Amanón. »Ich wollte nicht, dass Ihr krank werdet, und in der Herberge konnte ich nicht um Hilfe bitten. Die Kerle könnten dort Freunde oder Komplizen haben.«

Die bloße Erwähnung ihrer Angreifer ließ Eryne erschauern, und sie griff unwillkürlich nach ihrem Anhänger. Nein, sie hatten ihn nicht gestohlen.

»Ich glaube nicht, dass sie zur Dunklen Bruderschaft gehörten«, sagte Amanón beruhigend. »Und ihre … ihre Leichen werden sicher nicht vor morgen früh entdeckt. Ich habe das Tor zur Scheune verrammelt.«

Eryne sah ihm so tief in die Augen, dass er das Gefühl hatte, in ihrem Blick zu versinken. Einen Moment lang glaubte er, etwas ganz Besonderes darin zu lesen, aber vielleicht war es auch nur die Spiegelung seiner eigenen Sehnsüchte.

»Wie habt Ihr mich gefunden?«, fragte sie und setzte sich auf, wobei ihr die Decke von den Schultern glitt.

»Ich … Ich bin Euch nachgegangen, um noch einmal mit Euch zu reden«, gestand er. »Dann habe ich Stimmen gehört, und …«

»Und was wolltet Ihr mir sagen?«

Die Antwort brannte Amanón auf der Zunge, aber er behielt sie für sich. Es war nicht der richtige Zeitpunkt. Nicht nach dem, was sie gerade durchgemacht hatte.

Als er schwieg, wurde die Spannung im Zimmer immer größer und war bald mit Händen greifbar. Schließlich setzte Eryne sacht die Füße auf den Boden, ging auf

Amanón zu und küsste ihn so vorsichtig wie zärtlich. Ein Zittern durchlief ihn, als sie ihn bei der Hand nahm und zu sich hochzog.

Auf einmal waren alle Verwirrung und alle Angst vergessen. Sie gaben sich einander mit der Unschuld einer jungen Liebe hin, ganz so, als würden sie beide zum ersten Mal körperliche Lust erkunden. Sanft beschienen vom Licht der Kerzen, schmiegten sie sich unter leisem Stöhnen aneinander, bis sie heiße Schauer durchliefen …

Diese Augenblicke lieferten Amanón einen weiteren Grund, den allerwichtigsten, ihre Suche zu einem glücklichen Ende zu führen. Denn er wusste, dass Eryne ihm nur diese eine Nacht gewähren würde, bevor sie den Weg weiterging, der ihr als Göttin bestimmt war. Solange Sombre das Leben der Erben bedrohte, war an eine gemeinsame Zukunft nicht zu denken. Zumal es sein konnte, dass sich Eryne letztlich doch für Keb entschied …

Aber in dieser Nacht zählte für Amanón nichts als das Glück des Augenblicks.

Im Morgengrauen weckten Eryne und Amanón die anderen. Nach einigen kurzen Erklärungen packten alle hastig ihre Sachen zusammen und flüchteten so schnell wie möglich aus der finsteren Absteige. Noch bevor der erste Dekant verstrichen war, hatten sie etliche Meilen hinter sich gebracht. Unterwegs ließen sich die anderen genauer erzählen, was Eryne widerfahren war, und alle versuchten auf ihre Art, den Schock zu verwinden.

Dass sie die Nacht miteinander verbracht hatten, verheimlichten Amanón und Eryne allerdings. Die beiden waren stillschweigend übereingekommen, sich nichts anmerken zu lassen, als wäre diese gemeinsame Nacht nur eine kurze Flucht aus ihrem Leben gewesen – oder ein wunderbarer Vorgeschmack auf etwas, das einmal sein würde. Auch sprachen sie einander weiterhin in der Höflichkeitsform an. Ihre Freunde dachten sich zwar ihren Teil, waren aber taktvoll genug, nicht nachzuhaken. Selbst Keb respektierte ihr Schweigen, konnte es sich aber nicht verkneifen, Amanón verschwörerisch zuzuzwinkern, was seinem Rivalen ganz und gar nicht passte.

Zejabel erschütterte die Nachricht von dem Überfall am meisten. Die Zü hatte Eryne am Abend auf ihr Zimmer gehen sehen, ohne auch nur im Traum daran zu denken, dass sie es noch einmal verlassen könnte, um mit Amanón zu sprechen. Die einstige Kahati machte sich deswegen bittere Vorwürfe, so sehr Eryne sich auch bemühte, ihr die Schuldgefühle auszureden. Zuletzt behauptete sie sogar, von nun an vor Erynes Tür schlafen zu wollen, und ließ sich erst von diesem Entschluss abbringen, als Eryne es ihr regelrecht verbot.

In den folgenden Tagen sahen die Freunde Zejabel jedes Mal, wenn sie sich in einer Herberge einquartiert hatten, Rundgänge machen. Selbst wenn sie unterwegs ihr Lager aufschlugen und in den Wagen schliefen, hatte sie stets ein Auge auf Eryne und hielt ihren Dolch griffbereit.

Inzwischen hatte sich Zejabel so weit von ihren Verletzungen erholt, dass sie ihr Training wieder aufnehmen konnte. Jedes Mal, wenn sie unter freiem Himmel kampierten, machte sie eine Reihe von Dehnübungen, bei denen ihren Freunden vor Staunen der Mund offen stand. Außerdem gab sie den weniger geübten Kämpfern unter ihnen Unterricht im Bogenschießen oder Messerwerfen. Amanón, Nolan, Eryne, Cael und Niss lernten unterschiedlich schnell, aber Zejabel war froh, ihnen behilflich sein zu können und so ihre fehlende Wachsamkeit in der unheilvollen Nacht wiedergutzumachen.

Eryne war mittlerweile viel lernwilliger. Ihr war jedes Mittel recht, um nie wieder einen solchen Alptraum durchleben zu müssen, und sie war bereit, dafür sogar die Entsinnung oder eine andere übernatürliche Gabe einzusetzen. Doch so aufmerksam sie Zejabel auch zuhörte, es gelang ihr einfach nicht, die nötige Konzentration aufzubringen. Dabei glitt sie mühelos in den Zustand der Entsinnung, sobald sie in Gefahr war! Obwohl sie das ärgerte, gab sie die Hoffnung nicht auf. Nachdem sie dem Tod ins Auge geblickt hatte, kam ihr die Vorstellung, bald unsterblich oder zumindest weniger angreifbar zu sein, gleich viel weniger furchterregend vor. Obendrein fühlte sie sich angesichts der Leidenschaft, die sie in den Armen zweier so gegensätzlicher Männer empfunden hatte, mehr denn je als Frau. Dass sie sich zu einer Göttin entwickeln würde, schien ein geradezu absurder Gedanke.

Keb blieb nicht verborgen, wie sehr Eryne in den letzten Tagen aufgeblüht war, und er warb umso eifriger um sie. Der Verdacht, dass sie auch Amanón ihre Gunst geschenkt hatte, stachelte ihn nur noch mehr an. Bei der geringsten Gelegenheit erzählte er ihr von dem Land, dessen König er eines Tages sein würde, von dem Palast der

B'ree, von seinen Dienern und den edlen Bräuchen seines Volkes. Indirekt gab er ihr damit zu verstehen, dass er dies alles mit ihr zu teilen gedachte …

Eryne antwortete ihm stets mit einem Lächeln, ohne auf seine Worte einzugehen, doch obwohl sie sich strenge Zurückhaltung auferlegt hatte, konnte sie nicht verhindern, dass ihre beiden Verehrer immer mehr zu Rivalen wurden. Sie wusste, dass sie selbst daran schuld war, und schwor sich, ihre Eifersucht nicht durch weitere Gunstbeweise zu schüren.

Amanón war weit weniger aufdringlich als Keb, auch wenn seine Gefühle für sie noch tiefer geworden waren. Er achtete ihre Entscheidung mit typisch kaulanischer Höflichkeit und Bescheidenheit und fraß seinen Kummer still in sich hinein. Wenn sich sein Blick in der Ferne verlor, konnten die anderen nur raten, was in ihm vorging.

Mit der Zeit überzeugte Amanón seine Freunde von der Notwendigkeit, die ethekischen Schriftzeichen zu entschlüsseln. Das Volk, das die Pforten ins Jal erbaut hatte, musste über wertvolles Wissen verfügt haben, insbesondere über die wahre Natur der Götter und Dämonen und damit auch über ihre möglichen Schwächen. Die anderen sahen ein, dass er recht hatte, aber niemand war begeistert von der Aussicht, sich in die Höhle der Löwin zu wagen und in Zuïas Bibliothek nach Büchern in ethekischer Sprache zu suchen. Zejabel lehnte es schlichtweg ab, Eryne dorthin mitzunehmen, wollte ihre neue Göttin aber auch nicht verlassen, um die gefährliche Mission allein durchzuführen. Amanón drang nicht weiter in sie. Er konnte nur hoffen, dass Usuls Antworten ihnen weiterhelfen und ihnen die Reise ins Lus'an ersparen würden.

So verlebten die Erben einige recht ruhige Tage, während sie auf die romische Küste zuritten, um von dort aus ins Schöne Land zu segeln. Als sie ihr Weg durch das Matriarchat von Kaul führte, trübte sich Caels Stimmung. Ein Abstecher von wenigen Meilen hätte genügt, und sie wären mitten durch die Hauptstadt gefahren! Auch seinen Cousin schien das Heimweh zu plagen, doch sie widerstanden der Versuchung, im Großen Haus vorbeizuschauen. Nichts gab Anlass zu der Hoffnung, dass ihre Eltern in der Zwischenzeit zurückgekehrt sein könnten. Die Valiponden hingegen lauerten gewiss noch überall.

Zum Glück hielt Caels Kummer nicht lange an. Seit der Geschichte mit dem Pferd hatte Cael die Stimme in seinem Kopf nicht mehr gehört, und allmählich verblasste die Erinnerung an das schreckliche Erlebnis, bis er die Reise beinahe unbeschwert genießen konnte. Die beiden Erjaks brachten ihm alles bei, was sie über ihre Kunst wussten, und streuten dabei immer wieder so lustige Anekdoten ein, dass er sich schon auf die praktischen Übungen freute. Doch Bowbaq zögerte diesen Augenblick weiter hinaus, und selbst Niss hielt es für besser, noch etwas zu warten. Aus Freundschaft und Dankbarkeit zu ihr zügelte Cael seine Ungeduld, zumal er zugeben musste, dass der theoretische Unterricht nützlich war: Die Erläuterungen über den Geist der Tiere und die wichtigsten Vorsichtsmaßnahmen, aber auch die Beschäftigung mit dem Zusammenhalt eines Klans, dem Verhältnis zwischen Raubtier und Beute und dem arkischen Wert der Höflichkeit gaben ihm das Gefühl, beim nächsten Versuch besser gewappnet zu sein. Seine Geduld würde sich sicher auszahlen.

Nur Nolan gelang es nicht, seine Anspannung zu verbergen. Mit jeder Etappe ihrer Reise wuchs seine Nervosität, und in den letzten zwei Nächten tat er kaum noch ein Auge zu. Auch wenn er sich mit ihrem Plan einverstanden erklärt hatte, dachte er unentwegt daran, dass sie einem leibhaftigen Gott gegenübertreten würden. Der Kampf gegen Zuïa hatte dem Priesterschüler die Ehrfurcht vor solchen Begegnungen nicht genommen, und er tat sich nach wie vor schwer damit, Eryne als künftige Göttin zu betrachten. Immer wieder las er Corenns Bericht über ihren Besuch bei Usul, um herauszufinden, ob der Wissende aus dem Dara oder dem Karu stammte, denn davon hing schließlich ihr Leben ab. Am letzten Abend, bevor sie die Küste erreichten, hielt er es nicht mehr aus und bat Bowbaq, noch einmal alles ganz genau zu erzählen.

Leider erfuhr er nicht viel Neues, außer dass Yan nach der Begegnung mit dem allwissenden Gott plötzlich eine weiße Haarsträhne gehabt hatte. Dafür schilderte Bowbaq ausführlich, wie sie gegen die Rattenhorden gekämpft hatten, die den Ort bewachten. Nachdem sie mit letzter Kraft geflohen waren, hatte Grigán mehrere Dekaden lang mit dem Tod gerungen.

»Das ist über zwanzig Jahre her«, bemerkte Amanón, um den anderen Mut zu machen. »Seither kann sich vieles geändert haben.«

Alle nickten. Immerhin hatten sie beschlossen, ein paar

Erkundigungen einzuholen, bevor sie in See stachen. Die grausame Gleichgültigkeit, für die Usul bekannt war, hatte sich sicher nicht verändert. *Wer Usul begegnet, leidet für immer an der Ungewissheit,* erzählte man sich bis nach Ith. *Wenn Usul sein übermenschliches Wissen preisgibt, verhängt er einen grausamen Fluch.*

Als sich Nolan schlafen legte, gingen ihm diese Warnungen einfach nicht aus dem Kopf. Schon in der folgenden Nacht würden sie Gewissheit haben … Selbst wenn Usul seine Besucher nicht sofort tötete, selbst wenn er sie nicht an Sombre verriet, würden seine Antworten womöglich kaum zu ertragen sein. Schließlich konnte er ihnen offenbaren, dass ihre Eltern tot waren. Oder dass sie den Kampf gegen Sombre längst verloren hatten.

Manive war der größte Hafen der Umgebung, und sämtliche Schiffe, die zwischen den Oberen und Unteren Königreichen verkehrten, legten hier an. Da auf einer Klippe vor der Stadt auch der bedeutendste Leuchtturm der Meerenge zwischen dem Mittenmeer und dem Romischen Meer stand, beschlossen die Erben, lieber einen anderen Hafen anzusteuern. Vielleicht hatten Sombre und die Dunkle Bruderschaft längst erraten, dass sie Usul aufsuchen wollten, oder trieben mittlerweile auch in der romischen Provinzhauptstadt ihr Unwesen, so wie in Kaul, Lorelia oder Goran. Um sich nicht unnötig in Gefahr zu bringen, setzten sie ihre Reise also bis Leidjill fort, einem verschlafenen Küstenstädtchen, das zudem näher am Schönen Land gelegen war.

Seit Tagen trieb sie Amazón zur Eile an, so auch auf

der letzten Etappe ihrer Reise im Wagen, bei der sie in einer knappen Dekade drei Grenzen überquert hatten. Noch bevor die Glocken zum Mit-Tag läuteten, kletterten die Erben in Leidjill aus den Wagen und streckten ihre müden Glieder. Für eine Weile ruhten ihre Blicke auf dem spiegelglatten Meer, hinter dem sie ihr Schicksal erwartete, bevor sie beschlossen, ihre Ankunft mit einem Festessen zu feiern. Nachdem sie fast eine Dekade lang in verlotterten Kaschemmen gegessen hatten, hatte niemand etwas gegen eine ordentliche Portion Meeresfrüchte einzuwenden.

Auch wenn das Städtchen nicht viele Besucher anzuziehen schien, fanden sie nur ein paar hundert Schritte von dem Platz, an dem sie die Wagen abgestellt hatten, ein gemütliches Wirtshaus. Zu ihrem Glück war der Wirt ein Guori. Nur wenige Bewohner des Schönen Landes verließen die Inseln und siedelten sich auf dem Festland an, aber in Leidjill gab es eine größere Guori-Gemeinschaft. Während sich die Erben an Stierkrebsen, Passerelle-Muscheln und Steinbeißersteaks gütlich taten, erklärte ihnen der redselige Wirt, dass Leidjill vor langer Zeit von einer Handvoll Guori gegründet worden war und es erst seit den Zwei Reichen zur romischen Provinz Helanien gehörte, weswegen es in dem Städtchen immer noch viele guorische Einwohner und Traditionen gab. Im Übrigen wurde das gesamte Schöne Land von Leidjill aus versorgt, was die Bewohner der anderen romischen Hafenstädte mit Neid sahen. Sei es auf dem Festland oder auf ihren Heimatinseln, die Guori strebten eben stets nach der größtmöglichen Unabhängigkeit.

Wortlos kamen die Erben überein, sich die Schwatzhaftigkeit des Wirts zunutze zu machen, doch es war nicht ganz einfach, das Gespräch beiläufig in die gewünschte Richtung zu lenken. Bei den Guori galt Usuls Insel als heilig, und ein Besuch auf ihr war ein Frevel, also wagten sie nicht, ihr Anliegen direkt anzusprechen. Als sie sämtliche Teller und Schüsseln geleert hatten, hatten sie immer noch nichts Brauchbares aus dem Mann herausbekommen.

Schließlich hatte Niss eine Idee. Sie kreischte auf, kletterte auf ihren Stuhl und rief: »Eine Ratte! Da! Eine Ratte!«

Der Wirt schien die Sache sehr ernst zu nehmen, denn er schnappte sich ein scharfes Messer, und auch die Erben sprangen auf und legten die Hände an ihre Waffen. Sie erinnerten sich noch gut daran, was Bowbaq über die Ratten erzählt hatte, die auf der Heiligen Insel der Guori lebten. Niss zwinkerte den anderen beruhigend zu, woraufhin Eryne sich entspannte und ebenfalls behauptete, ein ungewöhnlich großes Nagetier gesehen zu haben. Sie veranstalteten eine kleine Treibjagd unter den Bänken des Wirtshauses, bevor sie sich schnaufend wieder an den Tisch setzten. Insgeheim bedauerten sie, dem liebenswürdigen Wirt einen solchen Schreck einzujagen.

»Ab und zu sieht man noch welche«, sagte der Mann achselzuckend. »Sie gelangen auf einem Stück Treibholz an Land und streifen dann eine Weile umher, bevor sie in eine der Fallen geraten, die wir aufstellen. Dieses Mistvieh ist so gut wie tot, das versichere ich Euch.«

»Aber wo kommen sie her?«, rief Eryne schrill. »Ich zittere immer noch am ganzen Leib!«

Ihre Gefährten schmunzelten, und Keb wandte sich ab, um ein Prusten zu unterdrücken. Eryne hingegen verzog keine Miene. Um am lorelischen Hof bestehen zu können, musste man lügen und betrügen können, ohne mit der Wimper zu zucken, und Eryne von Kercyan war nicht umsonst durch diese Schule gegangen!

»Ach … Früher lebten die Ratten auf einer unbewohnten Insel«, sagte der Wirt ausweichend. »Sie störten niemanden, aber sie vermehrten sich zu stark und begannen irgendwann, zu den umliegenden Inseln zu schwimmen. Diese Viecher sind kaum totzukriegen. Sie krallen sich an den dünnsten Zweigen fest und lassen sich tagelang übers Meer treiben. Vermutlich fressen sie sich gegenseitig auf, um unterwegs nicht zu verhungern. Vor einiger Zeit drangen sie in Scharen aufs Festland vor. Als irgendwann sogar Menschen totgebissen wurden, ließ der Bürgermeister sie ausrotten, aber ab und zu sieht man noch eine einzelne Ratte, die auf einer Sandbank überlebt hat.«

Den Erben gelang es kaum, ihre Erleichterung zu verbergen. Vor allem Bowbaq grinste bis über beide Ohren: Diese Nachricht war fast zu schön, um wahr zu sein.

»Wie bekämpft man denn eine solche Rattenplage? Es muss sich doch um Tausende Tiere gehandelt haben. Habt Ihr Gift verwendet?«, fragte Amanón.

»Nein, dafür sind sie viel zu schlau. Sobald eine oder zwei von dem Köder gefressen haben, rühren die anderen ihn nicht mehr an. Ehrlich gesagt weiß ich auch nicht, wie der Bürgermeister das Problem gelöst hat. Aber nach wenigen Monden sah man an den Stränden viel weniger Ratten, und seit ungefähr einem Jahr fast gar keine mehr.«

Die gute Laune der Gefährten war wie weggeblasen. Also war es gut möglich, dass immer noch Tausende Riesennager Usuls Insel bevölkerten. Womöglich ließ sie der Bürgermeister sogar regelmäßig füttern, damit sie die Insel nicht mehr verließen.

Hoffentlich würden die Ratten in ihnen keinen zusätzlichen Leckerbissen sehen – wenn sie es überhaupt bis zur Heiligen Insel schafften.

Nolan und Amanón hatten sich zum Hafen begeben, um nach einem Boot zu suchen, das sie für zwei Tage mieten konnten. Erst nach ihrem Besuch bei Usul wollten sie entscheiden, wohin die Reise als Nächstes ging. Doch weder Guori noch Rominer waren geneigt, Fremden etwas zu verleihen. Obwohl sich die Erben als erfahrene Seeleute ausgaben und behaupteten, lediglich einen Freund besuchen zu wollen, war keiner der Fischer bereit, sich von seinem Arbeitsgefährt zu trennen, und wenn doch, verlangte er dafür einen so horrenden Preis, dass sie von dem Geld ein Boot hätten *kaufen* können.

Nachdem sie einen Dekant lang unter der brennenden Sonne die salzüberkrusteten Anlegestege abgelaufen waren, kehrten die beiden zu den Pferdewagen zurück, um sich mit den anderen zu beraten. Eryne sprach sich dafür aus, wieder ein ähnliches Schiff wie die *Rubikant* zu kaufen. Die Wagen waren ihr zu unbequem und zu langsam, und auf dem Festland konnten sie jederzeit überfallen werden. Zu allem Überfluss mussten sie sich um die Pferde kümmern, wobei Eryne diese Aufgabe bisher geflissentlich ihren Gefährten überlassen hatte. Niemand widersprach ihr: Alle hatten den Aufenthalt auf der Gabiere in sehr viel besserer Erinnerung als die Dekade im Pferdewagen, und so fiel die Entscheidung leicht. Als Nolan und Amanón erneut zum Hafen aufbrachen, schlossen sich die beiden Frauen ihnen an, denn Eryne wollte bei der Auswahl des Schiffs unbedingt ein Wörtchen mitreden, und Zejabel wich ihr wie üblich nicht von der Seite.

Bowbaq, Niss, Cael und Keb zogen indes los, um die Pferde und Wagen zu verkaufen. Der Wallatte nahm seine Aufgabe zur Abwechslung einmal ernst und feilschte ebenso verbissen, wie er sonst kämpfte. Obwohl er das Geld bar auf die Hand haben wollte, handelte er einen stolzen Preis aus und kaufte davon als Erstes ein Fässchen Branntwein für ihre Vorräte, was niemanden verwunderte. Allerdings staunte Bowbaq nicht schlecht, als Keb die beiden Jüngsten in die Werkstatt eines Schuhmachers zog und Niss und Cael jeweils ein Paar mit Eisenplatten verstärkte Stiefel anfertigen ließ. »Zum Schutz gegen die Ratten«, brummte er nur. Bowbaq dankte ihm überschwänglich, bis Keb ihn mit einem unwilligen Knurren zum Schweigen brachte.

Im sechsten Dekant kamen Amanón und die anderen endlich mit einem alten Guori ins Geschäft, der sich zur Ruhe setzen wollte. Er überließ ihnen sein Schiff zu einem höheren Preis, als es eigentlich wert war, aber sie hatten keine Zeit, tagelang zu verhandeln oder auf andere Angebote zu warten. Außerdem hatte sich Eryne auf den ersten Blick in die Feluke verliebt, und so war es ohnehin beschlossene Sache.

Der Zweimaster erinnerte Bowbaq an die *Othenor,* mit der er und die Eltern seiner jetzigen Gefährten vor zwanzig Jahren über das Mittenmeer gesegelt waren. Zum Glück war er eins der wenigen Schiffe in Leidjill, die nicht erbärmlich nach Fisch stanken, da sein Besitzer damit hauptsächlich Waren zwischen dem Festland und dem Schönen Land hin- und herbefördert hatte. Neben einem Beiboot und einer Kajüte mit drei Kojen gab es einen großen Laderaum, in dem die Männer schlafen würden. Um keine Zeit zu verlieren, bezogen die Erben das Boot, gleich nachdem der Handel geschlossen war.

Nachdem sie ihr Gepäck und die Vorräte an Bord gebracht hatten, gingen Amanón und Nolan noch einmal in die Stadt, um Ausrüstung für die Fahrt zu besorgen. Neben zwei dicken Seilen kauften sie vor allem Laternen und Material, um Fackeln herzustellen, denn von Bowbaq und aus Corenns Tagebuch wussten sie, dass man sich die Ratten auf Usuls Insel am besten mit Feuer vom Leib hielt – wenn überhaupt. Sie hatten ihre Lektion gründlich gelernt.

Als alle Vorbereitungen getroffen waren, gab es keinen Grund mehr, länger in Leidjill zu verweilen. Zu guter Letzt befestigten sie eins der Gwelome am Hauptmast, damit das Schiff nicht von Dämonen aufgespürt werden konnte. Gegen Abend holten sie den Anker ein, setzten die Segel und glitten hinaus aufs stille Meer. Eine der wichtigsten Etappen ihrer Reise hatte begonnen.

Bowbaq fiel auf, dass der Sonnenuntergang genauso

flammend leuchtete wie vor dreiundzwanzig Jahren, als er mit den Eltern seiner Gefährten zu Usuls Insel aufgebrochen war. Aus einem plötzlichen Aberglauben heraus schlug er vor, die Feluke *Othenor II* zu taufen.

Alle hofften, dass ihnen dieser Name Glück bringen würde und sie lebend von der Heiligen Insel zurückkehren würden.

Die Guori legten viel Wert auf Abgeschiedenheit und achteten zudem sorgsam darauf, die Privatsphäre der reichen Pächter ihrer Inseln zu schützen. Deshalb unterhielten sie seit Jahrzehnten eine mit Söldnern bemannte Flotte, um Störenfriede fernzuhalten. Diese Hürde mussten die Erben als Erstes überwinden. Während sie über den Meeresarm zum Schönen Land segelten, klammerten sie sich an die Hoffnung, dass sie ganz einfach Glück haben würden, und so war die Enttäuschung groß, als gleich hinter der ersten Insel eine Fregatte auftauchte. Sie war zwar noch ein ganzes Stück entfernt, hielt aber direkt auf sie zu.

»Was soll das?«, fragte Niss besorgt. »Sie werden uns doch wohl nicht angreifen, oder?«

»Nur, wenn wir einfach weitersegeln«, erklärte Amanón. »Ihre Aufgabe ist es vor allem, Piraten abzuschrecken. Ich fürchte, wir müssen uns von ihnen zu Zarbone eskortieren lassen. Das ist immer noch besser, als umzukehren.«

Niss beruhigten seine Worte nicht. Sie hatte zwar fast alles aus ihrer Zeit im Tiefen Traum vergessen, erinnerte sich aber umso deutlicher daran, wie sie in den dunklen, eiskalten Fluten des Mittenmeers aufgewacht war. Die Aussicht auf ein Gefecht auf dem Wasser machte ihr mehr Angst als jeder noch so ungleiche Kampf an Land. Hier auf dem Meer würde sie es nie wagen, ihren Körper zu verlassen, um die Kontrolle über einen ihrer Feinde zu übernehmen. Was, wenn sie über Bord ging und ertrank, ohne dass sie etwas davon mitbekam? Dann würde sie für alle Zeiten in dem fremden Körper bleiben müssen oder in eine leblose Hülle zurückkehren, was den sicheren Tod bedeutete.

Während die Sonne endgültig am Horizont versank, sahen die Erben der Fregatte mit wachsender Furcht entgegen. Falls die Mannschaft eine Horde Rohlinge war, konnte sie sich schlichtweg weigern, sie nach Einbruch der Dunkelheit zu Zarbone zu geleiten.

Doch zu ihrem Glück tauchte ein anderes Schiff, den Umrissen nach eine Korvette, am nördlichen Horizont auf. Die Söldner änderten sofort ihren Kurs, um Jagd auf die fettere Beute zu machen, und die Erben konnten ihre Fahrt ins Insellabyrinth des Schönen Landes ungestört fortsetzen. Niss seufzte erleichtert auf, ohne sich für ihre Angst zu schämen. Vermutlich war die Feluke den Söldnern bekannt, und sie hielten es nicht für besonders riskant, auf eine Routinekontrolle zu verzichten.

In der Dämmerung wurde die Navigation immer schwieriger. Die Karten, die Amanón in Goran gekauft hatte, waren zwar ziemlich genau, aber bald verschluckte die Dunkelheit sämtliche Orientierungspunkte. Doch sie hatten keine Wahl: Nur wenn sie bei Nacht auf Usuls Insel landeten, konnten sie sie in Ruhe erkunden. Tagsüber konnten sie jederzeit von den Guori überrascht werden und für den Frevel, die verbotene Insel betreten zu haben, zum Tode verurteilt werden. Nicht, dass im Schönen Land besonders rauhe Sitten herrschten – die Guori versuchten ganz einfach zu verhindern, dass Fremde zu Usul, dem allwissenden Gott, vordrangen, weil es schon zu viele Unglücksfälle gegeben hatte. So wollten die Einheimischen nicht länger zulassen, dass sich leichtsinnige Menschen einem Wissen aussetzten, mit dem ihr Verstand nicht fertig wurde.

Glücklicherweise gelang es den Gefährten, einigermaßen den Kurs zu halten, und nach einer Weile verkündete Nolan, sie seien bald am Ziel.

Zwischen dem düsteren Wasser und dem tiefschwarzen Himmel sah Niss eine dunkle Masse aufragen. Sie zuckte zusammen, als Bowbaq hinter sie trat und ihr und Cael eine Hand auf die Schulter legte.

»Ich habe mit den anderen geredet«, sagte er verlegen. »Wir möchten, dass ihr auf dem Schiff bleibt.«

»Was?«, riefen die beiden im Chor.

»Es ist einfach zu gefährlich. Und außerdem …«

»Ihr anderen geht alle auf die Insel? Und wir sollen als Einzige hierbleiben?«, fiel ihm Cael ins Wort.

»Amanón wollte auch die Frauen an Bord zurücklassen, aber Eryne will nichts davon hören, und da Zejabel ihr nicht von der Seite weicht … Deshalb …«

»Aber ich will auch nichts davon hören!«, begehrte Niss auf.

Als sie den bekümmerten Gesichtsausdruck ihres Großvaters sah, tat er ihr zwar leid, aber sie wollte auf keinen Fall nachgeben.

»Ich will helfen, auch wenn ich nur eine Fackel trage oder so was. Vielleicht können Cael und ich die Ratten sogar dazu bringen, sich gegenseitig aufzufressen«, setzte sie nach.

Cael versteifte sich, aber er widersprach nicht. Auch er wollte das Abenteuer miterleben und den Spuren seiner Eltern bis zum Ende folgen.

»Aber …«, versuchte Bowbaq zu protestieren.

»Und wie kommst du überhaupt darauf, dass wir auf dem Schiff in Sicherheit sind?«, fuhr Niss fort. »Man hat uns erzählt, dass sich die Ratten an Holz festkrallen und das Meer überqueren können. Wenn ihr sie mit euren Fackeln vertreibt, könnte es doch sein, dass sie zum Schiff herüberschwimmen und uns angreifen.«

Bowbaq suchte vergeblich nach Worten und schüttelte schließlich seufzend den Kopf. Er musste sich geschlagen geben. »Du wirst deiner Großmutter immer ähnlicher«, brummte er. »Na ja, ich lasse dich sowieso nur ungern aus den Augen. Ich sage Amanón Bescheid«, sagte er und stapfte davon.

Niss zwinkerte Cael verschwörerisch zu. Dann lehnten sich die beiden wieder an die Reling und starrten in die undurchdringliche Finsternis hinaus.

Eine knappe Dezime später schabte der Kiel der Feluke über Fels. Hastig warfen die Gefährten den Anker aus, holten die Segel ein und ließen das Beiboot im Licht einer einzigen Laterne zu Wasser. Dann hängten sie eine Öllampe an den Mast, um die *Othenor II* in der Dunkelheit wiederfinden zu können, und kletterten über die Reling.

Während die Ruder klatschend ins Wasser tauchten, das Boot über die Wellen glitt und alle wachsam in die Nacht hinausstarrten, fragte sich Niss, ob es tatsächlich eine so gute Idee gewesen war, unbedingt mitkommen zu wollen.

Zejabel sprang freiwillig als Erste an Land, während die anderen das Boot aus dem Wasser zogen. Ihr Abstecher auf die Insel erinnerte sie an die Übungen, bei denen die Anwärterinnen auf den Titel der Kahati gegeneinander antraten. Einmal hatte man sie in den Sümpfen des Lus'an ausgesetzt und in zwei Gruppen aufgeteilt. Jede Gruppe hatte ein einziges Messer bekommen und den Auftrag, ihre Gegnerinnen zu töten. Diesmal war Zejabel zwar mit Pfeil, Bogen *und* einem Dolch bewaffnet, aber der Feind war aller Wahrscheinlichkeit nach in der Überzahl, und das Gelände war ihr völlig fremd.

Eilig entzündeten Keb und Amanón die Fackeln und verteilten sie an die anderen. So waren sie zwar weithin sichtbar, konnten sich aber notfalls die Ratten vom Leib halten. Zu diesem Zweck hatten sie extra Fackeln mit besonders langen Stielen angefertigt. Nur Zejabel wollte keine Fackel übernehmen, sondern spannte einen Pfeil in die Sehne ihres Bogens, um beim geringsten Anzeichen von Gefahr schießen zu können. Sie hatte das deutliche Gefühl, dass ihnen auf der Insel Unheil drohte.

»Wir müssen beisammen bleiben«, sagte Amanón. »Wir wagen uns zwanzig Schritte vor, dann bleiben wir erst einmal stehen.«

Die anderen taten wie geheißen und marschierten

im Schein ihrer Fackeln den verlassenen Strand hoch. Die einzigen Ungeheuer, die sie mit ihren Schritten aufschreckten, waren ein paar Stierkrebse, die sich hastig im Sand vergruben. Dennoch rechnete Zejabel jeden Moment damit, dass sich ein Lemurendämon mit gebleckten Zähnen und scharfen Krallen aus der Dunkelheit auf sie stürzte.

Den anderen war nicht minder bang zumute. Selbst Keb, der sonst immer zu einem Scherz aufgelegt war, hatte seine übliche Großspurigkeit abgelegt und kniff wachsam die Augen zusammen. Wie Nolan, Amanón und Cael trug er in der einen Hand eine Fackel und in der anderen die gezogene Waffe. Niss und Eryne gingen in der Mitte und reckten ihre Fackeln hoch empor. Trotzdem konnten sie nicht mit Bowbaq mithalten, dessen Flamme wie ein Leuchtfeuer über ihren Köpfen loderte.

»Beim letzten Mal warteten die Ratten, bis wir im Inneren der Insel waren«, erklärte Bowbaq flüsternd. »Früher oder später werden wir den Strand verlassen müssen.«

»Corenn schreibt in ihrem Tagebuch, dass sie erst angegriffen haben, nachdem Yan in die Höhle hinuntergetaucht war«, ergänzte Nolan.

»So gefährlich sie auch sind, ich glaube kaum, dass die Tiere vorsätzlich handeln«, widersprach Amanón. »Wenn es hier noch Ratten gibt, werden sie sich sicher bald zeigen. Dann können wir abschätzen, wie viele es sind.«

»Vielleicht gibt es eine Verbindung zwischen Usul und den Ratten?«, meinte Nolan. »Schließlich ist er der Wächter der Heiligen Insel der Guori. Vermutlich sind alle Lebewesen hier seiner Herrschaft unterworfen.«

Zejabel pflichtete ihm mit einem Nicken bei. Zuïa übte einen ähnlichen Einfluss auf das Lus'an und die Tiere aus, die in den Sümpfen lebten.

»Aber das würde ja heißen, dass Usul seinen Besuchern die Ratten auf den Hals hetzt«, rief Eryne. »Was für ein schrecklicher Gedanke!«

»Vielleicht hat er keine direkte Macht über sie. Erst wenn jemand in seine Höhle hinabtaucht, könnte das die Ratten anlocken. Aber das ist nur so eine verrückte Idee. Wahrscheinlich mache ich euch völlig grundlos Angst.«

»Gehen wir weiter«, entschied Amanón. »Und wer eine Ratte sieht, gibt sofort Bescheid.«

Zejabel warf Nolan einen anerkennenden Blick zu und setzte sich wieder an die Spitze. Sie fand seine Vermutungen einleuchtend. Klug wie er war, zog er aus ein paar vermeintlich unzusammenhängenden Tatsachen seine Schlüsse, vor allem, wenn es um die Welt der Götter ging.

Mit vorsichtigen Schritten bewegten sich die Gefährten auf den seit Jahrhunderten erloschenen Vulkan zu, der sich in der Mitte der Insel erhob. Bald ging es stetig bergauf. Bislang hatten sie keine einzige Ratte gesehen, aber Nolans Worte klangen ihnen noch in den Ohren. Bis zum Gipfel war es ein gutes Stück.

»Die Büsche stehen sehr viel höher, als ich es in Erinnerung habe«, bemerkte Bowbaq. »Vor zwanzig Jahren gingen sie mir gerade bis zu den Knien.«

Für Zejabels Geschmack waren es vor allem viel zu viele Büsche. In diesem Gestrüpp aus Stechpalmen und Dornenranken lauerten sicher unzählige Gefahren. Vermutlich befanden sich auch die Rattennester unter den

Sträuchern, und die Erben würden jeden Moment in eins hineintreten. Mittlerweile trugen sie die Fackeln auf Hüfthöhe, damit sie dem ersten Riesennager, der sich ihnen zeigte, die Schnauze verbrennen konnten.

Ihre Anspannung ließ nur geringfügig nach, als sie begannen, den kahlen Felshang oberhalb der Baumgrenze zu erklimmen. Zejabel warf einen Blick über die Schulter, um sich zu vergewissern, dass die Feluke immer noch sicher vor Anker lag, sah aber nur die Laterne, die sie auf dem Schiff zurückgelassen hatten. Der winzige Lichtpunkt in der Ferne flackerte schwach. Rasch schob Zejabel die Furcht beiseite, er könnte erlöschen, denn Angst machte nur schwach und verwundbar.

Nach einer Weile erreichten sie den Gipfel, ein Felsplateau von ungefähr dreißig Schritten Durchmesser. Usul hatte sein Versteck gut gewählt, aber die Erben konnten aus dem Wissen ihrer Eltern schöpfen und fanden den Zugang zu seiner Höhle, einer vier Schritte breiten Öffnung, trotz der Dunkelheit mühelos. In dem mit Wasser gefüllten Krater lebte einer der ältesten Sprösslinge des Jal.

»Das ist es?«, fragte Keb verblüfft.

»Ja«, antwortete Bowbaq mit Grabesstimme.

Einen Moment lang starrte er in die Finsternis hinunter, bevor er sich umdrehte und ängstlich über den Rand des Felsplateaus spähte. Zejabel tat es ihm gleich, konnte aber nicht viel erkennen.

»Am besten zünden wir als Erstes ein Feuer an«, sagte Amanón.

Wortlos folgten die anderen seiner Anweisung. Nach wenigen Dezillen loderten helle Flammen auf und spendeten warmes Licht. Vom Schiff hatten sie vorsichtshalber mehrere Holzscheite und Ölflaschen mitgebracht, für den Fall, dass sie kein Brennholz fanden. Zejabel wünschte sich insgeheim weit weg von dieser geheimnisvollen Insel. Hoffentlich konnten sie rasch auf die Feluke zurückkehren!

Die Erben legten mehrere Fackeln bereit, während Amanón eins der Seile entrollte. Sie schwiegen betreten, bis Keb die Frage aussprach, die ihnen allen im Kopf herumspukte.

»Wer geht runter? Darüber haben wir noch nicht gesprochen.«

»Ich gehe«, sagte Amanón. Er war bereits dabei, seine Stiefel abzustreifen.

Zejabel bewunderte seinen Mut, denn sie selbst hätte lange gezögert, sich in den schwarzen Abgrund hinunterzuwagen. Sie schreckte vor keinem Kampf zurück, doch bei dem Gedanken an das, was sie dort unten erwartete, wurde ihr angst und bange.

»Ihr müsst nicht immer alle Gefahren auf Euch nehmen«, sagte Eryne.

»Genau. Ich wäre ebenfalls bereit runterzugehen«, stimmte ihr Nolan zu.

Ohne ihre Einwände zu beachten, zog Amanón Jacke und Hose aus und band sich das Seil um die Brust. Kurz wog er sein Krummschwert in der Hand und legte es dann zu seinen Kleidern. »Sollte ich nicht wieder auftauchen oder sollte das Seil reißen oder sich verheddern, versucht nicht, mich zu retten. Lauft so schnell wie möglich zurück zum Schiff und flieht von dieser Insel. Falls Usul mit Sombre im Bund steht, wird er euch all seine Verbündeten auf den Hals hetzen, die sich in der Nähe befinden.«

Er setzte sich auf den Rand des Kraters, ließ sich hinuntergleiten und hing schließlich nur noch mit den Händen an der Kante. Nachdem er Eryne einen letzten langen Blick zugeworfen hatte, ließ er los. Zejabel hörte ein Platschen, als sein Körper ins Wasser glitt.

»Bis gleich!«, rief Amanón, bevor er untertauchte.

Nun begann das bange Warten.

Zejabel und Bowbaq hielten nach Ratten Ausschau, während Eryne, Nolan, Cael und Niss in die Höhle hinunterstarrten. Keb hatte das Seil gepackt und rollte es immer weiter ab. Irgendwann hielt er inne. Das Seil bewegte sich nicht mehr.

Eine, vielleicht zwei Dezillen vergingen, eine Ewigkeit für einen Menschen unter Wasser. Nichts rührte sich, weder in dem Krater noch rings um das Felsplateau. Zejabel war so angespannt, dass sie aufschrie, als plötzlich ein Kopf die Wasseroberfläche durchstieß. Im nächsten Moment schnappte Amanón nach Luft und paddelte keuchend an den Rand. Hastig legte die Zü ihren Bogen ab und half Nolan und Keb, ihn hochzuziehen.

Amanón zitterte am ganzen Leib, schien aber unverletzt zu sein. Eryne führte ihn zum Feuer, wo er sich die Oberarme rieb, während ihn alle ungeduldig umringten. Obwohl sie vor Neugier platzten, warteten sie, bis er sich etwas aufgewärmt hatte.

»Er … er hat mir nichts gesagt«, sagte Amanón immer noch bibbernd. »Er will … will nur mit … mit Cael sprechen.«

Verblüfft fuhren die Erben zu dem jungen Kaulaner herum, der totenbleich geworden war.

Als Amanón wieder auftauchte, ahnte Nolan, dass er gescheitert war. Er war nur kurz in der Höhle gewesen, und Usul gab sein Wissen ganz bestimmt nicht so rasch preis.

»Er hat Euch nichts gesagt?«, rief Eryne. »Was ist passiert?«

»Nicht viel. Ich habe ihn nicht einmal gesehen. Er hat einfach nur gesagt, es sei sinnlos, ihm Fragen zu stellen, weil er auf Cael warte.«

»Hat er gesagt, warum?«, fragte Nolan.

»Nein. Er ignorierte mich einfach. Und dann nahm er mir die Atemluft. Mir blieb nichts anderes übrig, als wieder aufzutauchen.«

Nolan dachte eine Weile nach und ließ Cael dabei nicht aus den Augen. Auch wenn er verdattert und etwas ängstlich wirkte, hatte der Junge bisher kein Wort gesagt. Es wäre grausam, ihn unter Druck zu setzen.

»Niemand zwingt dich zu irgendwas«, versicherte Nolan. »Wir machen dir keine Vorwürfe, ganz gleich, wie du dich entscheidest.«

Damit war der Bann gebrochen. Cael löste sich aus seiner Erstarrung und begann nun seinerseits, die Stiefel auszuziehen. »Wir sind nicht so weit gekommen, um jetzt aufzugeben«, sagte er. »Mein Vater und mein Cousin haben Usul aufgesucht und sind heil zurückgekehrt. Es gibt also keinen Grund, warum ich es nicht schaffen sollte.«

Kurz darauf stand er in Unterwäsche da, das Seil um

den Oberkörper geschlungen. Wie Amanón einige Dezillen zuvor warf er seinen Freunden einen letzten Blick zu, bevor er über den Rand kletterte und sich ins Wasser fallen ließ. Nolan fühlte sich schuldig an Caels Entschluss, aber vermutlich war der Junge genauso neugierig auf Usuls Antworten wie er selbst und hatte sich deswegen dafür entschieden, sein Schicksal anzunehmen.

Abermals warteten sie beklommen. Amanón kleidete sich langsam wieder an, hob sein Schwert auf und trat zu den anderen. Die Dezillen zogen sich in die Länge, wie sie es nur tun, wenn ein Menschenleben auf dem Spiel steht.

Nolan war so sehr auf den düsteren Krater konzentriert, dass er das sirrende Geräusch der Bogensehne nicht gleich zuordnen konnte. Erst als Zejabel einen gellenden Warnschrei ausstieß, wirbelte er herum.

Die Kälte war beißend und unerbittlich, und obwohl Cael kräftige Schwimmzüge machte, wurde ihm einfach nicht wärmer. Allerdings hatte er auch schon am ganzen Körper gezittert, bevor er in das kalte Wasser der Höhle hinabgetaucht war.

Amanóns Worte hatten wie ein Schlag in die Magengrube gewirkte. Was wollte Usul bloß von ihm? Was hatte er ihm Furchtbares zu sagen? Der Junge klammerte sich an den Gedanken, dass der Wunsch des Gottes etwas mit seinem Vater zu tun hatte, denn alle anderen Möglichkeiten ließen ihm das Blut in den Adern gefrieren.

Um sich Mut zu machen, dachte Cael an seinen Vater, während er immer tiefer in die Dunkelheit hinabschwamm. Diese Felswände hatte auch Yan berührt, und genau wie Cael hatte er sich zu Tode gefürchtet. Er war damals nicht viel älter gewesen als sein Sohn jetzt, und im Gegensatz zu Yan hatte Cael wenigstens eine Ahnung davon, was ihn erwartete. So brauchte er sich nicht zu fragen, ob Usul in einem der Seitengänge lauerte oder wie weit die Höhle in die Tiefe ging. Er musste einfach nur immer weiter hinabtauchen. Taub und blind tastete er sich mit den Händen voran, damit er sich nicht den Kopf an einem Felsvorsprung stieß.

Bald merkte er, wie ihm die Luft knapp wurde und er das Gefühl dafür verlor, wo oben und unten war. Das Seil, das in die Höhe führte, war nun seine einzige Orientierungsmöglichkeit. Mit sparsamen Bewegungen schwamm Cael weiter und hoffte inständig, bald den Grund zu erreichen. Er kämpfte darum, nicht unwillkürlich nach Luft zu schnappen, denn dann würde er ertrinken.

Plötzlich schoss ihm der Gedanke durch den Kopf, dass die Existenz des allwissenden Gottes vielleicht doch nur eine Legende war, hervorgerufen durch Kälte, Finsternis und Sauerstoffmangel. Wenn man an diesem unwirklichen Ort gewesen war, konnte man leicht auf so etwas kommen. Irgendwie wollte er trotz Yans und Amanóns Berichten nicht glauben, dass hier unten tatsächlich ein Gott eingesperrt war.

Doch als er den Grund der Höhle erreichte und Usuls Stimme dröhnend in seinen Ohren erklang, verflogen seine Zweifel.

Mit klopfendem Herzen suchte Eryne die Dunkelheit ab, um die Gefahr auszumachen, die Zejabel entdeckt hatte.

Die Erben reckten ihre Waffen und Fackeln in die Höhe, während die Zü einen weiteren Pfeil auf ein unsichtbares Ziel abschoss.

»Ratten?«, fragte Amanón mit zusammengekniffenen Augen.

»Nein. Etwas Größeres«, antwortete Zejabel. »Da drüben, hinter dem Felsen.«

Alle starrten in die entsprechende Richtung. Keb trat zehn Schritte vor, wagte sich jedoch nicht bis zur Kante des Felsplateaus.

»Du hast geschossen, ohne zu wissen, worauf?«, fragte Nolan erstaunt.

Zejabel zuckte nur leicht mit den Schultern, während sie einen weiteren Pfeil in die Sehne spannte. Auch Eryne wollte schon protestieren, besann sich dann aber. Was konnte da schon lauern, wenn kein Feind? Schlimmstenfalls hatte Zejabel ein harmloses Tier getroffen. Das wäre natürlich traurig, doch als Kahati hatte sich Zejabel solche Skrupel wohl nicht leisten können.

»Ich kann nichts erkennen«, brummte Keb. »Bist du sicher, dass du kein Gespenst gesehen hast?«

»Da ist irgendwas«, sagte sie. »Geh mir einfach aus der Schusslinie.«

Er warf ihr einen herablassenden Blick zu und schickte sich gerade an, zu den anderen zurückzukehren, als eine geschlängelte Gestalt wie aus dem Nichts vor ihm auftauchte. Eryne schrie entsetzt auf, Zejabel schoss ihren Pfeil ab. Gleichzeitig schlug Keb reflexartig mit Lowa und Fackel zu. Er traf die Riesenschlange, die nach ihm schnappte, mit voller Wucht, doch sie zuckte nicht zurück.

Eryne wähnte sich in einem Albtraum. Das Reptil war breit wie ein Kalb, und sein Körper verlor sich in der Dunkelheit. Nun bäumte es sich vor Keb auf und riss sein gewaltiges Maul auf. Er konnte gerade noch rechtzeitig zurückspringen, um sich vor den zuschnappenden Kiefern in Sicherheit zu bringen. Im Zurückstolpern hieb er immer wieder auf die Schlange ein, aber weder die Verletzungen, die er ihr zufügte, noch Zejabels Pfeile, die sich ihr in den Kopf bohrten, schienen ihr etwas auszumachen. Offenbar kannte sie nur ein Ziel: ihre Beute mit Haut und Haaren zu verschlingen.

Amanón, Bowbaq und Nolan stürzten herbei, um Keb beizustehen, und hackten mit ihren Schwertern wie wild auf die Schlange ein. In ihrer Verzweiflung ließen sie sich zu erbarmungsloser Brutalität hinreißen. Das Reptil war nicht zu bremsen, selbst dann nicht, als Keb ihm mit der Fackel die Augen ausbrannte. Schließlich setzte Bowbaq dem Gemetzel ein Ende, indem er seine Kaute gegen den Kopf der Schlange donnerte. Zuckend fiel sie zu Boden und rührte sich nicht mehr.

Keuchend standen sie noch eine Weile um den Kadaver herum. Eryne, die Keb schon verloren gewähnt hatte, schnappte ebenfalls hörbar nach Luft.

»Wenigstens wissen wir jetzt, wie die Guori das Rattenproblem gelöst haben«, bemerkte Amanón lakonisch.

»Wir müssen hier weg«, sagte Bowbaq unvermittelt.

Bei seinem drängenden Tonfall wurde Eryne angst und bange. Wie gelähmt sah sie zu, wie er zu Niss lief und ihr das Seil aus der Hand riss.

»Wir müssen Cael hochziehen und sofort verschwinden«, wiederholte Bowbaq. »Eine einzelne Schlange hätte die abertausend Ratten auf der Insel niemals ausrotten können. Im Gegenteil, sie wäre selbst aufgefressen worden!«

»Du meinst, sie ist nicht allein?«, fragte Keb langsam.

Wie zur Antwort tauchten zwei weitere Reptilien im Feuerschein auf und schlängelten auf die Erben zu. Eryne bückte sich und hob Caels Rapier auf. Gegen diese Bestien halfen weder der Zustand der Entsinnung noch Erjak-Kräfte, so viel stand fest.

Cael schrie vor Überraschung auf, als ihm plötzlich Luft in die Lungen strömte, obwohl er sich mindestens fünfzig Schritte unter der Wasseroberfläche befand. Dann fiel ihm wieder ein, dass Usul die Macht hatte, seine Besucher so lange am Leben zu erhalten, wie er mit ihnen sprechen wollte. Vielleicht hatte er eine Luftblase vor seinem Gesicht entstehen lassen, denn eigentlich konnte kein Gott seine Kräfte auf einen Sterblichen anwenden, der ein Gwelom am Leib trug. Amanón hatte er diese Luftblase nach kurzer Zeit wohl einfach wieder entzogen, so dass sein Cousin mit letzter Kraft zurück an die Oberfläche hatte schwimmen müssen.

›Du bist gekommen‹, sagte der Gott. ›Das freut mich.‹

Seine Worte hallten wie ein Echo in Caels Ohren wider. Da Usul nicht in seine Gedanken eindringen konnte, musste er eine andere Form der Verständigung gefunden haben, denn Cael hörte ihn trotz des Wassers in seinen Ohren klar und deutlich. Der Junge starrte angestrengt in die Finsternis, aber selbst wenn der Gott einen Fuß vor seinen Augen vorbeigeschwommen wäre, hätte er ihn nicht gesehen. Er beschloss, nicht weiter darüber nachzugrübeln, sondern suchte stattdessen mit den Füßen auf dem Sandboden nach Halt. In seiner Lage durfte man keine Angst haben – oder sie jedenfalls nicht zeigen.

›Ihr musstet doch wissen, dass ich komme. Ihr seid allwissend und könnt in die Zukunft sehen.‹

›Die Zukunft versinkt im Nebel, sobald ich in den Lauf der Dinge eingreife. Als ich deinem Cousin befahl, dich zu mir zu schicken, hätte ich damit auch das genaue Gegenteil bewirken können. Jetzt bist du zwar hier, aber ich weiß nicht, wie unsere Begegnung ausgehen wird. Verstehst du?‹

Cael nickte und fragte sich, ob Usul die Kopfbewegung sehen konnte. In der Tat kannte er die Gefahr, von der der Gott sprach. Corenn schilderte in ihrem Tagebuch, wie sehr sich Yan mit der Ungewissheit herumgequält hatte. Sobald man von einem zukünftigen Ereignis erfuhr, war es nicht mehr unabwendbar: Vielleicht verhinderte man es, wenn man es mit aller Kraft herbeizuführen versuchte, oder führte es herbei, wenn man alles daran setzte, es zu verhindern. Selbst wenn man einfach nur abwartete, nahm man damit Einfluss auf den Lauf der Welt, und das führte zu einem schier unerträglichen Gefühl der Ohnmacht.

›Warum wolltet Ihr mit mir sprechen?‹, fragte Cael.

›Stellst du mir diese Frage tatsächlich? Du kennst die Regeln.‹

Der Junge biss sich auf die Lippen. Für jede Frage, die Usul beantwortete, war ein hoher Preis zu zahlen, denn nach jeder Antwort enthüllte Usul dem Fragesteller ein zukünftiges Ereignis. Yan hatte schwer an dieser Bürde getragen. Das war die einzige Zerstreuung des Gottes: Er genoss es zu beobachten, wie die Sterblichen unter seinen Offenbarungen litten.

›Es steht viel auf dem Spiel‹, sagte Cael eindringlich. ›Sombre will über alle Götter herrschen. Wollt Ihr diesmal nicht eine Ausnahme machen und uns helfen?‹

›Ich kenne die Pläne des Bastards aus dem Jal. Mein eigenes Schicksal ist im Übrigen an eure Suche gebunden, aber die Regeln müssen befolgt werden. So haben mich die Menschen erschaffen‹, sagte Usul streng.

Cael war bitter enttäuscht. Also würde er nur sehr wenige, sorgfältig ausgewählte Fragen stellen können.

›Ich beuge mich Euren Regeln. Aber wenn Ihr uns schon nicht auf diese Weise helfen wollt, könntet Ihr doch wenigstens mit den anderen Göttern sprechen. Sie müssen uns sagen, wer der Erzfeind ist.‹

›Nein‹, wehrte Usul ab. ›Mit jedem Eingriff bringe ich mein eigenes Leben in Gefahr. Zahlreiche Wege, welche die Zukunft einschlagen könnte, führen zu meinem Tod. Ich bin denselben Gesetzen unterworfen wie ihr. Als ich dich zu mir rief, hoffte ich, damit die Zukunft zu beeinflussen, doch vielleicht habe ich das genaue Gegenteil bewirkt. Das werde ich erst erfahren, wenn du fort bist. Wenn ich jedoch Eurydis oder einen meiner anderen Brüder oder Schwestern anrufe, trifft mich unweigerlich Sombres Zorn. Dann wird er mich töten.‹

Cael wurde schwer ums Herz. Wieder einmal hatte sich eine Hoffnung zerschlagen. Es blieb ihm nichts anderes übrig, als Usul seine Fragen zu stellen, die allerwichtigste zuerst: ›Wo sind unsere Eltern?‹

Drei Schlangen lagen bereits tot am Boden, und die Erben hieben verbissen auf eine vierte ein. Indes schoss Zejabel Pfeil um Pfeil ab, weil immer neue Reptilien auf das Feuer zugeschlängelt kamen – es war unmöglich zu sagen, wie viele. Überall in der Dunkelheit blitzten grün geschuppte Körper auf, und ringsum zischte es immer lauter und wütender. Sie waren umzingelt!

Amanón verfluchte sich, weil er seine Freunde mit einer Reihe falscher Entscheidungen ins Verderben geführt hatte. Statt einfach draufloszusegeln, hätte er genauere Nachforschungen über Usuls Insel anstellen müssen und zuerst Zarbone aufsuchen sollen. Ihre Ausrüstung taugte ebenfalls nichts: Die Fackeln, mit denen sie sich die Ratten vom Leib halten wollten, waren gegen die Schlangen wirkungslos. Längst hatten sie sie fortgeworfen, um beide Hände frei zu haben. Jeden Moment konnten auch Niss und Eryne angegriffen werden. Sobald sich auch nur eine der Schlangen in die Mitte des Felsplateaus vorwagte, schwebten die beiden in Lebensgefahr.

Bislang hielt Zejabel die Reptilien mit Pfeil und Bogen in Schach, aber wie lange noch? Irgendwann würden ihr die Pfeile ausgehen, und dann wäre sie den Schlangen schutzlos ausgeliefert. Drei Bestien, denen Zejabel die Augen ausgestochen hatte, waren zuckend den Abhang hinuntergerollt und hatten dabei ein paar Artgenossen mitgerissen. Wenn sie sich doch nur gegenseitig verschlungen hätten! Aber die Reptilien schienen sich nur für ihre menschliche Beute zu interessieren.

Amanón glaubte kaum mehr an ihr Überleben. Früher oder später würden sie vor der schieren Übermacht der

Schlangen kapitulieren müssen. In den Krater zu springen, würde sie lediglich für kurze Zeit retten, und das auch nur, falls die Biester wasserscheu waren. Ansonsten konnten sie nur noch blind drauflosrennen und beten, dass sie den Strand vor den Schlangen erreichten. Aber nicht alle konnten schnell genug laufen, um den Schlangen zu entkommen und es zum Boot zu schaffen, und Amanón würde niemals seine Freunde im Stich lassen, um die eigene Haut zu retten.

Die vierte Schlange wand sich noch zuckend am Boden, als plötzlich ein weiteres Reptil vorschnellte. Amanón überließ es Bowbaq, ihr den Todesstoß zu versetzen, und stürzte sich mit Keb und Nolan auf den neuen Feind. Es war hoffnungslos. Die Schlangen waren einfach zu zäh, und bald würden sie sich auf mehrere Angreifer verteilen müssen, nur um am Ende von den gierigen Mäulern verschlungen zu werden. War das der Tod, den das Schicksal den Erben zugedachte? Gab es wirklich keinen Ausweg?

Amanón hätte sich ohne zu zögern geopfert, um seine Gefährten zu retten, so wie es sein Vater einst getan hatte. Doch es war kaum anzunehmen, dass alle Schlangen ihn verfolgten, wenn er fortrannte, oder die anderen in Frieden ließen, nachdem sie ihn getötet hätten. Wann mochten sie die letzten Ratten gefressen haben? Gab es überhaupt noch Nager auf der Insel?

Vermutlich fütterten die Guori ihre neuen Inselwächter nicht, sondern vertrauten darauf, dass Ratten und Schlangen einander auffraßen. So bescherte der Besuch der Erben den Reptilien ein unverhofftes Festmahl.

Während er weiter um sich schlug, legte Amanón einen stummen Schwur ab. Er würde nicht zulassen, dass Eryne oder einer der anderen einen grausamen Tod im Magen dieser abscheulichen Kreaturen fand.

›Wo sind unsere Eltern?‹, wiederholte Cael. ›Ich kenne die Regeln, und ich stelle Euch diese Frage tatsächlich.‹

Er fühlte sich wie im Fieber. Usuls langes Schweigen verhieß nichts Gutes.

›Sie sind im Jal‹, verkündete der Gott nach einer Weile.

Diese Antwort löste in Cael einen Wirbelsturm der Gefühle aus. Im Jal? Warum? Wie konnte das sein? Und wer hatte sie dorthin gebracht? ›In welchem Teil des Jal?‹, schickte er hastig hinterher. ›Im Dara oder im Karu?‹

›Das weiß ich nicht‹, erwiderte Usul. ›Alles, was dort geschieht, entzieht sich meiner Beobachtung. Dieser Ort liegt außerhalb unserer Welt.‹

›Sind sie am Leben? Geht es ihnen gut?‹

›Du bist zu ungeduldig‹, herrschte ihn der Gott an. ›Erst musst du den Preis für deine erste Frage zahlen.‹

Cael versuchte, sich zu beruhigen und nachzudenken. Wenn der Gott nicht sehen konnte, was im Jal vor sich ging, konnte er ihm wohl auch nicht sagen, ob seine Eltern noch lebten.

›Höre nun eine Enthüllung über deine Zukunft: Irgendwann wirst du dich endgültig deiner Stimme unterwerfen.‹

Als Cael diese Worte hörte, war er kurz davor durchzudrehen. Kaum hatte er Usul eine Auskunft über das Schicksal ihrer Eltern entlockt, wurde er von seinem schlimmsten Albtraum eingeholt – und das nach all den Qualen, die die Erben auf sich genommen hatten. Überwältigt von Wut und Verzweiflung konnte er nicht mehr verhindern, dass ebenjene Stimme in ihm zu flüstern begann. Wie jedes Mal, wenn sein Leben in Gefahr war, stiegen Bilder voller Hass, Gewalt und Rache in ihm auf – Sombres dunkles Vermächtnis. Cael wusste nicht, was geschehen würde, wenn die Stimme in Anwesenheit eines Gottes die Oberhand gewann. Er musste so schnell wie möglich von hier fort, aber vorher hatte er noch eine letzte Frage.

›Wer ist der Erzfeind?‹, stieß er gepresst hervor.

Der Gott ließ sich mit der Antwort Zeit, was Caels Zorn nur weiter anstachelte. War es wirklich so schwer zu begreifen, dass er es nicht länger in dieser verfluchten Höhle aushielt? Warum brauchte Usul einen geschlagenen Dekant, um eine einfache Frage zu beantworten?

Die Einflüsterungen des Dämons vernebelten ihm endgültig den Verstand, und er empfand nur noch Verachtung für Usul, der ihn derart zappeln ließ. Am liebsten hätte er dem Gott den Rücken gekehrt und sich mit einigen kräftigen Schwimmzügen davongemacht. Doch sein anderes Ich flehte ihn an, der Stimme Widerstand zu leisten. Es stand einfach zu viel auf dem Spiel.

›Was mit dir geschieht, ist einzigartig‹, sagte Usul schließlich. ›Weil du ein Gwelom trägst, konnte ich bisher nicht verfolgen, was dir widerfahren ist. Aber jetzt, wo du bei mir bist …‹

›*Wer ist der Erzfeind?*‹, knurrte Cael und konnte sich nur mit Mühe beherrschen, den Gott nicht wüst zu beschimpfen.

Gleichzeitig spürte er, wie er sich veränderte. Das Gefühl war ihm mittlerweile vertraut: Er raste nicht nur vor Zorn, sondern wurde stark und unbesiegbar. Im dem entfernten Winkel seines Verstandes, in dem er noch gegen die Stimme aufbegehrte, fürchtete er, von dem Gott für seine Respektlosigkeit bestraft zu werden, doch die Angst bewirkte nur, dass er noch schneller die Kontrolle über sich selbst verlor.

Plötzlich schien es in der Höhle einen Deut heller zu werden. War das ein Trick von Usul, oder spielten ihm seine von der Stimme vernebelten Sinne einen Streich? Im Grunde war Cael die Antwort egal, denn mittlerweile war er blind vor Wut. In welcher Gestalt sich dieser Götterfisch ihm auch zeigen würde, er hatte keine Angst!

›Ich werde deine Frage beantworten‹, sagte Usul dann. ›Aber zunächst musst du den Preis dafür zahlen.‹

›Geht's nicht ein bisschen schneller?‹, war die einzige Bemerkung, die Cael in den Sinn kam. Zum Glück konnte er sie sich gerade noch verkneifen – zumindest hoffte er das. Inzwischen wusste er nicht mehr genau, was er hörte, sagte oder tat. Nie zuvor war die Stimme so mächtig gewesen.

›Höre eine weitere Enthüllung über deine Zukunft: Einer von euch wird die anderen verraten.‹

Cael brüllte vor Zorn auf. Die Worte des Gottes steigerten seine Wut ins Unermessliche, und sein ursprüngliches Ich verschwand beinahe völlig. Er wollte diesen Verräter eigenhändig erwürgen und in Stücke reißen. Er empfand nur noch Hass, auf alles und jeden, selbst auf den Gott, dessen Silhouette sich nun schwach in der Dunkelheit abzeichnete. Was war Usul nur für ein erbärmlicher Lügner!

›Was deine Frage angeht, so ist die Antwort nicht ganz einfach. Der Erzfeind ist einer von euch, aber …‹

Dieses »aber« war zu viel. Mit roher Gewalt riss die Stimme die letzte Barriere ein, die Cael in seinem Geist noch aufrechterhalten hatte.

Usul sprach weiter, er nannte verschiedene Namen, aber Cael hörte nichts mehr.

Einen Herzschlag später kam er wieder zu Sinnen – gerade noch rechtzeitig, um zu begreifen, dass er ertrank.

Die Angriffe der Schlangen folgten immer schneller aufeinander. Acht Reptilien lagen bereits tot am Boden, doch die anderen hätten sich auch nicht abschrecken lassen, wenn sie dreißig von ihnen getötet hätten. Die Kadaver schienen sie vielmehr dazu anzustacheln, den Kreis um die Menschen enger zu ziehen, als wären die schimmernden Körper ein Schutzwall, hinter dem sie sich verschanzen könnten. Die Erben mussten immer weiter zurückweichen. Ein wahres Meer aus Schlangen drängte sie Schritt für Schritt auf den Rand des Kraters zu.

Ein Albtraum war Wirklichkeit geworden. Wo Niss auch hinsah, schoben sich Schlangen übereinander und bildeten bisweilen eine regelrechte Mauer aus geschuppter Haut und aufgerissenen Mäulern. Wenn auch nur ein Viertel der Angreifer gleichzeitig vorschnellte, wären sie alle verloren.

Doch das Verhalten der Bestien entbehrte jeder Logik. Obwohl sie in der Überzahl waren, wahrten die meisten von ihnen einen gewissen Abstand zu ihren Opfern, und nur einzelne Tiere gingen immer wieder blitzartig zum Angriff über. Dann jedoch wichen sie keinen Zoll mehr zurück, und die Gefährten mussten sie totschlagen oder mit ihren Schwertern zerhacken, was mit jedem Mal länger zu dauern schien.

Wo mochten diese unzähligen Schlangen nur so plötzlich herkommen? Bei ihrem Marsch über die Insel hatten sie kein Anzeichen ihrer Anwesenheit entdeckt: weder Spuren im Sand noch Höhlen oder unterirdische Gänge. Nun waren die Freunde davon überzeugt, dass Nolan mit seiner Vermutung recht hatte: Es musste eine Verbindung zwischen Usul und den Kreaturen geben, die in seinem Reich lebten. Die Guori versuchten wohl doch nicht ganz grundlos, Fremde von einem Besuch der Insel abzuhalten.

Bald würde auch Niss kämpfen müssen, und bei dieser Aussicht wurde ihr ganz flau im Magen. Wie lange würde sie den schnappenden Mäulern noch ausweichen können? Höchstens ein paar Dezillen, und das auch nur, wenn sie flink war und sich geschickt anstellte. Wenn schon die Kaute ihres Großvaters nicht reichte, um sie zu erschlagen, konnte sie mit ihrem Messer nicht viel gegen die Biester ausrichten.

Vergeblich hatte Niss versucht, den Tiefen Geist eines der Reptilien zu erreichen, aber Schlangen gehörten nicht zu den Arten, auf die Erjaks ihre Kräfte anwenden konnten. In diesem Fall waren die Tiere zwar besonders groß, aber auch das änderte nichts daran.

Immer wieder wich Niss den Angreifern aus, indem

sie abrupt beiseite sprang. Erst vor wenigen Tagen war sie aus dem Tiefen Traum erwacht, und jetzt sollte sie sterben?

Plötzlich lief ein Zittern durch die Masse der geschuppten Leiber. Bowbaq und die anderen schlossen den Kreis um den Krater enger, denn auch sie rechneten mit einem letzten tödlichen Angriff. Die Bestien schlängelten wild durcheinander, starrten sie mit toten Augen an und bildeten mit ihren zuckenden Körpern eine unüberwindliche Barriere. Das Ende war nah.

Seltsamerweise schnellte jedoch keine von ihnen vor, um die Erben anzugreifen. Im Gegenteil, die Reihen der Schlangen lichteten sich. Nach und nach wichen sie in die Finsternis zurück und ließen ihre toten Artgenossen zurück. Sie schienen jedes Interesse an den Menschen verloren zu haben.

Die Erben hatten keine Zeit, lange über dieses rätselhafte Verhalten nachzugrübeln: Sie mussten Cael hochziehen und fliehen, solange sie konnten. Keuchend und mit schleimverschmierten Armen holten Bowbaq, Amanón und Keb das Seil ein, langsam, damit Cael nicht gegen die Felswand prallte. Niss fuhr der Schreck in die Glieder, als sie die schlaffe Gestalt sah, die wie eine Vogelscheuche nach einem Unwetter am Ende des Seils baumelte. War er tot?

Nolan untersuchte ihn und versicherte den anderen, dass er lebte. Caels Gesichtszüge waren jedoch zu einer Maske des Grauens erstarrt. Was mochte Usul ihm offenbart haben?

ZWEITES BUCH

DIE INSEL ZUÏA

Jedes Jahr zum Quint der Dekade des Predigers lud Agénor von Lorelia die Mitglieder des Hofs zu einem festlichen Empfang in ihren Winterpalast ein. Diese Tradition hatte sie kurz nach dem Tod ihres Gatten begründet.

Die meisten Gäste glaubten, sie wolle auf diese Weise lediglich ihre Reichtümer zur Schau stellen, tatsächlich aber nutzte die Erzherzogin die Gelegenheit, um die Anwesenden auszuspionieren. Zahlreiche Spitzel der Grauen Legion pflegten sich unter die Besucher zu mischen, um ihre Gespräche zu belauschen und diejenigen im Auge zu behalten, die die Hausherrin zu erpressen gedachte. Letztlich ging es Agénor nur darum, ihre Macht zu mehren.

Schon viele Edelleute waren nach dem Fest Opfer einer ihrer Intrigen geworden. Trotzdem hätte die feine lorelische Gesellschaft den Empfang um nichts in der Welt verpasst. Das galt vor allem für junge Männer im heiratsfähigen Alter, denn sie konnten sicher sein, dort der Prinzessin von Semilia, der Gräfin von Kurdalene oder der betörenden Eryne von Kercyan zu begegnen.

Natürlich drehten sich in diesem Jahr alle Gespräche um das rätselhafte Verschwinden Herzog Reyans, der anscheinend beim König in Ungnade gefallen war. Die Gerüchte verbreiteten sich wie ein Lauffeuer: Wahlweise war von einem schweren Schicksalsschlag, feiger Flucht, einer neuen Existenz unter falschem Namen oder Hochverrat die Rede. Die lorelischen Edelleute empfanden Schadenfreude, denn man war wenig angetan von Reyans beißendem Spott und seinen eifrigen Bemühungen, ihre Gesellschaft zu meiden. Ganz zu schweigen davon, dass er vor geraumer Zeit vom König für eine Heldentat ausgezeichnet worden war, an deren Wahrheitsgehalt viele zweifelten. Nach mehr als zwanzig Jahren verdächtigten sie Reyan und seine Frau immer noch, eine heimtückische Intrige gesponnen zu haben, um den Herzogtitel wieder an sich zu reißen. Noch zahlreicher waren jene, die hofften, der König würde nun, da Reyan verschwunden war, dessen Besitztümer und Ländereien unter seinen Günstlingen aufteilen.

Auch Erynes Verehrer rieben sich die Hände. Die junge Dame war mit ihrem Bruder bei Roban von Sarcy zu Besuch gewesen, kurz bevor dieser von Schurken ermordet wurde. Früher oder später würde sie wieder auftauchen müssen, und dann wäre sie, ihrer Reichtümer und Ehre beraubt, vielleicht geneigter, der Vermählung mit einem von ihnen zuzustimmen. So war das Buhlen um sie in vollem Gange.

Das ständige Gerede über die Familie Kercyan ärgerte Agénor, denn es führte ihr vor Augen, dass sie bisher weder die Eltern noch die Kinder hatte aufspüren können. Dabei war das einer der wesentlichen Bestandteile des Plans, den sie zusammen mit Sombre ausgeheckt hatte. Zum Glück waren nicht all ihre Vorhaben gescheitert – im Gegenteil, bisher waren ihre Winkelzüge stets erfolgreich gewesen, und heute Abend würde es nicht anders sein.

Der Empfang erreichte seinen Höhepunkt: So mancher Heißsporn hatte bereits mehrere Becher geleert, und die älteren Gäste waren noch nicht aufgebrochen. An die vierhundert Besucher flanierten zwischen dem großen Festsaal, dem Musikzimmer und einigen vermeintlich diskreteren Gemächern hin und her. Doch wer hier im Verborgenen Zärtlichkeiten und Küsse austauschte, würde schon bald von der Grauen Legion in die Zange genommen werden. Verheiratete Paare wurden natürlich in Ruhe gelassen, aber Eheleute suchte man in den Gemächern ohnehin vergeblich.

Der König würde sich wohl nicht mehr blicken lassen. Bondrian war in letzter Zeit ständig erschöpft und klagte über stechende Schmerzen in der Brust, weshalb er häufig tagelang das Bett hüten musste. Agénor war davon ausgegangen, dass er auf einen kurzen Besuch vorbeikommen würde, doch anscheinend hatte er nicht genug Kraft für die Kutschfahrt vom Königspalast zur Allee von Lermian aufgebracht. An ihren Plänen änderte das nichts. Sie gab einem ihrer Männer das vereinbarte Zeichen und ließ sich dann wieder in ihren Sessel sinken.

Der Sessel stand auf einem Marmorpodest und erinnerte an einen Thron. Von hier aus hatte Agénor einen guten Überblick über den Festsaal, in dem die Mehrzahl der Gäste tanzte, miteinander plauderte oder umherspazierte. Zugleich konnte sie so allzu aufdringliche Besucher auf Abstand halten: Niemand wagte es, die vier Stufen zu erklimmen, ohne ausdrücklich dazu aufgefordert worden zu sein.

Mit ihr auf dem Marmorpodest saßen die drei höchststehenden Persönlichkeiten Loreliens, abgesehen vom König natürlich: Hylin, der Thronfolger, der mit seinen sechsundzwanzig Jahren vor Lebenslust und Hochmut nur so strotzte, Prinzessin Narcilia, eine zarte junge Dame, die ihr Vater bereits mit dem Sohn von Perbas aus Junin verlobt hatte, und schließlich Alcide von Benelia, der Cousin des Königs, der an diesem Abend wohl der nervöseste Mensch der bekannten Welt war. Er rutschte auf seinem Sessel herum und konnte seine Ungeduld kaum bezähmen. Agénor warf ihm einen drohenden Blick zu. Sie wusste genau, warum seine Nerven blank lagen, aber wenn er seine Anspannung zu deutlich zeigte, würde er noch Aufmerksamkeit erregen, wenn nicht gar Misstrauen wecken. Und das war wirklich das Letzte, was sie gebrauchen konnte.

Eine weitere Dezime verging. Dann schritt der Herold der Erzherzogin durch den Saal und verkündete den Beginn des vierten Spektakels. Nach den Auftritten einer Jonglagetruppe, eines Akrobatentrios und eines Papageiendresseurs, der Narcilia besonders gut gefallen hatte, sollte nun ein Bärenführer die Gäste zerstreuen. Die Besucher in der Nähe der großen Flügeltür wichen zurück, als der Dompteur und sein Bär Einzug in den Saal hielten. Alcide versteifte sich und blickte starr geradeaus, und auch Agénors Herz schlug plötzlich schneller. Bald war es so weit.

Der Mann führte das Tier in einem weiten Bogen durch den Saal, bevor er wie vereinbart vor dem Marmorpodest stehen blieb. Das Tier war riesig und hatte das pechschwarze Fell der Bären aus den jerusnischen Bergen. Selbst der Dompteur, ein wahrer Koloss, wirkte neben ihm geradezu schmächtig. Er führte das Raubtier an einer dünnen Kette, die an einem schwarzen Lederhalsband befestigt war. Es sah nicht so aus, als könnte er den Bären damit tatsächlich im Zaum halten. Zwar trug das Tier einen Maulkorb, doch mit seinen scharfen Krallen und seinen kräftigen Armen konnte es immer noch genug Schaden anrichten.

Bisher war der Bär allerdings recht folgsam gewesen. Erst als er vor dem Podest stand, war er plötzlich wie verwandelt: Er schnaubte laut und wollte sich nicht weiterziehen lassen. Der Dompteur ruckte an der Kette und versetzte ihm einige Stockschläge, um ihn zum Gehorsam zu zwingen, doch damit machte er alles nur noch schlimmer. Der Bär richtete sich auf die Hinterbeine auf und fegte den hünenhaften Dompteur mit einem gewaltigen Prankenhieb von den Füßen. Die Gäste kreischten auf. Dann torkelte der Bär die Stufen des Podests hoch.

Agénor erwischte er als Erste. Ungestüm warf er ihren Sessel um, so dass die alte Dame zur Seite geschleudert wurde und ein Stück über den Boden rutschte. Noch bevor sie sich aufrichten konnte, hatte das Raubtier dem Thronfolger mit seinen scharfen Krallen den Bauch aufgeschlitzt und der Prinzessin mit einem einzigen Tatzenschlag das Genick gebrochen. Nur Alcide hatte sich gleich zu Anfang mit einem Sprung in Sicherheit gebracht. Entsetzensschreie hallten durch den Saal, während mehrere Graue Legionäre mit gezogenen Waffen herbeistürzten, um den Bären zu töten.

Immer noch am Boden liegend, beobachtete Agénor den Kampf zwischen ihren Männern und dem Bären. Doch obwohl das Tier wild um sich schlug, konnte es den Speeren und schweren lorelischen Schwertern, die sich ihm ins Fleisch bohrten, nicht lange standhalten. Nach wenigen Dezillen ging der Bär zu Boden. Neben der Leiche des Dompteurs und denen der Thronerben lagen zwei tote Legionäre.

Als die Bestie besiegt war, scharten sich hilfsbereite oder sensationslüsterne Besucher um die Opfer des Blutbads. Jemand streckte der Erzherzogin die Hand hin und half ihr auf. Dass sie am ganzen Leib zitterte, war nicht einmal gespielt.

Man beugte sich über Narcilia und Hylin, tastete nach ihrem Puls und hoffte auf ein Wunder – vergeblich. Der Prinz und die Prinzessin weilten nicht mehr unter den Lebenden, und die Nachricht von ihrem Tod verbreitete sich wie ein Lauffeuer in sämtlichen Gemächern des Palasts.

Agénor spürte den Stimmungsumschwung sogleich. Die Gäste schienen sie mit ganz neuen Augen anzusehen, während der Kadaver des Bären fortgeschafft wurde und sie auf ihrem Sessel, den irgendjemand wieder aufgerichtet hatte, um Fassung rang. Sie war nun nicht mehr die verwitwete Schwester des Königs, deren beträchtliches Vermögen einmal seinen Nachkommen zufallen würde. Der Tod von Bondrians Kindern machte sie zur einzigen lorelischen Thronerbin.

Sie lauschte noch einen Moment lang dem aufgeregten Gemurmel der Anwesenden und verkündete dann, sie wolle sich zurückziehen, um mit ihrem Schmerz allein zu sein. Vor ihr tat sich ein Spalier auf. Unter den Gästen, die sie mit ehrfürchtigem Respekt musterten, stand auch

Alcide. Als sie seinem Blick begegnete, nickte sie ihm unmerklich zu. Sie hatten es geschafft.

Bevor sie sich in ihre Privatgemächer zurückzog, schickte sie noch rasch einen Boten zum König. Bondrians Gesundheitszustand war so schlecht, dass die Nachricht vom Tod seiner Kinder ihm den Rest geben konnte, doch Agénor hoffte insgeheim, dass er noch ein paar Tage weiterleben würde. Die Lorelier sollten sich in Ruhe an ihre neue Königin gewöhnen.

Zum ersten Mal seit langem spürte die Erzherzogin die Last des Alters nicht mehr. Ein neues Leben lag vor ihr, ein Leben voller Ruhm und Macht. Ein Leben ohne Einsamkeit.

Die letzten Zweifel verflüchtigten sich, als Agénor die Tür zu einem ihrer Gemächer öffnete. Sombre war tatsächlich zu ihr zurückgekehrt. Er hatte sich in allen Einzelheiten an den Plan gehalten. Agénor fand ihn anmutiger und stattlicher denn je – in ihm sah sie den geliebten Sohn, den sie nie gehabt hatte. Selbst in der Gestalt des Bären war er ihr wunderschön erschienen.

»Deine Männer haben mich mit ihren Schwertern verletzt«, sagte er gekränkt. »Ich konnte sie nicht am Leben lassen. Sobald sie mich aus dem Palast getragen hatten, habe ich sie …«

»Mach dir keine Gedanken«, unterbrach ihn Agénor sanft. »Das habe ich mir schon gedacht. Sie waren nicht wichtig.«

Sie trat näher und zog ihn zärtlich an sich, ganz entzückt von dem, was er war: ein leibhaftiger Gott. In einem Jahrtausend würde er immer noch derselbe ansehnliche junge Mann sein und über das Königreich herrschen, das sie ihm vermachen würde, und so würde auch sie Unsterblichkeit erlangen. Sombre würde dafür sorgen, dass niemand die große Agénor von Lorelia vergaß.

»Ich lasse den echten Bären gleich morgen ausstopfen«, sagte sie und löste sich von ihm. »Die Lorelier werden etwas brauchen, das sie hassen können. Der Bär ist dafür wie geschaffen.«

»Es könnte alles noch viel schneller gehen«, murrte Sombre. »Wozu diese ganzen Winkelzüge?«

Agénor lächelte nachsichtig, denn sie hatten diese Diskussion schon öfter geführt. Sie fand Sombres jungenhaften Starrsinn hinreißend. »Du kannst deine Herrschaft nicht damit beginnen, Angst und Schrecken unter den Menschen zu verbreiten«, erklärte sie geduldig. »Wir müssen die Welt darauf vorbereiten, dich mit dem gebührenden Respekt zu empfangen. Lass mich nur machen, mein Sohn, dann ist dir der Triumph gewiss. Der Moment wird kommen, in dem du dich der Welt zeigen und deine Macht unter Beweis stellen kannst. Dann werden alle Sterblichen vor dir das Knie beugen, ohne Widerstand zu leisten.«

Obwohl die Erben alles versuchten, gelang es ihnen nicht, Cael aufzuwärmen. Sie rieben ihn mit Branntwein ein, hüllten ihn in zwei dicke Decken, und schließlich flößte Zejabel ihm einen ihrer geheimnisvollen Tränke ein. Trotzdem regte er sich nicht. Seine Haut blieb eiskalt, und nur seine flache Atmung verriet, dass er überhaupt noch lebte. Sein Zustand hatte etwas Unheimliches.

Amanón machte sich bittere Vorwürfe: Er hätte die beiden Jüngsten niemals auf die Insel mitnehmen dürfen, und er hätte sich Usul gegenüber anders verhalten müssen. Der Gott hatte ihn nicht grundlos abgewiesen. Vielleicht hatte er einen Fehler gemacht oder es an der nötigen Ehrerbietung fehlen lassen, und Cael hatte es ausbaden müssen. Was sein Cousin in der Höhle auch erlebt hatte, es musste grauenhaft gewesen sein. Vielleicht würde Cael für immer von dieser Erfahrung gezeichnet sein – falls er überhaupt jemals wieder erwachte.

Natürlich war Amanón neugierig, was Usul Cael enthüllt hatte, aber daran durfte er jetzt nicht denken, nicht solange es ihm nicht besser ging. Im Moment hoffte er nur eins: dass der Junge die Augen aufschlug und alles so war wie vorher. Als hätten sie Usuls Insel nie betreten und wären den Riesenschlangen nie begegnet.

Der Angriff der Reptilien auf dem Berggipfel war umso merkwürdiger, als sie auf dem Rückweg zum Strand keiner einzigen der Bestien begegnet waren. Offenbar hatte Nolan recht: Es musste eine Verbindung zwischen Usul und den Schlangen geben. Womöglich hatten sie sich zurückgezogen, als der Gott das Gespräch mit Cael beendet hatte oder als sein Cousin zu ertrinken drohte. Vielleicht war ihre Aufgabe als Wächter ganz einfach beendet gewesen, auch wenn die Erben die Regeln nicht durchschauten.

Mehr als zwei Dekanten waren vergangen, seit die Gefährten von der Insel fortgesegelt und drei Meilen weiter östlich vor Anker gegangen waren. Seitdem hatten Caels Lider kein einziges Mal geflattert.

Seine Freunde wiederum konnten vor Erschöpfung kaum noch die Augen offen halten. Abermals hatte sich Eryne bereit erklärt, bei Cael zu wachen, und die anderen zu Bett geschickt. Sie versprach, sie notfalls zu wecken, aber Amanón wollte seinen Cousin nicht allein lassen. So saßen die beiden nun an Caels Bett und hielten Händchen. Trotz dieses kostbaren, wenn auch viel zu flüchtigen Augenblicks der Zweisamkeit machte sich Amanón nichts vor: Eryne hatte seine Hand sicher nur genommen, um ihn zu trösten, nicht etwa aus Liebe. Seit fast einer Dekade achtete sie gewissenhaft darauf, keinen ihrer beiden Verehrer zu begünstigen oder zu ermutigen, und Amanón hätte sie niemals zu irgendetwas gedrängt.

Auf unwirkliche Art und Weise schien selbst die Zeit während dieser stummen Nachtwache stillzustehen. Manchmal nickte Amanón auf seinem Hocker ein, und immer wenn er aufwachte, saß Eryne bei seinem Cousin und streichelte ihm die Stirn. Er fragte sich, woher sie nur die Kraft nahm, bis ihm der Verdacht kam, dass sie als künftige Göttin vielleicht nicht so schnell ermüdete wie eine gewöhnliche Sterbliche. Vielleicht zeigte sich aber auch erst am Krankenbett ihrer Gefährten, wie selbstlos und aufopfernd Eryne war.

Als Amanón wieder einmal aus einem Nickerchen hochschreckte, lag Cael mit offenen Augen da. Eryne wiederum hatte die Lider geschlossen und dem Jungen eine Hand auf die Brust gelegt. Vorsichtig stand Amanón auf und beugte sich über seinen Cousin. Caels Augen folgten seinen Bewegungen, allerdings mit kurzer Verzögerung, wie bei einem Neugeborenen. Es war noch zu früh, um daraus irgendwelche Schlüsse zu ziehen, aber Amanón klammerte sich an die Hoffnung, dass der Junge das Schlimmste überstanden hatte.

Im zehnten Dekant, kurz vor Sonnenaufgang, besserte sich Caels Zustand merklich. Obwohl er zwischendurch immer wieder wegdämmerte, gelang es ihm nach und nach, auf Eryne und Amanón zu reagieren, die Finger zu bewegen oder den Kopf zur Seite zu drehen, und auch sein Blick irrte nicht mehr ganz so ziellos umher. Irgendwann begriff Amanón, dass Cael nicht einfach nur steif vor Kälte war, sondern ihm jegliche Lebenskraft geraubt worden war. Allmählich schien ihm jedoch wieder wärmer zu werden, und seine Lebensgeister kehrten zurück.

Nach einer Weile versuchte der Junge zu sprechen. Eryne und Amanón rieten ihm, sich noch zu schonen, aber er ließ nicht locker. Mühsam zog er Grimassen, die nichts Komisches hatten, bewegte stumm die Lippen und verlor zwischendurch immer wieder das Bewusstsein. Die verkrampfte Haltung, in der er dalag, sah sehr schmerzhaft aus. Sobald er aufwachte, versuchte er wieder zu sprechen, brachte aber nicht mehr als ein jämmerliches Krächzen hervor.

Als der Morgen graute, beschloss Amanón, die anderen zu wecken und ihnen die frohe Nachricht zu überbringen. Außerdem mussten sie das Schöne Land so schnell wie möglich verlassen, um nicht doch noch den Guori oder ihren Söldnern in die Hände zu fallen. Kurz darauf scharten sich Keb, Bowbaq, Niss, Nolan und Zejabel um die Koje, um Cael zu begrüßen. Sein hilfloses Gestammel machte ihnen Angst. Er schien ihnen unbedingt etwas mitteilen zu wollen. Oder versuchte er sie nur darauf aufmerksam zu machen, dass er unerträgliche Schmerzen litt?

Als ihm abermals die Stimme versagte, schüttelte Cael zornig den Kopf. Er blieb reglos liegen und schloss für eine ganze Weile die Augen. Anscheinend wollte er Kräfte sammeln, um endlich aussprechen zu können, was er ihnen zu sagen hatte. Seinen Freunden blieb nichts anderes übrig, als abzuwarten.

So holte Amanón mit Bowbaqs Hilfe erst einmal den Anker ein und steuerte die Feluke auf die aufgehende Sonne zu. Sie hatten noch nicht beschlossen, welches Ziel sie als Nächstes ansteuern würden, aber da sie weder nach Romin reisen würden, in dessen Provinzen Krieg herrschte, noch ins ferne Sultanat Jezeba, konnte es nicht schaden, Kurs auf das Mittenmeer zu nehmen. Amanón verbrachte die nächsten beiden Dezimen damit, das Schiff durch das Insellabyrinth des Schönen Landes zu lenken, während er mit den Gedanken bei seinem Cousin und der rätselhaften Kraftlosigkeit war, unter der er litt. Als Niss ihn holen kam, weil Cael erneut die Augen aufgeschlagen hatte, überließ er die Segel und das Steuerruder für kurze Zeit sich selbst.

Amanón und Niss kamen gerade rechtzeitig, um die ersten verständlichen Worte des Jungen zu hören. Seine Stimme war immer noch brüchig und kaum lauter als ein Atemhauch. Er krächzte: »Der Name des Erzfeinds …«, und verstummte dann.

Alle hielten die Luft an. Gebannt starrten sie Cael an, doch wieder rang er nur hilflos mit den Worten. Erst nach mehreren Dezillen hatte er genug Kraft gesammelt, um weitersprechen zu können.

»Der Name des Erzfeinds … Usul hat ihn mir gesagt. Aber ich kann mich nicht daran erinnern!«, flüsterte er und schluchzte auf, doch Cael war zu schwach, um lange zu weinen, und versank wieder in seiner rätselhaften Starre.

Die Erben schwiegen entgeistert, und Amanón fühlte sich um zwanzig Jahre gealtert, vom Schicksal niedergedrückt.

Ihre Suche schien kein Ende nehmen zu wollen. Bisher hatten sie großes Glück gehabt und alle Schrecknisse überlebt, doch dem Fluch der Erben konnten sie nicht entrinnen.

Nach einer Weile war Cael nicht mehr wie erstarrt, sondern nur noch müde, und so fiel er in einen tiefen, ruhigen Schlaf. Erst jetzt wagte Eryne aufzustehen, um sich etwas die Beine zu vertreten. Klein wie die Feluke war, führten sie ihre Schritte unweigerlich an Deck, wo ihre Gefährten vergeblich versuchten, mit der Enttäuschung fertig zu werden. Dass sie immer noch nicht wussten, wer der Erzfeind war, war ein schwerer Schlag.

Nur Bowbaq war guter Dinge. Er war zutiefst erleichtert, das Schöne Land mitsamt den Ungeheuern, die auf der Heiligen Insel ihr Unwesen trieben, verlassen zu können, und da ihm der Magen knurrte, kamen seine Freunde bald in den Genuss eines reichhaltigen Frühstücks. Zugegebenermaßen fühlte sich Eryne anschließend wesentlich besser. Das war ja wohl ein Beweis dafür, dass sie ein Mensch aus Fleisch und Blut war! Andererseits konnte ihr plötzlicher Heißhunger natürlich auch etwas mit ihrer Entwicklung zur Göttin zu tun haben, aber diesen Gedanken schob sie rasch beiseite.

Später am Morgen hatte das zermürbende Warten ein Ende: Cael wachte endgültig auf und war fast wieder der Alte. Die Gefährten versammelten sich ein weiteres Mal an seinem Bett, um sich die vollständige Schilderung seiner Begegnung mit Usul anzuhören. Als er von dem eiskalten Wasser und der undurchdringlichen Finsternis in der Höhle des allwissenden Gottes erzählte, erschauderte Eryne. Amanóns Beschreibung war sehr viel weniger drastisch gewesen. Wahrscheinlich hatte er seinen Freunden nicht noch mehr Angst machen wollen, als sie ohnehin schon hatten.

Als Nächstes berichtete Cael von seinem Wortwechsel mit dem Gott, von den strengen Regeln, auf denen Usul beharrt hatte, und von seiner Weigerung, sich in den Streit einzumischen, der seine Brüder und Schwestern entzweite. Wieder einmal musste Eryne eine bittere Enttäuschung verkraften. Sie hatte so sehr darauf gehofft, dass Eurydis ihnen half. Aber wie konnten die Erben sie darum bitten, wenn es ihnen nicht gelang, mit der Göttin der Weisheit in Verbindung zu treten?

Schließlich gab Cael wieder, was der Gott über ihre Eltern gesagt hatte. Seinen Freunden blieb der Mund offen stehen.

»Sie sind im Jal?«, wiederholte Eryne benommen. »Wie kann das sein? Warum?«

»Das wusste Usul nicht«, erklärte Cael, dessen Stimme immer noch schwach klang. »Er sagte … der Ort … liege außerhalb unserer Welt.«

Alle wandten sich zu Bowbaq um, der sich schon einmal für eine Weile im Jal aufgehalten hatte. Doch der Arkarier wusste nicht, wie er diese Worte deuten sollte, und zuckte nur mit den Schultern.

»Und wie sind sie überhaupt dahin gekommen?«, brummte Keb. »Ich dachte, man müsste eine dieser vermaledeiten Pforten durchschreiten, um ins Jal zu gelangen?«

»Keine Ahnung«, flüsterte Cael heiser. »Aber Usul … war sich ganz sicher. Er konnte … nicht sagen, ob sie noch … leben, aber dass sie … im Jal sind, daran hatte er … keinen Zweifel.«

»Vielleicht wurden sie entführt und anschließend zu einer Pforte gebracht«, überlegte Amanón.

»Oder diese merkwürdige Sonne, die Niss gesehen hat, ist auch eine Art Pforte«, meinte Nolan. »Schließlich wissen wir bisher fast nichts über diese Pforten. Vielleicht beherrschten die Etheker eine besondere Form der Magie, mit der sie sich von jedem beliebigen Ort aus ins Jal begeben konnten.«

»Das ist an den Haaren herbeigezogen, auch wenn dein Schädel kahlgeschoren ist«, sagte Keb abfällig.

»Überhaupt nicht. Es liegt doch auf der Hand, dass unsere Eltern nicht von gewöhnlichen Sterblichen entführt worden sind, von der Dunklen Bruderschaft etwa. Sie sind spurlos verschwunden, und das innerhalb weniger Augenblicke. Und wenn man bedenkt, was wir mittlerweile über die Götter wissen, ist meine Vermutung gar nicht so abwegig.«

Für eine Weile trat Schweigen ein, bis Amanón einen tiefen Seufzer ausstieß und damit alle Blicke auf sich zog.

»Und genau deshalb müssen wir mehr über die Etheker herausfinden.«

»Du meinst, auf der Insel Zuïa?«, fragte Nolan.

Eryne hatte ebenfalls auf Anhieb begriffen, was Amanón sagen wollte. In den letzten Tagen hatte er immer wieder hoffnungsvoll von der Bibliothek im Lus'an gesprochen. Bisher hatten alle eine solche Expedition abgelehnt, doch nun wirkte Nolan plötzlich unschlüssig.

»Seid Ihr von Sinnen?«, rief Eryne aus. »Zuïa und die Züu sind noch viel schlimmer als Usul und seine Schlangen. Warum sollten wir uns direkt in die Höhle der Löwin begeben?«

Ihr fiel ein, dass ihre Worte Zejabel verletzt haben könnten und sie warf ihr einen entschuldigenden Blick zu, doch die einstige Kahati schien ihre Bemerkung nicht gehört zu haben. Gedankenverloren starrte sie an die Decke.

»Wir haben keine andere Wahl«, erklärte Amanón. »Wir wissen nicht einmal, ob unsere Eltern im Dara oder im Karu sind, geschweige denn, ob sie noch leben. Wenn wir ihnen helfen wollen, müssen wir zu ihnen, aber wie? Reexyyl wird uns die Pforte von Ji nie wieder öffnen. Und die Pforte von Sol ist zu weit entfernt, es würde mehrere Dekaden dauern, sie zu erreichen. So viel Zeit haben wir nicht.«

»Außerdem wird der Lindwurm, der sie bewacht, bestimmt niemanden durchlassen«, warf Bowbaq ein. »Beim letzten Mal haben wir ungeheures Glück gehabt.«

»Und weitere Pforten kennen wir nicht«, fuhr Amanón fort, »auch wenn wir wissen, dass es welche gibt. Die Schriften der Etheker könnten uns verraten, wo sie stehen, und vielleicht sogar, wie wir ihre Wächter überlisten können. Mit etwas Glück erfahren wir sogar, wie wir Sombre bekämpfen können. Es ist einen Versuch wert.«

»Das sagtest du auch, als du uns überredet hast, zu Usuls Insel zu fahren«, murrte Keb. »Und dort haben wir nicht viel Neues rausgekriegt.«

»Ich … bin … noch nicht fertig«, sagte Cael mit kaum hörbarer Stimme.

Eryne drehte sich schuldbewusst zu ihm um. Amanóns Vorschlag hatte sie so sehr aus der Fassung gebracht, dass sie darüber den Jungen fast vergessen hätte. Er musste die ganze Zeit auf eine Gelegenheit gewartet haben, sich wieder in das Gespräch einzuschalten.

»Usul hat mir … noch zwei weitere Dinge prophezeit«, verkündete er mit etwas kräftigerer Stimme. »Zum einen sagte er, einer von uns sei der Erzfeind.«

»Aber meintest du nicht, du könntest dich nicht erinnern?«, wunderte sich Niss.

»Ich … ich kämpfte schon gegen das Ertrinken, als er den Namen des Erzfeinds nannte«, rechtfertigte sich Cael. »Jedenfalls glaube ich, dass er ihn nannte. Ich bekam keine Luft mehr, und die Antwort war … kompliziert. Aber es ist einer von uns. So viel ist sicher.«

Mehr denn je fühlte sich Eryne in den Mühlen des

Schicksals gefangen. Sie zweifelte keinen Augenblick daran, dass Cael die Wahrheit sagte. Was auch geschehen würde, alles würde auf diesen einen entscheidenden Kampf gegen Sambre hinauslaufen. Diese Bürde würde ihnen niemand abnehmen können.

»Wir hatten genug Zeit, uns an den Gedanken zu gewöhnen«, bemerkte Nolan lakonisch. »Ich finde, das ist eine gute Nachricht. Wäre keiner von uns der Erzfeind, wären wir verloren. Und unsere Eltern auch.«

»Nur schade, dass wir immer noch nicht wissen, wer von uns der Glückliche ist«, brummte Keb. »Oder *die* Glückliche.«

»Und wie lautet die andere Prophezeiung?«, fragte Amanón.

Cael musterte seine Gefährten mit ernster Miene, bevor er antwortete. »Usul behauptet, dass … einer von uns die anderen verraten wird«, murmelte er schließlich.

Die Ankündigung löste ebenso großes Entsetzen aus wie die erste Offenbarung. Eryne konnte nicht glauben, dass etwas so Schreckliches geschehen würde, und doch blitzten vor ihrem geistigen Auge sofort Bilder von Keb auf, wie er seiner Mutter Treue schwor, von Zejabel, wie sie das Knie vor Zuïa beugte, und sogar von Nolan, wie er sich wieder den K'luriern anschloss. Beschämt verscheuchte sie diese Gedanken, aber wenn ein solcher Verdacht erst einmal ausgesprochen war, setzte er sich unweigerlich fest. Sie musste sich nur ansehen, wie unstet die Blicke ihrer Gefährten plötzlich waren.

»Usuls Vorhersagen müssen sich nicht zwangsläufig erfüllen«, sagte Amanón nachdenklich. »Schon allein die

Tatsache, dass wir einen Verräter in unseren Reihen vermuten, kann verhindern, dass einer von uns die anderen hintergeht.«

»Oder es kann ihn erst auf die Idee bringen«, rief ihm Nolan in Erinnerung.

»Wahrscheinlich ist es Manó«, sagte Keb mit einem gequälten Grinsen. »Deshalb wollte Usul auch nicht mit ihm reden.«

Obwohl das ein Scherz sein sollte, fand Eryne seine Bemerkung bösartig. Aber warum schwieg Amanón? Hatte er tatsächlich die ganze Wahrheit über seine Begegnung mit Usul gesagt oder verheimlichte er ihnen etwas? Kaum hatte sie diesen Gedanken gefasst, bereute sie ihn heftig. Wie konnte sie ihrem Geliebten, der ihr mehrmals das Leben gerettet hatte, ihrem eigenen Bruder oder irgendeinem anderen Menschen an Bord misstrauen? Usul hatte vermutlich nur Zwietracht unter ihnen säen wollen. Der Gott musste sich prächtig amüsieren, während er verfolgte, wie seine Prophezeiungen die Erben verwirrten.

Beklommen schwiegen die Erben. Niemand wagte es, als Erster das Wort zu ergreifen. Was konnten sie auch tun, außer sich gegenseitig ihre Loyalität zu versichern? Sie hatten gemeinsam so viele Gefahren durchstanden, dass sie einander eigentlich blind vertrauten. Andererseits hatte sich Usul den Verrat nicht ausgedacht. Was er vorhersagte, würde sich erfüllen, wenn die Zukunft nicht auf die eine oder andere Art verändert wurde.

»Solange wir zusammenbleiben, wird keiner die anderen verraten«, meinte Nolan schließlich. »Wir müssen einfach so weitermachen wie bisher. Und wir dürfen uns auf keinen Fall trennen.«

»Aber das geht nicht«, erwiderte Amanón. »Wir können zum Beispiel nicht alle zusammen in Zuïas Palast hineinspazieren. Das wäre Irrsinn.«

»Bisher ist es uns doch ganz gut bekommen, wie Pech und Schwefel zusammenzuhalten«, bemerkte Keb trocken.

»Das kann ich nicht zulassen«, beharrte Amanón. »Ich habe vor, allein dorthin zu gehen, vielleicht zusammen mit dir und Nolan, falls ihr mich begleiten wollt, und natürlich mit Zejabel«, sagte er und sah die Zü an. »Ohne deine Ortskenntnis haben wir keine Chance. Solltest du nicht einverstanden sein, können wir die Idee gleich begraben.«

Das war natürlich als Frage gemeint, und alle warteten gespannt auf Zejabels Antwort. Seit Beginn ihres Gesprächs wirkte die einstige Kahati nachdenklich, und als sie den Kopf hob, sah Eryne ihr an, dass sie eine Entscheidung getroffen hatte.

»Da es keine andere Lösung gibt, führe ich euch ins Lus'an«, verkündete sie ernst. »Aber ich glaube, es wäre ein Fehler, uns zu trennen. Falls Zuïa uns entdeckt, kann nur der Erzfeind ihr die Stirn bieten und so vielleicht unser aller Leben retten. Da wir immer noch nicht wissen, wer von uns der Erzfeind ist, dürfen wir niemanden zurücklassen.«

Eryne überlief es eiskalt, als Zejabel ihr einen eindringlichen Blick zuwarf. Sombre stand zwar in dem Ruf, ein grausamer Dämon zu sein, aber bisher kannte sie ihn nur aus Erzählungen, während sie Zuïa der Strafenden persönlich begegnet war. Die Vorstellung, sie wiederzusehen oder vielleicht sogar gegen sie kämpfen zu müssen, würde ihr in den nächsten Nächten den Schlaf rauben.

Amanón sagte erst einmal nichts zu Zejabels Vorschlag, und auch Bowbaq, dem das Abenteuer von allen am meisten Unbehagen bereitete, biss die Zähne zusammen. Da die anderen ihr Schweigen als Zustimmung deuteten, steuerten sie die *Othenor II* weiter auf das Mittenmeer zu. Diese Etappe ihrer Reise war die gefährlichste, die sie bislang unternommen hatten, das wurde Nolan jedes Mal, wenn er Zejabels besorgtem Blick begegnete, schmerzlich bewusst. Die Zü hatte bislang in jeder Lage große Tapferkeit bewiesen, und nun spürte er zum ersten Mal, dass sie Angst hatte.

Am ersten Tag ihrer Reise nach Zuïa versuchte er immer wieder, ihr Mut zu machen. Die meiste Zeit jedoch las er entweder im Buch der Weisen oder in Corenns Testament. Allmählich kannte er beide Schriften fast auswendig, aber weil noch so vieles ungeklärt war, fragte er Bowbaq immer wieder nach seinen Erinnerungen an das Jal. Zu seinem Bedauern war der Arkarier keine große Hilfe, sobald das Gespräch zu abstrakt wurde. Schließlich wünschte sich Nolan nichts sehnlicher, als endlich die ethekischen Schriftzeichen übersetzen zu können.

Nach dem Abendessen, als die Landzunge von Manive weit hinter ihnen lag und die Sonne im Meer versank, beschloss Nolan, das Thema noch einmal anzusprechen.

Sobald er das Wort »Erzfeind« fallen ließ, war ihm die Aufmerksamkeit seiner Freunde sicher. Es war, als hätten sie nur auf die Gelegenheit gewartet, das Gespräch weiterzuführen.

»Wir wissen nun, dass der Erzfeind hier an diesem Tisch sitzt. Bowbaq kann es nicht sein, denn die Undinen haben niemanden der vorherigen Generation als den Erzfeind erkannt.«

»Dann bleiben noch sechs Möglichkeiten«, sagte Niss unbefangen.

»Ich habe mit dieser Prophezeiung nichts zu tun«, knurrte Keb. »Wie oft soll ich das noch sagen? Seid ihr taub?«

»Du irrst dich«, widersprach Nolan. »Verzeih, wenn ich unangenehme Erinnerungen wecke, Kebree, aber du bist nun einmal Saats Sohn. Und Saat war einer der weisen Gesandten, in deren Gegenwart die Undinen vor über hundert Jahren folgende Prophezeiung aussprachen: *Für alle Zeiten wird ein einziger Sterblicher eine einzige Chance haben, den Dämon zu besiegen. Es wird einer Eurer Nachkommen sein, und er wird der Erzfeind genannt werden. Von seinem Sieg hängt der Anbruch des Zeitalters der Harmonie ab.*«

Die Sätze, die so viel Unheil über die Welt gebracht hatten, schienen noch eine Weile in der Luft zu hängen.

»Unsinn«, beharrte Keb. »Diese komischen Feuerschlangen haben Bowbaq und euren Eltern vor zwanzig Jahren genau dasselbe erzählt. Und da war mein … *Vater*, wie du ihn nennst, nicht dabei.«

»Das ist richtig, aber es ändert nichts an der ursprünglichen Prophezeiung«, erklärte Nolan. »Die Undinen haben sie nur noch einmal wiederholt, das ist alles. Wenn Chebree oder Saat dabei gewesen wären, hätten ihre Worte nicht anders gelautet.«

Keb wand sich auf der Bank. Offenbar hatte er diesem Argument nichts mehr entgegenzusetzen.

»Damit eins klar ist: Es würde mir durchaus schmecken, dem Dämon, der meiner Mutter das Leben zur Hölle macht, mit meiner Lowa den Kopf abzuschlagen und ihm die Eingeweide rauszureißen. Aber dieses ganze Gerede vom Zeitalter der Harmonie und anderem Blödsinn, den sich irgendwelche Maz ausgedacht haben, lässt mich kalt. Mal im Ernst: Könnt ihr euch vorstellen, wie ich in Eurydis' Namen für das Gute kämpfe?«

Nolan schüttelte den Kopf. Trotzdem war Keb offenbar nicht entgangen, dass der Erzfeind eine göttliche Bestimmung zu erfüllen hatte. Das Zeitalter der Harmonie oder das Zeitalter von Ys, wie es in der eurydischen Religion genannt wurde, würde anbrechen, sobald Sombre besiegt war. Wie diese verheißungsvolle neue Ära aussehen würde, lag jedoch im Dunkeln. Bislang hatten die Erben das Thema vermieden, aber jetzt, da sie etwas mehr Klarheit hatten, verspürten sie das Bedürfnis, darüber zu sprechen.

»Nichts besagt, dass der Erzfeind gläubig sein muss«, brachte Nolan vor. »Deshalb bleiben tatsächlich sechs Möglichkeiten. Nur Zejabel stammt nicht von einem der weisen Gesandten ab.«

»Aber sie war die Dienerin einer Göttin«, gab Amanón zu bedenken. »Das dürfen wir nicht vergessen.«

»Richtig. Darauf wollte ich noch zu sprechen kommen. Im Buch der Weisen und in allen religiösen Schriften, an die ich mich erinnere, werden Kämpfe zwischen Menschen und übernatürlichen Kreaturen geschildert. Wir können davon ausgehen, dass diese Kreaturen aus dem Jal stammen. Aber mir ist Folgendes aufgefallen: Sie werden nie als Götter oder Dämonen bezeichnet, sondern immer nur als ›Ungeheuer‹.«

»Das verstehe ich nicht«, murmelte Bowbaq.

»Ich auch nicht«, sekundierte Cael.

»Denkt nur daran, was Zuïa über die Unsterblichkeit gesagt hat. Alle Kreaturen, die in den Geschichten den Tod finden und zu denen wir vermutlich auch den Lemur zählen müssen, gegen den wir in Goran gekämpft haben, sind keine richtigen Götter. Deshalb können sie von gewöhnlichen Menschen getötet werden. Aber nur ein Gott kann das Leben eines anderen Gottes auslöschen, so wie Sombre es mit Aliandra getan hat.«

Auf seine Worte folgte betroffenes Schweigen, und alle warfen Eryne verstohlene Blicke zu.

»Wenn sich die Götter nur gegenseitig abmurksen können«, warf Keb ein, »muss der Erzfeind ein Gott sein. Also können wir meinen Namen von der Liste streichen. Wusste ich's doch!«

»Nicht unbedingt«, widersprach Nolan. »Die Undinen sagten, der Erzfeind habe eine Chance, Sombre zu *besiegen*. Nicht ihn zu töten oder auch nur zu verletzen. Es kann also immer noch jeder von uns sechs sein.«

»Allerdings kann nur ein Gott ihm den Todesstoß versetzen«, spann Amanón den Faden weiter. »Falls das überhaupt nötig sein sollte«, fügte er rasch hinzu, als er Erynes entsetztes Gesicht sah.

»Ja. Und es ist durchaus möglich, dass Zejabel über diese Fähigkeit verfügt«, setzte Nolan hinzu. »Als Kahati stehst du zwischen der Welt der Sterblichen und dem Reich der Götter.«

»Das war einmal«, wehrte die Zü ab. »Ich bin keine Kahati mehr.«

»Aber du hast dem Leviathan schlimme Verletzungen zugefügt«, meinte Nolan.

»Er ist kein richtiger Gott. Das hast du doch selbst gesagt.«

»Bei ihm bin ich mir keineswegs sicher. Wir wissen fast nichts über Reexyyl.«

»Und was, wenn wir diese eine Chance schon längst verpasst haben?«, fragte Niss plötzlich vom Kopfende des Tisches.

Die anderen sahen sie verständnislos an.

»Ich meine ja nur ... Die Undinen sagten, der Erzfeind habe *eine* Chance, Sombre zu besiegen. Vielleicht haben wir den richtigen Moment einfach verpasst, und der Dämon ist mittlerweile viel zu mächtig, um besiegt zu werden?«

Nolan verschlug es die Sprache, denn diese Möglichkeit hatte er nicht bedacht. Seine ganzen schönen Überlegungen erschienen ihm plötzlich hinfällig. Waren all seine Annahmen unvollständig oder falsch?

Sie brauchten Gewissheit, und zwar schnell. Hoffentlich konnten ihnen die ethekischen Lehrbücher aus Zuïas Bibliothek weiterhelfen, denn von der Vorbereitung des Erzfeinds auf den Kampf gegen den Dämon hing die Zukunft der bekannten Welt ab.

Obwohl Cael fast den ganzen Tag im Bett geblieben war, fielen ihm am Abend wie von selbst die Augen zu, und er schlief die ganze Nacht wie ein Stein. Als zum zweiten Mal seit seiner Begegnung mit Usul der Morgen graute, war er endlich wieder er selbst, auch wenn er wusste, dass er dem Tod nur knapp entronnen war. Seine Gefährten hatten ihn gerade noch rechtzeitig aus dem eiskalten Wasser gezogen, vor allem aber hatte ihm die Stimme alle Lebenskraft geraubt.

Bisher war er nach jedem seiner Wahnsinnsanfälle wie betäubt gewesen, aber dieses Mal hätte ihn Sombres Vermächtnis fast getötet. Als er in Amanóns und Erynes Gegenwart aufgewacht war, hatte sich Cael vollkommen leer gefühlt. Schmerzen hatte er keine gehabt, sein Körper war einfach nur taub gewesen. Einen klaren Gedanken zu fassen oder auch nur die Augen offen zu halten, hatte ihn große Mühe gekostet, und lange Zeit war ihm entsetzlich schwindelig gewesen, fast so, als würde er ins Bodenlose fallen.

Als es ihm endlich ein wenig besser ging, traute er sich nicht, seinen Freunden zu gestehen, dass die Stimme wieder Besitz von ihm ergriffen hatte. Was nützte es auch, sie zu beunruhigen oder ihnen Angst einzujagen? So behauptete er ganz einfach, er sei aus Sauerstoffmangel ohnmächtig geworden und habe deshalb nicht gehört, wie Usul den Namen des Erzfeinds aussprach.

Natürlich hoffte Cael, sich irgendwann an den Namen

zu erinnern, schließlich hatte ein Teil von ihm Usuls Antwort gehört. Er musste diesen Teil nur dazu zwingen, das verschüttete Wissen preiszugeben. Die hasserfüllte Bestie, die er unter dem Einfluss der Stimme wurde, hatte den Namen nicht vergessen, sie hatte keine Dezille der Begegnung mit Usul verpasst. Cael war sicher, seinem Gedächtnis auf die Sprünge helfen zu können, wenn er sich nur abermals der Stimme des Dämons überließ, so wie auf dem Dach in Goran, als er sich ihr ausgeliefert hatte, statt sich gegen sie zu wehren.

Dennoch wusste er, wie gefährlich ein solches Experiment war. Usul hatte vorhergesagt, dass er sich der Stimme irgendwann ganz und gar unterwerfen werde, und wenn er ihr freien Lauf ließ, würde sich die Prophezeiung des Gottes womöglich erfüllen. Aber er hatte nichts zu verlieren, zumal er insgeheim hoffte, die Prophezeiung Lügen zu strafen, wenn er genau das Gegenteil von dem tat, was die Vorsicht gebot. Warum sollte er nicht den Dämon wecken, der in ihm schlummerte, um ihm den Namen des Erzfeinds zu entlocken?

Als er am Morgen erwachte, konnte er an nichts anderes denken. Auf Zehenspitzen schlich er sich aus dem Laderaum, in dem die anderen schliefen, wünschte Bowbaq in der Kombüse einen guten Morgen und ging dann an Deck, um die frische Morgenluft zu genießen. Der Tag versprach wunderschön zu werden, und es schien sein Glückstag zu sein, denn Niss war ebenfalls schon auf den Beinen und betrachtete die Küste der Unteren Königreiche in der Ferne. Seit dem Vorabend wollte Cael unter vier Augen mit ihr reden, und diese Gelegenheit würde er sich nicht entgehen lassen, zumal sie ihn mit einem strahlenden Lächeln begrüßte.

»Ich habe die ganze Nacht von diesen grässlichen Schlangen geträumt«, sagte sie. »Sei froh, dass du nichts davon mitgekriegt hast.«

Cael nickte höflich. Bei der Erwähnung der Ungeheuer, die seine Freunde ihm beschrieben hatten, blitzte ein Bild vor seinem geistigen Auge auf: eine kurze Vision von Usul. Nachdem es in der Höhle heller geworden war, hatte er ihn sehen können. Cael versuchte, das Bild festzuhalten, aber es war bereits wieder in den Tiefen seines Gedächtnisses verschwunden. Auch dieses Wissen würde er seinem anderen Ich abtrotzen müssen.

»Bist du immer noch bereit, mir zu helfen?«, fragte er.

Niss wurde schlagartig ernst. »Was kann ich tun?«

»Am besten erzählst du mir als Erstes noch einmal von deiner Erinnerung an das, was im Hafen von Lorelia geschehen ist. Als du mich mit so einer Art Zwillingsbruder gesehen hast.«

Niss dachte einen Moment lang nach, als müsste sie nach den richtigen Worten suchen. Cael wusste, dass sie nur ungern von ihrer Zeit im Tiefen Traum sprach, aber er wollte unbedingt wissen, was sie gesehen hatte. Niss war die Einzige, die ihm etwas über seine Stimme verraten konnte.

»Also … Du weißt ja mittlerweile, was es bedeutet, ein Erjak zu sein. Wir können in Gedanken mit Tieren sprechen, indem wir in ihren Geist eindringen. Aber dafür müssen wir uns diesen Geist *vorstellen.* Großvater sieht ihn als eine Art Nebel, mit Gefühlen und Gedanken in

Form von Wirbeln. Ich hingegen sehe die Tiere, wie sie wirklich sind. Das kommt wohl daher, dass sich meine Erjak-Kräfte sehr früh entwickelt haben. Als ich vier Jahre alt war, konnte ich zum Beispiel nicht an einen Fuchs denken, ohne sein rotes Fell und seinen buschigen Schwanz vor Augen zu haben, auch wenn die Erjak-Meister lehren, die äußere Gestalt zu vergessen. Kurz gesagt: Für mich sieht ein Geist immer genauso aus wie das Äußere.«

»Du hast also tatsächlich zwei Wesen in mir gesehen«, sagte Cael nach kurzem Nachdenken.

»Ja. Deshalb weiß ich auch, dass du nicht verrückt bist. Manchmal gewinnt dein anderes Ich die Oberhand, und dann verändert sich dein Charakter, aber das bedeutet nicht, dass du den Verstand verlierst.«

»Hast du so etwas schon einmal gesehen? Zwei Wesen in einem Körper?«

»Noch nie«, antwortete Niss. »Deshalb bin ich auf dem Schiff vermutlich auch gleich zu dir hingelaufen. Manchmal erinnere ich mich an etwas aus dem Tiefen Traum ... Es kommt mir so vor, als hätte ich damals ständig den Geist aller Lebewesen gesehen. Ganz ohne mich konzentrieren zu müssen.«

Cael presste enttäuscht die Lippen aufeinander, aber Niss war noch nicht fertig.

»Du bist zwar der Erste, bei dem ich es selbst gesehen habe, aber ich habe von anderen Fällen gehört. So kann es vorkommen, dass das Herz eines Erjaks zu schlagen aufhört, während sein Geist einen anderen Körper kontrolliert, zum Beispiel den eines Bären. Wenn das passiert, lebt der Bär zwar weiter, aber der Erjak beherrscht ihn bis zum Ende seines Lebens. So hat man es mir zumindest erzählt.«

»Aber bei mir ist es anders. Sombre befindet sich nicht mehr in meinem Kopf. Wir wissen, dass er vor kurzem Chebree aufgesucht hat. Die Stimme muss also eine Art Überbleibsel sein. Schließlich ist er in meinen Geist eingedrungen, als ich noch ein Säugling war.«

»Das kann gut sein. Wenn ein Erjak zu plötzlich oder zu brutal in den Geist eines Tiers eindringt, ist es von dieser Erfahrung manchmal so verstört, dass es sich jahrelang nicht davon erholt. So wie bei dem Pferd neulich. Allerdings reicht das nicht aus, um ein zweites Ich in einem Körper zu erschaffen. Zu so etwas ist niemand in der Lage.«

»Anscheinend doch«, erwiderte Cael mit einem schweren Seufzer.

Er schwieg für einen Moment und rief dann Amanón einen Gruß zu, der wie jeden Morgen an Deck nach dem Rechten sah. Cael wartete, bis sich sein Cousin wieder entfernt hatte.

»Sombre hat meinen Geist von meiner Geburt an heimgesucht. Es mag sich abwegig anhören, aber vielleicht hat er ja damals dieses andere Ich erschaffen?«

Niss verzog skeptisch das Gesicht. »Ich wüsste nicht, wie er das getan haben sollte. Andererseits ist er ein Dämon. Und es stecken zwei Wesen in dir, die beide ein Teil von dir sind.«

»Nein! Die Stimme ist ein Eindringling!«

»Da wäre ich mir nicht so sicher. Dein anderes Ich

glaubt sicher dasselbe von dir. Immer wenn du es in deinem Kopf hörst, immer wenn es Bilder vor deinem geistigen Auge aufsteigen lässt, kämpft es um die Vorherrschaft über deinen Körper, und jedes Mal entscheidet sich von neuem, wer der Stärkere ist. Da du die meiste Zeit über der Cael bist, den ich kenne, scheinst du eine Art Vorrecht über deinem Körper zu haben. Es könnte aber genauso gut andersherum sein, wie im Fall des Erjak, der den Bären kontrolliert.«

»Seit wir auf der Flucht sind, gewinnt mein anderes Ich jedes Mal die Oberhand, wenn mein Leben in Gefahr ist.«

Niss warf ihm einen mitleidigen Blick zu, als sie den verzweifelten Unterton in seiner Stimme hörte.

»Glaubst du, es gibt einen Weg, es ein für alle Mal loszuwerden?«, fragte Cael leise. »Gibt es nicht irgendeinen Erjak-Trick, mit dem man einen Geist … töten kann?«

»Du kannst nur hoffen, den längeren Atem zu haben. Wenn er sich zu sehr verausgabt, verfällt er in eine Art Starre, einen Tiefschlaf. Vermutlich ist das auch der Zustand, in dem er sich jetzt die meiste Zeit befindet.«

»Ein solches Schicksal erwartet mich also, falls er eines Tages endgültig die Kontrolle über meinen Körper übernimmt«, sagte Cael tonlos.

»Aber du wärst immer noch du selbst«, erwiderte Niss tröstend. »Dieses zweite Ich heißt auch Cael. Es hat eben nur einen anderen Charakter.«

»Zum Beispiel eine fatale Neigung zu Mord und Totschlag«, murmelte er. »Ich weiß, wozu die Stimme fähig ist. Wenn sie anfängt, mir ihren Hass einzuflüstern, dann …«

Er stockte und dachte eine Weile nach. Da war etwas … Ganz am Anfang seiner Anfälle … Wenn sich für einen kurzen Moment die Gedanken seiner beiden Ichs vermischten.

»Kann es sein, dass die Stimme und ich irgendwann miteinander verschmelzen?«, fragte er bang. »Zu einem einzigen Wesen?«

»Das glaube ich nicht. Zwischen dir und ihm besteht eine klare Trennung. Es kann nur einen Beherrscher und einen Beherrschten geben.«

»Aber in Goran hatte ich das Gefühl, etwas mit dem anderen gemein zu haben«, erklärte Cael. »Anstatt mich gegen ihn zu wehren, habe ich mich ihm überlassen. Ich glaube, für einen Moment waren wir eins.«

»Das muss ein vorübergehender Zustand gewesen sein. Indem du den Widerstand aufgabst, machtest du es dem anderen leichter, die Kontrolle zu übernehmen. Trotzdem werdet ihr immer zwei verschiedene Wesen sein.«

Cael versteifte sich: Dass sie von ihm in der Mehrzahl sprach, war einfach zu seltsam. Aber zumindest bestätigte das Gespräch mit Niss mehrere seiner Vermutungen. Um den Namen des Erzfeinds zu erfahren, würde er der Stimme für einen kurzen Augenblick die Kontrolle überlassen müssen. Er konnte nur hoffen, dass es ihm anschließend gelang, die Oberhand zurückzugewinnen. Doch vielleicht gab es noch eine andere Möglichkeit.

»Wenn du deine Erjak-Kraft auf mich anwenden würdest, könntest du dann meinen Geist von demjenigen unterscheiden, den Sombre erschaffen hat?«

Nachdem Niss im ersten Moment entsetzt die Augen

aufgerissen hatte, dachte sie sorgfältig über die Frage nach. »Ich habe keine Ahnung«, gab sie schließlich zu. »Meine Erinnerung an das eine Mal, als ich euch gesehen habe, ist ziemlich verschwommen. Es war, als hättest du einen Zwillingsbruder, aber … Vielleicht, wenn ich mich besonders stark konzentriere. Ich kann dir das so nicht beantworten. Ich müsste es ausprobieren.«

»Und? Würdest du das tun?«

Diese Frage schien Niss zu überraschen, denn mit so etwas hatte sie offenbar nicht gerechnet. Es tat ihm leid, sie vor eine solche Entscheidung zu stellen, aber jetzt konnte er nicht mehr zurück.

»Erjaks dürfen ihre Kräfte nicht auf Menschen anwenden«, sagte sie mit seltsam schuldbewusster Miene. »Außerdem trägst du ein Gwelom. Es würde nicht funktionieren.«

»Aber in Lorelia ging es auch. Du hast die beiden Wesen in mir gesehen, als würde ich keinen Anhänger tragen. Das ist doch merkwürdig. Ich wüsste nur zu gern, warum das so war.«

Niss spähte nervös zur Luke hinüber, aus der Bowbaq jeden Moment auftauchen konnte.

»Bitte«, drängte Cael. »Du denkst doch sowieso, dass es nicht geht. Was schadet es dann, es auszuprobieren?«

Er wollte noch etwas hinzufügen, verstummte aber, als Niss ihn plötzlich durchdringend ansah. Ihm wurde klar, dass sie nachgegeben hatte und in diesem Moment versuchte, in seinen Geist einzudringen. Seine Anspannung wuchs ins Unermessliche, doch gleich darauf schlug Niss die Augen nieder und schüttelte den Kopf.

»Nichts. Es ist, als hätte ich niemanden vor mir.«

»Wie kann das sein? In Lorelia …«

»Da war ich im Tiefen Traum gefangen«, unterbrach sie ihn. »Ich weiß nicht einmal, wo sich mein eigener Geist zu diesem Zeitpunkt befand. Wahrscheinlich finden wir nie eine Erklärung dafür.«

Enttäuscht gab sich Cael geschlagen. Wenn es Niss gelungen wäre, die Gedanken seines anderen Ichs zu lesen, würden sie jetzt den Namen des Erzfeinds kennen. Also musste er seinen Körper doch der Stimme überlassen. Das war immer noch ungefährlicher, als das schützende Gwelom abzulegen, damit Niss ihre Erjak-Kraft auf ihn anwenden konnte.

Nach all den Gefahren, denen sie im Schönen Land ausgesetzt gewesen waren, dem Bangen um Caels Leben, Usuls Enthüllungen und den Rätseln, die seine Prophezeiungen ihnen aufgegeben hatten, verlebten die Erben einen vergleichsweise ruhigen Tag. Sie richteten sich endlich richtig auf der Feluke ein und verstauten ihr Gepäck und ihre Ausrüstung, die sie von den Pferdewagen an Bord gebracht hatten.

Zejabel besaß nur ein einziges Bündel mit Kleidern und bot deshalb Eryne und Niss ihre Hilfe beim Aufräumen an. Die Lorelierin wollte ihr neues Zuhause so gemütlich wie möglich herrichten, und die drei steckten immer wieder kichernd die Köpfe zusammen. Zum ersten Mal in ihrem Leben erlebte die Zü unbeschwerte Momente des Glücks, denn als Kahati hatte sie so etwas wie freundschaftliche Gefühle nicht gekannt.

Doch Freundschaft bedeutete auch, sich um andere zu sorgen.

Sie würden die Insel Zuïa erst in ein paar Tagen erreichen, und trotzdem dachte Zejabel an die drohenden Gefahren, als stünden sie unmittelbar bevor. Zu ihren Befürchtungen kam eine düstere Vorahnung. Die Erben sahen großem Unheil entgegen – diesen Gedanken wurde sie einfach nicht los.

Dass sie trotzdem niemanden auf dem Schiff zurücklassen wollte, fand sie selbst merkwürdig, aber sie hatte das Gefühl, dass es zu einer großen Katastrophe kommen würde, falls die Gefährten sich trennten. Die acht Passagiere der *Othenor II* mussten die Insel gemeinsam betreten, davon war sie aus irgendeinem Grund fest überzeugt. Zejabel hoffte nur, dass diese Entscheidung keine fatalen Folgen haben würde. Mit jedem neuen Tag wurde die Freundschaft zwischen ihr und den Erben enger, und schon bei der Vorstellung, einem von ihnen könnte etwas zustoßen, schnürte sich ihr die Kehle zu. Wenn sie das Lus'an erst einmal erreicht hätten, würde sie ihre Führerin und Beschützerin sein, und diese Bürde lastete schwer auf ihr.

Vor allem, weil sie nichts so sehr fürchtete, wie erneut Zuïa gegenüberzustehen.

Die Strafende war seit jeher untrennbar mit ihrer Existenz verbunden gewesen. Wie all die anderen Mädchen, die sie später im Wettkampf besiegt hatte, war Zejabel im Alter von zwei Jahren von ihren Eltern getrennt worden und hatte die geheime Ausbildung zur Kahati durchlaufen. Kein Tag war vergangen, an dem die Judikatoren ihr nicht Zuïas Lehre eingetrichtert hatten. Der vermeintlichen Göttin zu dienen und ihr irgendwann ihren Körper zu überlassen, sei ihr einziger Lebenszweck, hatte man ihr immer wieder vorgebetet. Und sie hatte es geglaubt – jedenfalls bis zu jenem Tag, an dem sie entdeckt hatte, wie niederträchtig und feige Zuïa war, schlimmer noch: wie verlogen. Die hehren Ideale, die ihre Priester predigten, hatten nichts mit den wahren Absichten der Dämonin zu tun.

Zejabel hoffte inständig, der Rache ihrer einstigen Gebieterin entgehen zu können. Wenn das Schicksal es jedoch anders wollte und sie der Tochter des Karu erneut begegnete, würde sie gewiss nicht so viel Glück haben wie auf Ji. Auf ihrer eigenen Insel war die Dämonin den Erben weit überlegen, und die Strafe, die Zuïa ihrer früheren Kahati auferlegen würde, entspräche der Schwere ihres Treuebruchs. Die Rachegöttin kannte keine Gnade.

Dass Usul angekündigt hatte, einer von ihnen werde die anderen verraten, bereitete der Zü hingegen kein Kopfzerbrechen. So etwas erschien ihr schlichtweg unmöglich. Welcher der Gefährten sollte den anderen heimlich in den Rücken fallen, abgesehen vielleicht von Keb und ihr selbst? Ihre eigene Hingabe stand außer Frage, und der wallattische Prinz hatte seine Loyalität bewiesen, als er sich seiner eigenen Mutter widersetzte. Sollte er eines Tages seine Meinung ändern, dann gewiss nicht mitten in den Sümpfen des Lus'an.

Zum Glück wurde sie nach dem Abendessen von ihren Grübeleien abgelenkt. Um sich die Zeit zu vertreiben, war Eryne sogar bereit, die Konzentrationsübungen fortzuführen, mit deren Hilfe sie sich in den Zustand der Entsinnung versetzen sollte. Diesmal hatte sie auf Anhieb Erfolg. »Ich habe etwas gehört!«, rief sie gleichermaßen verschreckt und stolz. »Es war nur ganz kurz, höchstens einen Wimpernschlag lang, aber … Ich habe Stimmen gehört. Oder besser gesagt, Gedanken.«

Sie überlegte eine Weile, weil sie ihre Eindrücke ganz genau beschreiben wollte. Zejabel fühlte sich an ihren ersten Erfolg erinnert – allerdings hatte Zuïa sie damals für jedes Misslingen hart bestraft.

»Es war ziemlich undeutlich«, sagte Eryne verärgert. »Vielleicht waren es Erinnerungs- oder Gesprächsfetzen. Ich bekam es nicht genau zu fassen.«

»Das ist normal«, beruhigte sie Zejabel. »Mit der Zeit werdet Ihr lernen, Einzelheiten zu vernehmen, und bald werdet Ihr Euch auf einen Menschen oder eine bestimmte Gruppe konzentrieren können und nur ihre Gedanken hören.«

»Das macht mir Angst«, murmelte Eryne. »Wer sind diese Menschen, denen ich gelauscht habe? Und vor allem: Wo sind sie?«

»Das könnt nur Ihr selbst wissen. Vielleicht sind es Passagiere auf anderen Schiffen, vielleicht sind sie aber auch viel weiter weg. Im Übrigen beeinflussen Eure persönlichen Erfahrungen Eure Wahrnehmung.«

»Ich hatte jedenfalls den Eindruck, dass es Lorelier waren«, bestätigte Eryne. »Und mehrere von ihnen hatten denselben Gedanken im Kopf. Das ist das Einzige, woran ich mich deutlich erinnere. Sie schienen zu glauben, König Bondrian sei tot.«

Zejabels Bewunderung für die künftige Göttin wuchs noch ein wenig mehr. Gleich beim ersten Mal hatte sie es so weit gebracht!

»Ihr habt den Zustand der Entsinnung gut genutzt«, sagte sie mit einem Lächeln. »Dieser König ist mit Sicherheit tatsächlich gestorben, und Ihr habt es allein mit der Kraft Eurer Gedanken herausgefunden.«

Ihr Lob hatte nicht die erwartete Wirkung. Erynes Gesicht verschloss sich mit einem Mal, so wie in den ersten Tagen, als sie sich geweigert hatte, ihre göttliche Herkunft zu akzeptieren.

»Das ist entsetzlich«, sagte sie tonlos.

»War er ein Freund der Familie?«, fragte Zejabel. »Verzeiht mir, ich …«

»Nein, das ist es nicht. Niemand rechnete damit, dass der König die nächste Jahreszeit der Erde überlebt. Aber auf diese Weise vom Tod eines Menschen zu erfahren … Soeben ist mir klar geworden, dass mir so etwas vermutlich noch öfter passieren wird. Ich hatte nicht bedacht, dass ich auch das Leid und den Schmerz der Menschen spüren würde. Dabei ist es schon schwierig genug, ihren Gedanken zu lauschen.«

Die Zü nickte langsam. Tröstende Worte fielen ihr keine ein. Es war sinnlos, Eryne anzulügen, um sie zu schonen: Die werdende Göttin würde im Verlauf ihrer Entwicklung viele Prüfungen zu bestehen haben. Eryne musste genug Kraft aus sich selbst schöpfen, um sich davon nicht entmutigen zu lassen. Nachdem sie eine Weile geschwiegen hatten, schien Eryne das Thema wechseln zu wollen.

»Eine Frage stelle ich mir schon länger: Die Gwelome, die wir tragen, schützen uns vor den Blicken der Götter – aber was ist mit den Leuten, denen wir begegnen? Wenn sich Sombre in den Zustand der Entsinnung versetzt, kann er uns doch über die Gedanken jedes Menschen in unserer Umgebung aufspüren.«

»Dafür müsste dieser Mensch unsere Namen kennen«, beruhigte sie Zejabel. »Und dass Sombre ständig sämtlichen Gedanken aller Sterblichen auf der bekannten Welt lauscht, ist eher unwahrscheinlich. Dazu ist selbst Zuïa nicht in der Lage. Im Zustand der Entsinnung kann man zwar vielen Gedanken aufs Geratewohl lauschen, aber um einer bestimmten Gruppe Menschen gezielt zuzuhören, muss man sich stark konzentrieren. Ich kann mir nicht vorstellen, dass der Dämon uns auf diesem Weg findet.«

»Aber es ist nicht unmöglich?«, fragte Eryne mit gerunzelter Stirn.

»Nein«, musste Zejabel zugeben.

»Dann können wir nur noch beten.«

Zejabel wartete geduldig ab. Allmählich kannte sie die Freundin gut genug, um zu ahnen, dass sie noch etwas auf dem Herzen hatte.

»Und wenn ich … Wenn wir davon ausgehen, dass ich tatsächlich eine Art Göttin werde«, meinte Eryne. »Was geschieht dann mit meinem Gwelom?«

»Ich verstehe nicht ganz, worauf Ihr hinauswollt.«

»Wenn ich tatsächlich von der Welt der Sterblichen ins Reich der Götter überwechsle – behält der Anhänger dann seine Wirkung? Kann er mich weiterhin schützen?«

Dieser Gedanke war vollkommen neu für Zejabel, und sie blieb eine Weile stumm. Am liebsten hätte sie nun doch gelogen, um Eryne zu beruhigen, aber das brachte sie nicht über sich. »Ich weiß es nicht«, sagte sie ernst.

Als Zejabel aufging, was das bedeuten konnte, sah sie schreckliche Szenen vor sich: Eryne, die plötzlich von Sombre aufgespürt werden konnte. Der Dämon, der vor ihnen Gestalt annahm oder seine Verbündeten schickte, weil er glaubte, endlich den Erzfeind gefunden zu haben. Ein Kampf, zu dem die Gefährten noch nicht bereit waren – und zu dem sie vielleicht nie bereit sein würden. Das endgültige Scheitern ihrer Suche.

Die beiden verharrten in beklommenem Schweigen, dann erhob sich Eryne und ging langsam auf die Kabinentür zu. Sie war kreidebleich.

»Ich muss Nolan von König Bondrians Tod erzählen«, murmelte sie.

Zejabel nickte. Auch sie war in Gedanken versunken. Die Sorgen, die sie ohnehin schon geplagt hatten, quälten sie nun noch heftiger. Vielleicht war es ein Fehler gewesen, Eryne dazu zu drängen, ihre Kräfte zu erproben. Vielleicht stand es Zejabel nicht zu, ihre Entwicklung zur Göttin voranzutreiben. Im Glauben, das Richtige zu tun, hatte sie womöglich ihren Untergang herbeigeführt.

Wenn es einen Verräter unter ihnen gab, dann trug er wohl einen Bogen und ein purpurrotes Gewand.

Als es Abend wurde, gingen sie im Hafen von Galen an der Mündung des Ubese vor Anker. Es würde ihr letzter Halt vor der Insel Zuïa sein. Sie hatten beschlossen, die großen Städte der Fürstentümer und die Unteren Königreiche zu meiden, auch wenn sie nicht wussten, ob die Dunkle Bruderschaft in dieser Gegend überhaupt ihr Unwesen trieb. Eigentlich hatten die Erben genug Wasser, Lebensmittel und Lampenöl für die letzte Etappe ihrer Reise, aber sicherheitshalber füllten sie ihre Reserven in Galen noch einmal auf.

Die nächsten beiden Tage segelten sie an der Küste entlang, bis sie die Umgebung von Lineh erreichten. Dieser Teil des Mittenmeers war berüchtigt – es hieß, es gebe so viele Piraten, dass sie sich sogar gegenseitig überfielen. Um einem Angriff zu entgehen, hielten sich die Gefährten in der Nähe des Ufers auf. Am Morgen des fünften Tags nach ihrem Besuch bei Usul segelten sie aufs offene Meer hinaus und nahmen Kurs auf die Insel Zuïa.

Obwohl die Anspannung an Bord wuchs, bemühten sich die Freunde um gute Laune und fröhliche Gesichter. Keiner erwähnte den Erzfeind, Usul oder die Rätsel, denen sie auf der Spur waren, als wollten sie die letzten unbeschwerten Dekanten nicht verderben. Keb und Bowbaq verbrachten die meiste Zeit ausgestreckt an Deck, eine Angelrute zwischen die Knie geklemmt. Sie fingen Rotmakrelen, Wurzelfische, Nieslinge und sogar ein paar Meertruschen, und so aßen die Gefährten dreimal am Tag Fisch. Wenn man an die Schlacht am Blumenberg dachte, bei der sich Arkarier und Wallatten grausam niedergemetzelt hatten, war das einträchtige Miteinander der beiden ein schöner Anblick.

Mit Bowbaqs Erlaubnis probierten Niss und Cael ihre Erjak-Kräfte an allen Tieren aus, die sie zu Gesicht bekamen. Zwangsläufig handelte es sich dabei vor allem um Vögel. Einmal tauchte in der Ferne die Flosse eines Dornhais auf, was für große Aufregung an Deck sorgte. Bowbaq war der Meinung, kein Risiko einzugehen, wenn er den beiden Jüngsten diese Übungen gestattete, denn es schien weit und breit keine Tierart zu geben, die für Erjak-Kräfte empfänglich war. Natürlich ahnte er nicht, dass Cael versuchte, auf diesem Weg seine Stimme wachzurufen.

Seinem Charakter getreu widmete sich Amanón ernsthafteren Aufgaben. Er nahm sich seine Mutter zum Vorbild und nutzte die Ruhepause, um ein Reisetagebuch zu beginnen. Darin notierte er alles, woran er sich erinnerte, schilderte die Gefahren, die sie überstanden hatten, und spekulierte über den Fortgang ihrer Suche. Wenn er sich anschließend zu den anderen gesellte, stand ihm die Traurigkeit ins Gesicht geschrieben, aber Eryne gelang es jedes Mal, ihn aufzuheitern, indem sie begeistert von ihrem Leben als Hoffräulein in Lorelia erzählte.

Mehr denn je hatte sie das Bedürfnis, sich an ihre Vergangenheit zu klammern. Ihre jüngste Erfahrung mit der Entsinnung und das Gespräch mit Zejabel hatten ihr die aufkeimende Freude an ihren göttlichen Fähigkeiten gründlich verdorben. Selbst Zejabel hatte seither nicht vorgeschlagen, die Konzentrationsübungen fortzuführen. So genoss es Eryne in vollen Zügen, belanglosen Hofklatsch aufzuwärmen. Als Übersetzer kannte Amanón ebenfalls ein paar amüsante Anekdoten vom lorelischen Hof, und ihr munteres Geplauder war ihm eine willkommene Ablenkung.

Auch Nolan und Zejabel unterhielten sich viel – besser gesagt hörte sie meistens zu, während er erzählte. Das war das beste Mittel, oder jedenfalls das angenehmste, das sie gefunden hatte, um ihre Ängste für eine Weile zu vergessen. Nolan ließ sich bereitwillig darauf ein und erzählte ausführlich von seinem Leben als Novize in Ith. Seine unbeschwerte Kindheit erwähnte er hingegen kaum, um die einstige Kahati, die ohne Eltern aufgewachsen war, nicht traurig zu machen. Vielmehr versuchte er anzudeuten, dass es auch für sie eine glückliche Zukunft geben konnte, vielleicht sogar in Ith. Dabei ließ er es vorerst bewenden, denn es war noch viel zu früh, um gemeinsame Pläne zu schmieden.

Erst am Abend vor ihrer Ankunft wurden die Gesichter der Erben wieder ernst und sorgenvoll. Am nächsten Tag würden sie die Insel Zuïa erreichen und ins Landesinnere vordringen, in eine Gegend, die von den grausamsten Mördern der bekannten Welt bewacht wurde, um einem Dämon, der sie und ihre Familien töten wollte, einige kostbare Bücher zu stehlen.

In der Nacht lag jeder von ihnen lange wach und grübelte darüber nach, ob die Expedition nicht blanker Wahnsinn war. Aber hatten sie überhaupt eine Wahl?

Ihre Eltern waren seit über drei Dekaden verschwunden. Selbst wenn sie noch am Leben waren und sich im Jal befanden, waren sie dort gefangen. Um sie zu retten, mussten die Erben das Geheimnis der Pforten lüften.

Plötzlich nimmt jemand mit überraschender Behutsamkeit Gedankenkontakt zu ihr auf. Die Göttin ist misstrauisch. Sombre scheint ihr für so etwas nicht gerissen genug, aber sie kennt ihn zu schlecht, um auszuschließen, dass es sich um eine Falle handelt. Er ist der jüngste Sprössling des Jal'karu. Es wird noch mehrere Jahrhunderte dauern, bis seine Kräfte voll entwickelt und alle Facetten seiner Persönlichkeit zu Tage getreten sind. Es ist durchaus möglich, dass er eine raffinierte List anwendet, um sie aus der Reserve zu locken, und ihr steht wahrlich nicht der Sinn danach, sich abermals die hasserfüllten Drohungen des Dämons anzuhören.

Vorsichtig lässt sie den anderen in ihre Gedanken ein und ist sogleich beruhigt. Derjenige, der sie ruft, ist kein Feind. Mit ihm verbindet sie eine lange Freundschaft. Wie sie selbst ist er einer der ältesten Götter. Obwohl sie sich seit Urzeiten kennen, haben sie in den letzten Dekaden häufiger miteinander gesprochen als zuvor in ihrem ganzen Dasein. Auch jetzt reisen ihre Stimmen von einem Ende der Welt zum anderen, über alle Schranken von Raum und Zeit hinweg.

›Er hat es wieder getan‹, sagt der Ewige Wächter. ›Er hat erneut einen der Unseren getötet.‹

›Ich weiß. Ich habe es gespürt‹, antwortet die Göttin. ›Ich hätte nicht gedacht, dass er sich ausgerechnet ihn aussucht.‹

›Die meisten unserer Brüder und Schwestern haben sich nach Aliandras Tod versteckt. Er war leicht aufzuspüren. Sombre will uns drohen.‹

›Und er wird sich damit brüsten. Einige, vielleicht sogar viele unserer Brüder und Schwestern werden sich aus Angst auf seine Seite schlagen. Ich mache mir Sorgen.‹

›Noch ist nicht alle Hoffnung verloren.‹

›Gewiss nicht. Aber wir müssen wachsam bleiben.‹

Schweigen tritt ein, während beide Götter den Gedanken Hunderttausender Sterblicher lauschen. Vergeblich.

›Ich muss gehen‹, verkündet der Ewige Wächter. ›Ich wende mich so bald wie möglich wieder an dich.‹

›Sei vorsichtig, Nol.‹

›Ich sorge mich eher um dich. Sombre neidet dir deine zahlreichen Anhänger. Er will dir Böses, Eurydis.‹

Der Göttin bleibt keine Zeit mehr für eine Antwort. Der Ewige Wächter ist fort, zurück in den Gärten, in denen sie beide aufgewachsen sind.

Eurydis hat keine Angst um sich selbst, denn das ist das ungeschriebene Gesetz aller Dinge: Was einen Anfang hat, muss auch ein Ende haben.

Eigentlich war Zejabel sicher, dass man an der Nordseite der Insel nirgends an Land gehen konnte, aber Amanón wollte sich selbst ein Bild machen. Das Erste, was die Erben von der Insel Zuïa sahen, waren schroffe Felswände, gegen die unermüdlich das Meer anbrandete, und tückische Klippen, an denen die Wellen zerschellten. Bis zur Insel vorzudringen war unmöglich.

Von Zeit zu Zeit erspähten sie einen Strand oder eine Felsbucht und schöpften kurz Hoffnung, aber jedes Mal lag der schmale Streifen hinter gefährlichen Klippen oder am Fuß eines Steilhangs. Ohne die richtige Ausrüstung, gute Kletterkenntnisse und eine tüchtige Portion Mut blieb die Hochebene unerreichbar. Es war, als hätten die Götter die Insel als natürliche Festung geschaffen.

»Eigentlich war das zu erwarten«, meinte Nolan. »Dass Zuïa leibhaftig unter den Menschen lebt, wird seit Hunderten, vielleicht sogar seit Tausenden von Jahren geheim gehalten. Wäre die Insel nicht so unzugänglich, wäre das nicht möglich gewesen. Irgendwann wäre irgendjemand ins Lus'an vorgedrungen, und sei es nur aus Zufall.«

»Aber uns stellt das vor ein unüberwindliches Hindernis«, sagte Amanón mit einem Seufzer. »Ich hoffte, wir könnten Zeit gewinnen, indem wir ganz in der Nähe von Zuïas Palast an Land gehen. Außerdem wollte ich vermeiden, dass wir im Hafen gesehen werden, ganz abgesehen davon, dass wir einen Fluchtweg für den Notfall brauchen. Könnten wir doch unser Ruderboot hier irgendwo zurücklassen! Aber nicht einmal das ist möglich.«

Zwei Dezimen lang segelten sie unter der Morgensonne des dritten Dekants dahin und suchten verzweifelt jeden Küstenabschnitt ab. Die üppig wuchernden Palmen und stacheligen Pflanzen schienen sie von der Hochebene der Insel aus zu verhöhnen. Irgendwo in diesem Urwald verbarg sich Zuïas Palast, vielleicht war er nur wenige Meilen entfernt.

»Wir sollten das Ruderboot zu Wasser lassen und schauen, wo es hintreibt«, meinte Kebree ungeduldig.

»Was, wenn es an einer Klippe zerschellt?«, entgegnete Amanón. »Wenn es zwischen den Felsen stecken bleibt oder aufs offene Meer hinausgetragen wird?«

»Wir sollten es zumindest versuchen«, beharrte Keb. »Das ist immer noch besser, als nichts zu tun.«

Amanón sagte erst einmal nichts, aber als sie eine kleine Bucht entdeckten, an die sie bis auf hundert Schritte heransegeln konnten, kam der Vorschlag erneut auf. Allerdings war der schmale Sandstrand von einer schroffen, halbkreisförmigen Felswand umgeben, die mindestens dreißig Schritte in die Höhe ragte.

»Es wäre unvernünftig, unser einziges Ruderboot hier zurückzulassen«, sagte Amanón. »Wir würden es niemals schaffen, von oben die Felswand runterzuklettern.«

»Aber eine bessere Stelle finden wir nicht«, erwiderte Nolan. »Im Notfall seile ich mich lieber ab, als einen Hati in den Rücken zu bekommen. Deine Idee mit dem Fluchtweg war gut. Wir müssen sie nur etwas abändern.«

Da die anderen Nolan beipflichteten, beugte sich Amanón der Mehrheit. Sie brachten ihr Schiff so nah wie möglich ans Ufer heran und überließen das Beiboot den Launen der Strömung. Nervös beobachteten sie, wie es heftig auf den Wellen schaukelte. Nach mehreren Dezillen war klar, dass das Boot nicht wie erhofft auf die Bucht zutrieb. Hilflos sahen sie zu, wie es daran vorbeizog, gegen zwei Klippen stieß und dann hinter einem Felsvorsprung verschwand. Es war nun außerhalb ihrer Reichweite, denn wegen der scharfkantigen Felsen konnten sie ihm nicht folgen.

»Ich hätte das Boot an Land rudern und dann zur *Othenor* zurückschwimmen sollen«, murmelte Cael. »So weit ist es gar nicht.«

»Die Strömung hätte dich fortgetragen«, entgegnete Amanón. »Außerdem gibt es in diesen Gewässern Dornhaie. Hier schwimmen zu gehen ist keine gute Idee. Schade um das Boot! Aber wir werden schon einen anderen Weg finden.«

So umrundeten die Erben weiter die Insel. Beinahe waren sie froh, keine leichter zugängliche Bucht mehr zu finden, denn die Enttäuschung wäre einfach zu groß gewesen.

Mit der Zeit wurde die Küste weniger zerklüftet, und die Berge senkten sich zu flachen Hügeln ab. Schließlich kamen sie an mehreren beschaulichen Buchten vorbei, die von dichtem Gebüsch und großen runden Felsen gesäumt waren. Hier hätten die Erben problemlos vor Anker gehen können, hätte nicht jedes Mal ein Dorf am Ufer gelegen. Die Einheimischen schienen sich ohnehin darüber zu wundern, wie dicht die Feluke an ihnen vorbeifuhr. Wären die Erben an Land gegangen, hätten sie unweigerlich die Aufmerksamkeit der Mörder erregt, die über die Insel herrschten. Fremde, die auf die Insel Zuïa kamen, durften nur den Hafen und seine unmittelbare Umgebung betreten, und wer sich unerlaubt aus diesem mehr oder minder neutralen Gebiet herauswagte, wurde mit dem Tod bestraft.

Irgendwann kam eine Stadt mit mehreren Landungsbrücken in Sicht. Zejabel kannte keinen anderen Namen dafür als »der Hafen«, obwohl es sich um die größte Ansiedlung und den wichtigsten Warenumschlagplatz der Insel handelte. Das Lus'an wiederum war das geistige Zentrum der Insel, das die Judikatoren nur verließen, um bei öffentlichen Hinrichtungen ihre Macht zur Schau zu stellen. Das einfache Volk hatte nicht genug Geld, um von der Insel fortzugehen, und die einzige Hoffnung der Inselbewohner bestand darin, dass ihre Söhne auserwählt wurden, Zuïa zu dienen. Bisweilen nahmen die

Priester auch Mädchen im Kleinkindalter auf, so wie in Zejabels Fall. Die Inselbewohner, die in bitterer Armut und ständiger Angst vor Zuïas Rache lebten, empfanden die Trennung von ihren Kindern als ein Geschenk der Göttin, denn so hatten zumindest ihre Nachkommen Aussicht auf ein besseres Leben.

Seit sie die Insel Zuïa am Horizont erblickt hatten, machte sich Nolan Sorgen um Zejabel. Hatte sie Heimweh? Sehnte sie sich nach ihrem privilegierten Leben im Lus'an? Ganz abwegig war das nicht ...

Sie hatte so viel durchlitten, um den Titel der Kahati zu erringen, und war als Nachfolgerin der Göttin mit derselben Ehrerbietung wie Zuïa behandelt worden. Aber hatte das den Verlust ihrer Familie und die völlige Selbstaufgabe wettgemacht? Selbst ihren Namen, Zejabel, hatte ihr einer der Judikatoren gegeben. Nachdem sie ihre Eltern hatte verlassen müssen, waren ihre Lehrer bemüht gewesen, die Vergangenheit des Mädchens auszulöschen.

All das hatte sie ihm auf der Reise von Goran ins Schöne Land beiläufig erzählt, als handelte es sich um eine belanglose Anekdote, aber Nolan ging die Sache einfach nicht aus dem Kopf. Zejabel hatte keine Möglichkeit, ihre Eltern wiederzufinden – falls sie überhaupt noch am Leben waren. Auch wenn sie nicht besonders darunter zu leiden schien, war er jedes Mal ganz befangen, wenn das Gespräch auf seine glückliche Kindheit oder seine Eltern kam.

»Und was nun?«, fragte Amanón in die Runde. »Versuchen wir unser Glück noch einmal auf der anderen Seite der Insel? Oder legen wir im Hafen an?«

»Gefährlich ist beides«, überlegte Bowbaq laut. »Also können wir auch gleich hier vor Anker gehen. Wir werden die Insel wohl oder übel zu Fuß überqueren müssen.«

Nolan und Zejabel wechselten einen raschen Blick. Die Zü hatte die Erben eindringlich vor dem beschwerlichen Marsch gewarnt. Er konnte nur hoffen, dass sie die Gefahren übertrieben hatte.

»Dann solltet ihr euch jetzt umziehen«, sagte Amanón.

Nolan nickte und stieg die Treppe hinab, gefolgt von Zejabel, die schweigsamer und verschlossener war denn je. Dabei hatte sie sich sonst so gut im Griff. Hoffentlich verlor sie nicht ausgerechnet jetzt die Nerven.

Wie vereinbart verschwand Zejabel als Erste in der Kajüte, um sich ein Kleid überzuziehen, das sie von Eryne geliehen hatte und das wesentlich unauffälliger war als ihr purpurrotes Kahatigewand. Als sie nach einer Weile durch die Tür trat, fand Nolan sie trotz ihres traurigen Gesichtsausdrucks wunderschön. Mit ein paar Komplimenten gelang es ihm, ihr ein schwaches Lächeln zu entlocken, doch auf weitere Aufmunterungsversuche verzichtete er. Wenn sie erst einmal unterwegs wären, würde es ihr vielleicht besser gehen, denn sie schien sich immer dann am wohlsten zu fühlen, wenn es etwas zu tun gab. Außerdem musste auch er sich nun umziehen.

Die Erben gingen davon aus, dass sie von einem oder mehreren Boten Zuïas befragt werden würden, wenn sie in den Hafen einliefen. Daher würde sich Nolan als Zü-Priester ausgeben, um sie zumindest davon abzuhalten, das Schiff zu durchsuchen.

Damit gingen die Erben zwar ein großes Risiko ein, doch wenn alles nach Plan lief, würden sie sich anschließend in noch ein viel gefährlicheres Gebiet vorwagen. Mit seinem schlanken Körper, dem jungenhaften Gesicht und dem kahlgeschorenen Schädel gab der Novize einen recht überzeugenden Zü-Priester ab. Zejabel reichte ihm ihr Kahatigewand. In der Kajüte zog Nolan die Pluderhose an und band sich das rote Tuch um die Stirn. Die Handgriffe weckten unangenehme Erinnerungen an seine Zeit bei den K'luriern, aber daran durfte er jetzt nicht denken.

Da sie keine Priesterkutte besaßen, musste sein Oberkörper nackt bleiben. Zum Glück hatten manche Züu die Gewohnheit, in der brütenden Hitze der Insel Zuïa ihre Brust zu entblößen. Zum Schluss legte sich Nolan noch einen leichten Umhang um. Zejabel empfahl ihm, ihn so zu tragen, dass er den rechten Arm verbarg, denn das taten viele Boten Zuïas, damit ihr Gegenüber nicht sah, ob sie den Hati gezogen hatten oder nicht. Diese Gepflogenheit kam ihnen nun zugute, da Nolan keine der gefürchteten Waffen trug. Mittlerweile bereute er, auf Ji von Zejabel verlangt zu haben, ihren vergifteten Dolch fortzuwerfen.

Zejabel lieh ihm auch eine Brosche und einen Armreif, auf denen die Symbole der Rachegöttin prangten. Sie sahen gewöhnlich genug aus, um auch von einem einfachen Boten Zuïas getragen werden zu können. Nun musste Nolan nur noch das Gwelom abnehmen, das er um den Hals trug. Er schob es sich rasch in die Hosentasche. Bei dem Gedanken, den kostbaren Anhänger zu verlieren, überlief es ihn eiskalt. Was hätte Zuïa gestaunt, wenn sie entdeckte, dass sich einer ihrer Feinde auf ihrer Insel befand!

Als die beiden an Deck zurückkehrten, wurden sie mit bewundernden Pfiffen und Komplimenten begrüßt. Ihre Freunde erklärten einstimmig, die Verkleidung sei glaubwürdig, wenn auch nicht perfekt. Nolan dankte ihnen, doch der Kloß in seinem Hals wurde von Dezille zu Dezille größer. Seltsamerweise musste er in diesem Moment an seinen Vater denken, der einige Jahre lang als fahrender Schauspieler durch Lorelien gezogen war, bevor ihm der König das Herzogtum seiner Vorfahren zurückgab. Nun hing von Nolans schauspielerischem Geschick nicht nur das Leben seiner Freunde ab, sondern das Schicksal der ganzen bekannten Welt.

Amanón hatte sein Krummschwert unter einer Bank ganz in der Nähe versteckt, aber er hätte sich auch nicht wehrloser gefühlt, wenn es am anderen Ende des Schiffs gelegen hätte. Als die Feluke den feindlichen Hafen ansteuerte, stand er mit Nolan, Keb und Cael an Deck. Ihr Plan sah vor, Nolan als den Kapitän des Schiffs auszugeben und die anderen als seine Besatzung. Um die Geschichte glaubwürdiger zu machen, hatten sich Amanón, Keb und Cael ebenfalls umgezogen. Bowbaq, der wegen seiner Größe zu auffällig war, verschanzte sich mit Eryne, Niss und Zejabel im Laderaum der Feluke. Sie hatten getan, was sie konnten, nur ein Problem gab es noch: Nolan sprach kein Ramzü.

Sie hatten sich den Plan erst am Vorabend zurechtgelegt, und die verbliebene Zeit war zu kurz gewesen, um die Sprache auch nur ansatzweise zu lernen. Deshalb hatte sich Nolan abgesehen von Begrüßungs- und Abschiedsfloskeln nur ein paar wichtige Sätze eingeprägt: »Es ist alles in Ordnung«, »Mein Schiff läuft bald wieder aus« und »Die Strafe der Rachegöttin wird über dich kommen, wenn du einen Fuß an Bord setzt«. Wenn sie jedoch auf einen allzu neugierigen Zü stießen, würde Nolan mit seinem begrenzten Wortschatz unweigerlich Verdacht erregen.

Amanón hoffte, Nolan im Notfall mit den wenigen Brocken Ramzü, die er beherrschte, zu Hilfe kommen zu können. Nun bereute er, die letzten Tage nicht dazu genutzt zu haben, seine Kenntnisse aufzufrischen. Doch jetzt war es zu spät: Die *Othenor II* glitt langsam auf einen der verwitterten Holzstege zu.

An die fünfzig Boote dümpelten in der kleinen Bucht, und sie sahen mit Erleichterung, dass auch eine Handvoll Feluken dabei waren. Die meisten schienen dem Fischfang zu dienen, denn auf dem Platz vor dem Pier waren zahlreiche Netze zwischen Masten zum Trocknen aufgespannt. Frauen mit sonnengegerbten Gesichtern flickten mit erstaunlich flinken Fingern die zerrissenen Maschen. Amanón war bereits mehrmals in Mythr gewesen, der nächsten Stadt auf dem Festland, weshalb er wusste, dass in diesem Teil des Mittenmeers einige der größten Fischarten der bekannten Welt heimisch waren. Kein Wunder, dass die Netze ständig ausgebessert werden mussten.

Als das Schiff neben dem Steg schaukelte, sprang

Amanón an Land und machte die Leinen an den Anlegeringen fest. Dann blickte er zur Stadt hinüber. Abgesehen von ein paar Läden mit üppiger Auslage wirkten die Häuser recht ärmlich. Die zweistöckigen Kalksteingebäude hatten ihr ursprüngliches Weiß schon lange eingebüßt, die Mauern waren schmutzig grau, und viele Häuser hatten statt einer Tür nur einen Stoffvorhang. Auch die Einheimischen wirkten ausgezehrt, wie niedergedrückt von einer doppelten Last: der sengenden Sonne und der Tyrannei ihrer eigenen Söhne. Männer, Frauen und selbst die Kinder schlurften mit gekrümmtem Rücken und hängenden Schultern durch die Straßen, als müssten sie sich ständig vor den Boten der Rachegöttin ducken.

Alle Einheimischen, die die Feluke erblickten, machten sogleich auf dem Absatz kehrt, denn Nolan spielte seine Rolle sehr überzeugend. Während Keb und Cael die Segel einholten, lief er ungeduldig an Deck auf und ab. Die Freunde hatten beschlossen, dass er sich möglichst viel zeigen sollte, um keinen Zweifel daran aufkommen zu lassen, dass das Schiff den Priestern Zuïas gehörte. Bislang hatte sich kein echter Bote blicken lassen, aber das konnte sich jederzeit ändern.

Während Amanón zurück an Bord kletterte, lief ein weiteres Schiff in den Hafen ein, ein Getter mit bauchigem Rumpf, der mindestens so alt war wie die erste *Othenor.* Im Gegensatz zu den Erben, die sich bemüht hatten, möglichst wenig aufzufallen, stießen die Neuankömmlinge laute Rufe und Freudenschreie aus. Auf den Anlegestegen, die gerade noch wie ausgestorben dagelegen hatten, liefen plötzlich Menschen zusammen. Sie strömten aus den Häusern und Läden oder eilten vom Platz am Pier und aus den angrenzenden Straßen herbei. Fassungslos starrte Amanón auf das Spektakel. Unter den Schaulustigen, die zum Teil vom Essenstisch aufgesprungen sein mussten, waren mehrere Züu-Priester. Er zählte mindestens sechs in zwei Gruppen, vor denen sich die Menschenmenge wie durch Zauberhand teilte.

»Was jetzt?«, flüsterte Nolan gepresst.

»Nichts«, antwortete Amanón. »Wenn wir gleich wieder auslaufen, wäre das viel zu verdächtig. Wir können nur abwarten.«

Leider beschlossen die Fischer, ihr Boot ausgerechnet neben der *Othenor II* festzumachen, und bald drängten sich um die zweihundert Menschen auf dem Steg direkt vor ihnen. Nolan wusste nicht mehr, ob er weiterhin an Deck auf und ab laufen oder sich besser verstecken sollte. Er beschloss, oben zu bleiben, stellte sich jedoch so weit wie möglich von den Schaulustigen entfernt an die Reling, um nicht angesprochen zu werden.

Während die Fischer die Segel einholten, erkannte Amanón endlich den Grund für die Aufregung. Die Besatzung hatte einen Talantenhai gefangen, der an einer großen Seilwinde am Heck hing. Das Tier musste ursprünglich acht bis neun Schritte lang gewesen sein, auch wenn das schwer zu sagen war, denn der Kadaver war nicht mehr intakt. Er war zu groß, um an Bord gezogen zu werden, und so musste er sich die ganze Rückfahrt über im Wasser befunden haben. Kleinere Raubfische hatten sich an dem unverhofften Festmahl gütlich getan: Der Kadaver war an mehreren Stellen angenagt und bot einen ekelerregenden Anblick. Trotzdem erschallten aus der Menschenmenge bewundernde Rufe, denn ein solcher Hai sicherte den Familien der Fischer für mehrere Dekaden den Lebensunterhalt. Der Amber aus dem Magen des Raubfisches war auf dem Markt in Lorelia oder Goran mehrere Unzen Gold wert.

»Was ist denn da draußen los?«, wisperte Eryne.

Amanón schlich zur Luke, die einen Spalt offen stand und hinter der Eryne krampfhaft versuchte, die Ursache für das Geschrei zu erkennen. Tatsächlich musste sich der Lärm beunruhigend anhören, wenn man sich unter Deck befand.

»Alles in Ordnung«, raunte er ihr zu. »Bleibt, wo Ihr seid.«

Er hatte den Satz noch nicht beendet, da zeigte einer der Boten Zuïas mit dem Finger auf die Feluke. Kaum hatte er etwas zu seinen Komplizen gesagt, da kamen drei Priester über den Steg auf sie zugelaufen, das Kinn arrogant in die Luft gereckt.

Nervös machte Amanón ein paar Schritte auf die Bank zu, unter der seine Waffe verborgen war. Keb tat es ihm auf der anderen Seite des Schiffs gleich, während sich Cael wie vereinbart neben die Luke zum Laderaum stellte, um die anderen notfalls zu warnen.

Die Züu kamen immer näher, während Amanón das Gefühl hatte, die Zeit stehe still. Er wusste, dass ein Kampf gegen einen Boten Zuïas kein gewöhnlicher Kampf war. Sie mussten ihm mit ihrem vergifteten Hati nur leicht die Haut aufritzen, und es wäre vorbei mit ihm. Und selbst wenn es den Gefährten mit großem Glück gelänge, die drei Züu zu besiegen, würden sofort unzählige weitere Feinde ihren Brüdern zu Hilfe eilen.

Die Priester waren nur noch zehn Schritte von der *Othenor II* entfernt. Ängstlich wichen die Schaulustigen vor ihnen zurück.

Amanón starrte ihnen so unverwandt entgegen, dass er zusammenzuckte, als Nolan neben ihn trat. Er begrüßte die drei Boten Zuïas mit einer beiläufigen Geste und richtete seine Aufmerksamkeit dann mit perfekt gespielter Gelassenheit auf den Haikadaver.

Amanón ließ die Männer nicht aus den Augen. So unglaublich es auch war: Nolans Anblick schien sie umgestimmt zu haben. Der Anführer bedeutete seinen Komplizen, stehen zu bleiben, und die drei wechselten ein paar rasche Worte. Dann machten sie auf dem Absatz kehrt und schlenderten zurück zum Platz.

Es dauerte eine ganze Weile, bis sich Amanóns verkrampfte Muskeln lösten. Am liebsten wäre er Nolan um den Hals gefallen, doch damit würde er warten müssen, bis sie unter Deck waren.

Die Erben hatten beschlossen, die Feluke erst im fünften Dekant, wenn die Sonne am heißesten brannte, zu verlassen und sich in die feindliche Stadt vorzuwagen. Für Erynes Geschmack verging die Zeit viel zu schnell. Kaum hatten die Erben ein hastiges Mahl eingenommen, sich bequemere Kleider angezogen und die wenigen Sachen, die sie mitnehmen würden, zu Bündeln geschnürt, da mahnte Amanón auch schon zum Aufbruch.

Eryne graute davor, die Sicherheit der *Othenor II* aufzugeben und sich durch Sümpfe und Urwald zu kämpfen. Trotz allem, was die Gefährten bereits durchgemacht hatten, schreckte sie die Aussicht auf ein solches Abenteuer. Etwas Derartiges schickte sich einfach nicht für eine künftige Herzogin.

Dennoch ging sie hoch an Deck, als Amanón das Zeichen zum Aufbruch gab, und legte ihr Bündel in einen der beiden Weidenkörbe, in denen sich bereits die Habseligkeiten der anderen befanden. Dann trat Nolan, immer noch als Zü verkleidet, auf den Pier, gefolgt von Zejabel, Keb und Bowbaq. Der Arkarier und der Wallatte trugen die Körbe mit dem Gepäck und den darunter verborgenen Waffen.

Die kleine Schar wanderte durch die grelle Sonne, Nolan als selbstgefälliger Priester an der Spitze. Er spielte seine Rolle wirklich gut. Während Eryne ihnen nachsah, beschlich sie das mulmige Gefühl, er könnte zu leichtsinnig werden. Aber sie saßen ohnehin alle im selben Boot: Falls einer von ihnen enttarnt wurde, würden die anderen ihm natürlich zu Hilfe kommen, und dann würden die Züu sie alle töten.

Der Vorschlag, sich zu trennen, stammte von Amanón. Er wollte um jeden Preis verhindern, dass sie Aufmerksamkeit erregten. Sein Plan sah vor, dass Zejabel Nolan, Keb und Bowbaq aus der Stadt führte und das Reden übernahm, falls sie angesprochen wurden. Eryne, Amanón, Niss und Cael würden ihnen in sicherem Abstand folgen. Das war in jedem Fall klüger, als zu acht mit großen Bündeln auf dem Rücken und Waffen am Gürtel durch die Stadt zu spazieren, aber gefährlich war dieser Vorstoß in feindliches Gebiet natürlich trotzdem.

Außerdem dachte Eryne mit Sorge daran, dass sich Zejabel auf ihrer Heimatinsel nicht besonders gut auskannte. Als Anwärterin auf den Titel der Kahati hatte sie ihre gesamte Kindheit und Jugend im Lus'an verbracht, und so war ihr die Hafenstadt beinahe so fremd wie ihren Gefährten. Zejabel war nur wenige Male hier gewesen, zu religiösen »Feiern«, an denen die Mädchen auf Befehl der Judikatoren teilnehmen mussten. Die Zeremonien wurden an einem geheimen Ort abgehalten, fernab des belebten Hafens, aber Zejabel hätte wohl kaum so lange überlebt, wenn ihre Neugier nicht ebenso groß wie ihre Tapferkeit gewesen wäre. Im Laufe der Zeit hatte sie einiges über die Stadt aufgeschnappt und hoffte nun, sich einigermaßen zurechtzufinden. Eryne betete, dass ihre Ortskenntnis ausreichte. Die Vorstellung, einen Einheimischen nach dem Weg fragen zu müssen, war äußerst unangenehm.

Als sich Nolan mit seinem Gefolge den Häusern näherte, beschloss Amanón, ebenfalls aufzubrechen. Die anderen hielten sich dicht hinter ihm, und Eryne zitterte trotz der brütenden Hitze. Während die Planken des Stegs unter ihren Schritten knarrten, wandte sie sich unwillkürlich zur *Othenor II* um. Um das Schiff vor ungebetenen Gästen zu schützen, hatten sie die Luke zum Laderaum verrammelt und verschiedene Vorkehrungen getroffen, die ihnen bei der Rückkehr anzeigen würden, ob ein Eindringling an Bord gewesen war. Aber wer wusste schon, ob sie jemals zur Feluke zurückkehren würden? Oder auch nur das Meer wiedersehen?

Zejabel gab ein zügiges Tempo vor, auch wenn sie darauf achten mussten, keine unnötige Aufmerksamkeit zu erregen. Doch das schien ohnehin nicht möglich zu sein. Obwohl die Sonne erbarmungslos auf die Stadt niederbrannte, gingen zahlreiche Einheimische ihren Geschäften nach, und alle drehten sich neugierig nach den Fremden um.

Eryne kam es vor, als zöge sie besonders viele Blicke auf sich, aber das lag sicher nur an ihrer Angst. Oder war ihr die Entwicklung zur Göttin, von der Zejabel ständig sprach, etwa schon anzusehen? Was für ein grauenvoller Gedanke!

Als die Gefährten um eine Straßenecke bogen, verschwand die *Othenor II* aus ihrem Blickfeld. In den verwinkelten Gässchen wäre jede lorelische Kutsche unweigerlich stecken geblieben. Zejabel bog mehrmals rasch hintereinander ab, und die Mitglieder der zweiten Gruppe mussten ihre Schritte beschleunigen, um sie nicht aus den Augen zu verlieren. Trotzdem bekam Eryne im Vorbeigehen einen guten Eindruck von dem fremdartigen Städtchen. Im Schatten der Häuser war es angenehm kühl, und sie liefen an vielen kleinen Läden vorbei, deren Türöffnung mit einem Vorhang verhängt war.

Die Einheimischen lebten bescheiden: Fenster und Türen der Häuser waren winzig, und niemand schien auf die Idee zu kommen, seine Fassade mit Farbe zu verschönern oder mit Blumenkübeln zu schmücken. Die leeren Blicke und dürren Glieder der Passanten zeugten von großer Armut, und hier im Innern der Stadt war auch die Auslage der Läden spärlich. Dennoch lag in den Gassen aus gestampfter Erde kein Unrat herum. Offenbar fürchteten die Einwohner die Strafe der Göttin so sehr, dass niemand ihren Boten Abfälle vor die Füße werfen wollte. Alles in allem war die Hauptstadt der Insel Zuïa zwar sauber, aber bitterarm und abweisend. Eryne verstand nun besser, warum die Fischer, die den Hai getötet hatten, mit solcher Begeisterung begrüßt worden waren. Das Leben hier musste trostlos sein.

Nachdem sie mit Cael, Niss und Amanón mehrere Dezillen lang durch die Stadt marschiert war, kamen ihnen Zejabel und die anderen plötzlich entgegen. Nolan zupfte an seinem roten Umhang, hielt drei Finger in die Höhe und bedeutete ihnen so, dass sich in der Gasse, in die sie soeben hatten einbiegen wollen, drei Züu befanden. Zejabel hatte sofort auf dem Absatz kehrtgemacht.

Welchen Weg sie einschlug, schien sie immer mehr dem Zufall zu überlassen, aber immerhin ging ihre Taktik auf, denn bisher waren sie keinem einzigen Boten Zuïas in die Arme gelaufen. Eryne wäre ohnehin mit Freuden jede einzelne Gasse der Stadt abgelaufen, wenn sie so nur ihren Feinden entgingen.

Mit der Zeit wurde Eryne zuversichtlicher, auch wenn ihre Anspannung nicht nachließ. Nolan schien die Einheimischen mit seiner Verkleidung abzuschrecken, und so durchquerten die Erben mehrere Stadtviertel, ohne angesprochen zu werden. Doch auch wenn sie bisher Glück gehabt hatten, konnte Eryne es kaum erwarten, endlich aus der Stadt herauszukommen. Jedes Mal, wenn

Keb oder Bowbaq um eine Pause baten, um die Weidenkörbe abzusetzen, deren Gewicht ihnen in der Hitze schwer zu schaffen machte, trat sie nervös von einem Bein aufs andere.

Endlich gelangten sie zu dem Gebäude, das Zejabel ihnen am Abend zuvor beschrieben hatte: das Hohe Tribunal der Judikatoren, der einzige Prachtbau der Stadt. Daneben überspannte ein Steinbogen einen Weg, der ins Lus'an führte. An diesem Ort fanden viele Zeremonien statt. Zum Beispiel begann unter dem Tor der Marsch der Jungen, die auserwählt worden waren, Zuïa zu dienen, und verdienstvolle Boten wurden hier in einen höheren Rang erhoben. Außerdem war das Tribunal der Sitz der weltlichen Macht der Judikatoren. In diesem Palast hatte Saat zwanzig Jahre zuvor mit den Züu über die Ermordung sämtlicher Nachkommen der weisen Gesandten verhandelt.

Das Tribunal ragte neben einer Handvoll kleinerer Gebäude empor, in denen die Züu-Priester untergebracht waren, die im Hafen Dienst taten. In jedem größeren Dorf der Insel gab es ähnliche Gemeinschaftsunterkünfte, und auch in anderen Ländern verfügten die Züu über solche Quartiere: So bewohnten alle Boten, die im Königreich Lorelien tätig waren, gemeinsam einen geheimen Palast in der Hauptstadt. Nur die höchsten Judikatoren, die Kahati und natürlich die Göttin selbst hatten ihre Privatgemächer, unter anderem, damit niemand davon erfuhr, dass Zuïa leibhaftig unter den Menschen weilte.

Den Züu-Priestern war nicht ausdrücklich verboten, eine Familie zu gründen, aber es kam ganz einfach niemand auf die Idee, vom vorgezeichneten Weg abzuweichen. Seit jeher machten sich die Boten Frauen gefügig, indem sie ihnen mit Zuïas Rache drohten – das vertraute Zejabel ihren Freunden an, als sie auf dem Platz vor dem Tribunal standen. Schaudernd dachte Eryne daran, wie viele unglückliche Seelen hinter diesen Mauern mit den schmalen Fenstern und der blutroten Fassade schreckliche Qualen erlitten haben mussten. Womöglich hatten manche dort sogar ihr Leben gelassen …

Nach dem Erlebnis mit den drei Wüstlingen in der Herberge hatte sie eine Vorstellung davon, wie sich so etwas anfühlen musste. Fast bedauerte sie, nicht selbst eine Rachegöttin zu sein, denn dann hätte sie das Tribunal, diese steinerne Verkörperung des Bösen, mit einem Fingerschnippen zerstören können.

»Das Tor wird bewacht«, flüsterte Zejabel, nachdem sich die Erben in einer dunklen Ecke zusammengeschart hatten. »Wenn wir hindurchwollen, wird man uns Fragen stellen.«

Vorsichtig beugte sich Eryne ein Stück vor und lugte aus ihrem Versteck. Unter dem verwitterten Steinbogen standen zwei Züu-Priester, während zwei weitere im gleißenden Sonnenlicht über den Platz patrouillierten und sich angeregt unterhielten. Die Wachen wirkten recht schläfrig, aber gewiss ging ihre Teilnahmslosigkeit nicht so weit, dass sie eine achtköpfige Gruppe fraglos passieren lassen würden, selbst dann nicht, wenn sie Nolan für einen der Ihren hielten.

»Wir könnten warten, bis sich der Platz belebt«, schlug Keb vor und wischte sich den Schweiß von der Stirn. »Sobald es etwas kühler ist, sind mehr Leute unterwegs. Wir würden weniger auffallen.«

»Aber dann werden auch mehr Züu unterwegs sein«, entgegnete Amanón. »Eben deshalb haben wir den heißesten Dekant abgewartet.«

»Verzeiht mir«, murmelte Zejabel. »Ich dachte, das Tor wäre um diese Zeit unbewacht. Nach meinem Verrat müssen sie ihre Wachsamkeit erhöht haben.«

»Wir wissen nicht, ob Zuïa überhaupt schon wieder auf die Insel zurückgekehrt ist«, meinte Eryne. »Vielleicht sitzt sie immer noch auf Ji fest.«

»Das würde mich wundern. Außerdem ändert das nichts«, seufzte Zejabel. »Zuïa kann ihren Judikatoren von überallher ihre Gedanken übermitteln. Sie hat ihnen Befehle erteilt, so viel ist sicher. Niemand wird mich noch als Kahati anerkennen.«

»Gibt es keinen anderen Ausgang aus der Stadt?«, fragte Cael. »Es wäre doch seltsam, wenn alle Bewohner durch dieses Tor müssten. Ich kann mir nicht vorstellen, dass die Bauern ihr Vieh jeden Tag über diesen Platz treiben. Dann wäre das Pflaster viel schmutziger.«

»Das stimmt«, pflichtete ihm Keb bei. »Kein Mist am Stadttor, so etwas habe ich noch nie gesehen.«

»Ich kenne nur dieses Tor«, sagte Zejabel. »Die Judikatoren führten uns immer an dieser Stelle in die Stadt.«

»Wir sollten nach einem weiteren Tor suchen«, meinte Amanón kurz entschlossen. »Sehen wir in den umliegenden Straßen nach.«

Sie setzten sich erneut in Bewegung. Diesmal übernahm Eryne die Führung, auch wenn sie innerlich vor

Angst bebte: Nun war sie diejenige, die nachsehen musste, ob Züu in den Seitenstraßen lauerten, bevor sie um eine Ecke bogen. Doch das Glück war den Erben weiter hold: Nur wenig später entdeckten sie ein Tor in der weißen Kalksteinmauer, die die Stadt umgab.

Misstrauisch näherten sie sich dem Durchgang, da sie jeden Moment damit rechneten, von einer Wache angehalten zu werden. Erst als sie das Tor passiert und unbehelligt ein gutes Stück Weg zurückgelegt hatten, ließ ihre Anspannung ein wenig nach. Endlich lag der Hafen der Insel hinter ihnen.

Nun befanden sie sich in einem Gebiet, zu dem Fremde keinen Zutritt hatten, und eine ganze Weile lang meinte Eryne hinter jedem Baum, an dem sie vorbeikamen, einen Zü zu sehen.

Niss litt weniger unter der Hitze als ihr Großvater, dem der Schweiß in Strömen über das Gesicht lief. Dennoch stöhnte sie wie alle anderen erleichtert auf, als Amanón ihnen endlich gestattete, eine kurze Rast einzulegen. Hinter dem Stadttor hatten sie nur rasch ihre Waffen und das Gepäck aus den Weidenkörben geholt und waren dann mehrere Meilen ohne Pause weitermarschiert. Es wäre zu leichtsinnig gewesen, sich länger in der Nähe der Stadt aufzuhalten.

Mittlerweile waren sie mitten in der Wildnis. Die letzte menschliche Behausung, an der sie vorbeigekommen waren, war ein schäbiger Bauernhof gewesen. Vorsichtshalber hatten sie trotzdem den Weg verlassen, um einen großen Bogen darum zu machen. Nun genossen sie die ersehnte Rast im Schatten eines wilden Olivenhains, wo sie sich endlich umziehen und etwas lauwarmes Wasser trinken konnten.

»Wir müssen uns nach Osten wenden und die heilige Straße des Lus'an überqueren«, erklärte Zejabel. »Geradeaus geht es nämlich zu einem Dorf.«

»Ich dachte, es wäre zu gefährlich, sich der heiligen Straße zu nähern, weil sich dort ständig Züu rumtreiben?«, brummte Keb.

»Richtig, aber wir werden sie ja auch nur überqueren.«

»Wie weit ist es noch bis ins Lus'an?«, wollte Amanón wissen.

»Die Novizen brauchen vier Tage bis zum Tempel. Aber sie sind erst zehn Jahre alt und bekommen auf der gesamten Strecke nur wenig Wasser zu trinken. Außerdem müssen sie den ganzen Marsch über Zuïas Gesetze aufsagen, um ihre Seelen zu läutern.«

»Bestimmt brechen viele unterwegs vor Erschöpfung zusammen«, murmelte Eryne. »Was für ein grausamer Brauch!«

»Unter normalen Bedingungen schafft man es in zwei Tagen zur anderen Seite der Insel. Wir müssten den Palast übermorgen erreichen.«

»Wenn ich daran denke, dass wir heute Morgen in nur knapp zwei Dekanten einmal um die ganze Insel herumgesegelt sind …«, murrte Cael. »Das ist wirklich frustrierend!«

»Ganz deiner Meinung«, pflichtete ihm Niss bei. »Außerdem war es auf dem Wasser viel kühler. Hier habe ich das Gefühl, lebendig zu verbrennen.«

»In den Sümpfen wird das anders sein«, sagte Zejabel.

Niss lächelte ihr zu, ohne zu wissen, ob ihre Worte eine Aufmunterung oder eine Warnung sein sollten. Zejabel schien entsetzliche Angst vor den Sümpfen zu haben, was vermutlich an der Lehre Zuïas lag, die ihr als Kind eingetrichtert worden war. Treuen Anhängern der Rachegöttin war nach dem Tod der Eintritt ins paradiesische Lus'an versprochen – wer jedoch in Ungnade gefallen war, irrte der Legende nach für alle Ewigkeit durch die Sümpfe. Und die irdische Entsprechung dieser mythischen Orte hatten die Erben nun vor sich.

Wenn sie auch nur die geringste Chance gehabt hätten, Zuïas Palast auf befestigtem Weg zu erreichen, hätte Zejabel ihnen die Durchquerung der Sümpfe erspart. Doch die heilige Straße wurde auf ihrer gesamten Länge von Züu bewacht, so verlangte es das Gesetz der Rachegöttin. Sie patrouillierten sogar in der Umgebung der Straße. So blieb den Erben nichts anderes übrig, als den Umweg durch die Sümpfe zu wählen.

Zejabel bestand jedoch darauf, dass sie dort so wenige Nächte wie möglich verbrachten, und trieb ihre Freunde zur Eile an, um an diesem ersten Tag bis zum Rand des gefürchteten Moors vorzudringen.

Niss wagte sich kaum auszumalen, was sie am Ende des anstrengenden Marschs erwartete.

Seit er vor drei Dekaden mit Amanón aus dem Matriarchat geflohen und nach Lorelia geritten war, hatte Cael nicht mehr unter freiem Himmel geschlafen. Damals hatten sie gerade erst Corenns Tagebuch ausgegraben, und diese Zeit kam ihm jetzt unendlich fern vor.

Mehr als einen Mond nach dem Verschwinden seiner Eltern hatte sich ihre Lage nicht gebessert, ganz im Gegenteil. Bisweilen durchzuckte ihn der Gedanke, wie es überhaupt so weit hatte kommen können. Er wanderte über eine Insel, die von mörderischen Priestern beherrscht wurde, musste ständig um sein Leben fürchten und stand kurz davor, wie ein Dieb in den Palast einer Dämonin einzubrechen, die ihn und seine Freunde töten wollte.

Der dekantenlange Fußmarsch hatte ihn müde gemacht, aber seine Gefährten schienen keinen Schlaf finden zu können. Es war aber auch nicht leicht, unter diesen Umständen zur Ruhe zu kommen. Sie konnten kein Feuer anzünden, weil sie sonst Gefahr liefen, entdeckt zu werden. Notgedrungen hatten sie ein kaltes Mahl eingenommen, etwas gesalzenes Gemüse und ein paar Früchte, die die Hitze mehr oder minder gut überstanden hatten. Anschließend hatten sie sich wärmere Kleider übergezogen, weil es nachts empfindlich kalt wurde. Die sengende Hitze des Tages war schnell vergessen. Aus Furcht, sich zu verraten, beschränkten sie zudem ihre Gespräche auf das Notwendigste und flüsterten sich nur ab und zu ein paar Worte zu. So blieb jeder mit seinen Ängsten allein.

Am Rande der Sümpfe des Lus'an, abgeschirmt durch die großen Blätter der Bäume, schlief Cael schließlich mit dem seltsamen Gefühl ein, nicht zu der Welt jenseits seiner viel zu dünnen Decke zu gehören, aus der das Zirpen der Insekten und das Flüstern seiner Freunde an sein Ohr drangen. Und sollte der Erzfeind den Kampf gegen Sombre verlieren, würde diese Welt ein grausamer Ort werden.

Doch er durfte die Hoffnung nicht aufgeben. In wenigen Dekanten würden die Erben vielleicht abermals kämpfen müssen, und möglicherweise erwachte dann auch wieder seine Stimme und verriet ihm den Namen des Erzfeindes.

Er konnte nur beten, dass der Hass, den Sombre in seinem Geist gesät hatte, sich anschließend wieder legen würde, wie bisher jedes Mal. Und dass er ihn nicht dazu trieb, einem seiner Freunde etwas anzutun.

Zejabel atmete tief durch. Die Luft schien anders zu schmecken als bisher, sie war durchzogen vom Duft nach feuchter Erde, Meerwasser und schweren Blüten, der immer stärker wurde, je näher sie den Sümpfen kamen. Allmählich änderte sich auch die Landschaft.

Kurz nach Sonnenaufgang hatten sie sich wieder auf den Weg gemacht. Da sie kein Feuer entzünden und sich auch nirgends waschen konnten, waren sie gleich nach dem Aufstehen aufbruchsbereit gewesen. Kurz darauf begannen sie mit dem Abstieg in das größte Tal der Insel. Hier strömten sämtliche Flüsse des Nordens zusammen und verteilten sich anschließend über eine feuchte, zugewucherte Ebene.

Sie hatten Ölbäume und Dornbüsche hinter sich gelassen und marschierten nun durch eine immer üppigere Pflanzenwelt. Ab und zu umrundeten sie flache Tümpel, überragt von Bäumen, die ihre Wurzeln in das schlammige Ufer krallten. Mit der Zeit wurde das Gelände immer unwegsamer: Moorige Senken wechselten sich mit Feuchtwiesen ab, deren Gräser ihnen bis zu den Knien reichten, und bald mussten sie sich zwischen den ersten Trauerweiden hindurchzwängen, die ihnen mit ihren ausladenden Ästen den Weg versperrten.

»Wir folgen einem Weg«, bemerkte Bowbaq irgendwann. »Also gehen die Züu doch in die Sümpfe?«

»Manchmal«, antwortete Zejabel. »Aber nur in diesen Teil, zum Angeln oder Beerensammeln. Einige Boten machen auch Jagd auf die Moroca.«

»Was ist das für ein Tier?«

»Eine Schlange. Aus ihrem Zahn wird das Gift gewonnen, mit dem die Züu-Priester die Klingen ihrer Hatis einreiben. Die Judikatoren züchten Morocas, aber sie kaufen auch jedes erlegte Wildtier, das ihnen gebracht wird. Ihr Bedarf an Gift ist groß.«

»Hast du eigentlich noch welches? In deinen Phiolen?«, fragte Amanón.

Die Zü wandte sich zu ihm um, weil sie abschätzen wollte, ob er nur neugierig war oder ihr immer noch misstraute. »Ja, einen kleinen Rest. Aber ich habe nicht vor, es zu benutzen. Das Gegenmittel habe ich übrigens auch.«

»Und ist diese Moroca sehr verbreitet?«, fragte Eryne beunruhigt. »Werden wir welchen begegnen?«

»Vielleicht der einen oder anderen, wenn wir Pech haben. Aber eigentlich müssen wir nur aufpassen, wo wir hintreten. Morocas sind zwar kleiner als die Schlangen auf Usuls Insel, aber sie können immerhin bis zu vier Schritte lang werden. Man sieht sie recht gut.«

Zejabel hätte ihren Freunden dieses Detail lieber verschwiegen, aber sie brachte es nicht über sich, sie anzulügen.

»Und wovon ernähren sie sich?«, hakte Cael nach. »Bisher haben wir nicht viele Tiere zu Gesicht bekommen.«

»In den Sümpfen ist das anders. Dort leben Äffchen, Biber und sogar Krokodile, wenn auch nicht sehr viele. Manchmal sieht man auch Wildschweine. Viel beängstigender sind allerdings die Insekten.«

Zejabel lief noch einige Schritte weiter, bevor sie bemerkte, dass Amanón hinter ihr wie angewurzelt stehen geblieben war und den anderen den Weg versperrte.

»Insekten? Was für Insekten?«, fragte er.

»Nun ja … In den Sümpfen sind mehrere gefährliche Arten heimisch. Zum Teil leben sie einzeln, zum Teil in Kolonien. Ich werde euch sagen, vor welchen ihr euch in Acht nehmen müsst.«

»Warum hast du uns das verschwiegen?«

»Ich habe von Anfang an gesagt, dass der Weg durch die Sümpfe gefährlich ist. Außerdem – hätte das etwas an unserem Plan geändert?«

Amanón hielt ihrem Blick eine Weile stand, bevor er sich wieder in Bewegung setzte. Einen Moment lang hatte Zejabel gehofft, er würde tatsächlich kehrtmachen. Mit Schrecken erinnerte sie sich an die Prüfungen, die sie in den Sümpfen hatte bestehen müssen. Die Judikatoren setzten die Rivalinnen um den Titel der Kahati mit Vorliebe mitten in der Wildnis aus, angeblich, um ihre

Fähigkeiten auf die Probe zu stellen – in Wahrheit hatten diejenigen, die die Prüfungen überlebt hatten, vor allem großes Glück gehabt.

Sie marschierten noch zwei Dezimen im Gänsemarsch den schmalen, kaum zu erkennenden Pfad entlang, bis die Bäume immer zahlreicher wurden und sie in einen finsteren Wald gerieten, in dem es nach Moder, Schlamm und Brackwasser roch. Der Weg schlängelte sich an morastigen Tümpeln vorbei, gesäumt von dichtem Gestrüpp, in dem Kröten, Nager und andere Kleintiere hausten. Da der Himmel durch die Äste der Trauerweiden kaum noch auszumachen war, herrschte unter den Bäumen ein unheimliches Zwielicht. In der Stille war das Trippeln und Trappeln von Millionen winziger Füßlein zu hören. Zejabel bemerkte plötzlich, dass ihre Haut feucht war. Sie hatten das Lus'an erreicht.

»Bitte sagt mir, dass wir nicht bis morgen durch diese Hölle waten müssen«, flehte Eryne.

»Vergesst den Rückweg nicht«, sagte Bowbaq unnötigerweise.

»Nicht überall ist es so sumpfig«, versprach Zejabel. »Zumindest nicht rings um den Palast. Aber dorthin müssen wir es erst einmal schaffen.«

Sie ging noch etwa zwanzig Schritte weiter und deutete dann auf eine Ameisenstraße, die unter einem Strauch verschwand. »Das sind Meuchelameisen«, erklärte sie. »Sie fallen schlafende Tiere an, kriechen in sämtliche Körperöffnungen und lähmen das Nervensystem von innen. Dann nagen sie ihre Beute bis auf die Knochen ab. Manchmal dauert es mehrere Tage, bis sie stirbt.«

Sie nahm ihren Bogen vom Rücken und bog den dichten Strauch damit beiseite. Der Anblick war abstoßend. Hunderte Ameisen mit langen Beißwerkzeugen krochen auf dem Kadaver eines Bibers herum, den sie bereits zur Hälfte aufgefressen hatten. Eryne schlug sich die Hand vor den Mund, um nicht vor Ekel aufzuschreien.

»Während einer Prüfung habe ich einmal eine andere Kandidatin so vorgefunden. Sie schlief direkt neben mir, als die Ameisen über sie herfielen. Am Morgen hatten sie sie längst gelähmt. Wir mussten sie töten.«

Sie ließ den Busch zurückschnellen und fasste plötzlich neuen Mut. Derlei Grausamkeiten mussten ein Ende haben. Zejabel würde dem Erzfeind helfen, Dämonen wie Sombre und Zuïa endgültig aus der Welt zu schaffen.

Entschlossen schlug sie den Weg Richtung Norden ein. Die anderen setzten sich sehr viel zögerlicher wieder in Bewegung.

Nur Keb trampelte auf den Meuchelameisen herum, als wären sie für alles Unheil auf Erden verantwortlich, doch selbst das heiterte die Erben nicht auf.

Für den Fall, dass sie doch noch einem ihrer Feinde begegneten, hatte Nolan seine Verkleidung so lange wie möglich anbehalten, aber nun war er es leid, seinen bloßen Oberkörper den Insektenwolken auszusetzen, die sie umschwärmten. Auch wenn Zejabel behauptete, die Wimmelchen, Aschefliegen und Klammerkäfer seien harmlos, machte es ihn verrückt, sie ständig von seiner nackten Haut fortzuwedeln. Vielleicht waren die Insekten die wirksamste Verteidigung, die sich Zuïa für ihren Palast ausgedacht hatte: Bei der Durchquerung der Sümpfe verlor selbst der mutigste Eindringling den Verstand und lief blindlings drauflos, ohne sich vor Schlangen und Krokodilen in Acht zu nehmen. Zejabel hatte die Erben bereits mehrmals eindringlich davor gewarnt, in einem Anfall von Panik überstürzte Bewegungen zu machen, denn selbst wenn sie nur in ein Spinnennetz stolperten, konnte das tödlich sein.

Schließlich bat Nolan um eine Pause und streifte sein Novizengewand über, dessen dicker Stoff seinen Körper besser schützte. Die anderen nutzten den Halt, um sich ihre Kleider fester um den Körper zu binden und sich einen Stock zu suchen, denn Zejabel hatte ihnen erklärt, dass sich manche Insektenarten von kräftigen Stößen auf den Boden in die Flucht schlagen ließen.

Mit den Stöcken konnten sie außerdem die Sträucher beiseiteschieben, bevor sie sich zwischen ihnen hindurchzwängten. Seit geraumer Zeit gab es keinen Pfad mehr, dem sie hätten folgen können – nun befanden sie sich mitten in der Wildnis, in einer Landschaft, wie es sie nirgendwo sonst auf der bekannten Welt gab. Orientieren konnten sie sich nur noch an der Himmelsrichtung: Sie mussten stur nach Norden marschieren. Doch selbst das war schwierig, denn die Sonne verschwand immer wieder für längere Zeit hinter dichten Blättern. Ohne Amanóns Kompass wären sie wohl schon mehrmals in die Irre gelaufen, wenn sie wieder einmal umkehren mussten, weil das Gelände zu sumpfig oder überschwemmt war.

»Schon seltsam, dass wir vielleicht die ersten Menschen sind, die diese Sümpfe durchqueren«, bemerkte Niss.

»Auf diese Ehre könnte ich gut verzichten«, murmelte Eryne, während sie sich zum Schutz gegen die Insekten ein Tuch um den Kopf band.

Nolan, der auf einem umgestürzten Baum saß und seine Stiefel zuschnürte, konnte sich ein Grinsen nicht verkneifen. Er hielt sich nicht für sonderlich verwöhnt oder empfindlich, aber sein Leben in Lorelia und Ith hatte ihn nicht auf eine solche Expedition vorbereitet, das musste er zugeben. *Wenn Mutter uns jetzt sehen könnte,* dachte er, als er aufstand.

In diesem Moment spürte er einen stechenden Schmerz am Schulterblatt. Unwillkürlich schrie er auf. Seine Freunde umringten ihn, um zu sehen, was ihn gestochen hatte, aber erst als er Zejabels alarmierten Gesichtsausdruck sah, bekam er es mit der Angst zu tun.

»Alle weg von dem Baum«, befahl sie.

Das musste sie nicht zweimal sagen. Die Erben wichen mehrere Schritte zurück und sahen sich hektisch um.

Wieder spürte Nolan ein Stechen, diesmal am linken Arm. Amanón fegte ihm einen Käfer von der Schulter, und in diesem Moment sah er, was Zejabel aufgeschreckt hatte: Unzählige murmelgroße Käfer ließen sich von den Ästen fallen. Als sich der wimmelnde Teppich auf sie zubewegte, folgten alle Zejabels Beispiel und traten die Insekten mit einer Mischung aus Entschlossenheit und Abscheu tot. Mit ihren Stiefelabsätzen gelang es ihnen schließlich, das Käferheer zu vernichten, aber Nolan zitterte immer noch am ganzen Leib.

»Zeckenkäfer«, erklärte Zejabel. »Sie saugen ihrem Opfer Blut aus und verdreifachen innerhalb kürzester Zeit ihre Körpergröße. Wenn dich nur einige wenige stechen, ist das nicht weiter schlimm, aber wenn sie sich in Scharen auf deine Haut fallen lassen …«

»Mein Arm tut immer noch weh«, sagte Nolan besorgt.

»Das kommt vor. Heute Abend dürftest du nichts mehr spüren.«

Heute Abend … Und dabei war es nicht einmal Mit-Tag. Soeben war er nur knapp dem Tod entronnen. Was für eine grauenvolle Vorstellung, diesen blutrünstigen Käfern als Festmahl zu dienen!

Zum ersten Mal kam ihm der Gedanke, dass sie vielleicht doch besser die Heilige Straße ins Lus'an genommen hätten, selbst wenn sie dort gegen Hunderte Züu hätten kämpfen müssen.

Während sie sich durch die unwirtlichen Sümpfe kämpften, begegneten sie immer neuen Gefahren. Kurz nach der Attacke der Zeckenkäfer auf Nolan prasselte auch auf Amanón ein Insektenregen nieder. Diesmal waren es Juckklammerkäfer, die ihren Opfern Eier unter die Haut legten. Amanón schüttelte hastig all seine Kleider aus und bat Cael, ihm den Nacken und Rücken abzusuchen, denn wenn er auch nur einen einzigen Käfer übersah, würde er Hunderten hungrigen Larven als Wirt dienen.

Etwas später rutschte Niss auf dem matschigen Boden aus und trat in ein Nest Stachelschrecken. Die fingerlangen Tiere gingen sofort zum Angriff über, und während sie sich noch aufrappelte, hatten schon zwei der Biester ihren Knöchel erreicht und bohrten ihr den nadelspitzen Stachel an ihrem Schwanz ins Bein. Selbst nachdem sie die Tiere zerquetscht hatten, ließen sich die Stachel kaum herausziehen, so tief saßen sie im Fleisch.

Eines der unheimlichsten Ereignisse des Tages war die Begegnung mit einer der berüchtigten Morocas. Zum Glück sahen die Gefährten die Schlange schon von weitem. Sie ruhte reglos auf einem niedrigen, dicken Ast und schien sich für nichts und niemanden zu interessieren. Unter dem Maul wölbte sich ein großer Kehllappen, und ihre Schuppen glänzten tiefgrün. Das Reptil weckte unliebsame Erinnerungen an die Riesenschlangen auf Usuls Insel, und sie schlugen einen weiten Bogen um den Baum.

Bei dieser Gelegenheit erzählte Zejabel ihren Freunden, welche Prüfung Novizen bestehen mussten, um ein Bote Zuïas zu werden. Bevor sie den heiligen Hati überreicht bekamen, mussten sie die Hand in einen Korb stecken, in dem eine kleine Moroca eingesperrt war. Mehr als die Hälfte der Jungen wurde gebissen. So überprüften die Judikatoren, ob die Novizen gehorsam gewesen waren und über Jahre hinweg geringfügige Dosen des Gifts geschluckt hatten, um sich dagegen immun zu machen. Auch Zejabel hatte fünfzehn Jahre lang jeden Tag etwas von dem Gift eingenommen, um ihren Körper daran zu gewöhnen, und auch sie hatte ihre Hand in den Korb stecken müssen.

Als die Freunde zum wiederholten Mal an einem riesigen Netz vorbeikamen und Eryne plötzlich eine Spinne vor die Füße fiel, kreischte sie panisch los. Alle dachten, sie hätte sich längst an die Krabbeltiere gewöhnt, so viele Trichter-, Gespenst- und Mammutspinnen hatten sie im Laufe des Tages gesehen, aber sie schrie immer noch, als Bowbaq das Tier schon längst zertreten hatte. Offenbar war sie mit den Nerven völlig am Ende.

Zu acht konnten sie glücklicherweise ihre Umgebung einigermaßen im Auge behalten, aber wenn sie nicht von einem der wenigen Menschen angeführt worden wären, die die Gefahren der Sümpfe in- und auswendig kannten, hätten sie den Marsch mit Sicherheit nicht überlebt. Mittlerweile waren ihre Körper von juckenden Stichen und schmerzhaften Bissen übersät.

Zejabel wies sie an diesem Tag auf so viele verschiedene Spinnen, Schlangen und Insekten hin, dass die anderen sich fragten, wie sie sich nur all die Namen merken konnte: Zirper, Winzeln, Sichelspinnen, Schraubkäfer, Skaraboren und so weiter und so fort. Alle sehnten sich nur noch nach einem Ort, an dem ihnen nicht ständig Äste ins Gesicht schlugen oder die Füße im Matsch versanken.

Der schlimmste Zwischenfall des Tages hatte jedoch nichts mit Insekten oder Spinnen zu tun, sondern mit einem der angeblich so seltenen Krokodile. Das Tier tauchte urplötzlich aus einem Tümpel vor ihnen auf und versetzte alle in Panik. Als es auf Cael zuschnellte, sprang er geistesgegenwärtig zur Seite, woraufhin es nach Nolan schnappte. Keb und Amanón hieben mit ihren Schwertern auf das Krokodil ein, bevor Bowbaq ihm mit einem Kautenschlag den Rest gab.

Nach dem Schreck legten die Erben erst einmal eine

kurze Rast ein, um sich zu beruhigen und die Umgebung nach weiteren bösen Überraschungen abzusuchen. Sie schworen sich gegenseitig, die Teiche mit ihrer trügerisch ruhigen Wasseroberfläche nicht mehr aus den Augen zu lassen. Da sie den ganzen Tag nichts als Frösche, Biber und ein paar Nattern zu Gesicht bekommen hatten, war ihnen Zejabels Warnung vor den Krokodilen entfallen.

Bevor sie weitergingen, vollführte Zejabel ein Ritual, dem ihre Gefährten mit Befremden zusahen: Sie zog ihren Dolch, schlitzte dem Krokodil den Bauch auf, entnahm mehrere Organe, wickelte sie in ein Tuch und verstaute sie in ihrem Bündel.

»Für heute Abend«, sagte sie nur.

Als sie die entgeisterten Gesichter ihrer Gefährten sah, schickte sie eine kurze Erklärung hinterher. »Wir hängen sie in einiger Entfernung von unserem Nachtlager auf. So halten wir uns zumindest einen Teil der Biester vom Leib, die uns das Blut aussaugen wollen.«

Dann setzten die Erben ihren beschwerlichen Marsch durch das Moor fort, kämpften sich durch Gestrüpp und wateten durch tiefen Morast. Auf dem Kadaver des Krokodils tummelten sich bereits nach wenigen Dezillen gierige Zeckenkäfer, Wellenfüßler und Schlürfteufel.

Eryne versuchte, sich zusammenzureißen, aber sie hatte ständig das Gefühl, dass dünne Beinchen auf ihr herumkrabbelten. Dabei hatten die Erben ihren Schlafplatz eigens so hergerichtet, dass sie zumindest halbwegs vor Insekten geschützt waren. Sie hatten ihre Decken absichtlich nicht im Schutz der Bäume ausgebreitet, sondern unter dem rötlichen Abendhimmel, alle modrigen Blätter eingesammelt, jede Pflanze und jeden Grashalm ausgerupft und die nackte Erde gründlich mit Reisigbündeln gefegt.

Zuletzt opferten sie nahezu ihren gesamten Ölvorrat, um einen Kreis zähflüssiger Masse um das Lager zu ziehen, in der kleinere Spinnen und Insekten hängenbleiben würden. Heuschrecken oder geflügelte Käfer würde das Öl natürlich nicht abhalten.

Wenn Erynes Blick versehentlich auf die Krokodilorgane fiel, die an einem Ast baumelten und längst von einer Traube wimmelnder Leiber bedeckt waren, drehte sich ihr der Magen um. Zejabels Trick funktionierte besser, als sie gedacht hatten, bescherte ihnen aber auch eine ziemlich unangenehme Nachbarschaft.

Viel Bewegungsfreiheit blieb ihnen so nicht, auch wenn sich ab und zu einer von ihnen außerhalb des Kreises die Beine vertrat. Nur Eryne weigerte sich standhaft, den geschützten Bereich zu verlassen. Obwohl sie halbtot vor Müdigkeit war, nahm sie sich fest vor, bis zum Morgen wach zu bleiben. Die Aussicht, in Zuïas Palast einzubrechen, bereitete ihr mittlerweile sogar weniger Bauchschmerzen als die vor ihr liegende Nacht. Dabei hätte es noch viel schlimmer sein können: Immerhin musste sie die nächsten Dekanten nicht vor Angst schlotternd in völliger Finsternis verbringen, denn Amanón war bereit gewesen, eine Lampe brennen zu lassen, wenn auch nur auf kleinster Flamme. Auf diese Weise konnten sie wenigstens sehen, welche Insekten über sie herfielen oder ob eine Moroca anzugreifen drohte.

Als sich die Dunkelheit über die Sümpfe senkte, mussten die Gefährten die Lampe jedoch an den Rand der Lichtung stellen, da die Flamme unzählige Mücken und Kapselkäfer anzog. Eryne setzte sich dennoch so nah wie möglich an das Licht heran. Um den Ansturm der Insekten zu ertragen, wickelte sie sich im Schneidersitz fest in eine dicke Decke und behielt nur eine Hand im Freien, um die Insekten zu verscheuchen, die ihr ins Gesicht flogen.

Ihre Mahlzeit fiel noch karger aus als am Vorabend. Sobald sie eine Frucht hervorholten, stürzte sich sofort eine Horde Fliegen darauf. Schließlich schleuderten sie alles Obst weit von sich und begnügten sich mit rohem Gemüse und ein paar Brocken altem Brot.

Trinkwasser war ein weiteres Problem oder würde spätestens am nächsten Tag eins werden. In den Tümpeln wimmelte es nur so vor Insektenlarven, und bisher waren sie auf kein sauberes Gewässer gestoßen, in dem sie ihre Schläuche hätten auffüllen können. Zejabel hatte befohlen, äußerst sparsam mit den Vorräten umzugehen, und so beschloss Eryne, erst am Morgen wieder einen kleinen Schluck zu trinken. Sie wollte ohnehin vermeiden, mitten in der Nacht von einem dringenden Bedürfnis geplagt zu werden und den schützenden Kreis verlassen zu müssen.

Wie üblich erklärte sich Amanón bereit, die erste Wache zu übernehmen. Die anderen wickelten sich so fest wie möglich in ihre Decken und versuchten, eine einigermaßen bequeme Schlafposition zu finden. Aus Angst, einer der Blutsauger könnte sie im Schlaf heimtückisch töten, blieb Eryne sitzen und behielt die Augen offen. Bei all den Meuchelameisen, die ihre Beute lähmten, Trichterspinnen, die ihre Opfer vergifteten, und Mondanbeterinnen, die eine unheilbare Krankheit übertrugen, würde sie die kleinste Fliege fortwedeln, die sich ihr näherte, und wenn sie noch so harmlos war.

Nach zwei Dezimen hatte Erynes Anspannung immer noch kein bisschen nachgelassen, während ihre Freunde im Vertrauen auf Amanóns Wachsamkeit in einen tiefen Schlaf gesunken waren. Sie vergewisserte sich, dass Kebree fest schlief, und setzte sich dann neben Amanón, der überrascht aufsah. Wortlos lehnte sie den Kopf an seine Schulter.

Amanón vermochte ihr den Trost und die menschliche Wärme zu geben, nach denen sie sich sehnte. Er legte ihr den Arm um die Schulter, und so saßen sie eine ganze Weile still beisammen. Gemeinsam betrachteten sie den Tanz der Leuchtkäfer und Irrlichter über den Sümpfen des Lus'an, und zum ersten Mal seit ihrer Ankunft auf der Insel vergaß Eryne ihre Angst.

Der zweite Tag in den Sümpfen war mindestens ebenso schlimm wie der erste, zumal sie keine besonders erholsame Nacht verbracht hatten. Allmählich machten sich Erschöpfung und Hunger bemerkbar. Zwar waren sie in der Nacht zur Abwechslung nicht von Krokodilen oder Schlangen angegriffen worden, doch am Morgen waren ihre Körper von unzähligen neuen Stichen übersät. Obendrein war ihr Gepäck im Schutz der Dunkelheit von Ungeziefer heimgesucht worden, obwohl sie alle Vorräte an einen Ast gebunden hatten. Nun waren sämtliche Lebensmittel von Larven befallen und damit ungenießbar.

Die Anspannung der Erben wuchs, je näher sie der Nordspitze der Insel kamen, dem irdischen Paradies, in dem Zuïa ihren Palast errichtet hatte. Zejabel ging davon aus, dass sie ihn noch vor dem Abend erreichen würden, und so wappneten sich die Freunde für die gefährlichste Etappe ihrer Expedition und den beschwerlichen Rückweg. Vor ihnen lagen zwei weitere Nächte in den Sümpfen, und sie hatten immer noch kein frisches Wasser gefunden.

Auch an diesem Tag machten ihnen die Bewohner der Sümpfe schwer zu schaffen. Die Begegnung mit einer Kolonie Tropfenspinnen war zwar nicht der bedrohlichste, aber doch der beängstigendste Zwischenfall. Die Spinnen hatten winzige Leiber und spindeldürre, fast durchsichtige Beine, so lang wie der Arm eines Menschen. Wenn sie sich zwischen zwei Sträuchern aufspannten, sahen sie aus wie ein Tautropfen, der an dünnen Fäden hängt. Doch als Zejabel eine der Spinnen mit ihrem Stock streifte, hielt sie sich mit erstaunlicher Hartnäckigkeit daran fest und versuchte, ihre Beißwerkzeuge hineinzuschlagen. Kurz darauf kämpften die Erben gegen mindestens zwanzig dieser Tiere. Sie mussten sie sich mühsam von den Armen ziehen, wo sie sich festklammerten, ohne sich darum zu scheren, ob ihnen die Beine ausgerissen wurden.

Kurz nach Mit-Tag erwischte es Bowbaq: Er rutschte im Schlamm aus und landete in einem Tümpel. Die anderen streckten ihm ihre Stöcke entgegen, und er beeilte sich, wieder aus dem Wasser herauszukommen, doch es war bereits zu spät. Drei gelbliche Blutegel waren in seine Stiefel geschlüpft und hatten sich an seinen Waden festgesaugt. Während die Erben noch darüber diskutierten, wie man sie am besten entfernte, verdrehte Bowbaq die Augen, sackte zu Boden und begann kurz darauf vor Fieber zu glühen. Einen halben Dekant lang war er so schwach, dass er nicht aufstehen konnte, auch dann nicht, als seine Freunde die Egel längst ausgebrannt hatten. Zejabel wusste nicht viel über diese Tiere, aber vermutlich hatte Bowbaq es nur seiner kräftigen Statur zu verdanken, dass er sich wieder erholte. Man konnte sich gut vorstellen, was passiert wäre, wenn er auch nur einen Moment länger im Wasser geblieben wäre.

Die erzwungene Rast hatte zumindest den Vorteil, dass sie sich etwas ausruhen konnten. Als Zejabel kurz darauf einen Strauch mit süßen, herrlich saftigen Früchten fand, hob das die Stimmung der Freunde erheblich, und da sie die Gefahren der Sümpfe nun besser kannten, tappten sie auch nicht mehr ständig in irgendwelche Fallen. So entdeckten sie die unterirdischen Gänge der Maulwurfsameisen, in die man bis zum Knöchel einsacken konnte, gerade noch rechtzeitig. Auch um die Panzerstecher, eine Käferart, die sich nicht zertreten ließ, sondern sich stattdessen durch die Schuhsohle fraß, machten sie einen großen Bogen. Ein Biss dieser kleinen Biester verursachte schmerzhafte Beulen an den Füßen, mit denen an ein Weitergehen nicht zu denken gewesen wäre.

Von Dekant zu Dekant veränderte sich die Landschaft. Das Gelände stieg zur Felsküste im Norden hin an, der Boden wurde immer fester, und die Tümpel wichen trockeneren Stellen. Auf der Höhe des fünften Dekants, als die Hitze erneut unerträglich wurde, hatten sie den schlimmsten Teil des Lus'an hinter sich. Es war, als hätten sie eine für gewöhnliche Sterbliche unsichtbare Grenze passiert: Plötzlich wurden sie kaum noch von Insekten umschwirrt.

Die Erleichterung war ernorm, denn es war ungeheuer anstrengend gewesen, ständig auf der Hut sein zu müssen. Mittlerweile mussten die Erben nicht mehr bei jedem Schritt darauf achten, wohin sie ihre Füße setzten. Auch die Pflanzenwelt war hier weniger trostlos: Überall blühten farbenfrohe Blumen. Die Erben waren tatsächlich in eine Art irdisches Paradies eingetreten – ein Paradies, in dem eine Dämonin herrschte.

Während ihres Marschs durch die Sümpfe hatten sie kaum miteinander geredet, damit ihnen keine Insekten in den Mund flogen. Nun, im Herzen von Zuïas Reich, waren sie noch schweigsamer. Zwar lauerten hier keine Krokodile oder Morocaschlangen, doch dafür konnte ihnen jederzeit ein Novize, Bote oder sogar ein Judikator über den Weg laufen. Zejabel nahm ihren Bogen zur Hand und spannte einen Pfeil in die Sehne, und auch die Männer zogen ihre Waffen. Nach einer Weile stießen sie auf die Straße, die zum Palast führte.

»Hier kenne ich mich aus«, murmelte Zejabel. »Ich hätte nicht gedacht, dass wir unserem Ziel schon so nah sind.«

Hastig wichen sie von der Straße zurück ins Gebüsch – sie konnten von Glück sagen, keinem ihrer Feinde begegnet zu sein. Wieder einmal war die Hitze ihre Rettung, denn in der sengenden Sonne lag die Straße wie ausgestorben da.

»Wie weit ist es noch bis zum Palast?«, fragte Amanón.

Während sie zwischen den Büschen kauerten und sich den Schweiß von der Stirn wischten, warteten die Erben ungeduldig auf Zejabels Antwort.

»Ein paar Meilen. Die Straße führt zunächst zu einem Dorf, in dem sich die Unterkünfte der Novizen, die Schulgebäude und mehrere Kampfarenen befinden. Dort stehen auch die Villen der Judikatoren und der Tempel des Großen Werks, in dem die Boten ihre Gebete sprechen.«

»Novizen, Boten, Judikatoren … So viele Bösewichter auf einem Haufen«, scherzte Keb.

»Zuïas Palast liegt ein gutes Stück hinter diesem Dorf. Nur die höchsten Judikatoren und ihre Diener dürfen ihn betreten. Niemand sonst weiß, dass die Gött…, dass Zuïa die Strafende tatsächlich dort lebt.«

»Wie viele Männer bewachen ihn?«, fragte Amanón. »Können wir wirklich hoffen, uns dort einzuschleichen, ohne entdeckt zu werden?«

Zejabel überlegte lange – viel zu lange für den Geschmack ihrer Freunde. Immer wieder reckte sie nervös den Hals und suchte die Umgebung ab, als könnte sie dort eine Antwort auf die Frage finden.

»Nachts halten sich wesentlich mehr Männer im Palast auf«, sagte sie schließlich. »Tagsüber sind die Priester im Dorf, um die Novizen zu unterrichten. Wenn wir unbemerkt hinein- und wieder herauskommen wollen, dann entweder innerhalb des nächsten Dekants oder morgen früh. Ich bin dafür, jetzt gleich zu gehen.«

Alle sahen sich fragend an, aber im Grunde stand ihr Entschluss bereits fest. Schließlich hatten sie nicht den weiten Weg zurückgelegt, um jetzt einen Rückzieher zu machen. Außerdem wollte niemand von ihnen in der Nähe des Dorfs übernachten, wo sie jederzeit entdeckt werden konnten.

Ohne ein weiteres Wort brachen sie auf. Geduckt bahnten sie sich einen Weg durch das Gestrüpp und hielten ihre Waffen dabei fest umklammert.

Sie schlugen einen großen Bogen um das Dorf der Züu. Nach einer Weile fürchtete Amanón schon, sie hätten sich verlaufen, aber auf Zejabels Ortskenntnis war Verlass. Schließlich hatte sie fast ihr ganzes Leben zwischen den Sümpfen und den Klippen im Norden der Insel verbracht und schien jeden Stein zu kennen. Amanón hoffte nur, dass die Novizen nicht auch neugierig im Lus'an umherzustreifen pflegten.

Doch sie hatten Glück. Wie Zejabel vermutet hatte, waren die Züu mit Kampfübungen oder der Lektüre religiöser Schriften beschäftigt. Nachdem die Erben einen halben Dekant durch den Urwald geschlichen waren, erreichten sie Zuïas Palast und verbargen sich in Bogenschussweite von einem Tor im Gebüsch.

»Wir beobachten den Palast erst einmal eine Weile«, flüsterte Amanón den anderen zu.

Seine Ermahnung war überflüssig: Keiner der Erben hätte sich allein auf den Rasen vorgewagt. Staunend betrachteten sie den prunkvollen Palast. Wie die Unsterbliche, die ihn bewohnte, wirkte er gleichermaßen uralt und unvergänglich. Er bestand zwar nur aus einem Stockwerk, erstreckte sich aber über eine Fläche, die gut und gern so groß war wie der Platz der Reiter in Lorelia, und mit seinen strahlend weißen Mauern und den schmalen Fenstern erinnerte der Bau an eine heilige Festung. Mehrere Kuppeln ragten in den Himmel, und die von Säulen flankierten Torbogen schienen die Natur, aber auch nur sie, ins Innere des Palasts einzuladen. Amanón staunte über dieses überirdisch anmutende Gebäude inmitten der Wildnis. Aus welchen Steinen war es erbaut worden? Wann? Und vor allem: Von wem? Wer war zu einer solchen Meisterleistung fähig? Die Etheker womöglich? Das wäre auch eine Erklärung dafür, warum Zuïas Bibliothek so viele ethekische Schriften enthielt.

»Es ist niemand zu sehen«, wisperte Cael. »Müssten hier nicht eigentlich überall Wachen herumstehen?«

»Es sind immer mindestens drei«, bestätigte Zejabel. »Vielleicht drehen sie gerade eine Runde auf der anderen Seite des Palasts.«

Amanón kniff die Augen zusammen und starrte angestrengt erst nach rechts, dann nach links, aber es war niemand zu sehen. Rings um den Palast erstreckte sich ein gepflegter Park. Es musste Jahrzehnte gedauert haben, den wuchernden Urwald zu bändigen und einen so ordentlichen Garten anzulegen. Vielleicht sogar Jahrhunderte! Das Ergebnis war jedenfalls von atemberaubender Schönheit, die geradezu verstörend wirkte, wenn man bedachte, dass der Park der Zerstreuung einer Dämonin diente. Auf zahlreichen Beeten wuchsen tiefrote Rosen, deren Farbe unweigerlich an das Gewand der Boten Zuïas und an das Blut erinnerte, das sie im Namen der Rachegöttin vergossen.

»Irgendwas stimmt hier nicht«, sagte Zejabel nach einer Weile. »Die Wachen müssten längst wieder auf unserer Seite angekommen sein. Kein Tor bleibt so lange unbewacht.«

»Vielleicht haben wir ganz einfach Glück?«, murmelte Niss.

»Warten wir noch etwas ab«, sagte Amanón.

Zejabels Verwirrung ließ ihn zögern. Andererseits verschenkten sie vielleicht eine einmalige Gelegenheit …

Mehrere Dezillen verstrichen, ohne dass etwas geschah. Immer noch kauerten die Erben sechzig Schritte vom Tor entfernt im Gebüsch. Niemand schien sie davon abhalten zu wollen, den Palast zu betreten.

»Ist es vom Tor bis zur Bibliothek weit?«, fragte Amanón.

»Ja, sie liegt auf der anderen Seite des Palasts. Es wäre besser, den Nordeingang zu nehmen.«

Rasch verständigten sie sich mit Blicken und kämpften sich dann durch dichtes Gestrüpp zur anderen Seite des Palasts vor. Auch hier war niemand zu sehen.

»Es muss etwas passiert sein«, sagte Zejabel beunruhigt. »Wir sind keiner einzigen Patrouille begegnet.«

»Vielleicht sind die Wachen in einer schattigen Ecke eingepennt«, sagte Keb. »Auf so etwas hatten wir doch gehofft, oder nicht?«

»Das läuft mir alles zu glatt«, meinte Amanón. »Ich weiß nicht, ob …«

Er verstummte mitten im Satz: Soeben war ein Zü aus dem Palast getreten. Die Erben zogen die Köpfe ein, aber der Mann schien sie nicht gesehen zu haben. Er entfernte sich gemessenen Schrittes und ging durch den Park auf eines der zahlreichen Nebengebäude zu.

»Seid ihr jetzt zufrieden?«, schnaubte Keb. »Können wir endlich gehen?«

Amanón wiegte seufzend den Kopf, denn die Verantwortung lastete schwer auf ihm. Er hatte die anderen zu dieser Expedition gedrängt und zugestimmt, dass sie sich alle gemeinsam auf den Weg machten, um nicht aus Versehen den Erzfeind zurückzulassen. Doch nun, wo es darum ging, den letzten Schritt zu tun, kamen ihm Zweifel. Er sah seinen Freunden nacheinander wortlos in die Augen. Hätte auch nur einer von ihnen Bedenken oder Furcht geäußert, hätte er das Ganze abgeblasen.

»Also gut. Keb und ich gehen zuerst zum Tor, und Zejabel deckt uns mit dem Bogen. Als Nächstes kommen Bowbaq und Nolan. Wenn alles gut geht, stößt der Rest am Tor zu uns.«

Amanón blieb keine Zeit, sich noch einmal nach möglichen Feinden umzusehen, denn Keb stürmte bereits mit wehenden Haaren und erhobener Lowa auf den Palast zu. Notgedrungen sprintete er hinter ihm her, mit rasendem Herzen, wie jedes Mal, wenn ein Kampf bevorstand. Sie pressten sich an die weißgetünchte Mauer, die im Schatten lag, und spähten vorsichtig ins Innere des Palasts. Hinter dem Tor begann ein Gang, der wie ausgestorben dalag.

Amanón winkte Bowbaq und Nolan, die daraufhin ebenfalls mit sichtlicher Anspannung über die freie Fläche spurteten. Als Letztes trafen Cael, Niss, Eryne und Zejabel ein. Vor Aufregung wirkten sie fast fiebrig.

»Gehen wir rein«, sagte Amanón.

Zejabel übernahm die Führung, tauschte Pfeil und Bogen gegen einen Dolch, den sie auf Schulterhöhe hielt, und schlich geschmeidig wie eine Katze in den Gang. Amanón bedauerte, dass er und seine Gefährten sich nicht ebenso lautlos zu bewegen wussten. Obwohl sie sich bemühten, auf Zehenspitzen zu gehen, hallten ihre Schritte durch die Stille.

Trotz seiner Angst vor einer möglichen Begegnung mit dem Feind bewunderte Amanón das Innere des Palasts, der der Pracht des Parks in nichts nachstand. Schon der Gang war eine Augenweide: Ein vielfarbiges Relief zierte die weißgetünchten Wände und erstreckte sich an manchen Stellen bis zur Decke. Bänke und Sekretäre aus edlem Holz waren in regelmäßigen Abständen an den Wänden verteilt, und ein schwacher Weihrauchduft hing in der Luft. Fast hätte man vergessen können, wie gefährlich dieser Ort war.

Sie bewegten sich mit größter Vorsicht voran und blieben immer wieder stehen, um die Ohren zu spitzen. Zejabel führte sie durch zwei weitere Gänge, die ebenso prächtig wie der erste waren. Amanón kam der Gedanke, dass sich die Züu ihre Auftragsmorde teuer bezahlen lassen mussten, denn überall standen kostbare Kunstwerke herum, und die Bibliothek war sicher nicht weniger edel ausgestattet.

Nachdem sie einen Saal durchquert hatten und einen weiteren Flur entlanggegangen waren, schob Zejabel eine Flügeltür zu dem Ort auf, auf den sich all ihre Hoffnungen richteten. Die Erben zwängten sich durch den Spalt und standen mit offenen Mündern vor unzähligen Büchern und Schriftrollen. An drei Wänden reichten

Regale bis zur Decke, nur die Fensterfront am anderen Ende des langen Saals war ausgespart. Im ersten Moment geriet Amanón in Panik: Sie würden niemals genug Zeit haben, um das Buch zu finden, das sie suchten.

Als er Zejabel einen hilflosen Blick zuwarf, winkte sie ihn zu einem Regal, in dem Bücher mit besonders edlen Einbänden standen. Mit der Dolchspitze zeigte sie auf drei von ihnen, ergriff selbst ein viertes und schlug es auf der ersten Seite auf.

Amanóns Herz machte einen Hüpfer, als er die Schriftzeichen erkannte. Zejabel hatte nicht gelogen: Es handelte sich um ein ethekisches Lehrbuch.

Mit bebenden Händen nahm er das kostbare Manuskript entgegen und steckte es hastig in sein Bündel. Dann holte er die anderen Bücher, auf die Zejabel gezeigt hatte, aus dem Regal. Mit fieberhafter Begeisterung zog er wahllos zwei weitere Bände heraus, ergriff dann einen ganzen Stapel und sah sich hilfesuchend zu den anderen um. Bowbaq sprang herbei und öffnete seinen riesigen Rucksack, um den Schatz darin zu verstauen. Während auch die anderen die Bücher entgegennahmen, die Amanón ihnen reichte, wandten sie sich immer wieder ängstlich zur Tür um. Amanón hatte zwar nicht vergessen, dass sie in höchster Gefahr schwebten, konnte aber einfach nicht aufhören, Bücher aus den Regalen zu räumen. Die Vorstellung, dass der Welt so viel Wissen vorenthalten wurde, war unerträglich. Am liebsten hätte er die ganze Bibliothek eingepackt.

Er bereute seine Begeisterung erst, als die Tür aufgestoßen wurde und die beiden Flügel laut gegen die

Wand krachten. Jede Hoffnung, die Bücher eines Tages tatsächlich lesen zu können, war zunichte – Zuïa hielt einen triumphalen Einzug in den Saal. Sie wurde von einer jungen Frau und einer Schar Boten in purpurroten Gewändern begleitet, die ihren Hati gezogen hatten.

»Dafür seid ihr also hergekommen«, sagte die Rachegöttin voller Verachtung. »Ihr wollt meine Bibliothek plündern. Mit allem Möglichen habe ich gerechnet, aber damit nicht!«

Bei Zuïas höhnischen Worten wurde Niss zornig. Es war ganz einfach ungerecht! Sie hatten so viele Hindernisse überwunden, die Sümpfe durchquert, die Insekten und die unerträgliche Hitze ertragen. Zuïa hatte nicht das Recht, ihnen jetzt alles zu verderben. Niss wünschte sich von ganzem Herzen, dass sich der Erzfeind endlich zu erkennen gab und dieser Alten mit ihrer blöden Lanze eine Lektion erteilte.

»Ich bin gekommen, wieder meinen Platz an Eurer Seite einzunehmen, Eure Göttlichkeit«, sagte Zejabel eilig. »Ich habe unseren Feinden nur von diesen Büchern erzählt, um sie herzulocken.«

Alle Blicke wandten sich ihr zu, als sie auf die Gruppe um die Dämonin zuging. Aber Zuïa ließ sich ebenso wenig von der Lüge täuschen wie Niss.

»Bleib, wo du bist«, sagte sie drohend. »Hältst du mich für so einfältig? Dein verfluchter Anhänger hindert mich zwar daran, deine Gedanken zu lesen, aber ich habe deinen Verrat nicht vergessen. Du bist nicht mehr meine Kahati!«

Bei diesen Worten zeichnete sich ein hämisches Grinsen auf dem Gesicht der jungen Frau ab, die inmitten der Boten Zuïas stand. Niss ging auf, dass es sich um die neue Kahati handeln musste. Sie war zwar einen Kopf größer als Zejabel und hatte breitere Schultern, war aber bei weitem nicht so hübsch. Niss verachtete sie aus tiefstem Herzen.

»Zhira kann mir nicht das Wasser reichen«, sagte Zejabel abfällig. »Ich bin und bleibe die Beste. Nehmt mich zurück!«

»Wenn mich meine Erinnerung nicht täuscht, hat sie nur eine Prüfung nicht bestanden: Sie hatte Schwierigkeiten, sich in den Zustand der Entsinnung zu versetzen. Im Kampf war sie hingegen immer stärker als du. Aber ich bin bereit, dir eine letzte Chance zu geben. Wirf mir deinen Anhänger zu!«, befahl Zuïa.

Niss erstarrte, als Zejabel die Hände zum Nacken führte und das Band berührte, an dem das Schmuckstück hing. Plötzlich fiel ihr Usuls Prophezeiung ein. Einer von ihnen würde die anderen verraten! Die Anspannung hielt an, bis Zejabel die Hände sinken ließ. Ihr Täuschungsversuch war gescheitert.

»Natürlich«, sagte Zuïa mit einem genüsslichen Grinsen. »Ich war immer zu nachsichtig mit dir. Du hast es nicht verdient, meine Kahati zu sein.«

»Sie gehört nun zu uns«, rief Amanón. »Wir werden jetzt gehen, alle acht, und Ihr werdet uns nicht daran hindern.«

Die Dämonin lachte meckernd. Ihre Boten schwiegen beharrlich, während das Gelächter ihrer Gebieterin im Saal verhallte.

»Warum sollte ich das tun? Ich bin nicht für meine Barmherzigkeit bekannt. Ich bin Zuïa die Strafende!«

»Erinnert Euch an unsere letzte Begegnung«, erwiderte Amanón. »Ihr fürchtetet den Kampf gegen uns. An der Gefahr für Euer Leben hat sich nichts geändert, im Gegenteil. Mittlerweile wissen wir, dass der Erzfeind einer von uns ist.«

»Ich wusste es!«, rief die Unsterbliche und reckte ihre Lanze in die Luft. »Vermutlich ist es dieser Bastard!«

Mit der freien Hand zeigte sie auf Eryne – oder vielmehr auf ihren Bauch. Als Niss begriff, was Zuïa damit meinte, überlief sie ein eiskalter Schauer.

Eryne wirkte wie vor den Kopf geschlagen. Sie warf Keb und Amanón einen hilflosen Blick zu und brach in Tränen aus.

»Ich nehme seinen Geist schon seit einer ganzen Weile wahr«, sagte die Dämonin. »Erst fragte ich mich, welche meiner Dienerinnen sich hatte schwängern lassen, aber dann vernahm ich, dass die Mutter keine Geringere war als dieses im Dara geborene Schandbalg! Als ich merkte, wie nah ihr meinem Palast wart, war ich ziemlich überrascht. Und bevor du fragst: Ja, dein Gwelom reicht kaum noch aus, um dich zu verbergen, Schwester!« Zuïas Gesicht war von Hass verzerrt.

Eryne war totenbleich. Sie hatte sich eine Hand vor den Mund geschlagen, als müsste sie einen stummen Schrei unterdrücken. Die andere Hand ruhte auf ihrem Bauch, in dem ein neues Leben heranwuchs. Ein Leben, dass Zuïa vernichten wollte, nicht anders als das ihre und das ihrer Freunde.

Erynes Bestürzung war der letzte Grund, den Niss noch brauchte, um ihrer Wut freien Lauf zu lassen. Sie konzentrierte sich kurz und schlüpfte dann in den Körper eines der Züu, der ganz hinten an der Tür stand. Sie spürte das Entsetzen und die Hilflosigkeit des Mannes und gleich darauf das Gewicht des Dolchs, den sie nun in der Hand hielt. Der vergiftete Hati.

Während sie auf den nächststehenden Zü einstach, sah sie, wie Bowbaq zu ihrem eigentlichen Körper stürzte, einem schmächtigen jungen Mädchen, das am Boden lag. Wieder hob sie den Dolch.

Ihre Freunde gingen nun ebenfalls zum Angriff über. Sie hatte noch Zeit, einen weiteren Gegner zu töten, bevor Zuïa sich umwandte und sie anstarrte. Ihr Blick brannte Niss in den Augen.

Den Zü, dessen Körper sie kontrolliert hatte, sterben zu fühlen, war unendlich schmerzhaft, aber nicht so grauenvoll wie das Gefühl, wieder im Tiefen Traum zu versinken – diesmal vielleicht für immer.

Als die Züu anfingen, sich gegenseitig umzubringen, traute Cael seinen Augen kaum. Erst als Niss zu Boden sackte, begriff er – schließlich hatte er sich oft genug mit den beiden Arkariern über Erjak-Kräfte unterhalten. Kein Zweifel: Niss hatte vom Körper eines der Boten Besitz ergriffen.

Nach der ersten Verwirrung nutzten die Erben das Durcheinander: Zejabel stürmte mit gezücktem Dolch auf einen ihrer Feinde zu. Der Mann hatte nur ganz kurz zur Seite gesehen, doch das wurde ihm zum Verhängnis. Bevor er sich auch nur rühren konnte, hatte die Zü ihm den Dolch in den Hals gerammt und ihm den Hati aus der Hand gerissen.

Auch Keb und Amanón stürzten sich in den Kampf und stachen jeweils einen derjenigen Boten nieder, die sich zu ihrem abtrünnigen Bruder umgewandt hatten. Plötzlich presste der Zü, dessen Körper Niss kontrollierte, die Hände an den Schädel und sackte zu Boden. Cael starrte entsetzt auf den reglosen Körper des Mädchens, den Bowbaq in den Armen hielt. Niss' Augen verdrehten sich, bis nur noch das Weiße zu sehen war.

Zuïa hat sie getötet!

In Caels Kopf platzte ein Knoten aus Hass und Zorn. Die Stimme des Dämons erhob sich und kämpfte um die Vorherrschaft über seinen Körper, und diesmal leistete Cael keinen Widerstand. Immerzu hatte er Niss vor Augen, die wie ein totes Bündel am Boden lag. Die Erben hatten verloren, und er wollte nur noch eins: Rache.

Während sein Körper vor Wut zitterte, ging der Kampf richtig los. Zejabel wollte sich auf Zuïa stürzen, aber Zhira versperrte ihr mit einem bösen Grinsen den Weg. Zwischen den einstigen Rivalinnen begann ein Duell mit Finten und Ausweichmanövern, bei dem beide Frauen ihre vollkommene Beherrschung der Kampfkunst unter Beweis stellten. Amanón und Keb wandten sich anderen Gegnern zu, und auch Nolan griff in den Kampf ein, doch mittlerweile waren die sechs verbliebenen Züu auf der Hut und bildeten eine Front aus vergifteten Klingen, um sich die Erben vom Leib zu halten.

Je stärker Caels Sinne von Sombres Einflüsterungen vernebelt wurden, desto lächerlicher kam ihm die Gegenwehr der Züu vor. Was konnte dieses armselige Gewürm schon gegen ihn ausrichten? Er hatte viel mächtigere Gegner besiegt, zum Beispiel den Lemuren in Goran! Weitere Erinnerungen stiegen in ihm auf, und in seinem Inneren tobte ein erbitterter Kampf. Da war irgendetwas gewesen … In einer Höhle …

Ein erneutes Aufwallen seiner Wut ließ ihn alles vergessen. Bowbaq hatte sich gerade brüllend und mit hoch erhobener Kaute auf die Züu gestürzt. Angesichts seiner blinden Verzweiflung verlor Cael die Beherrschung und raste auf ihre Feinde zu, um jeden von ihnen in Stücke zu reißen. Mit ihrem gemeinsamen Ansturm streckten sie zwei Männer nieder. Nun standen den Erben noch vier Züu gegenüber.

Nicht eine Dezille lang kam Cael in den Sinn, sie könnten unterliegen. Sein gepeinigter Geist befahl ihm, den Gegner niederzumetzeln, um die Todesangst in seinen Augen zu sehen. Mit dem Rapier, das nun von der Stimme in seinem Kopf geführt wurde, stach er einem der Zü erst in die Schulter, dann in die Wade und schließlich in die Brust. Zehn Mal schon hätte er sein Herz treffen können, aber das wäre dem Dämon in ihm viel zu schnell gegangen. Ein kleiner, unbeschadeter Teil seines Selbst schrie ihm zu, er solle dem Ganzen endlich ein Ende setzen und Nolan, Manó, Bowbaq und Keb zu Hilfe kommen, deren Leben in Gefahr war. Selbst Zejabel schien Schwierigkeiten zu haben, den Angriffen ihrer stämmigen Nachfolgerin standzuhalten. Doch all diese Gedanken gingen im Blutrausch unter. Selbst Niss zu rächen war nun nebensächlich. In dieser Welt war kein Platz für Schwächlinge!

Plötzlich sprang sein Gegner blitzschnell vor und ritzte ihm mit seinem lächerlichen Dolch das Handgelenk auf. Cael spürte, wie sich das Gift in seinen Adern ausbreitete und zu seinem Herz strömte. Es bewirkte jedoch nur, dass der Hass in ihm noch stärker brannte. Wie besessen ließ er den Arm vorschnellen und stieß dem Zü das Rapier ins Auge.

Der Mann war noch nicht zu Boden gegangen, da stapfte Cael bereits wie im Wahn auf den nächsten zu. Nolan sprang zur Seite, als der Junge den Zü am Arm packte und ihn zu sich heranzog, um ihm die Klinge in den Bauch zu rammen. Einen Moment lang verharrte er reglos, um mit dämonischer Freude dem Todeskampf seines Gegners zuzusehen, bevor er sein Rapier aus der Leiche zog und dem dritten Zü in den Hals stach. Der Mann brach zusammen und fiel Bowbaq vor die Füße.

Keb, Amanón und Zejabel kämpften weiter, aber Cael war der Angriffe überdrüssig. Die Züu machten es ihm viel zu leicht – solche Gegner waren einfach unter seiner Würde. Er kniff die Augen zusammen und warf Zuïa einen finsteren Blick zu. Die alte Hexe starrte unverwandt zurück. Er machte einen Schritt auf sie zu.

In diesem Augenblick überkam ihn die Erinnerung. Schon einmal hatte er seinen Zorn auf einen der Unsterblichen gerichtet, die angeblich die Welt beherrschten.

Und Cael, der wahre Cael, der Junge, der er die meiste Zeit war, fragte sich entsetzt, wie sein Kampf gegen Usul ausgegangen sein mochte.

Amanón wusste nicht mehr, wo ihm der Kopf stand. Trotz ihrer hoffnungslosen Lage und der bitteren Enttäuschung, so kurz vor dem Ziel gescheitert zu sein, konnte er an nichts anderes denken als an Eryne. Sie hatte so verloren ausgesehen, als Zuïa ihr eröffnet hatte, dass in ihrem Leib ein Kind heranwuchs. Der Blick, den sie ihm und Keb zugeworfen hatte, hatte ihm schier das Herz zerrissen. Ihm *und* Keb!

So sah er seine bösen Ahnungen auf tragische Weise bestätigt. Aufgewühlt wie er war, konnte er sich kaum auf den Kampf konzentrieren und folgte nur seinen Reflexen, ohne großartig nachzudenken. Auch Keb schien unter Schock zu stehen. Oder bildete er sich das nur ein? Alles ging so rasend schnell …

Für einen kurzen Moment, als Cael Nolan und Bowbaq geholfen hatte, ihre Gegner aus dem Weg zu räumen, hatte er geglaubt, sie könnten doch noch siegen. Aber als weitere Züu in die Bibliothek strömten, schwand seine Hoffnung. Zejabel hatte die Erben vorgewarnt: Zuïa konnte ihre Judikatoren von jedem Ort der Welt aus rufen, und ihr standen Tausende Boten zur Verfügung. Gegen eine solche Armee konnten sie nichts ausrichten – selbst Cael nicht, der offensichtlich wieder unter dem Einfluss seiner Stimme stand und mit schier unbändiger Kraft kämpfte. Doch an Zuïa kam er nicht heran. Sämtliche Neuankömmlinge stürzten sich auf ihn, und ihre Leichen bildeten nach und nach eine unüberwindliche Barriere zwischen der Dämonin und Cael, der blindwütig mit dem Rapier um sich schlug.

Amanón selbst gelang es nur mit großer Not, die Attacken seines Gegners zu parieren. Die Furcht vor dem vergifteten Hati lähmte ihn, und so beschränkte er sich ein ums andere Mal darauf, dem Dolch auszuweichen, während er vergeblich darauf wartete, dass der Zü einen Fehler machte. Schließlich half ihm Bowbaq aus der Klemme, indem er seine Kaute so fest auf die Schulter des Mannes donnerte, dass die Knochen brachen. Amanón nutzte die Gelegenheit, um ihm mit einer raschen Bewegung den Bauch aufzuschlitzen.

Keuchend wich er zwei Schritte zurück, um sich einen Überblick zu verschaffen. Mittlerweile standen die Erben mindestens zehn Züu-Priestern gegenüber, von denen die Hälfte damit beschäftigt war, Cael im Zaum zu halten. Zejabel und die neue Kahati kämpften immer noch gegeneinander, und ihre nackten Arme waren von tiefen Schnitten übersät, die für alle, die nicht gegen das Gift der Moroca immun waren, tödlich gewesen wären.

Keb, Bowbaq und Nolan hatten in der Zwischenzeit eine Verteidigungslinie gebildet. Ihr einziger Vorteil war, dass ihre Schwerter länger waren als die Dolche der Züu. Niss lag immer noch bewusstlos neben den mit Büchern gefüllten Rucksäcken – er hatte keine Ahnung, was mit ihr los war. Neben ihr stand Eryne, die Hände auf den Bauch gelegt, und alles Leid der Welt schien sich auf ihrem Gesicht abzuzeichnen. In diesem Moment kam eine weitere Gruppe Züu durch die Tür gestürmt.

Der Kummer seiner Geliebten versetzte ihm einen jähen Stich. So durfte ihre Suche nicht enden! Nicht jetzt, wo bald ein Kind das Licht der Welt erblicken würde. Er überließ es Bowbaq und den anderen, die Züu in Schach zu halten, spurtete zu Zejabels Gepäck und schnappte sich ihren Bogen und den Köcher. Zum Glück war in dem langgestreckten Bibliothekssaal genug Platz zum Schießen.

Endlich machte sich der Unterricht bezahlt, den Zejabel ihnen erteilt hatte, als sie mit den Pferdewagen unterwegs gewesen waren. Amanóns erster Schuss traf einen der Züu in den Bauch und verschaffte Cael so eine kurze Atempause. Der zweite Pfeil durchbohrte Kebs Gegner den purpurgewandeten Arm, doch im selben Moment drangen fünf weitere Züu in den Saal ein. Lange würden sie ihren Feinden nicht mehr standhalten können.

Zu allem entschlossen, zielte Amanón mit dem Pfeil auf Zuïa und betete zu allen Göttern, es möge ein Wunder geschehen. Dann hielt er inne. Er senkte den Bogen, eilte zu Eryne und drückte ihn ihr in die Hand.

»Nimm du den Bogen, schnell!«, rief er.

Sie hob den Blick und sah ihn mit nassen Augen an. »Amanón … Ich …«

»Später!«, fiel er ihr ins Wort. »Es ist noch nicht vorbei, Eryne!«

Sein Herz, das für einen Moment zu schlagen aufgehört hatte, begann zu rasen, als sie mit zitternden Händen nach dem Bogen griff.

Noch nie war sie sich so unfähig vorgekommen, doch sie wollte alles daransetzen, ihren Fehler wiedergutzumachen. Sie musste wirklich schwer gesündigt haben, wenn das Schicksal sie derart hart bestrafte. Wie sollte sie das alles nur verkraften? Wie konnte es sein, dass sie in dieser grausamen und gefährlichen Welt, in der sie seit vier Dekaden lebte, ein Kind empfangen hatte? Ein

Kind, dessen Vater nicht eindeutig feststand und das sich schon vor seiner Geburt den Hass von Dämonen zuzog, obwohl es nicht einmal einen Namen trug?

»Spann einen Pfeil in die Sehne!«, drängte Amanón.

Wie in Trance gehorchte Eryne. Zum Glück hatte Zejabel auch ihr beigebracht, wie man den Bogen gebrauchte. Sie begriff nicht, was Amanón von ihr wollte, so sehr quälte sie der Gedanke, ihm großen Schmerz zugefügt zu haben. Und nicht nur ihm, auch Kebree. Würden die beiden ihr je verzeihen können?

»Zuïa!«, rief er. »Ziel auf Zuïa!«

Ohne nachzudenken hob sie die Waffe und zog die Sehne zu sich heran, obwohl sie sicher war, dass der Pfeil sein Ziel verfehlen würde. Doch die Maske der Angst, die sich plötzlich über die Züge der Dämonin legte, riss sie aus ihrer Benommenheit. Sie schickte sich an, den rächenden Pfeil abzuschießen …

»Haltet ein und legt Eure Waffen nieder!«, brüllte Amanón durch den Saal.

Einen Moment lang hielten Erben und Züu gleichermaßen inne und wichen zögernd einen oder zwei Schritte zurück. Auch Zejabel und Zhira ließen keuchend voneinander ab; nur Cael kämpfte verbissen weiter.

Als Amanón mit schneidender Stimme seinen Namen rief, wirbelte der Junge herum und warf ihm einen hasserfüllten Blick zu, doch dann schien er sich zu besinnen. Er hatte im Alleingang mindestens zehn Feinde getötet und sah aus, als könnte er jeden Moment vor Erschöpfung umfallen.

»Schießt ruhig«, sagte Zuïa verächtlich. »Wenn ihr diesen Körper zerstört, werde ich im Körper meiner Kahati wiedergeboren. Dieses Schandbalg ist nämlich nicht der Erzfeind.«

»Seid Ihr Euch da ganz sicher?«, erwiderte Amanón. »Ich würde es zu gern ausprobieren. Aber indem wir Euch töten, kommen wir nicht aus dem Palast hinaus.«

Eryne wurde allmählich der Arm lahm, aber sie straffte die Schultern und versuchte, Ruhe zu bewahren. Dass Zuïa sie innerhalb weniger Dezillen zweimal als »Schandbalg« bezeichnet hatte, machte ihr große Lust, die Bogensehne loszulassen.

»Ihr seht doch, dass ich nicht vor euch fliehe«, zischte Zuïa.

»Nein, aber Ihr gebt Euren Männern auch nicht den Befehl zum Angriff«, entgegnete Amanón ungerührt.

Als einer der Züu versuchte, sich in die Schusslinie zu stellen, packte Bowbaq ihn an seinem Gewand und schleuderte ihn wie eine Ratte zu Boden. Sofort hoben alle Boten drohend ihre Waffen, aber Amanón kam ihnen zuvor.

»Bei der nächsten falschen Bewegung schießt sie«, rief er gereizt. »Zurück zur Tür mit Euch!«

Die Kahati warf ihrer Gebieterin einen fragenden Blick zu und wich dann langsam zum Ausgang zurück. Die Züu-Priester folgten ihrem Beispiel, auch wenn keiner von ihnen den Dolch wegsteckte oder ihnen den Rücken zuwandte. Die Erben stellten sich im Halbkreis um Amanón und Eryne auf und ließen ihre Gegner nicht aus den Augen. Eryne schaffte es kaum noch, die Sehne straff zu halten, aber sie durfte nicht nachlassen! Ihr aller Leben hing von dem Pfeil ab, der auf die Rachegöttin gerichtet war.

»Zejabel«, rief Amanón. »Nimm ihr die Lanze ab.«

Das ließ sich die Zü nicht zweimal sagen. Sie trat zu ihrer einstigen Gebieterin und riss ihr die heilige Zaya'nat aus der Hand. Ohne ihre Waffe wirkte Zuïa schutzlos, beinahe bemitleidenswert. Sie stand mit hängenden Schultern in der Bibliothek, doch in ihren Augen funkelten immer noch Hass und Arglist.

»Sie kann ihren Boten in Gedanken Befehle erteilen«, sagte Zejabel, während sie zu den anderen zurückkehrte. »Sie wird uns eine Falle stellen.«

»Davon rate ich ihr ab«, knurrte Amanón.

»Das wird sie nicht aufhalten. Wir müssen die Gedanken ihrer Boten lesen, mithilfe des Zustands der Entsinnung.«

Eryne brauchte sie nicht erst anzusehen, um zu wissen, dass die Worte an sie gerichtet waren. Im ersten Moment bekam sie Panik, aber dann konzentrierte sie sich auf die Züu, die an der Tür beisammenstanden. Ihr Kind musste die Chance haben, das Licht der Welt zu erblicken, und plötzlich spürte sie, dass es ein Junge werden würde.

Rein zufällig hatte sie flüchtig seinen Geist berührt, und das war das Schönste, was sie jemals erlebt hatte. Trotz der dramatischen Ereignisse wallte eine Woge des Glücks und der Liebe in ihr auf, und das gab ihr Hoffnung und verlieh ihr eine ungeahnte innere Stärke. Sie streifte die Gedanken der Züu wie ein Wind, der über eine Ebene hinwegfegt, sah Bilder und hörte Namen und Gedanken. Einiges von dem, was sie vernahm, war von größter Bedeutung für die Erben.

»Sie werden versuchen, uns aufzuhalten«, sagte sie mit bebender Stimme. »Zuïa hat es ihnen befohlen.«

»Hört ihr das? Wir durchschauen euch«, rief Amanón. »Verlasst die Bibliothek und verschwindet von hier, oder wir töten eure Göttin.«

Zuïa erbleichte, und ihre Boten wirkten plötzlich sehr viel unentschlossener. Eine Weile rührte sich niemand, doch dann warf Zhira ihrer Rivalin einen hasserfüllten Blick zu und trat auf den Flur hinaus. Die anderen Züu folgten ihr, und bald verklangen ihre Schritte in der Ferne.

Die Erben umringten die Dämonin, und endlich konnte Eryne ihre Armmuskeln entspannen. Zejabel nahm ihr den Bogen ab und drückte Eryne Zuïas Lanze in die Hand.

»Zögert nicht, sie zu gebrauchen«, sagte sie hart. »Tötet sie, sobald sie eine falsche Bewegung macht.«

»Die Züu haben unser Ruderboot an der Nordküste entdeckt«, sagte Eryne. »Das habe ich in ihren Gedanken gelesen.«

Die Erben verständigten sich wortlos und sammelten hastig die mit Büchern vollgestopften Rucksäcke ein, während Bowbaq Niss hochhob.

»Kommen wir denn an das Boot heran?«, fragte Nolan.

»Es steckt zwischen zwei Felsen fest«, erklärte Eryne. Sie konnte selbst kaum glauben, dass sie das wusste, aber sie hatte ein so klares Bild des Ruderboots vor Augen, als hätte sie es von der Spitze der Klippen aus mit eigenen Augen gesehen. Dann wanderten ihre Gedanken wieder zu dem Kind, das in ihr heranwuchs, und sie richtete die Lanze drohend auf Zuïa.

»Wenn Ihr noch einmal versucht, uns zu hintergehen, töten wir Euch ohne Vorwarnung«, sagte Amanón. »Haltet Eure Mörder von uns fern, wenn Euch das Leben lieb ist.«

»Ihr kommt ohnehin nicht weit«, fauchte Zuïa. »Selbst wenn es euch gelingen sollte, die Insel zu verlassen, wird Sombre euch finden und vernichten. Ihr habt ja keine Ahnung von seinen tatsächlichen Plänen.«

Statt einer Antwort versetzte ihr Keb einen Stoß in den Rücken, und Zuïa stolperte auf die Bibliothekstür zu. Die anderen setzten sich ebenfalls in Bewegung und nahmen Eryne und Zuïa in ihre Mitte.

Eryne fiel auf, dass Keb und Amanón ihr nicht von der Seite wichen und beide den Blick des anderen mieden.

Zur Nordküste der Insel war es weiter, als Nolan gedacht hatte. Vielleicht erschien ihm der Weg aber auch nur besonders lang, weil sie kaum vorankamen. Zuïa ging absichtlich langsam, auch wenn sie immer wieder von Keb oder Zejabel unsanft vorwärtsgestoßen wurde. Amanón wiederum beäugte die Umgebung mit Argusaugen, weil er fürchtete, in einen Hinterhalt der Züu zu geraten, während Cael mit seltsam traurigem Blick dahintrottete, ebenso wie Bowbaq, der um seine Enkelin trauerte. Nolan selbst war zwischen Angst und Erleichterung hin- und hergerissen.

Zumindest gab es auch Grund zur Freude. Sie hatten gefunden, was sie gesucht hatten: die ethekischen Lehrbücher. Nun zweifelte er nicht mehr daran, dass sie das Geheimnis der Pforten lüften und einen Weg finden würden, ins Jal zu ihren Eltern zu gelangen, auch wenn es mehrere Monde dauern würde.

Zudem war Nolan insgeheim begeistert von der Aussicht, bald eine Nichte oder einen Neffen zu bekommen. Natürlich war dieses Gefühl ein bisschen selbstsüchtig, denn schließlich war die Situation für Eryne, Keb und Manó alles andere als leicht. Aber er konnte einfach nicht anders, als sich über die Geburt eines weiteren Erben zu freuen, der vielleicht sogar der Erzfeind war. Womöglich hatten sie den ganzen beschwerlichen Weg nur zurückgelegt, um von seiner Existenz zu erfahren! Ihr Abstecher auf die Insel der Dämonin hatte sich also gelohnt.

Nicht zuletzt war er überglücklich, dass sich Usuls Prophezeiung nicht erfüllt hatte. Keiner von ihnen hatte seine Gefährten in der höchsten Not verraten, dabei hatte zumindest Zejabel eine gute Gelegenheit dazu gehabt. Nolan hatte zwar keine Dezille an ihr gezweifelt, aber nun war er überzeugt, dass sich ihre Wege nicht so bald trennen würden.

Der salzige Geruch nach Meerwasser riss ihn aus seinen Gedanken. Bisher waren sie einen halben Dekant lang über ansteigendes Gelände durch den Urwald marschiert. Eryne hatte ihnen den Weg gewiesen, indem sie dem Bild folgte, das sie in den Gedanken der Züu gesehen hatte. Jetzt erreichten sie die Steilküste.

Es war Abend geworden, aber die Hitze hatte nicht nachgelassen. Nolan mochte immer noch nicht so recht an das Wunder glauben und lehnte sich mit seinem ganzen Gewicht gegen den Wind, um einen Blick über den Rand der Klippen zu werfen. Dann wandte er sich zu seiner Schwester um. Es gab keinen Zweifel mehr: Eryne war eine Göttin.

»Wir kommen nicht an das Boot heran«, sagte Amanón mutlos.

Nolan spähte erneut hinunter. Die schroffen Felsen fielen tatsächlich fast senkrecht zum Wasser ab.

»Dort drüben ist ein kleiner Strand«, sagte Keb. »Vielleicht führt ein Weg hinab.«

»Aber von da aus können wir das Boot nicht erreichen«, entgegnete Amanón.

Ratloses Schweigen trat ein, während alle über die aussichtslose Lage nachgrübelten. Nur Zuïa grinste siegesgewiss, obwohl Eryne sie immer noch mit der Lanze bedrohte.

»Dann müssen wir das Boot eben zum Strand ziehen«, sagte Keb.

Bevor Nolan begriff, was er meinte, ließ Keb Bündel und Säcke zu Boden fallen, legte seine Waffen ab und zog sich aus. Die anderen starrten ihn mit offenem Mund an.

»Bist du verrückt? Da unten gibt es viel zu viele Felsen«, rief Amanón. »Du springst in den sicheren Tod!«

»Ich möchte eben auch mal den Helden spielen«, bemerkte Keb trocken, während er die Stiefel abstreifte. Dann zog er ein zusammengefaltetes Stück Papier aus einem der Stiefel und überreichte es Nolan, der ihn verdattert ansah.

»Nur für den Fall, dass ... Ich habe da so eine Idee, wie wir Sombre töten können«, verkündete er, als handelte es sich um eine Nichtigkeit. »Ich erkläre euch später, wie ich darauf gekommen bin.«

Er warf Zuïa einen finsteren Blick zu und trat dann auf Eryne zu. Seine Augen wurden traurig, und er schien nach den richtigen Worten zu suchen. »Wenn … Also wenn … Egal. Erzähl ihm ein bisschen von mir«, bat er und wies auf ihren Bauch.

Er wandte sich ab, winkte den anderen zu, sprintete los und sprang kopfüber von der Klippe. Seine Freunde spähten über den Rand der Steilküste und bissen die Zähne zusammen, als Keb dreißig Schritte unter ihnen die Wasseroberfläche durchschlug. Dann schien eine Ewigkeit zu vergehen.

Nolan begann inbrünstig zu beten. Kebs Zettel brannte ihm in den Fingern, aber er wollte ihn nicht entfalten, solange das Schicksal des Freundes ungewiss war. Endlich tauchte ein Kopf in der tosenden Brandung auf.

Der Wallatte stieß einen Triumphschrei aus, bevor er begann, gegen die Strömung anzukämpfen. Erst jetzt entfaltete Nolan die Botschaft, die Keb ihm anvertraut hatte. Nachdem er die beiden in ungelenker Schrift verfassten Zeilen gelesen hatte, wurde ihm schwindelig. Wenn sie das früher gewusst hätten … Wie konnte das sein?

»Wir brauchen die Dämonin nicht mehr«, sagte Zejabel plötzlich. »Töten wir sie.«

Zejabel merkte sogleich, dass die anderen Bedenken hatten, aber sie ließ sich nicht von ihrem Vorhaben abbringen.

»Sie verdient kein Mitleid«, setzte sie nach. »Sie hat Zehntausende auf dem Gewissen, und auch eure Eltern ließ sie verfolgen, um sie zu ermorden. Sie muss nach ihrem eigenen Gesetz gerichtet werden!«

»Ich kann so etwas nicht tun«, sagte Eryne tonlos.

»Aber sie ist schuld an Niss' Zustand«, warf Bowbaq ein.

Bei seinen Worten schienen die Erben ins Wanken zu geraten, und Zejabel beschloss, in dieselbe Kerbe zu schlagen.

»Und sie würde es wieder tun. Sie wird nicht aufhören, uns zu bekämpfen, solange sie auch nur einen Hauch von Leben in sich hat. Was geschieht, wenn wir sie hier zurücklassen? Amanón, du hast doch sicher schon darüber nachgedacht. Dieses Risiko können wir nicht eingehen. Wir dürfen unsere Feinde nicht verschonen!«

»Ihr seid zu schwach, um irgendjemanden zu richten«, zischte Zuïa.

»Schweigt!«, herrschte Zejabel sie an und verpasste ihr eine schallende Ohrfeige.

Sie erschrak selbst über ihre Unbeherrschtheit. Die Traurigkeit und Wut, die sich im Laufe der letzten Tage in ihr aufgestaut hatten, brachen nun aus ihr heraus. Die alte Frau, die sich mit düsterem Blick die Wange rieb, hatte ihr alles genommen: ihre Eltern, ihre Kindheit, ihre Ehre, ihre Unschuld und ihren Seelenfrieden. Wie viele Male hatte sie im Namen dieser gewissenlosen Dämonin ihren Hati mit Blut befleckt? Wie viele Rivalinnen hatte sie getötet, um noch einen Tag weiterzuleben? Tränen strömten ihr über die Wangen, und ihre Worte gingen in erbittertem Schluchzen unter.

»Sie hat die Bewohner ihrer Insel geknechtet«, schleuderte sie ihren Freunden entgegen. »Mein Volk! Wir können es von ihrer grausamen Herrschaft befreien! Jetzt gleich!«

Die Erben stimmten ihr im Grunde zu, das spürte sie, aber sie wagten es nicht, sich offen für eine Hinrichtung auszusprechen. Und Zejabel konnte Eryne nicht befehlen, Zuïa zu töten. Als letzten Ausweg wandte sie sich direkt an diejenige, auf der von Anfang an all ihre Hoffnungen geruht hatten.

»Ich bitte Euch«, flehte sie und trat einen Schritt vor. »Ich bitte dich, Eryne.«

Auch wenn die Lorelierin wie ein Blatt im Wind zitterte, hielt sie die Zaya'nat weiterhin auf Zuïa gerichtet. Als Zejabel ihr in die Augen sah, las sie darin die Antwort.

»Ich … ich kann nicht«, stammelte Eryne. »Es tut mir leid.«

Zejabel lächelte traurig. »Das verstehe ich«, murmelte sie. »Du hast das Töten nicht gelernt. Anders als ich.«

Bei diesen Worten packte sie Erynes Hände und stieß der Dämonin die Lanze in den Leib.

Zuïa starrte sie mit verständnislosem Blick an und sackte dann mit einem Stöhnen zu Boden, wie eine Blume, die in der Mittagssonne verwelkt. Kurz darauf tat Zuïa ihren letzten Atemzug.

»Verzeiht mir«, bat Zejabel und wischte sich zornig die Tränen vom Gesicht. »Aber ich musste es tun.«

Merkwürdigerweise empfand sie angesichts des zusammengekrümmten Körpers der alten Frau nicht die Befriedigung, die sie sich erhofft hatte.

Die ersten Augenblicke waren die schwierigsten, wie jedes Mal seit so vielen Jahrhunderten. Dann fand ihre Atmung zu einem gleichmäßigen Rhythmus, und das

Schwindelgefühl legte sich. Im nächsten Moment strömte ihr wieder Luft in die Lungen und nährte ihr Blut. Lebenskraft wallte durch ihren Körper, einen ganz und gar neuen Körper.

Zuïa hatte vergessen, wie gut es sich anfühlte, jung zu sein. Zhiras kräftige Gestalt und ihre starken Muskeln gefielen ihr. Mit kindlicher Freude machte Zuïa die Strafende ein paar akrobatische Übungen und erprobte die körperlichen Fähigkeiten jener Zhira, die jetzt nur noch ein leises, klagendes Stimmchen in ihrem Kopf war. Vielleicht hatte Zejabels Verrat doch etwas Gutes gehabt. Zuïa hätte das Gejammer dieser weinerlichen Verräterin nicht vier oder fünf Jahrzehnte lang ertragen können. Zhiras doch recht einfältigen Geist zu erdulden, würde ihr sehr viel leichter fallen.

Berauscht von ihrer Macht sandte die Dämonin einen einzigen Gedanken an ihre Judikatoren. Dann begab sie sich auf die Suche nach den Flüchtigen, aber zu ihrer Enttäuschung waren sie bereits zu weit entfernt. Nun, das war nicht weiter schlimm. Die göttliche Kraft des Schandbalgs würde die Wirkung des Gweloms bald übertreffen, und dann würde Zuïa sie überall auf der Welt aufspüren können. Zumal die Bücher, die die Erben aus ihrer Bibliothek gestohlen hatten, ihr nächstes Ziel verrieten.

So konnte Zuïa ihrem Gebieter mehrere Neuigkeiten überbringen: Eryne war nicht der Erzfeind.

Und in ihrem Leib wuchs ein Kind heran.

AHNENTAFEL

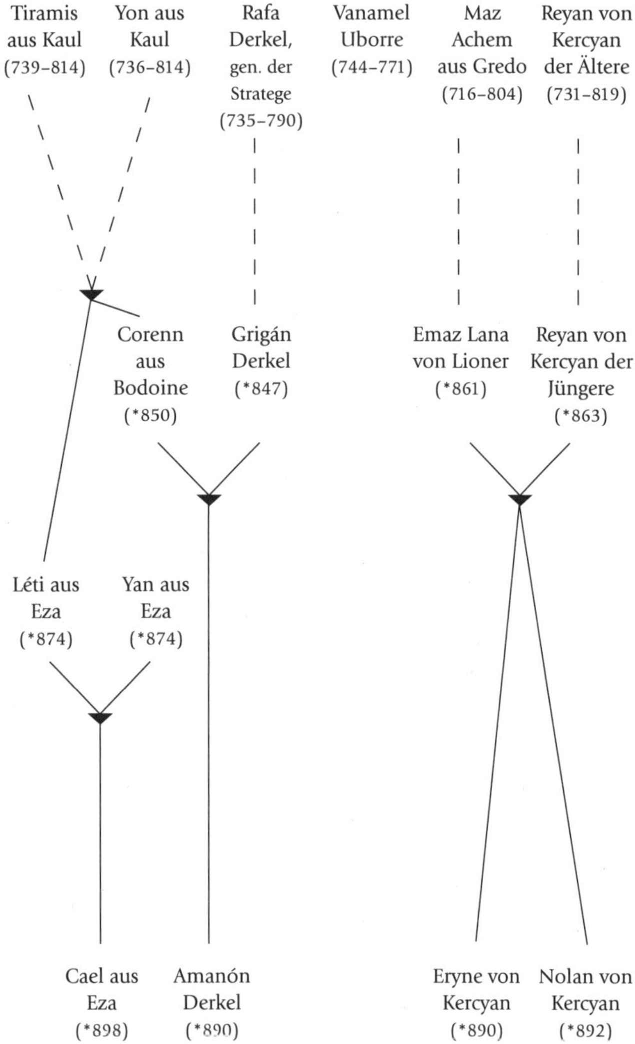
Tiramis aus Kaul (739–814)
Yon aus Kaul (736–814)
Rafa Derkel, gen. der Stratege (735–790)
Vanamel Uborre (744–771)
Maz Achem aus Gredo (716–804)
Reyan von Kercyan der Ältere (731–819)
Corenn aus Bodoine (*850)
Grigán Derkel (*847)
Emaz Lana von Lioner (*861)
Reyan von Kercyan der Jüngere (*863)
Léti aus Eza (*874)
Yan aus Eza (*874)
Cael aus Eza (*898)
Amanón Derkel (*890)
Eryne von Kercyan (*890)
Nolan von Kercyan (*892)

DIE WEISEN VON JI UND IHRE ERBEN

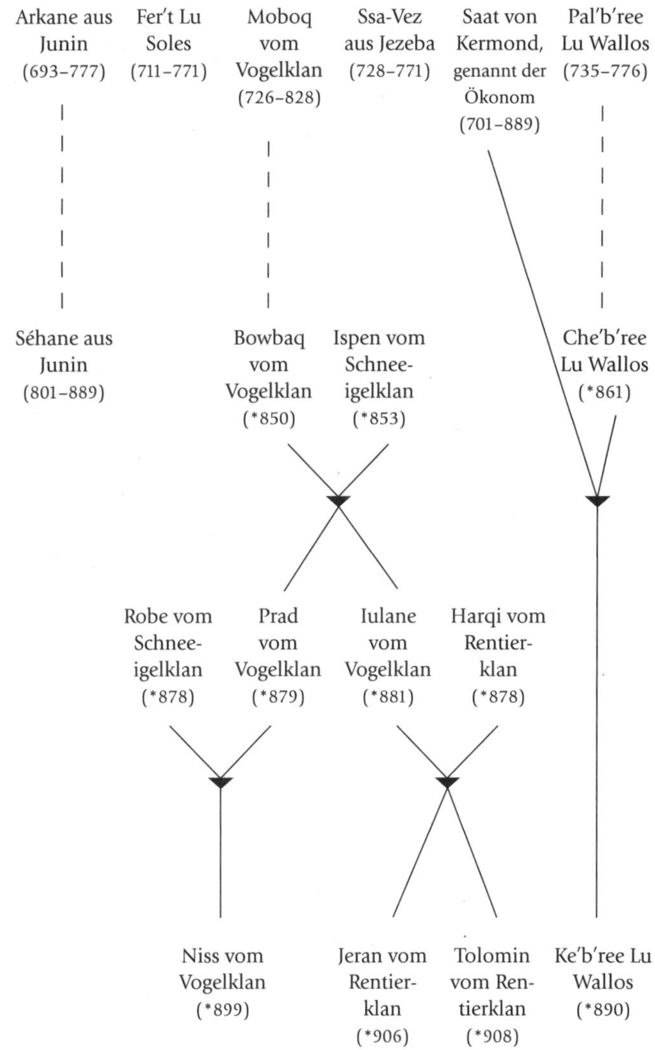

KLEINES LEXIKON DER BEKANNTEN WELT

ALIOSS

Der Anführer. Alioss ist der Gott der Familienväter, Klanchefs und Königsgeschlechter Gritehs. Nur Männer der oberen Stände dürfen ihm dienen: Krieger, Priester, Edelmänner und Handwerker. Frauen, Bettlern und Verbrechern ist es verboten, auch nur den Namen des Allmächtigen auszusprechen.

Die Göttin Aliara erfüllt eine ähnliche Rolle für die weiblichen Einwohner Gritehs, auch wenn sie kein so hohes Ansehen genießt. In den Unteren Königreichen muss der König jedem Tempelbau seinen Segen erteilen, und kein König würde je erlauben, dass sich Frauen in einem Tempel versammeln.

ALT

Der Alt ist der größte Fluss der bekannten Welt. Er entspringt in den höchsten Bergen des Rideau, fließt durch Itharien und Romin und mündet schließlich in den Spiegelozean.

Einer goronischen Legende zufolge werden die Toten eines Tages in riesigen Geisterschiffen den Fluss heruntergefahren kommen, um sich für alles Leid zu rächen, das ihnen zu Lebzeiten angetan wurde. Hin und wieder behauptet jemand, die Vorhut dieser Armee der Finsternis gesehen zu haben. Aus diesem Grund lassen manche Häfen nach Einbruch der Dunkelheit kein Schiff mehr einlaufen.

ALTES LAND

Anderer Name des Königreichs Romin.

ALUÉN

Man geht davon aus, dass Aluén gegen Ende des achten Äons kurz nach dem Untergang des Itharischen Reichs in Partacle herrschte.
Während sich die Itharier der Religion zuwandten, nachdem Eurydis ihnen zum zweiten Mal erschienen war, lieferten sich die befreiten Völker blutige Bürgerkriege um die Reichtümer, die die einstigen Eroberer zurückgelassen hatten. Es heißt, dass Aluén einen Schatz anhäufte, der sogar den des Kaisers von Goran übertraf.
Dieser Schatz ist jedoch spurlos verschwunden. Einer Legende zufolge soll ein Teil des Schatzes im Grab seines Besitzers versteckt sein, allerdings weiß heute niemand mehr, wo sich dieses Grab befindet. Sieben Grabstätten wurden bereits erfolglos durchsucht, aber die Schatzjäger geben die Hoffnung nicht auf.

AMARIZIER

Amarizische Priester führen ein gottesfürchtiges und frommes Leben. Die meisten bleiben bis zu ihrem Tod innerhalb der Mauern eines Gemeinschaftstempels und vollziehen die religiösen Riten. Für manche Amarizier ist es jedoch der höchste Beweis ihrer Liebe zu Gott, Ungläubige zu bekehren, und so ziehen sie durch die Lande, um ›verlorene Seelen‹ zu retten.
Amarizier lehnen Theoretiker ab, da sie es für anmaßend halten, den göttlichen Willen auszulegen.

Es gibt viele Ausprägungen des amarizischen Glaubens – vermutlich vielleicht ebenso viele wie Dörfer der bekannten Welt. In den Oberen Königreichen wird Odrel am häufigsten verehrt.

AÒN

Fluss in den Unteren Königreichen, der in den Jezebahöhen entspringt und bei Mythr ins Feuermeer mündet. Viele große Städte der Unteren Königreiche liegen am Ufer des Aòn: La Hacque natürlich, aber auch Quesraba, Tarul und Irzas.
Es hält sich hartnäckig das Gerücht, der Unrat der Menschen ziehe in der heißen Jahreszeit Raubfische aus dem Meer an. Sie schwämmen den Fluss bis La Hacque hoch und schreckten auch nicht davor zurück, Menschen anzugreifen und zu zerfleischen. Obwohl es in der Vergangenheit tatsächlich einige Attacken von Ipovanten gab und einmal sogar den Angriff eines Dornhais, sind solche Vorfälle äußerst selten.

ARGOS

Die Argosfelsen befinden sich in den Unteren Königreichen, ganz im Osten der Jezebahöhen. Berühmt sind sie vor allem für ihr Echo, das eindrucksvollste der bekannten Welt. Zahlreiche Legenden ranken sich um diese Felsen.
Es heißt, das Echo von Argos habe ein Gedächtnis, und wer nur stumm dastehe und geduldig abwarte, dem gäben die Felsen irgendwann die Geheimnisse preis, die ihnen im Laufe der Jahrhunderte anvertraut wurden.

ARKISCH

Wichtigste Sprache Arkariens.

AVATAR

Inkarnation oder Verkörperung einer Gottheit in einer anderen Gestalt als seiner eigentlichen.

BELLICA

Die Bellica ist eine Spinne, die im Norden der Fürstentümer heimisch ist. Ihr Biss ist für den Menschen nicht tödlich, und sie greift nur bei zwei Gelegenheiten an: wenn ihr Nest bedroht ist oder wenn sie einer Artgenossin begegnet.

Aufgrund dieser Eigenschaft eignet sich diese Spinnenart gut für Schaukämpfe. Bellica-Kämpfe sind in den Unteren Königreichen ein beliebter Zeitvertreib. Es werden regelrechte Turniere veranstaltet, und die Wetteinsätze erreichen schwindelerregende Höhen. Der Todeskampf zweier Bellica-Spinnen ist ein beeindruckendes Schauspiel. Wenn die beiden handtellergroßen Tiere aufeinander losgelassen werden, stellen sie sich zunächst auf ihre vier Hinterbeine und versuchen, die Gegnerin mit Drohgebärden einzuschüchtern: Sie bewegen ihre Kieferklauen, vollführen nervöse kleine Sprünge und klappern mit den Beißwerkzeugen.

Es ist jedoch äußerst ungewöhnlich, dass eine der Gegnerinnen zu diesem Zeitpunkt aufgibt. Als Nächstes folgt ein Kampf auf Leben und Tod, in dem sich die Spinnen ineinander verbeißen. Sie versuchen, ihre Widersacherin mit ihrem Gift zu lähmen oder sie in ein Netz einzu-

spinnen. Oft gewinnt die scheinbare Verliererin im letzten Moment die Oberhand. Manche Spinnen stellen sich tot, um ihre Gegnerin zu täuschen. Andere gewinnen den Kampf, obwohl sie mehrere Beine verloren haben.
Die Siegerin frisst immer den Kopf der Verliererin, und zwar nur den Kopf. Eine Spinne, die man daran hindert, verliert ihre Angriffslust und stirbt.

BROSDA

Ein Gott, der vor allem im Matriarchat von Kaul verehrt wird. Er ist der Sohn des Xéfalis und dem Spiegelbild Echoras.
Brosda ist der Gott der Fischer. Sein Reich ist weder das Wasser noch das Land, sondern die Grenze zwischen beiden. Er ist ein neutraler Gott und wird je nach Ort und Epoche verehrt oder gefürchtet. In den Geschichten über Brosda kommen auch Seeungeheuer vor, was vor allem den Kindern gefällt.

BRUDER

Die Mitglieder der Großen Gilde bezeichnen sich gegenseitig als Brüder. Andere Verbrechergilden haben die Bezeichnung übernommen.
Manche geben ihren Mitgliedern bei Eintritt sogar einen neuen Namen und bilden regelrechte ›Familien‹.

CREVASSE

Hauptstadt Arkariens, die zum Klan des Falkens gehört. Eigentlich haben nur Bewohner des Weißen Landes Zutritt zur Stadt, Fremde sind nur in Ausnahmen erlaubt.

Diejenigen, die das Glück hatten, Crevasse besuchen zu dürfen, vergleichen sie wegen ihrer Größe mit Lorelia und wegen der Schönheit ihrer Bauwerke mit Romin.
Der Legende zufolge wurde die Stadt an einem Ort errichtet, an dem sich drei Minen befinden: eine Eisen-, eine Kupfer- und eine Goldmine. Dies sei auch der Grund für den unermesslichen Reichtum des Falkenklans, aus dem zwei Drittel der arkischen Könige stammen und der somit die Geschicke des größten Lands der bekannten Welt lenkt.

DAÏ

Die Daï ist eine kleine Schlange, die in den Unteren Königreichen vor allem in den Ausläufern der Gebirge heimisch ist. Das ausgewachsene Tier ist zwei Fuß lang und wird bis zu drei Jahre alt. Seine Hautfarbe wechselt je nach Jahreszeit von Dunkel- zu Hellgelb.
Das Gift der Daï ist nicht tödlich – jedenfalls nicht in der üblichen Dosis –, erzeugt aber eine euphorische Trance mit Halluzinationen. Die Daï beißt ihre Beute in regelmäßigen Abständen, versetzt sie so in einen Tiefschlaf und hält sie über mehrere Dekaden am Leben, ähnlich wie Spinnen.
Das Gift ist eine beliebte Droge. Die Zucht von Daï-Schlangen hat in den Unteren Königreichen eine lange Tradition. Bei einigen Stämmen gilt es als Mutprobe, sich von einer Daï beißen zu lassen, da ihr Gift nicht wieder aus dem Körper gesaugt werden kann. Aber wie alle Drogen wird sie vielen zum Verhängnis: Man hört immer wieder von Menschen, die sich freiwillig in eine Schlangengrube stürzen und dort den Tod finden.

DARN-TAN

Darn-Tan war Graf von Uliterra, einer ehemaligen lorelischen Provinz zwischen dem Herzogtum Cyr-la-Haute und dem Herzogtum Kercyan. Einst führte Uliterra aus Gründen, die in Vergessenheit geraten sind, Krieg gegen das benachbarte Fürstentum Elisere und dessen Herrscher Iryc von Verona.

Der Brauch wollte, dass der Sieger den unterlegenen Herrscher, seine Familie und sein Domizil verschonte. Doch Darn-Tan war bekannt dafür, diese Sitte zu missachten. Einige Jahre zuvor hatte er das Schloss von Orgerai angezündet und den Fürsten und dessen zwei Töchter an einen Balken knüpfen lassen. Darn-Tan hatte auch diesmal nicht die Absicht, seinen Feind mit dem Leben davonkommen zu lassen, und so ersann er eine komplizierte List. Er rechnete damit, dass Iryc von Verona ihm misstrauen und einen Hinterhalt wittern würde, und genau dann würde seine Falle zuschnappen.

Iryc von Verona, der keine Heimtücke kannte, entging dem Hinterhalt, indem er sich verhielt, wie Darn-Tan es nie erwartet hätte: arglos.

DEKADE

Zehn Tage. Zeiteinheit des eurydischen Kalenders.

Die Tage einer Dekade tragen Ordnungszahlen. Der erste Tag ist der Prim, der letzte der Zim. Die anderen Tage vom zweiten bis zum neunten heißen: Des, Terz, Quart, Quint, Sixt, Septim, Okt und Non.

Die Dekade der Erde und die des Feuers haben nur neun Tage. Der Okt wird übersprungen, auf den Septim folgt sogleich der Non. Die Maz haben hierfür eine religiöse Erklärung: Der Wegfall des Okten versinnbildlicht Eurydis' Sieg über die acht Drachen von Xétame.

DEKANT

Zeiteinheit goronischen Ursprungs. Ein Dekant entspricht dem Zehntel eines Tages, also ungefähr zwei Stunden und fünfundzwanzig Minuten unserer Zeit. Der erste Dekant beginnt mit Sonnenaufgang, wenn der zehnte Dekant des Vortages endet. Das Ende des dritten Dekants wird als Mit-Tag bezeichnet.
Das gemeine Volk gebraucht diese Zeiteinheit im Alltag eher grob, während die Gelehrten sehr viel präziser sind. Sie richten sich nicht nur nach der Sonnenuhr, sondern berechnen mit komplizierten Formeln den genauen Zeitpunkt des Sonnenaufgangs über der Stadt Goran. Diese Methode ist auch die einzige, die es ermöglicht, in der Nacht – also vom siebten bis zum zehnten Dekant – den Wechsel der Dekanten exakt zu bestimmen.

DEZILLE

Zeiteinheit goronischen Ursprungs. Eine Dezille entspricht dem Zehntel einer Dezime, also ungefähr einer Minute und sechsundzwanzig Sekunden unserer Zeit. Gemeinhin wird es nicht für nötig gehalten, die Zeit in noch kleinere Einheiten zu unterteilen. Offiziell existieren allerdings noch Divisionen und Schläge. Eine Division misst ungefähr acht Sekunden, ein Schlag weniger als eine Sekunde.

DEZIME

Zeiteinheit goronischen Ursprungs. Eine Dezime entspricht dem Zehntel eines Dekants, also ungefähr vierzehn Minuten unserer Zeit.

DONA

Die Göttin der Händler. Sie ist die Tochter Wugs und Ivies. Der Legende nach erschuf sie das Gold, um damit ihren Körper zu bedecken und so die Schönheit ihrer Cousine Isée zu übertreffen. Anschließend schenkte sie ihre Schöpfung den Menschen, damit diejenigen, die wie sie vom Schicksal benachteiligt wurden, mit ihrer Klugheit auftrumpfen können, die durch den Besitz des Edelmetalls versinnbildlicht wird.
Zu Donas Unglück entschied der junge Gott Hamsa, den sie zum Schiedsrichter erkoren hatte, sich jedoch abermals für Isée. Daraufhin beschloss Dona, nie mehr auf das Urteil eines Einzigen zu vertrauen. Sie nahm sich zahlreiche Liebhaber und gilt seither auch als Göttin der Sinnesfreuden.
In Lorelien gibt ein Händler, der ein gutes Geschäft abgeschlossen hat, üblicherweise einem fremden Mädchen, das in Armut lebt, ein Almosen. Dieses Geld wird ›Donas Anteil‹ genannt. Leider gerät der Brauch immer mehr in Vergessenheit, da die meisten Anhänger Donas finden, die Opfergabe, die sie an den Tempel entrichten, sei ein ausreichender Beweis ihrer Hingabe.
Kein geschäftstüchtiger Händler würde je vergessen, Dona ein Opfer zu bringen, und sei es nur, um sich die Gunst derjenigen ›Priesterinnen‹ zu sichern, die der Göttin der Sinnesfreuden besonders ergeben sind.

DORNHAI

Der Dornhai oder auch Kletterhai ist ein Raubfisch im Feuermeer, der häufig mit der Panzermuräne verwechselt wird. Die durchschnittliche Größe eines ausgewachsenen Dornhais liegt bei fünf bis sieben Schritten, aber wenn man alten ramythischen Seemännern glaubt, existieren auch Exemplare mit einer Länge von zehn Schritten oder mehr.

In den Meeren tummeln sich jedoch weit imposantere Lebewesen, und der Dornhai wird nicht wegen seiner Größe gefürchtet. Er ist berüchtigt für seinen Blutdurst und vor allem für die zahlreichen ausfahrbaren Haken, die sich zwischen seinen Schuppen am Bauch befinden. Die Haken tragen ein Gift in sich, mit dem der Dornhai seine Beute lähmt.

Außerdem benutzt der Dornhai diese Haken, um wie eine Raupe lautlos an der Außenwand von Schiffen hochzuklettern. Aus diesem Grund gilt er als der gefährlichste Raubfisch, und die Hochseefischer haben sich zahlreiche Schutzmaßnamen ausgedacht. Zum Beispiel weisen viele Schiffe einen ›Glockenkranz‹ auf, ein schlauchförmiges, mit Alteisen gefülltes Netz, das rings um den Rumpf gehängt wird. Aus Aberglauben scheuen sich Seeleute, den Namen eines Mannes auszusprechen, der einem Dornhai zum Opfer gefallen ist, bevor sie das Festland erreicht haben.

EIHER

Arkisch. Fabeltier des Weißen Landes. Der Eiher wird entweder als riesiger Reiher mit Hörnern entlang der Wirbelsäule beschrieben oder als Schildkröte, deren Speichel in der Luft zu einem Pfeil gefriert, wenn sie ihr Opfer anspuckt. Obwohl diese beiden Beschreibungen unvereinbar sind, behauptet so mancher alteingesessene Arkarier, den Eiher in einer mondlosen Nacht bei der Jagd beobachtet zu haben. Aus Höflichkeit glauben die Arkarier beide Versionen.

EMAZ

Hohepriester des Großen Tempels der Eurydis und geistliche Oberhäupter aller Gläubigen. Es gibt vierunddreißig Emaz. Der Titel wird jeweils von einem Emaz auf einen Maz übertragen.

ERJAK

Arkisch. Jemand, der die Fähigkeit besitzt, die Gedanken der Tiere zu lesen und ihnen seine eigenen zu übermitteln.

EURYDIS

Hauptgöttin der Oberen Königreiche. Itharische Moralpriester brachten die Eurydisverehrung an die entlegensten Orte der bekannten Welt.
Die Geschichte der Göttin ist seit jeher mit der Heiligen Stadt verbunden. Im sechsten Äon waren die Itharier – die damals noch nicht so hießen – nichts als ein loser Zusammenschluss ehemaliger Nomadenstämme. Sie lebten am Fuß des Blumenbergs, einem der ältesten Berge des Rideau. Dieser Bund soll das Werk eines einzigen Mannes gewesen sein. Es heißt, König Li'ut von Ith wollte ein

neues, mächtiges Königreich gründen und scharte alle unabhängigen Klans westlich des Alt um sich.
Er widmete sein ganzes Leben der Erfüllung dieses Traums, doch der Bau der Stadt Ith – der Heiligen Stadt, wie sie heute genannt wird – nahm mehr Zeit in Anspruch, als ihm zur Verfügung stand. Nach seinem Tod brachen die alten Rivalitäten zwischen den Klans erneut aus. Ohne Li'uts diplomatisches Geschick war der schöne Traum zum Scheitern verurteilt.
Daraufhin soll die Göttin Eurydis dem jüngsten Sohn Li'uts erschienen sein und ihm befohlen haben, das Werk seines Vaters fortzuführen. Comelk – so war sein Name – dankte der Göttin für ihr Vertrauen, äußerte jedoch die Befürchtung, nichts gegen die Zwietracht der Stämme ausrichten zu können. Eurydis bat ihn daraufhin, alle Klanführer zusammenzurufen, und Comelk kam ihrem Wunsch nach.
Eurydis sprach zu jedem von ihnen und befahl ihnen, dem Pfad der Weisheit zu folgen. Die Klanführer lauschten ihren Worten andächtig, denn so barbarisch und großmäulig sie auch waren, ließen Aberglaube und Tradition sie die Macht der Göttin fürchten.
Als sich Eurydis zurückgezogen hatte, beratschlagten die Anführer lange und befragten die Stammesältesten und Seher. Schließlich wurden alle Streitpunkte beigelegt. Die Klanführer schworen einander ewigen Frieden und schlossen den Itharischen Bund.
Die Jahre vergingen, und Ith entwickelte sich von einer ansehnlichen zu einer wahrhaft eindrucksvollen Stadt. Zu jener Zeit konnte nur noch Romin mit der Hauptstadt des jungen Königreichs wetteifern. Die Stämme ver-

mischten sich, und der alte Zwist geriet mehr und mehr in Vergessenheit. Itharien war auf dem besten Weg, ein Leuchtfeuer der bekannten Welt zu werden. Und so kam es auch, allerdings nicht im guten Sinne.

Trunken von der neuen Macht, die ihnen mehr oder weniger in den Schoß gefallen war, begannen die Nachfahren der alten Stämme von ihrer Überlegenheit über den Rest der bekannten Welt zu sprechen, bis es einigen in den Sinn kam, dies auch beweisen zu wollen. Zunächst beschränkten sich die Itharier auf kleinere Überfälle, doch schon bald folgten Scharmützel an den Grenzen und schließlich regelrechte Eroberungsfeldzüge, die immer blutiger wurden.

Gegen Ende des achten Äons herrschte Itharien über das gesamte Gebiet zwischen dem Rideau im Osten, der Velanese im Westen, dem Mittenmeer im Süden und der Stadt Crek im Norden. Die Itharier waren grausame Eroberer: Sie plünderten, brandschatzten, verwüsteten ganze Landstriche und metzelten Tausende dahin.

Eines Tages, als die Heerführer wieder einmal zusammenkamen, um eine Invasion Thalitts zu planen, erschien Eurydis zum zweiten Mal.

Es heißt, sie habe die Gestalt eines zwölfjährigen Mädchens angenommen, und so wird sie auch heute meist dargestellt. Dennoch glaubten einige der gestandenen Feldherren vor Angst zu sterben, so groß war der Zorn der Göttin.

Sie sprach kein Wort, sondern begnügte sich damit, jedem Heerführer des itharischen Reichs – denn so nannte man es inzwischen – in die Augen zu sehen.

Der Blick war ihnen Warnung genug. Sie gaben alle Angriffspläne auf und befahlen ihren Kriegern, die Waffen niederzulegen und sich aus den eroberten Gebieten zurückzuziehen. Die Heerführer nahmen es auf sich, das itharische Denken und Handeln tiefgreifend zu verändern. Eine Generation später hatte sich das gesamte itharische Volk der Religion zugewandt. In der nächsten Zeit erfuhren sie großes Unglück, da sich die von ihnen unterjochten Völker – wie das junge goronische Volk – nun ihrerseits als Henker aufführten. Das itharische Reich musste immer mehr Gebiete abtreten, bis es nur noch sein ursprüngliches Territorium umfasste: die Umgebung der Stadt Ith und den Hafen von Maz Nen.

Im Laufe der Jahre begannen die Itharier mit einer anderen Art der Eroberung, die eher dem Willen der Göttin entsprach: Die Maz zogen durch die bekannte Welt und bis an die entlegensten Orte, um Eurydis' Moral zu verkünden. Dies nützte auch den weniger entwickelten Völkern, denn die Itharer brachten ihnen nicht nur die Religion, sondern auch Errungenschaften wie Kalender, Schrift, Kunst und Technik, die sie sich bei ihren Eroberungszügen angeeignet hatten.

Manche Theoretiker prophezeien, dass die Göttin bald ein drittes Mal erscheinen wird. Natürlich wird sie das irgendwann tun, da sie ja bereits zweimal erschienen ist. Die wichtigste Frage, die die Itharier sich stellen, lautet: Welchen Weg werden wir als Nächstes einschlagen?

EZOMINE

Ezomine sind Steine, die Licht ausstrahlen. Sie sehen aus

wie gemeine Quarze, und ihre Kraft wird erst im Dunkeln sichtbar.
Die Stärke des Lichts ist unterschiedlich. Manche behaupten, Steine gesehen zu haben, deren Licht fünfzig Schritte weit reiche. Doch die meisten Ezomine leuchten nicht einmal so hell wie eine gewöhnliche Kerze.
Wenn der Stein auseinanderbricht, verliert er seine Kraft. Seit Äonen studieren die Gelehrten das Geheimnis der Ezomine, aber keine der Theorien, die sie über den Ursprung der rätselhaften Kraft entwickelt haben, konnte bislang bewiesen werden.
Unter Sammlern, Abenteurern und Schatzjägern sind die Steine sehr begehrt.

FRUGIS

Das Frugis ist ein Seil mit drei Enden, dessen Name auf den legendären König und Magier zurückgeht, der drei Äonen, bevor das Friedensabkommen der Fürstentümer geschlossen wurde, in Lineh herrschte. Das Seil ist auf verschiedene Arten beschrieben worden. Die gängigste lautet wie folgt: Man habe drei Seile genommen, jedes von ihnen zu einem V gelegt und die Spitzen aneinandergelegt. Dann habe man die Hälften zusammengeflochten und so ein kräftiges Tau mit drei gleich langen Enden erhalten. Die Angaben zur Länge der Enden schwanken zwischen sechs und neunundneunzig Schritten. Das Frugis-Seil soll die geheimnisvolle Macht besitzen, denjenigen, der eines seiner Enden hochklettert, an jeden Ort zu bringen, an dem eins der anderen Enden hängt. Sollte es dieses Seil jedoch tatsächlich geben, wüsste heute niemand mehr, wie man es gebraucht.

GESCHWÄTZIGE MUSCHEL

Zu Zeiten der Zwei Reiche verbreiteten romische Seeleute die Geschichte dieses kuriosen Gegenstands. Heutzutage hört man eher Spaßvögel von ihr sprechen als echte Schatzjäger. Angeblich handelt es sich um eine Gironenmuschel, in die einst ein Dämon die Stimme einer Frau einsperrte, die allzu schwatzhaft war. Doch selbst dieser Fluch brachte die Arme nicht zum Verstummen, und man sagt, dass jeder, der die Muschel in die Hände bekommt, sie so schnell wie möglich wieder loswerden will, da das unaufhörliche Geschwätz unerträglich ist.

GISLE

Grenzfluss zwischen dem Matriarchat von Kaul und dem Königreich Lorelien.

GILDE DER DREI SCHRITTE

Zusammenschluss der Prostituierten Lorelias.
Früher durften die Freudenmädchen ihrem ›Geschäft‹ nur in der sogenannten Unterstadt nachgehen. Allerdings gab es so viele von ihnen, dass es häufig zu Streit und sogar Handgreiflichkeiten kam. Deshalb gingen die Zuhälter irgendwann dazu über, jeder Frau ein Stück Straße zuzuweisen, das genau drei Schritte maß.
Manche Zuhälter haben diesen Brauch beibehalten, obwohl die meisten Prostituierten heutzutage im Hafenviertel zu finden sind, das sehr viel größer ist.

GROSSE GILDE

Zusammenschluss der meisten Verbrecherbanden der Oberen Königreiche. Die Große Gilde hat keine feste Ordnung oder Hierarchie, sondern ist im Grunde eine Übereinkunft der Banden, einander keine Gebiete und Betätigungsfelder streitig zu machen, derart, wie sie auch die Gilden eines Königreichs oder einer Stadt schließen.

Trotz häufiger Streitigkeiten gelingt es den Banden manchmal, gemeinsame Operationen durchzuführen, vor allem beim grenzüberschreitenden Schmuggel.

Offiziell lässt die Gilde die Finger von Meuchelmorden. Ihre Spezialität sind Erpressung, Entführung, Betrug, Schmuggel und natürlich sämtliche Formen von Raub und Diebstahl. Trotzdem fällt auf, dass den Mitgliedern neuer Banden, die sich nicht an die Übereinkunft halten, ein recht kurzes Leben beschieden ist …

GROSSES HAUS

Sitz der Regierung des Matriarchats von Kaul. Hier halten die Mütter ihre Ratsversammlungen ab, und hier haben sie ihre privaten Gemächer und Studierzimmer. Alle Einwohner Kauls können in das Große Haus kommen und ihre Beschwerden vortragen. Fünfzehn Personen halten sich von morgens bis abends bereit, um sie zu empfangen. Mehrmals im Jahr stehen die Arbeits- und Versammlungssäle des Großen Hauses allen Neugierigen offen.

GROSSTERRA

Hauptstadt und größte Insel des Schönen Landes, einer Inselgruppe im romischen Meer.

HATI

Heiliger Dolch der Züu. Der vollständige Name, wie man ihn in alten Schriften findet, lautet ›Zuïaorn'hati‹, wörtlich übersetzt ›eine Wimper Zuïas‹.
Den Hati bekommt ein Novize von einem Judikator überreicht, nachdem er seine erste Mission erfüllt hat, üblicherweise mit bloßen Händen. Dadurch wird er in den Kreis der Boten Zuïas aufgenommen und erhält das Recht, über Leben und Tod seiner weniger glücklichen Landsleute zu richten.

HELANIEN

Eine der fünf Provinzen des Königreichs Romin. Ihre Hauptstadt ist Manive, ihr Wappenbild die Rose von Manive.

HEILIGE STADT

Anderer Name Iths, der Hauptstadt des Königreichs Itharien. Häufig bezeichnet der Name auch nur das religiöse Viertel, eine Enklave mit einer eigenen Festungsmauer, eigenen Gesetzen und eigenen Bürgern – eine Stadt in der Stadt.

ITHARISCHE WÜRFELSPIELE

Diese Spiele sind in der gesamten bekannten Welt verbreitet. Ihr Ursprung ist ungewiss. Sicher ist allerdings, dass sie

sich im siebten und achten Äon mit den Eroberungsfeldzügen der itharischen Armee ausbreiteten und rasch von allen besiegten Völkern übernommen wurden. Der itharische Würfel hat sechs Seiten. Auf vieren ist je ein Element abgebildet: Wasser, Feuer, Erde und Wind. Jeweils eins dieser Elemente erscheint auch auf der fünften und sechsten Seite. Folglich gibt es vier Sorten von Würfeln: einen weißen für den Wind, einen roten für das Feuer, einen grünen für die Erde und einen blauen für das Wasser.
Wie viele Würfel für ein Spiel benutzt werden, hängt von den Regeln ab und wird zwischen den Spielern ausgehandelt. Im Normalfall reichen vier Würfel aus – ein Soldat –, doch es gibt auch Spiele, die mit zwanzig oder mehr Würfeln gespielt werden.
Stern, Prophet, Kaiser, Zwei Brüder und Gejac sind die bekanntesten, wenn auch längst nicht alle itharischen Würfelspiele.

JAHRMARKT (LORELISCHER)

Der Jahrmarkt ist eine der ältesten lorelischen Traditionen. Vom Tag des Händlers bis zum Tag des Kupferstechers in der zehnten Dekade entfallen jegliche Steuern auf die Ein- und Ausfuhr von Waren – solange ihr Handel nicht gegen die Gesetze des Königreichs verstößt. Die meisten Gelegenheitsverkäufer, Handwerker, Fremde und Kuriositätenhändler bieten ihre Waren zu dieser Zeit feil. Der Jahrmarkt zieht eine Menge Menschen an, von denen ein Drittel gar nichts kaufen will, sondern nur der zahlreichen Attraktionen wegen kommt: Straßentheater, Spiele, Bankette und vieles andere. Manche dieser Ver-

gnügungen werden vom König spendiert, der damit sein Ansehen verbessern will.
Für die königliche Schatzkammer ist der Jahrmarkt dennoch einträglich, da jeder, der einen Stand eröffnen will, einen Obolus entrichten muss. Die Kontrollen sind streng, und Verstöße werden mit der sofortigen Beschlagnahmung sämtlicher Waren geahndet.
Der Jahrmarkt findet auch in anderen großen Städten Loreliens statt: Benelia, Lermian und Le Pont. Er hat dort eine gewisse lokale Bedeutung, ist aber nicht mit dem der Hauptstadt vergleichbar.

JAHRZEHNT
Zehn Jahre.

JELENIS
Lorelisch. Die Jelenis sind Soldaten der ältesten Leibwache Loreliens. Sie sind vor allem berühmt dafür, König Kurdalene im sechsten Äon beschützt zu haben.
Die Jelenis sind auch die königlichen Hundeführer. Ihnen gehören über sechzig weiße Doggen, obwohl diese Rasse wegen ihrer Aggressivität nahezu ausgerottet ist. Jedes Tier ist mehr als vierhundert Terzen wert und der Stolz des jeweiligen Königs.
Es heißt, es brauche mindestens fünf erfahrene Krieger, um einen Jelenis und seinen Hund zu besiegen.

JERUSNIEN
Eine der fünf Provinzen des Königreichs Romin. Ihre Hauptstadt ist Jerus, ihr Wappenbild das Kreuz von Jerus.

JEZ
Einwohner des Sultanats von Jezeba.

JEZAC
Wichtigste Sprache des Sultanats von Jezeba.

JUDIKATOR
Religiöser Führer der Boten von Zuïa.

JUNEISCH
In Junin und den meisten anderen Fürstentümern gesprochene Sprache. Das Hochjuneische wird nur noch in offiziellen Schriften, im Handel und in der Literatur verwendet, während sich die Sprache der einfachen Leute, die einst eine Mundart war, im Laufe der Zeit von ihrem Ursprung entfernt hat und heute eine eigene Sprache darstellt.

KALENDER
In den Oberen Königreichen gilt der itharische Kalender. Er ist in 338 Tage, 34 Dekaden und 4 Jahreszeiten unterteilt. Das Jahr beginnt am Tag des Wassers, dem Frühlingsanfang. Zwei Dekaden bestehen nur aus neun statt aus zehn Tagen: Die Dekade vor dem Tag der Erde und die vor dem Tag des Feuers. Der Tag beginnt mit Sonnenaufgang.
Jeder Tag und jede Dekade trägt einen bestimmten Namen, der ursprünglich religiöser Herkunft war und mit der Verehrung der Göttin Eurydis zusammenhing, deren Botschaft von Moralpriestern bis in die entlegensten

Winkel der bekannten Welt getragen wurde. Mit der Zeit bildeten sich an verschiedenen Orten regionale Besonderheiten heraus. So heißt der Tag des Hundes, der im Großen Kaiserreich Goran keine besondere Bedeutung hat, in der Umgebung von Tolenks Tag des Wolfes und ist einer der höchsten Feiertage. Die Dekade des Jahrmarkts, die mit dem Tag des Händlers beginnt, ist in Lorelien von größter Wichtigkeit, in Memissien aber belanglos.
Kaum jemand kennt sämtliche Tage des Kalenders auswendig oder weiß um ihre Bedeutung für die Eurydisverehrung – abgesehen von den Priestern natürlich. Für die Einwohner der Oberen Königreiche ist der Kalender so selbstverständlich wie Sonnenauf- und -untergang. Die meisten wissen nicht einmal, dass er religiösen Ursprungs ist. Es gibt noch andere Kalender in der bekannten Welt, die auf königlichen Erlässen, nicht-eurydischen Religionen oder ganz einfach Stammestraditionen beruhen. Viele orientieren sich an den Mondphasen, wie zum Beispiel der alte romische Kalender, der aus 13 Zyklen zu je 26 Tagen besteht.

KAULANER

Bewohner des Matriarchats von Kaul.

KAULI

Wichtigste Sprache des Matriarchats von Kaul.

KLEINE KÖNIGREICHE

Anderer Name der Fürstentümer.

KONZIL

Versammlung der arkischen Klanchefs.

KURDALENE

Kurdalene war ein lorelischer König, der in die Geschichte einging, weil er gegen die Züu kämpfte. Damals übten die Anhänger der Rachegöttin mit Drohungen, Erpressungen und Morden einen solchen Einfluss auf die Edelleute und Bürger Loreliens aus, dass der König keine Entscheidung treffen konnte, ohne sie vorher von den Mördern im roten Gewand absegnen zu lassen.
Irgendwann riss Kurdalene der Geduldsfaden, und von jenem Tag an tat er alles, um die Religion auszurotten – zumindest in Lorelia. Er überlebte fast zwei Jahre, indem er sich mit einigen ihm treu ergebenen Wachen in einem Flügel seines Palastes verbarrikadierte. Schließlich gelang es den Züu, ihn zu ermorden.

LA HACQUE

Der Legende zufolge wurde die Handelsstadt der Unteren Königreiche von einem lorelischen Edelmann gegründet. Wahrscheinlicher ist jedoch, dass eine Gruppe reicher Reeder am Ufer des Aòn ein Kontor errichteten, wodurch sich ein bereits bestehendes Dorf entwickelte. Jedenfalls finden sich in der Stadt, die oft als die schönste der Unteren Königreiche bezeichnet wird, zahlreiche Gebäude mit lorelischer Architektur. Auch einige Straßen erinnern an die König-Kurdalene-Straße oder an die Bellouvire-Allee in Lorelia.
La Hacque war lange die einzige Stadt, die von den Stammeskriegen verschont blieb, die diesen Teil der Welt

heimsuchten. Im Jahre 878 wurde sie von Yussa-Söldnern im Dienste Alebs des Einäugigen erobert, dem König von Griteh und Quesraba. Seither gibt es südlich der Louvelle keine freie Stadt mehr.

LEEM (DIE GLOCKEN VON)

In Leem kam es einst zu einem derartigen Anstieg der Verbrechen, dass man den Eindruck hatte, die Stadt sei in fester Hand von Dieben, Plünderern, Brandstiftern, Mördern und anderen finsteren Gesellen. Vergeblich verdoppelten und verdreifachten die Nachtwächter die Anzahl ihrer Runden; die Schurken waren einfach zu gut organisiert.
Daraufhin hatte der damalige Bürgermeister die Idee, an den Häusern der Honoratioren Glocken anbringen zu lassen. Wenn sich ein Würdenträger bedroht fühlte oder Zeuge eines Verbrechens wurde, läutete er die Glocke, um den Nachtwächter herbeizurufen. Meist war dieser jedoch nicht schnell genug, da die Übeltäter schon beim ersten Glockenschlag die Flucht ergriffen. Dennoch besserte sich die Lage etwas.
Die gemeinen Bürger folgten dem Beispiel, und bald hatte jeder Handwerker und Händler eine Glocke an seiner Werkstatt oder seinem Laden angebracht. Nach einigen Jahren gab es in Leem so viele Glocken, dass kaum noch Verbrechen verübt wurden.
Allerdings nahmen die Schurken Rache, indem sie jedes Haus mit einer Glocke anzündeten.
Heutzutage hängen immer noch an über sechshundert Häusern Leems Glocken, die jedoch nur noch selten geläutet werden, hauptsächlich zu Festtagen.

LERMIAN (DIE KÖNIGE VON)

Vor fünf Jahrhunderten war Lermian die Hauptstadt eines blühenden Königreichs, das dem aufstrebenden Großen Kaiserreich Goran oder dem expandierenden Lorelien in nichts nachstand. Die königliche Familie saß seit elf Generationen auf dem Thron, und die Dynastie drohte nicht auszusterben, da König Oroselem und seine Frau Federis drei Söhne und zwei Töchter hatten.

Lermian hatte romische Invasionen, die itharische Herrschaft und goronische Expansionsgelüste ohne größeren Schaden überstanden. Auch allen Einflussversuchen Bledevons trotzte das Königreich tapfer. Der lorelische König wollte Lermian annektieren, da es wie eine Insel mitten in seinem Reich lag. Doch es war nicht Bledevons Art, die Stadt, die er als Bollwerk gegen Goran brauchte, von seiner Armee stürmen zu lassen. Oroselem wusste das nur zu gut und schmetterte belustigt alle Einschüchterungsversuche, Versprechen und Intrigen des lorelischen Königs ab.

Lermian hätte eine der einflussreichsten Städte der Oberen Königreiche werden können – mehr noch, als sie es heute ist –, wenn seine Herrscher nicht ein grausames Schicksal ereilt hätte. Oroselem starb an einer Lebensmittelvergiftung, nachdem er etwas Verdorbenes gegessen hatte. Sein ältester Sohn saß ganze sechs Tage auf dem Thron, bevor er von der Burgmauer stürzte und seinen Verletzungen erlag. Der mittlere Sohn regierte etwas mehr als acht Dekaden, bis er plötzlich spurlos verschwand. Da der jüngste Sohn noch zu jung war, um den Thron zu besteigen, wurde der Prinzgemahl als Regent einge-

setzt, doch er musste nach einem Jahr abdanken, weil er infolge eines Reitunfalls den Verstand verloren hatte. Der Gatte der zweiten Prinzessin verzichtete auf die Ehre, die Geschicke des Königreichs zu lenken, und ging mit seiner Frau ins Exil. Königin Federis bat daraufhin ihre Ratgeber, einen Regenten aus ihrer Mitte zu bestimmen. Ein einziger Ratgeber stellte sich zur Wahl, doch er wurde wenige Tage später in der Stadt von einer Räuberbande niedergestochen.
Niemand wollte nun mehr die Regentschaft übernehmen. Die Königin, die sich selbst dazu nicht in der Lage sah, akzeptierte schließlich ein von Bledevon vorgeschlagenes Abkommen. Lermian wurde ein Herzogtum Loreliens, und das Königreich versprach der Stadt im Gegenzug Schutz durch seine Armee.
Der Fluch, der auf Oroselems Dynastie gelastet hatte, schien aufgehoben. Königin Frederis und ihr jüngster Sohn erreichten beide ein hohes Alter.
Böse Zungen munkelten etwas von einer Mordserie und verdächtigten sogar König Bledevon. Doch der lorelische Hoftheoretiker zerstreute alle Zweifel, indem er bewies, dass es der Wille der Götter gewesen sei, beide Königreiche unter einer Krone zu vereinen.
Von diesen tragischen Geschehnissen rührt die volkstümliche Wendung her ›so tot wie die Könige von Lermian sein‹.

LOUVELLE
Grenzfluss zwischen den Fürstentümern und den Unteren Königreichen.

LUREEISCHER GESANG

Im Altitharischen bedeutete ›Lur‹ Späher. Lurée ist aber auch ein beliebter Gott. Übersetzt heißt sein Name ›der Wächter‹. Lurée wacht vor allem über Neugeborene, aber auch über glückliche Familien. Auf diesen beiden Tatsachen beruht vermutlich der Brauch des lureeischen Gesangs.

Es heißt, solange der Gesang irgendwo auf der Welt erklinge, bringe er all jenen Glück, die irgendwann in ihrem Leben eine Strophe gesungen hätten. In Ith wird der Gesang nie unterbrochen: Zahlreiche Freiwillige stehen Tag und Nacht Schlange, um eine der fünf Stimmen im Chor zu übernehmen. Die wenigsten kommen aus Selbstlosigkeit, aber alle erfüllen ihre Aufgabe gewissenhaft, wenn sie an der Reihe sind.

Der Kult des Lurée ist wie die Eurydisverehrung eine Moralreligion, wie der Liedtext eindeutig zeigt. Im Verlauf der Jahrhunderte haben die lureeischen Maz mehr als dreißig Strophen zu den ursprünglichen siebzehn hinzugefügt. In ihnen werden Nächstenliebe, Freundlichkeit, Treue, Bescheidenheit und andere Tugenden gepriesen. Dahinter verbirgt sich die Überzeugung, niemand könne einen Text laut aufsagen, ohne von ihm beeinflusst zu werden: Aus einem Samenkorn im Wind kann ein Baum wachsen …

LUS'AN

Zü. Mystischer Ort der Zuïa-Religion, an dem die Boten nach ihrem Tod von der Göttin empfangen werden. Sie finden dort ewiges Glück und gehen Zuïa bei ihrem Großen Werk zur Hand.

Lus'an ist auch der Name einer kleinen Provinz auf der Heimatinsel der Züu. Dort leben die Judikatoren und ihre Sklaven, Fremden ist der Zutritt verboten. Die wenigen Abenteurer, die es wagten, die Insel zu betreten, sind nie zurückgekehrt.
In den Mooren Lus'ans sind die Geister der untauglichen Boten gefangen und derjenigen, die die Göttin verraten haben. Sie irren dort für alle Ewigkeit in unermesslicher Schwermut umher.

LUSEND RAMA
Der hoch zu Pferd Sitzende. Gott der Reiter und Beschützer aller Nomaden und Boten. Er wird vor allem in den Unteren Königreichen verehrt. Außerdem ist er der Hüter der Stammesgesetze. Sein Urteil wird ebenso gefürchtet wie sein Ehrgefühl bewundert.
Künstler stellen ihn meist auf dem Rücken eines schwarzen Hengsts mit blinden Augen dar. So wird er in der Chronik des Pferdekönigs beim Kampf gegen die zwei Riesen von Irimis beschrieben. Manchmal wird er auch in der Gestalt eines Zentauren gemalt. Dieses Bild stammt aus der Taspriá, der ältesten religiösen Schrift der Unteren Königreiche.

MAÏOK
Arkisch. Mutter.

MARGOLIN
Nagetier von mittlerer Größe. Ausgewachsen kann es bis zu zwei Fuß lang werden. Es gibt mehrere Unterarten:

das Kupfermargolin, das Plärrmargolin, das Fressmargolin und andere.
Margoline sind vor allem im Süden und in der Mitte der Oberen Königreiche heimisch und leben in Wiesen, im Wald oder am Ufer von Flüssen. Wegen ihrer hohen Vermehrungsrate, ihrer Bösartigkeit und der Ungenießbarkeit ihres Fleischs gelten sie als Schädlinge. Ihr Fell, aus dem die Handwerker Pelze, Lederbeutel und Kleider herstellen, ist jedoch sehr begehrt.

MASKE

In Itharien ist es üblich, eine Maske zu tragen. Obwohl die Itharier aus religiösen Gründen ansonsten eher schlichte Kleidung bevorzugen, ist die Maske eine Art Statussymbol.
Die Maske ist keineswegs Pflicht, und von zehn Ithariern, denen man an einem Tag begegnet, tragen sie vielleicht nur vier. Dennoch gibt fast jeder Bewohner der Heiligen Stadt an, irgendwann in seinem Leben die Maske getragen zu haben oder sie im Alter tragen zu wollen.
Die Erklärung für diesen religiösen Brauch verliert sich in den Tiefen der Vergangenheit. Schon die Ureinwohner der Gegend, die Vorfahren der heutigen Itharier, trugen zu gewissen Anlässen Masken.
Die eurydischen Priester übernahmen die Tradition, weil sie darin ein hervorragendes Mittel sahen, die dritte Tugend der Weisen Eurydis umzusetzen: Toleranz. Das Tragen der Maske ebnet alle Unterschiede ein und stellt die unter einem glücklichen Stern Geborenen mit den weniger Begünstigten auf eine Stufe. Obwohl dieser Gedan-

ke umstritten ist, tragen die Itharier weiterhin ihre Masken.

MAZ

Ehrentitel vor allem in der Eurydisverehrung. Andere Religionen haben ihn übernommen.
Mit einer Ausnahme kann der Titel nur von einem Maz auf einen seiner Novizen übertragen werden, wenn dieser ihn sich durch seine Hingabe verdient. Der Große Tempel muss die Übertragung absegnen. Sie kann sofort in Kraft treten oder erst beim Tod des Maz, je nach Abmachung. Es ist einem Maz streng verboten, den Titel einem Mitglied seiner Familie zu vermachen.
Allerdings kann der Titel einem Novizen auch außer der Reihe verliehen werden, um ihm für ein besonderes Verdienst zu danken. Häufig wird der Titel posthum als Ausdruck der Dankbarkeit verliehen, wenn jemand sein ganzes Leben der Eurydisverehrung geweiht hat, und in diesem Fall kann er natürlich nicht weitergereicht werden. Eine solche Auszeichnung kann nur ein Emaz vergeben.
Die Rechte und Pflichten eines Maz sind nicht festgelegt und hängen von der persönlichen ›Laufbahn‹ ab. Manche bekleiden wichtige Ämter in den Tempeln, andere unterrichten nur hin und wieder einige Novizen, und wieder andere treten nie einen Dienst an.
Niemand kennt die Anzahl der lebenden Maz, abgesehen von den Archivaren des Großen Tempels, die ihre Liste ständig auf dem neuesten Stand halten. Viele Priester außerhalb Ithariens nennen sich unrechtmäßig Maz,

was die Schätzungen nicht gerade erleichtert. Der Legende zufolge gab es ursprünglich 338 Maz, so viele, wie ein Jahr Tage hat, und 34 Emaz, nach der Anzahl der Dekaden.

MÈCHE

Kleiner Fluss im Matriarchat von Kaul. Die Hauptstadt Kaul liegt an seinem Ufer. Zufluss der Gisle.

MEMISSIEN

Eine der fünf Provinzen des Königreichs Romin. Ihre Hauptstadt ist Jidée, ihr Wappenbild ein großer Platinschmetterling.

MERBAL

Merbal war einst der Anführer einer legendären Räuberbande, die für ihre Grausamkeit und Barbarei berüchtigt war. Heute fällt es schwer, bei den Schauergeschichten, die über ihn kursieren, zwischen Wahrheit und Lüge zu unterscheiden. Es gilt jedoch als sicher, dass Merbal die grausame Angewohnheit hatte, von jedem seiner Opfer einen Becher Blut zu trinken.
Der Glaube einer Sekte namens ›die Vampire von Jidée‹ beruht auf dieser Legende.

MISHRA

Die Verehrung Mishras ist mindestens so alt wie der Große Sohonische Bogen. Mishra war die Hauptgöttin der Goroner, bevor die itharische Armee im achten Äon die Stadt Goran einnahm. Nach der Befreiung, als die Itha-

rier die Waffen niederlegten und sich der Religion zuwandten, wurde die Verehrung Mishras wieder populär. Aus der Stadt Goran ging erst das Königrreich Goran und schließlich das Große Kaiserreich Goran hervor, und die Religion breitete sich im Land aus.
Mishra ist die Göttin der Gerechtigkeit und der Freiheit. Ein jeder hat das Recht, sie anzurufen. So kam es vor, dass Völker, die vom Großen Kaiserreich Goron besiegt worden waren, die Göttin ihrer Eroberer um Hilfe anflehten.
Sie ist mit keiner bekannten Gottheit verwandt. Manche Theoretiker behaupten, sie sei die Schwester Hamsas. Zu Mishras Ehren wurden nur wenige Tempel gebaut – eine Ausnahme ist der prachtvolle Palast der Freiheit in Goran. Viele Gläubige verehren Miniaturen der Göttin oder eines Bären, ihres Sinnbilds.

MIT-TAG

Höchststand der Sonne, in unserer Welt 12 Uhr. Allgemein wird das Ende des dritten Dekants als Mit-Tag bezeichnet.

MOÄL

Der Moäl ist ein Baum, der nur in den Wäldern der Kleinen Königreiche wächst. Alle Versuche, ihn anderswo anzupflanzen, scheiterten, was die fähigsten Botaniker vor ein Rätsel stellt.
Der Moäl ähnelt der weit verbreiteten Grule sehr, und es fällt häufig schwer, sie auseinanderzuhalten. Der Unterschied ist eigentlich nur zu Beginn der Jahreszeit des

Wassers sichtbar, wenn die Zweige des Moäls mehrere Tage lang blassgrüne Blüten austreiben.
Es heißt, wenn man beim Vollmond eine Goldmünze unter einen Moäl legt und nur lange genug zum Nachtgestirn hinaufsieht, erscheint der Kobold, der in dem Baum haust. Wenn ihm der Glanz der Münze gefällt, tauscht er sie gegen einen Wunsch ein.
Selbst diejenigen, die das für einen Aberglauben halten, sind überzeugt, dass es Unglück bringt, den Zweig eines Moäls abzubrechen.

MONARCH
Goldmünze im Königreich Romin.

MONDKÖNIGIN
Kleine Muschel mit glatter Oberfläche und nahezu runder Form, die wegen ihrer Seltenheit äußerst kostbar ist. Es gibt drei Sorten von Mondköniginnen: eine weiße, die am häufigsten vorkommt, eine blaue, die schon weniger gängig ist, und schließlich eine gefleckte, die äußerst selten ist. Eine Zeit lang dienten die blauen und gefleckten Mondmuscheln in einigen entlegenen Orten des Matriarchats von Kaul als Währung, und bei manchen alten Leuten kann man noch heute mit ihnen bezahlen. Die Muschel ist auf alle Münzen geprägt, die von der Schatzkammer des Matriarchats ausgegeben werden. Nach ihr ist auch die offizielle Währung benannt: die Königin. Es gibt Münzen zu einer, drei, zehn, dreißig und hundert Königinnen. Die Hundert-Königinnen-Münzen sind etwa so groß wie eine Hand und dienen nicht als Zahlungsmit-

tel. Sie fungieren lediglich als Garantie bei Transaktionen zwischen dem Matriarchat und seinen Nachbarn.

MORALIST

Die Moralpriester stützen sich auf religiöse Schriften und Überlieferungen, um die moralischen Werte zu verbreiten, die gemeinhin als die wichtigsten gelten: Mitgefühl, Toleranz, Wissen, Aufrichtigkeit, Achtung, Gerechtigkeit, usw.

Häufig sind Moralpriester Lehrer oder Philosophen, die sich aus Bescheidenheit darauf beschränken, eine kleine Gruppe von Schülern zu unterrichten. Die wichtigste Moralreligion ist die Eurydisverehrung.

MORGENLAND

Bezeichnung für die Länder östlich des Rideau.

NAMEN

Die Bedeutung der Namen hängt natürlich vom Geburtsland ab. In Kaul, Romin oder Goran werden seit Jahrhunderten einfach immer dieselben Namen weitergegeben, und niemand macht sich großartig Gedanken über ihre Herkunft. Doch das gilt nicht für alle Völker der bekannten Welt.

In Itharien ist es üblich, ein Neugeborenes auf das erste Wort zu taufen, das es spricht. Da jedes Lallen als Wort gilt, das die Menschen zwar nicht verstehen, für die Götter aber von Bedeutung ist, sind die gängigsten itharischen Namen Nen, Rol, Aga und ähnliche Ein- und Zweisilber. Die Interpretation bleibt den Eltern überlassen, und es

ist auch möglich, mehrere Silben aneinanderzureihen. Itharische Namen sind meist kurz und leicht auszusprechen.
Arkische Namen werden nicht endgültig vergeben. Im Verlauf seines Lebens nimmt ein Arkarier verschiedene Namen an. So heißen die meisten Neugeborenen Gassan (Säugling) oder Gassinuë (Winzling). Arkische Eltern suchen sehr früh nach der Besonderheit ihres Kindes und benennen es entsprechend, bis ein Namenswechsel geboten ist. So bedeutet Prad ›der Neugierige‹, Iulane ›das junge Mädchen‹, Ispen ›die Liebreizende‹, Bowbaq ›der Riese‹, usw. Jeder gibt sich Mühe, sich keinen Namen wie ›der Grausame‹, ›der Geizhals‹, ›der Untreue‹ oder andere Beleidigungen einzuhandeln. Selbstverständlich verbietet es die Höflichkeit der Arkarier, jemanden nach einem körperlichen Makel zu benennen, doch bei Feindschaften wird dieser Grundsatz gern einmal vergessen.
Die Züu, die der Rachegöttin dienen, nehmen am Ende ihres Noviziats einen neuen Namen an. Als Zeichen ihrer Unterwerfung unter Zuïa wählen sie einen Namen mit dem Anfangsbuchstaben ›Z‹, der ihnen zugleich Macht über das gemeine Volk der Züu verleiht.

NIAB

Kauli. Der Niab ist ein Tiefseefisch, der nur nachts an die Oberfläche kommt. Die kaulanischen Fischer spannen ein großes dunkles Tuch kurz über der Wasseroberfläche zwischen mehrere Schiffe, um ihn zu täuschen. Dann müssen sie die Fische nur noch einsammeln, weil sie in eine Art Dämmerzustand verfallen. Als ›Niab‹ bezeichnet man auch jemanden, der allzu leichtgläubig und arglos ist.

OBERE KÖNIGREICHE

Streng genommen sind damit das Königreich Lorelien, das Große Kaiserreich Goran und das Königreich Itharien gemeint, manchmal auch noch das Königreich Romin. In den Unteren Königreichen zählt man jedoch alle Länder nördlich des Mittenmeers dazu, also auch das Matriarchat von Kaul und Arkarien.

ODREL

Odrel ist ein Gott, der vor allem in den Oberen Königreichen verehrt wird. Odrel soll der zweite Sohn Echoras und Olibars sein.
Ein fleißiger Priester sammelte einst mehr als fünfhundertfünfzig Geschichten über den traurigen Gott, wie Odrel manchmal genannt wird. Die bekannteste ist die Geschichte der tragischen Liebe Odrels zu einer Schäferin, die mit dem Tod der Menschenfrau und ihrer drei Kinder endet. Als Odrel seiner Geliebten in den Tod folgen will, muss er qualvoll erfahren, dass dies als Einziges auf der Welt nicht in seiner Macht steht.
Der Priester fasst die Ergebnisse seiner Forschungen wie folgt zusammen: »Niemand hat so viel Unglück erfahren wie Odrel. Aus diesem Grund wenden sich all jene an ihn, die ein Unheil oder einen Schicksalsschlag erlitten haben, die von Trauer, Reue oder bösen Erinnerungen gequält werden, die in Ungnade gefallen sind oder in Armut leben, die Ungerechtigkeiten, Verzweif-

lung oder andere Prüfungen des Lebens durchstehen müssen. Er ist der einzige Gott, der sie versteht und ihnen Trost spenden kann, da er selbst Mitleid erregt.«

PAÏOK

Arkisch. Vater.

PHRIAS

Der Verfolger. Phrias ist ein Gott, der durch böse Gedanken und finstere Gebete der Menschen beschworen wird. Er macht, dass ein Seil reißt, ein Hund zubeißt, das Feuer aus dem Kamin springt oder der Boden plötzlich rutschig wird. Dieser Dämon nährt sich vom Hass und erfüllt die schwärzesten Wünsche.

PRESDANIEN

Eine der fünf Provinzen des Königreichs Romin. Ihre Hauptstadt ist Mestebien, ihr Wappenbild ein Gyolendelfin.

RAMGRITH

Bewohner des Königreichs Griteh. Wichtigste Sprache dieses Königreichs.

RAT DER MÜTTER

Oberste Versammlung und Regierung des Matriarchats von Kaul.

Jedes Dorf hat einen solchen Rat, deren Vorsitz die Dorfmutter innehat, während die Dorfälteste als ihre Beraterin dient.

RIDEAU

Der Rideau ist ein Gebirge, das im Westen an das Große Kaiserreich Goran und das Königreich Itharien und im Osten an das Morgenland grenzt.

ROCHANE

Fluss, der in den Nebelbergen entspringt und in das romische Meer mündet. Er fließt durch die romischen Provinzen Helanien und Presdanien. An seinen Ufern liegen zwei der größten Städte des Alten Landes: Mestebien und Trois-Rives.

ROMERIJ

Legendäre Stadt, auf dessen Ruinen Romin gebaut ist.

romisches Alphabet

Das romische Alphabet ist das komplizierteste Alphabet der bekannten Welt, das noch in Gebrauch ist. Es besteht aus einunddreißig Buchstaben, von denen siebzehn einen Akzent tragen können. Diese achtundvierzig möglichen Buchstaben geben jedoch noch keine Laute wieder. Erst aus der Kombination von zwei, drei oder vier Buchstaben entstehen Silben. Die Schreibweise jeder Silbe hängt wiederum davon ab, welche Silben ihr vorausgehen und auf sie folgen.

Selbst die Rominer benutzen im Alltag eine vereinfachte Version. Das ursprüngliche Alphabet wird nur noch für offizielle Schriften verwendet. Musiker nutzen es außerdem für Gesangspartituren, da seine Variationsmöglichkeiten es erlauben, jede noch so kleine Stimmmodulation zu notieren.

Gelehrte aus allen Königreichen studieren das romische Alphabet wegen seines streng mathematischen Aufbaus.

SCHIEBEN

Schieben ist ein Spiel mit großem Körpereinsatz, das vor allem im Alten Land und im Norden der Fürstentümer populär ist. Zwei Gegner stellen sich jeweils auf ein Bein, legen die Handflächen aneinander und verschränken die Finger. Derjenige, der als Erster das zweite Bein auf den Boden stellen muss, hat verloren. Die Hände müssen sich die ganze Zeit berühren. Wie der Name schon sagt, ist es die beste Taktik, mit aller Kraft zu schieben.

SEMILIA

Unabhängiges Fürstentum, das unter dem Schutz Loreliens steht.

TAL DER KRIEGER

Landstreifen zwischen den nördlichen Ausläufern des Rideau und dem Spiegelozean. Sowohl das Große Kaiserreich Goran als auch das Königreich Thalitt erheben Anspruch auf das Gebiet. Seit Jahrhunderten liefern sie sich im Tal der Krieger erbitterte Gefechte.

TERZ

Die Terz ist die offizielle Währung Loreliens. Es gibt Silberterzen – das gängigste Zahlungsmittel – und Goldterzen, auf die das Konterfei des Königs geprägt ist.

Die lorelischen Goldterzen sind berühmt für den hohen Goldgehalt ihrer Legierung.
Die Untereinheit der Terz ist der Tick. Eine Silberterz ist zwölf Tick wert.
Der Wert einer Goldterz hängt vom jeweiligen Geldwechsler ab, liegt aber bei mindestens fünfundzwanzig Silberterzen.

THEORETIKER

Priesterkaste, die sämtlichen Göttern dient, selten auch nur einigen oder gar einem einzigen Gott. Die Theoretiker versuchen, aus den göttlichen Zeichen den Willen der Allmächtigen herauszulesen. In den Tempeln genießen sie kein hohes Ansehen, aber an den Höfen der Könige und Fürsten sind sie sehr gefragt. Häufig sind sie auch Astrologen und Ratgeber.
Der bekannteste Theoretiker war Jéron der Zarte, der die Einwohner Romins vor dem Ertrinken rettete, obwohl der König seiner Prophezeiung keinen Glauben schenkte.

UBESE

Fluss, der in den Jezebahöhen entspringt und durch die Kleinen Königreiche fließt. Bis zum Abschluss des ersten Friedensabkommens kämpften die Fürstentümer lange Zeit um die Vorherrschaft über die Ubese.
Die Ubese ist ein breiter, gemächlich dahinfließender Strom und bildet in der Ebene von Junin einen See. Ein bewachtes Wehr am Südeingang des Sees schützt die Hauptstadt der Fürstentümer vor einem Angriff der Unteren Königreiche auf dem Wasserweg.

UNTERE KÖNIGREICHE

Bezeichnung für die Länder südlich der Louvelle. Oft werden jedoch auch die Fürstentümer hinzugezählt.

URAE

Fluss, der in den Brantacken entspringt und ins romische Meer mündet. Die romische Pronvinz Uranien ist nach ihm benannt. Romin, die Hauptstadt des Alten Landes, liegt an seinem Ufer.
Die Urae genießt den traurigen Ruf, der dreckigste Fluss der bekannten Welt zu sein. Man sagt, in seinem schlammigen Grund verberge sich ein größerer Schatz als der des Kaisers von Goran. Aber das ist sicher nur ein Bild, um das Ausmaß der Verschmutzung zu beschreiben. Dennoch hält sich das Gerücht hartnäckig, da immer wieder Flussschiffer zu plötzlichem Reichtum gelangen und über die Herkunft des Geldes schweigen.

URANIEN

Eine der fünf Provinzen des Königreichs Romin. Ihre Hauptstadt ist Romin, ihr Wappenbild der Kronenadler aus den Nebelbergen.

VELANESE

Lorelischer Fluss. An seiner Quelle liegt die Stadt Le Pont.

DIE WEISE

Die Göttin Eurydis wird auch ›die Weise‹ genannt.

WEISSES LAND

Anderer Name für das Königreich Arkarien.

YÉRIM-INSELN

Die Inselgruppe Yérim besteht nur noch aus zwei Inseln: Yérim selbst und der Insel Nérim. Zwei kleinere Inseln sind beim Ausbruch des Yalma – des größten Vulkans der Inselgruppe – im Meer versunken. Eine fünfte Insel erhob sich aus den Fluten, verschmolz mit Yérim und gab der Hauptinsel ihre heutige Form.
Der Vulkanausbruch geht auf das Jahr 552 zurück. Zwei Jahrhunderte zuvor hatte das Große Kaiserreich die Inselgruppe besiedeln lassen, ohne auf Widerstand zu stoßen, da kein anderes Königreich Anspruch auf diesen trostlosen Fleck Erde erhob. Kaiser Uborre, der die Besiedlung befohlen hatte, wollte von Yérim aus die Unteren Königreiche angreifen, verwarf die Idee aber wieder, als sich herausstellte, dass es zu kostspielig war, den Hafen und das Fort zu unterhalten, die eilig auf Yérim errichtet worden waren.
Zurück blieben nur eine kleine Garnison und eine Flotte von zehn Galeerenschiffen. Die unfähigsten Soldaten wurden nach Yérim versetzt und unter den Befehl von unfähigen Offizieren gestellt. Bald wurde das Fort zum Gefängnis umgebaut, und immer mehr Verurteilte wurden ohne Hoffnung auf Rückkehr nach Yérim verschifft. Die Ausgestoßenen der goronischen Gesellschaft – Gefangene wie Aufseher – sollen das Wappenbild Yérims entworfen haben: ein schwarzes Stirnband, das Symbol der Verschwörer und Feinde des Kaisers.

Als im Jahre 552 der Vulkan ausbrach, nutzten die dreitausend Gefangenen die Gelegenheit zur Revolte. Die Hälfte der auf Yérim stationierten Soldaten schloss sich ihnen an. Die Gefechte waren rasch beendet, doch bald brachen Kämpfe zwischen den verschiedenen Rädelsführern aus. Inmitten der Unruhen entdeckten die einstigen Gefangenen das reiche Kupfervorkommen der Insel, das bei einem Vulkanausbruch an die Oberfläche gekommen war.

Anstatt von der Insel zu fliehen, beschlossen die Goroner, die Galeeren, die bei der Revolte verschont worden waren, zur Verschiffung des Erzes zu nutzen. So brachten sie Yérim endgültig in ihre Gewalt. Die Bewohner fürchteten einen Gegenangriff Gorans, doch bald stellte sich heraus, dass sich das Große Kaiserreich wenig um den Verlust scherte und nicht noch mehr Kriegsschiffe verlieren wollte.

Als die Kupferminen erschöpft waren, sattelten die Yérimer um und wurden Piraten, Söldner und Schmuggler. Drei Jahrhunderte später wird die Insel immer noch ›Gorans Gefängnis‹ genannt und gilt nach wie vor als äußerst gefährlich.

Peter V. Brett

Manchmal gibt es gute Gründe, sich vor der Dunkelheit zu fürchten ...

... denn in der Dunkelheit lauert die Gefahr! Das muss der junge Arlen auf bittere Weise selbst erfahren: Als seine Mutter bei einem Angriff der Dämonen der Nacht ums Leben kommt, flieht er aus seinem Dorf und macht sich auf in die freien Städte. Er sucht nach Verbündeten, die den Mut nicht aufgegeben und das Geheimnis um die alten Siegel, die einzig vor den Dämonen zu schützen vermögen, noch nicht vergessen haben.

978-3-453-52476-7

Peter V. Bretts gewaltiges Epos vom Weltrang des »Herrn der Ringe«

»Das Lied der Dunkelheit ist phänomenal! Ein großartiger Abenteuerroman, ein Lied über wahres Heldentum.«
Charlaine Harris

HEYNE

Der neue russische
Bestseller-Autor
HEYNE
DMITRY
GLUKHOVSKY
METRO
2033
ROMAN
Es ist das Jahr 2033.
Nach einem verheerenden Krieg liegen weite Teile der Welt in Schutt und Asche. Die letzten Menschen haben sich in die riesigen U-Bahn-Netze der Städte zurückgezogen. Doch sie sind nicht allein...
»Ein phantastisches Epos!«
Sergej Lukianenko